세상 끝 동물원

MISCHLING
by Affinity Konar

Copyright ⓒ 2016 by Affinity Konar
All rights reserved.

Korean Translation Copyright ⓒ 2020 by MUNHAKDONGNE Publishing Corp.
Korean Translation rights arranged with Sterling Lord Literistic, Inc.
through Danny Hong Agency.

이 책의 한국어판 저작권은 대니홍 에이전시를 통해
저작권사와 독점 계약한 (주)문학동네에 있습니다.
저작권법에 의해 한국 내에서 보호를 받는 저작물이므로
무단 전재 및 무단 복제를 금합니다.

이 도서의 국립중앙도서관 출판예정도서목록(CIP)은
서지정보유통지원시스템 홈페이지(http://seoji.nl.go.kr)와
국가자료공동목록시스템(http://www.nl.go.kr/kolisnet)에서 이용하실 수 있습니다.
(CIP제어번호: CIP2019052378)

세상 끝 동물원

어피니티 코나 장편소설
유현경 옮김

문학동네

일러두기

1. 본문 중의 주석은 모두 옮긴이주입니다.
2. 고딕체는 원서에서 이탤릭체로 강조된 부분입니다.

필립과 나의 가족에게

차례

1부

1장
세계 끝의 세계

우리는 한 번에 만들어졌다. 내 쌍둥이 펄, 그리고 나 말이다. 아니, 좀더 정확히 말하자면 펄이 생겼고 나는 펄에게서 분열되어 나왔다. 펄은 자궁 안에서 올록볼록하게 자신의 형태를 만들었고 나는 펄의 특징을 따랐다. 여덟 달 동안 우리는 눈송이 같은 것이 부유하는 양수 속에 둥둥 뜬 채로, 두 개의 분홍빛 엄지장갑이 되어 엄마의 자궁벽에 기대 있었다. 나는 우리가 함께 지내던 그 자궁보다 더 멋진 곳을 상상할 수 없었지만, 뇌의 지지체가 단단해지고 비장이 다 만들어지자 펄은 우리 너머의 세계를 보고 싶어했다. 그래서 갓 생긴 결단력으로 엄마 바깥으로 자신을 뱉어냈다.

다 자라지 않은 상태였지만 펄은 세련된 장난꾸러기였다. 장담하건대 펄은 장난을 친 것뿐이었다. 돌아와서 날 비웃어주려고. 하지만 펄은 돌아오지 못했고 나는 숨이 막혔다. 자신의 가장 훌륭한 부분과 가늠되지 않을 만큼 떨어진 채로 살아야 했던 적이 있는

가? 그런 경험이 있다면 그 위험성도 잘 알 것이다. 숨이 나를 떠나버리자 심장박동도 따라 떠나버렸고 뇌는 상상할 수 없는 열기로 달아올랐다. 분홍빛 태아인 나는 다음과 같은 사실을 마주했다. 펄이 없으면 나는 가치 없는 반쪽짜리, 누군가를 사랑할 수 없는 존재라는 것을.

그래서 나는 언니를 따라갔고 의사의 손길이 나를 잡아 뜯어낸 다음 때리고 붙잡아 불빛 쪽으로 가져가도록 허락했다. 여기서 한 가지 짚고 넘어가자면, 나는 마지못해 뜯겨나오는 과정 내내 절대 울지 않았다. 심지어 펄과 같은 이름을 갖고 싶어했던 내 소망을 부모님이 무시했을 때조차.

그 대신 나는 스타샤가 되었다. 탄생과 관련된 자잘한 일들이 끝나자 우리는 가족과 피아노와 책의 세계로, 아름다움에 둘러싸인 어리둥절한 나날로 들어갔다. 우리는 꼭 닮아 있었다. 늘 창가에 서서 조약돌을 떨어뜨리고는 쌍안경으로 돌들이 언덕을 굴러내려가는 모습을 관찰하며 그 작은 생명체가 얼마나 멀리 갈 수 있는지 확인했다.

경외로 가득했던 그 세계도 끝이 났다. 대부분의 세계가 그렇듯.

하지만 나는 이야기해야만 한다. 우리가 아는 다른 세계가 있었다고. 누군가는 우리의 가장 많은 부분을 만든 게 그 세계라고 한다. 나는 그들이 틀렸다고 말하고 싶지만, 지금은 그저 이렇게만 말해두겠다. 우리는 생애 열두번째 해에, 기차 화물칸 뒤편에 실려 옹기종기 웅크리고 앉은 채 그 세계로 들어가게 되었다고.

나흘 밤낮을 이동하는 동안, 우리는 마마와 제이디*의 가르침에 따라 생존방법을 터득했다. 생명 유지를 위해 양파 하나를 주고받으며 노란 껍질을 핥아먹었다. 즐거움을 위해서는 제이디가 만들어준 '생물의 분류' 놀이를 했다. 한 사람이 몸짓으로 어떤 생물을 표현하면 나머지는 그 생물의 종, 속, 과부터 시작해서 그 전체를 아우르는 계까지 이름을 맞혀야 했다.

우리 넷은 화물칸에서 많고 많은 생물로 놀이를 했다. 곰부터 달팽이까지 흉내내고 또 흉내냈다. 제이디가 갈증으로 갈라진 목소리로 강조한 것처럼, 우리의 아주 인간적인 능력을 최대한 발휘하여 우주를 체계화하는 것은 중요한 일이었다. 그러다 마침내 기차가 멈춰 섰고 나도 흉내내기를 그만두었다. 기억하기로는 그때 마마에게 아메바를 표현하기 위해 한창 애쓰는 중이었다. 실은 다른 생물을 표현하고 있었을지도 모르겠지만 지금은 아메바라고 기억한다. 그때 스스로가 너무 작은 존재처럼, 빛도 쉽게 통과해버리고 깨지기도 쉬운 존재처럼 느껴졌기 때문인 것 같다. 확실하진 않다.

내가 졌다고 인정하려는 순간, 화물칸 문이 활짝 열렸다.

쏟아져들어오는 강렬한 빛에 놀라 바닥에 떨어뜨린 양파가 경사로로 굴러떨어졌고, 반쯤 먹어치워 달처럼 이지러지고 냄새나는 그 양파가 경비병의 발치에서 멈췄다. 그의 얼굴은 경멸로 가득했겠지만, 당시의 나는 볼 수 없었다. 그는 콧구멍에 손수건을 대고 연신 재채기를 하다가 겨우 멈추자 우리 양파 위로 부츠를 살짝 들어올려 그 작고 동그란 형체에 짙은 그림자를 드리웠다. 우리는 양

---

* 이디시어로 할아버지를 뜻함.

파가 쓰고 걸쭉한 눈물을 흘리며 짓밟혀 우는 모습을 지켜보았다. 그가 다가오기 시작해서 우리는 제이디의 커다란 코트 대피소 안으로 앞다투어 숨었다. 제이디를 숨을 곳으로 삼기에는 다 커버린 지 오래지만 공포에 점점 움츠러든 우리는 제이디의 야윈 몸뚱이 옆 코트 주름 사이로 몸을 욱여넣었고, 그 탓에 우리 제이디는 혹이 달리고 다리가 여러 개인 모습이 되어버렸다. 은신처 안에서 우리는 눈을 깜박였다. 이윽고 소리가 들렸다. 발 구르는 소리, 발을 끄는 소리. 경비병의 부츠가 바로 앞에 와 있었다.

"너는 어떤 종류의 곤충인가?" 그는 코트 밑으로 나와 있는 가녀린 다리를 지팡이로 툭툭 건드리며 제이디에게 물었다. 우리 다리가 따끔거렸다. 그는 제이디의 다리도 때렸다. "다리가 여섯 개? 거미라도 되나?"

생물에 대해 하나도 모르는 게 분명했다. 벌써 두 개나 틀렸으니까. 하지만 제이디는 거미는 곤충이 아니며 실은 다리가 여덟 개라는 사실을 굳이 지적하지 않았다. 원래 제이디는 뭐든 바로잡는 것을 좋아해서 능청스럽게 잘못된 점을 즐겨 고쳐주었다. 하지만 그곳에서는 기어다니거나 하찮게 여겨지는 생물에 정통한 지식이 있음을 보여주는 것은 너무도 위험한 일이었다. 그런 생물들과 공통점이 많다는 이유로 추궁당할 수도 있었으니까. 우리는 제이디를 곤충으로 만드는 어리석은 짓은 하지 말았어야 했다.

"너한테 질문한 거다." 경비병은 지팡이로 우리의 다리를 다시 때리며 물었다. "어떤 종류인가?"

제이디는 독일어로 대답했다. 이름은 타데우시 자모르스키입니

다. 나이는 예순다섯. 폴란드 유대인입니다. 할말이 끝났다는 듯
제이디는 입을 다물었다.

우리는 제이디 대신 말을 이어가고 싶었다. 전부 다 이야기해주
고 싶었다. 제이디는 생물학 교수였어요. 수십 년 동안 대학에서
생물학 강의를 했고, 다양한 분야의 전문가이기도 해요. 어떤 시詩
의 속내를 들여다보고 싶다면 제이디한테 물어보세요. 손으로 걷
는 방법이나 별을 찾는 방법이 궁금하다면 제이디가 알려줄 거예
요. 우리는 제이디랑 빨간색만 있는 무지개도 봤어요. 산이랑 바다
를 가로지르는 무지개였어요. 제이디는 그 추억을 건배사로 썼어
요. 감당할 수 없는 아름다움을 위해! 눈물을 글썽이면서 외쳤지요.
제이디는 건배를 무척이나 좋아해서 아무때나 마구 건배사를 만들
어내요. 아침 수영을 위해! 문 앞의 보리수를 위해! 요즘 몇 년 동안
제일 많이 하던 건배사는 이거였어요. 내 아들이 변치 않고 살아 돌
아올 그날을 위해!

하지만 우리는 말하고 싶었던 만큼이나 꾹 참고 경비병에게 아
무 말도 하지 않았다. 말들이 목에 걸려 있었고 지척에서 벌어진
양파의 죽음 때문에 눈물이 그렁그렁했다. 눈물은 양파 탓이라고,
다른 이유는 없다고 되뇌고서 눈물을 닦고 제이디의 코트에 난 구
멍을 통해 무슨 일이 일어나는지 보았다.

둥근 구멍으로 다섯 사람이 보였다. 작은 소년 셋, 아이들의 엄
마, 그리고 작은 공책을 들고 펜을 놀리는 흰 가운 차림의 남자. 소
년들은 우리의 호기심을 자극했다. 처음 보는 세쌍둥이였다. 우치
에 살 때 다른 여자 쌍둥이가 있었지만, 세쌍둥이는 책에서만 보았

다. 수에서 눌리긴 했지만 솔직히 닮은꼴로 치자면 우리의 승리였다. 셋 다 똑같이 검은 곱슬머리에 검은 눈동자였고 똑같이 삐삐 말랐지만 표정이 달랐다. 한 아이는 눈을 가늘게 뜨고 해를 바라보고 두 아이는 찡그리고 있었는데, 하얀 가운을 입은 남자가 손에 사탕을 나눠줄 때만 같은 표정이 되었다.

세쌍둥이의 엄마는 기차에 타고 있던 다른 엄마들과 달랐다. 고통을 말끔히 욱여넣은 채 멈춘 시계처럼 가만히 서 있었다. 더는 아이들을 만질 권리가 없다고 느끼는 듯, 한쪽 손이 끊임없이 주저하며 아들들의 머리 위를 맴돌고 있었다. 그러나 흰 가운을 입은 남자의 태도는 전혀 달랐다.

위협적인 모습이었다. 반짝거리는 까만 구두를 신고 구두만큼이나 반짝거리는 검은 머리칼에, 너른 소매는 팔을 들면 날개처럼 아래로 부풀어오르며 허공 한 움큼을 차지했다. 영화배우처럼 잘생겼고 연극을 하듯 행동했다. 주변 모든 사람에게 자신의 선의를 한껏 알리고 싶은 것처럼 온 얼굴에 친절한 표정이 또렷이 차올라 있었다.

세쌍둥이의 엄마와 흰 가운을 입은 남자 사이에 대화가 오갔다. 대부분 남자가 말했는데 기분좋은 내용인 것 같았다. 대화를 들었으면 싫었지만 그다음 일어난 일을 본 것만으로 충분했던 것 같다. 그녀가 세쌍둥이의 구름 같은 검은 곱슬머리를 쓰다듬더니 아이들을 흰 가운을 입은 남자에게 남겨두고 등을 돌려 가버린 것이다.

저 사람은 의사야. 그녀는 불안정한 걸음으로 떠나며 말했다. 너희는 안전할 거란다. 그렇게 아이들을 안심시키고는 뒤돌아보지 않았다.

이 말을 들은 우리 엄마는 작은 탄식을 내뱉고 숨을 들이마신 뒤 손을 뻗어 경비병의 팔을 잡았다. 엄마의 대담함은 충격적이었다. 우리는 덜덜 떠는 엄마, 정육점 주인에게 주문하면서도 늘 몸을 떨거나 청소부 여자를 보고도 숨는 엄마에게 익숙했다. 엄마는 푸딩 같은 것이 혈관 속에 출렁이는 듯 끊임없이 몸을 떨고 절망했다. 파파가 사라진 이후로는 특히 더. 기차 안에서 엄마를 지탱해준 유일한 것은 나무벽에 양귀비꽃을 그리는 일이었다. 엄마는 암술, 꽃잎, 수술을 이상한 각도로 그렸고, 그리기를 멈추면 무너져버렸다. 하지만 경사로에서 마마는 새로운 확신을 찾아냈다. 굶주리고 지친 사람답지 않게 강건하게 서 있었다. 음악이 이런 변화를 일으켰을까? 마마는 언제나 음악을 사랑했고, 그 장소는 밝은 음악으로 가득차 있었다. 사람들이 화물칸에 실려온 우리를 보고 미심쩍은 응원가를 들려주며 밖으로 끌어냈으니까. 나중에 우리는 이 계략의 속뜻이 무엇인지 알게 되었고, 활기찬 곡의 핵심에는 고통만이 있으니 경계해야 한다는 것도 알게 되었다. 오케스트라의 역할은 들어온 모든 사람을 속이는 것이었다. 강요에 못 이긴 음악가들이 막 도착한 순진한 사람들을 홀리고 그곳에서 인간성과 아름다움을 전혀 느낄 수 없지는 않다는 것을 납득시키는 데 재능을 쓰고 있었다. 음악, 그것은 도착한 군중의 기운을 북돋우며 사람들이 문을 통과해 들어가는 동안 흘러나왔다. 마마가 용기를 낼 수 있었던 것도 그 때문이었을까? 나는 알 길이 없다. 하지만 말을 꺼낸 그 용기는 감탄스러웠다.

"이곳에선 두 명이면, 좋은 건가요?" 엄마가 경비병에게 물었다.

그는 고개를 끄덕이고는, 소년들에게 눈높이를 맞춰 말을 걸기 위해 흙먼지 속에 쭈그리고 앉아 있는 의사에게 몸을 돌렸다. 그들은 아주 다정한 대화를 나누는 것 같았다.

"츠빌링에!" 경비병이 그에게 외쳤다. "쌍둥이입니다!"

의사는 세쌍둥이를 수행원 여자에게 맡겨두고 반짝이는 부츠에 흙먼지를 묻히며 우리 쪽으로 걸어왔다. 다정하게 우리 엄마에게 말을 걸면서 손을 잡았다.

"특별한 아이들이 있나?" 그의 눈빛은 다정했다. 우리가 보기에는 말이다.

마마는 머뭇거리다가 갑자기 움츠러들었다. 의사의 손아귀에서 벗어나려 했지만 그는 마마의 손을 꽉 잡고 장갑 낀 손가락으로 손바닥을 쓰다듬기 시작했다. 마치 마마의 손바닥이 상처입었지만 쉽게 어를 수 있는 무언가인 양.

"그냥 쌍둥이예요. 세쌍둥이는 아니고요." 엄마가 겸연쩍게 말했다. "쌍둥이로도 괜찮을까요."

의사의 웃음소리는 크고 과시적이었고 제이디의 코트 동굴 속까지 울렸다. 소리가 잦아들자 우리의 재능을 하나하나 늘어놓는 마마의 목소리가 들려 안심이 되었다.

"독일어를 조금 할 줄 알아요. 애들 아버지가 가르쳤거든요. 12월에 열세 살이 되어요. 둘 다 책벌레예요. 펄은 음악을 좋아해요. 민첩하고 현실적이고, 춤을 배우고 있어요. 스타샤, 우리 스타샤는……" 마마는 나를 어떻게 분류해야 하는지 확신이 서지 않는 듯 잠시 멈추었다가 이렇게 말했다. "스타샤에게는 상상력이 있어요."

의사는 이 정보를 흥미롭게 받아들였고 아이들을 자신에게 맡길 것을 권했다.

우리는 주저했다. 숨막히는 코트 속에 있는 게 나았다. 바깥에는 슬프게도 우리를 바꾸어버릴, 불길을 날름거리는 음침한 바람이 불고 그 바람에 힘을 실어주는 탄내가 풍겼다. 총들이 그림자를 드리우고, 개들은 오직 잔혹행위를 하도록 길러진 것처럼 짖고 침 흘리고 으르렁대고 있었다. 거절할 새도 없이 의사가 코트를 잡아당겨 젖혔다. 우리는 햇빛에 눈을 깜박였다. 우리 중 하나가 위협적인 소리를 냈다. 펠이었을지도 모른다. 어쩌면 나였을지도.

의사가 감탄했다. 그런 단조로운 표현으로 이렇게 완벽한 피조물의 격을 떨어뜨리다니! 그는 우리를 밖으로 끌어내 한 바퀴 돌아보게 시켰고 우리의 동일성을 평가하기 위해 등을 맞대고 서게 했다.

"웃어라!" 그가 지시했다.

우리는 왜 이런 까탈스러운 명령에 복종했을까? 엄마를 위해서가 아니었나 싶다. 엄마를 위해서, 엄마가 충격으로 얼굴이 창백해지고 이마에 두 줄기 땀을 흘리며 제이디의 팔에 매달려 있는데도 우리는 웃음을 지었다. 나는 우리가 기차에 실린 후로 엄마를 외면해왔다. 대신 엄마가 그린 양귀비꽃을 보았다. 연약하게 핀 꽃을 유심히 보았다. 하지만 그 가짜 표정에 담긴 무언가 때문에 나는 마마가 어떤 사람이 되었는지를 인정했다. 예쁘지만 불면증에 시달리는, 고유한 특성을 잃어버린 반半 과부. 한때는 누구보다 단정했던 여자지만 더는 그렇지 않았다. 흙먼지가 뺨을 따라 줄기를 만들었고 레이스 옷깃은 축 늘어져 있었다. 입가에는 심란할 때마다 입술을 깨물어 생긴 핏덩어리가 말라붙어 있었다.

"미슐링*인가?" 그가 물었다. "노랑머리군!"

마마는 자신의 검은 곱슬머리를 잡아당기며 그 아름다움이 부끄럽다는 듯 고개를 저었다.

"남편이, 그이가 금발이었어요." 엄마는 그 말밖에 못했다. 지나가던 사람들이 우리가 분명 혼혈이라고 생각하며 질문을 던질 때마다 하던 대답이었다. 미슐링. 우리는 커가면서 그 말을 점점 많이 듣게 되었고, 사람들이 면전에서 그 단어를 입에 올리자 제이디는 우리에게 생물의 분류 놀이를 만들어주었다. 제이디는 이렇게 말했다. 뉘른베르크놈들의 멍청한 짓거리는 신경쓰지 마라. 잡종이니 교차 유전자니, 4분의 1 유대인**이니 혈연이니 하는 이야기도 신경쓸 것 없다. 사람들과 결혼과 예배 장소를 마지막 피 한 방울까지 따져 갈라놓으려는 그따위 터무니없고 혐오스러운 검사들은 무시해. 그 말을 들을 때면 모든 생물의 다양성을 떠올리렴. 다양성을 경외하며 자신을 다잡으면 된단다.

하얀 가운을 입은 의사 앞에 서 있던 그때 나는 이 조언을 받아들이기 힘든 날이 오리라는 것을, 그리고 우리가 와 있는 여기서는 제이디가 만들어준 놀이조차 무력해지리라는 사실을 깨달았다.

---

* 나치에서 아리아인과 유대인 혼혈을 비하해 이르던 말.
** 1935년 나치가 제정한 뉘른베르크법에 따른 유대인 분류 기준 중 하나. 4분의 1 유대인은 조부모 중 한 명이 유대인인 경우를 가리킨다.

"유전자라는 것, 참 우습지. 그렇지 않나?" 의사가 말했다.

마마는 그 대화를 이어가려는 시도조차 하지 않았다.

"아이들을 보내면……" 그 말을 하며 마마는 우리를 보지 않으려고 했다. "언제 다시 볼 수 있을까요?"

"안식일에." 의사가 약속했다. 그리고 우리를 향해 몸을 돌리고 세세한 면면에 감탄했다. 독일어를 한다니 참 좋구나. 금발인 것도 참 좋고. 그리고 경비병에게 말했다. 애들 눈동자가 갈색인 것은 별로지만 유용할 수도 있겠군. 그는 좀더 가까이 몸을 기울여 우리를 관찰하고 장갑 낀 손을 뻗어 언니의 머리카락을 쓰다듬었다.

"그러니까 네가 펄이지?" 그의 손은 너무도 쉽게, 마치 수년간 그래온 것처럼 펄의 곱슬머리를 파고들었다.

"펄 아니에요." 나는 언니를 가리려고 앞으로 나섰지만, 마마가 나를 잡아끌며 제대로 이름을 불렀다고 말했다.

"아이들이 장난치는 걸 좋아하나보지?" 그가 웃었다. "비밀을 말해봐라. 누가 누구인지 어떻게 알지?"

"펄은 차분해요." 마마는 그 말만 했다. 우리 차이점을 명확하게 알려주지 않아서 고마웠다. 펄은 머리에 파란 핀을 꽂고 있었다. 나는 빨간 핀을 꽂고 있었다. 펄은 차분하게 말했다. 내 말은 서두르다가 중간중간 조각났고 도중에 멈춰서 구멍투성이가 되기도 했다. 펄의 피부는 만두같이 하얬다. 나는 점박이 말처럼 그을린 자국이 있었다. 펄은 천생 소녀였다. 나도 펄처럼 되고 싶었지만 아무리 애써도 나는 나일 뿐이었다.

의사가 내 쪽으로 몸을 굽혀 얼굴을 마주했다.

"왜 거짓말을 하는 거니?" 그가 물었다. 그러면서 또 한번 가족처럼 친근하게 웃음을 터뜨렸다.

정직하게 말했다면, 펄이 나보다 더 약해서—내 생각이긴 하지만—내가 펄 노릇을 하면 지켜줄 수 있을 줄 알았다고 했을 것이다. 대신 나는 반쪽짜리 진실을 내놓았다.

"가끔 제가 누구인지 잊어버려요." 나는 자신 없이 말했다.

이 부분은 잘 기억이 나지 않는다. 냄새와 부츠와 여행가방의 쿵쿵거리는 소리를 거슬러올라 작별의 광경이 펼쳐졌을 그 순간으로 내 마음을 돌려보내고 싶다. 왜냐하면 사랑하는 사람들이 사라져가는 것을 봤어야 하니까. 떠나가는 모습을 볼 수 있었어야 하니까. 헤어짐의 그 정확한 순간을 알았어야 하니까. 멀어지던 그들의 얼굴을, 반짝이는 눈을, 뺨의 곡선을 볼 수 있었더라면! 뒤를 돌아보는 건—그들이 결코 하지 않았다. 하지만 왜 간직해둘 그들의 뒷모습을, 떠나는 뒷모습조차 보지 못했을까? 어깨 한쪽이라도, 울코트 한 자락이라도. 양옆으로 축 늘어진 제이디의 손을, 바람에 나부끼는 마마의 옷 장식을!

우리는 사랑하는 사람들이 있어야 할 자리에 덩그러니 남아 하얀 가운을 입은 남자에게 맡겨져 있었다. 요제프 멩겔레, 긴 도피 생활 동안 헬무트 그레고어, G. 헬무트, 프리츠 울만, 프리츠 홀만, 호세 멩겔레, 페터 호흐비클러, 에른스트 제바스티안 알베스, 호세 아스피아치, 라스 발트룀, 프리드리히 에들러 폰 브라이텐바흐, 프리츠 피셔, 카를 고이스케, 루트비히 그레고어, 스타니슬라우스 프로스키, 파우스토 린돈, 파우스토 론돈, 그레고어 슈클라스트로,

하인츠 스토베르트, 엔히크 울만 박사가 되었던 바로 그 멩겔레 말이다.

이 많은 이름 속에 자신의 살육을 숨겨두게 될 남자, 그는 우리에게 자신을 '의사 삼촌'이라고 부르게 했다. 그리고 직접 그렇게 불러보라고 했다. 우리가 실수하지 않고 익숙해지도록 한 번, 두 번. 그가 흡족해할 만큼 반복해서 불렀을 무렵, 우리 가족은 사라지고 없었다.

마마와 제이디가 서 있던 곳이 텅 빈 것을 확인하자, 어떤 자각이 덮쳐와 나는 무릎을 꿇었다. 이 세계에서는 생물의 질서가 다르다는 자각. 내가 어떤 종류의 생물이 될지는 알 수 없었다. 하지만 경비병은 그런 생각을 할 틈을 주지 않았다. 그는 내 팔을 잡아 질질 끌고 갔고, 보다 못한 펄이 경비병에게 나를 부축하겠다고 말하며 팔로 내 허리를 감쌌다. 우리는 세쌍둥이와 함께 끌려가며 경사로에서 흙먼지 속으로, 사우나*를 지나 화장장까지 연결된 작은 길로 들어섰고, 양옆에서 죽음이 피어오르는 새로운 장소를 걸어가며 수레에 실린 시체들을, 그것들이 무더기로 쌓여 까맣게 된 것을 보았고, 그중 하나가 내뻗은 손을 보았다. 죽기 직전에만 보이는 투명한 밧줄이 허공에 있는 듯, 무언가를 잡으려고 손을 꼭 쥐고 있었다. 시체의 입이 움직였다. 우리는 분홍빛 혀가 퍼덕거리고 버둥거리는 걸 보았다. 말은 혀를 떠난 뒤였다.

나는 말이 삶에서 얼마나 중요한지 알고 있었다. 나의 말 일부

---

* 처음 아우슈비츠 수용소에 들어온 유대인들이 수의로 갈아입던 장소.

를 준다면 시체가 살아날 것 같았다.

그런 생각을 하던 나는 멍청이였나? 아니면 나약했던 걸까? 불길을 날름거리는 바람과 하얀 날개 달린 의사들이 없는 장소에서나 떠올렸어야 하는 생각인 걸까?

괜찮은 질문이다. 나는 종종 그 질문들에 대해 생각해보지만 대답하려고 해본 적은 한 번도 없다. 내가 답할 수 있는 문제가 아니다.

내가 아는 전부는 이렇다. 나는 시체를 바라보았고, 내가 끄집어낼 수 있었던 몇 안 되는 말도 내 것이 아니었다는 것. 그 말들은 게토 지하, 밀반입한 전축에서 흘러나오던 노래가사였다. 들을 때마다 기분이 좋아지던 노래. 그래서 나는 그 말을 건네보기로 했다.

"별 위에서 그네를 타고 싶나요?"* 나는 시체에 대고 노래를 불렀다.

소리도, 움직임도 없었다. 목소리가 갈라져서 그런가? 다시 한번 불러보았다.

"달빛을 항아리에 담아 집으로 가져오고 싶나요?" 나는 노래했다.

한심한 노력이었다. 안다. 하지만 나는 이 세계가 단 한 번의 친절만으로도 돌연 스스로를 바로잡을 힘이 있다고 항상 믿어왔다. 그리고 주위에 친절함이 없을 때 사람들은 질서와 체계를 고안해내 믿는다. 그리고 그 순간의 나는, 비록 멍청하고 나약한 생각이었을지 몰라도 인간의 몸은 단 한 마디의 숨결로도 다시 스스로 움직일 수 있는 힘을 얻는다고 믿었다. 내 노래가사가 전혀 먹히지

---

* 미국 팝송 〈Swinging on a Star〉.

않는 것은 확실했다. 가사 중 어느 단어도 몸속에 갇힌 생명을 다시 해방시킬 수 없었고 고칠 수도 없었다. 나는 어떤 다른 말을, 어떤 좋은 말을 줄 수 있을지 생각해보았다. 분명 그 한마디가 있을 거라고 확신했다. 하지만 경비병은 그 말을 찾을 때까지 기다려주지 않았다. 그는 나를 잡아끌고 서두르라고 다그치며 황급하게 우리를 씻기고 이런저런 절차를 거쳐 번호를 매겼고, 그렇게 우리의 멩겔레 동물원 시절이 시작되었다.

아우슈비츠는 유대인을 가두기 위해 지어졌다. 비르케나우는 유대인을 죽이기 위해 지어졌다. 불과 몇 킬로미터를 사이에 두고 이 두 악의 장소가 연결되어 있었다. 이 동물원이 어떤 목적으로 지어졌는지는 몰랐다. 나는 그저 펄과 나, 그러니까 우리는 절대 동물원 우리 속에 갇히지 않겠다고 다짐하는 수밖에 없었다.

*

동물원 막사는 예전에는 마구간이었지만 지금은 우리 같은 아이들—쌍둥이, 세쌍둥이, 네쌍둥이—을 수북수북 쌓아놓는 장소였다. 수백 명 위에 또 수백 명이 침대라기보다 몸을 꺼넣는 성냥 갑같이 작은 공간에 꽉꽉 들어차 있었다. 바닥부터 천장까지 쌓이면서 비좁은 구조물에 서너 명이 함께 밀어넣어져 자기 몸이 어디서 끝나고 남의 몸이 어디서 시작되는지조차 모를 지경이었다.

어디를 보나 복제품, 똑같은 아이들이 있었다. 모두 여자애들이었다. 슬픈 애, 이제 막 걸음마를 배우는 애, 먼 곳에서 온 애, 우리

이웃이었을지도 모를 애. 일부는 얌전했다. 그 아이들은 짚으로 된 매트리스 위에 새처럼 앉아 우리를 관찰했다. 횃대에 앉은 듯한 아이들을 지나치며 나는 특정한 방식으로 고통받도록 선택당한 아이들을 보았다. 그들 중 한쪽은 본래 상태 그대로였다. 거의 모든 쌍둥이가 한쪽 아이만 척추가 나갔거나, 다리를 다쳤거나, 안대를 했거나, 상처나 흉터가 있거나 목발을 하고 있었다.

나와 스타샤가 침대에 앉자 무언가가 우리 쪽으로 내려왔다. 그들은 짚 매트리스 사이사이 곧 부서질 것 같은 칸막이를 재빨리 넘어와 우리의 닮은 점을 뜯어보았다. 아이들은 우리에게 자기소개를 하라고 했다.

우리는 말했다. 우리는 우치에서 왔어. 처음엔 집에 살다가 나중에는 게토 지하에서 살았어. 할아버지랑 엄마가 있어. 예전에는 아빠도 있었어. 제이디는 손가락으로 총을 쏘면 죽은 척했다가도 금방 살아나는 나이 많은 스패니얼을 길렀어. 아빠가 의사였는데 사람들을 아주 많이 돕다가 어느 날 밤 사라졌다는 얘기 했나? 아픈 아이를 돌보러 간다고 떠났다가 돌아오지 못했어. 그래, 우리 둘이서도 슬픔의 무게를 나눠 질 수 없을 만큼 아빠가 너무도 그리워. 무서워하는 것도 있어. 세균이랑 불행한 결말이랑 엄마가 우는 거. 좋아하는 것도 있어. 피아노랑 주디 갈런드랑 엄마가 조금만 우는 거. 그런데 진짜 우리는 어떤 사람이냐고? 한 명이 춤을 잘 춘다는 거, 다른 한 명은 잘하려고 노력하지만 호기심 많은 것 빼고는 그다지 내세울 게 없다는 사실 말고 이야기할 게 많지 않네. 잘하는 게 별로 없는 쪽이 나야.

이런 정보에 만족한 아이들은 너도나도 한마디씩 덧붙여 문장을 만들며 자신들이 가진 정보를 이야기해주었다.

"우린 음식을 더 많이 받아." 라헬이 말했다. 속까지 들여다보일 정도로 창백한 소녀였다.

"그치만 코셔*가 아닌데다 속을 다 갉아먹어." 똑같이 창백한 소녀가 지적했다.

"우리는 머리를 길러." 샤론이 땋은 머리를 잡아당겨 보이며 이야기했다.

"머릿니가 생기면 못 기르지만." 머리를 짧게 자른 샤론의 쌍둥이가 덧붙였다.

"우린 옷도 가질 수 있어." 러시아 소녀가 말했다.

"그치만 여기 사람들이 등에 엑스 표시를 해." 소녀의 쌍둥이가 이어 말했다. 그 아이가 등을 돌려 원피스에 빨간 페인트로 요란하게 그려진 엑스자를 보여주었지만 굳이 볼 필요는 없었다. 내 어깨뼈 사이에도 빨간 엑스자가 그려져 있었으니까.

아이들이 갑자기 조용해졌고, 불청객 같은 적막이 모두의 머리 위로 내려앉았다. 구름 하나가 동물원 서까래 아래 새로 생겨난 것 같았다. 여러 쌍의 아이들이 서로를 탐색하듯 바라보았다. 그 얼굴들은 말하고 있었다. 뭔가가 있어야만 하는데. 음식과 머리칼과 옷 말고 다른 뭔가. 아래쪽 침대에서 목소리가 들려왔다. 우리 모두 목을 빼고 내려다보았지만, 그애와 그애의 쌍둥이는 함께 몸을 둥

---

* 유대교 율법에 맞게 만들어진 음식.

글게 말고 벽에 붙어 있었다. 얼굴이 보이지 않아도 그 말은 우리에게 계속 남았다.

"여기 사람들은 우리 가족을 안전하게 지켜줘." 보이지 않는 낯선 소녀가 말했다.

이 말에 모두 동의하며 고개를 끄덕였고, 아이들이 갑작스레 대화를 쏟아내며 다른 사람들과 달리 가족이 무사하다는 사실로 서로 축하를 해주는 광경에 펄과 나는 압도당했다.

나는 명백한 사실을 물어보고 싶지는 않았다. 그래서 대신 질문하라며 펄을 꼬집었다.

"왜 우리는 남들보다 중요한 거야?" 펄의 목소리는 기어들어가듯 점점 작아졌다.

한바탕 대답이 쏟아졌지만 모두 목적, 위대함, 순수함, 아름다움, 쓸모 운운하는 것들이었다. 이치에 맞는 말은 하나도 없었다.

그 문제를 이해해보려고 할 새도 없이 우리를 돌보는 블로코바*가 들어왔다. 거대한 등뒤에서 우리는 그녀를 '황소'라 불렀다. 그녀는 부분가발을 쓴 옷장같이 생겼고, 우리가 말을 안 듣는다고 생각할 때면 자주 화가 나서 고래고래 소리를 지르며 발을 구르고 콧구멍을 벌렁거렸다. 하지만 펄과 나를 처음으로 소개받을 때는 어둠에 반쯤 몸을 숨기고 문가에서 머리만 빼꼼 내민 채였고 우리가 질문을 하자 불쾌해했다.

"왜 여기는 동물원이라고 불려요?" 내가 물었다. "누가 정한 거

---

* 수용소의 질서를 책임지던 수감자. 보통 독일인 죄수가 맡았다.

예요?"

황소는 으쓱했다. "그걸 모르겠니?"

나는 모르겠다고 말했다. 제이디와 함께 읽은 내용에 따르면 동물원은 다양한 생명체를 보여주는 보호 구역이었다. 이곳은 그저 고약한 수집행위만을 염두에 둔 장소였다.

"멩겔레 의사 선생님을 기쁘게 하기 위한 이름이다." 황소는 그렇게만 말했다. "여기서 많은 답을 기대하지 마라. 잠이나 자! 네가 할 수 있는 일은 그거야. 그래야 내가 잘 수 있잖니!"

잠들 수만 있다면. 하지만 어둠은 내가 알던 어떤 어둠보다 깊었고, 냄새가 콧구멍 근처에 들러붙어 있었다. 앓는 소리가 침대 아래쪽에서 올라오고 밖에서는 개들이 컹컹거리는데 내 배도 질세라 으르렁거림을 멈출 줄 몰랐다. 우리가 자주 하던 단어 놀이로 기분을 풀어보려 해도 바깥에서 들리는 경비병들의 외침이 내 알파벳을 짓밟아버렸다. 펄을 놀이에 끌어들이려고 해봤지만, 펄은 속삭이듯 건넨 내 질문을 무시하며 벽돌 가장자리를 장식한 은빛 거미줄을 따라 손가락을 움직이기만 했다.

"너라면 좋은 시간을 알기만 하는 시계가 될래, 아니면 노래하는 시계가 될래?" 나는 물었다.

"난 이제 음악 안 믿어."

"나도야. 그래도 시계가 된다면—"

"도대체 왜 시계가 되어야 하는 건데? 그것밖에 못 골라?"

나는 생명체로서, 여전히 살아 있는 사람다운 사람으로서 살아남기 위해서라면 때로는 자신을 사물처럼 다룰 줄도 알아야 한다고 말해주고 싶었다. 자신을 숨기고 있다가 안전할 때 되돌려놓아야 한다고. 하지만 다른 질문으로 그 말을 삼켰다.

"너라면 우리를 구해줄 장소로 갈 수 있는 열쇠가 될래, 아니면 우리의 적을 쳐부수는 무기가 될래?"

"나는 진짜 소녀가 될래. 원래 그랬던 것처럼." 펄이 무심하게 말했다.

놀이를 하면 다시 진짜 소녀가 된 기분이 들 거라고 말해주고 싶었지만 나조차 자신이 없었다. 나치가 우리에게 매긴 번호는 생명을 못 알아보게 만들었는데, 어둠 속에서는 그 숫자밖에 안 보였고, 더욱 안 좋은 점은 숫자를 좀더 참을 만한 것으로, 덜 혹독한 것으로, 덜 우울한 것으로 보이게 할 방법이 전혀 없다는 것이었다. 내 숫자는 번지고 흐릿해져 있었다. 내가 때리고 침을 뱉었기 때문이다. 숫자는 틀림없이 나를 구속할 거였다. 흐릿해졌어도 여전히 숫자였다. 펄도 번호가 매겨졌고 나는 그게 내 것보다 훨씬 미웠다. 왜냐하면 숫자는 우리가 별개의 사람이라는 걸 나타냈고, 별개의 사람이라는 것은 헤어질 수도 있다는 뜻이니까.

나는 펄에게 가능하면 빨리 다시 똑같아질 수 있게 같이 문신을 새기자고 말했지만, 펄은 나와 자매인 게 불만일 때마다 그러듯 한숨을 쉴 뿐이었다.

"그런 얘기는 이제 됐어. 너는 문신 못하잖아."

나는 어떻게 하는지 잘 안다고 이야기했다. 그단스크*에 갔을 때

_____

* 폴란드 발트해 연안의 항구도시.

한 선원이 알려줬다고. 그의 왼쪽 이두박근에 내가 닻을 그려넣어주었다고.

실은 거짓말이었다. 아니, 반만 거짓이었다. 닻 문신을 새기는 장면을 본 적은 있었으니까. 그 바닷가에서 보낸 여름에 나는 벽면에 제비와 배의 윤곽선이 그려져 있는 문신 가게의 흐릿한 구석을 들여다보며 시간을 때웠고 펄은 따개비가 붙어 있는 보트 선미에서 한 소년과 손을 잡는 경험을 했다. 그렇게 언니는 살과 살이 맞닿고 자신의 손바닥으로 감겨오는 손바닥의 찌릿함을 간직한 비밀의 세계로 들어갔고, 나는 바늘을, 너무도 가늘어서 꿈에서나 그 끝이 보일 것 같은 예리한 바늘을 찔러넣는 상상에 친숙해지는 단련을 했다.

"언젠가 우리를 다시 똑같게 만들 거야." 나는 고집했다. "바늘이랑 잉크만 있으면 돼. 우리는 여기서 특별하니까 분명 얻을 수 있을 거야."

펄은 나를 쏘아보더니 여봐란듯이 등을 홱 돌렸다. 침대가 끽 소리를 질렀고 펄의 팔꿈치가 날아와 내 갈비뼈를 찔렀다. 고의는 아니었다. 펄은 절대 일부러 날 아프게 하지 않는다. 이유는 단 하나, 그러면 자기도 아프니까. 그건 우리 자매가 느낀 가장 아픈 통증이었다. 고통은 결코 한쪽에만 나타나는 법이 없었다. 우리는 어쩔 수 없이 고통을 함께 느꼈고, 그래서 나는 이곳에선 고통이 배가되기 전에 나누는 방법을 찾아야 함을 깨달았다.

이 사실을 깨달았을 때, 방 반대쪽의 한 소녀가 불을 찾아냈다. 소중한 종이성냥이었다. 아이는 그 귀한 물건으로 많은 관객이 볼 그림자 인형을 만드는 게 가장 좋다고 생각했다. 그렇게 우리는 벽에 어른거리는 그림자 형상들이 마치 안전을 보장해줄 보이지 않는 방주로 행진하듯 둘씩 나란히 벽을 가로질러가는 모습을 보면서 잠 속으로 빠져들었다.

그림자 속에는 완벽한 세계가 있었다! 그 형상들은 방주를 향해 날갯짓하고 살금살금 걸어가고 기어갔다. 하찮은 생명체는 하나도 없었다. 거머리는 존재감을 드러냈고 지네는 한가로이 기었고 귀뚜라미가 앞으로 움직이며 노래를 불렀다. 늪과 산과 사막의 대표들 모두가 살금살금 걸어 비뚤비뚤거리며 그림자 속으로 황급히 사라졌다. 나는 그것들을 한 쌍씩 분류했고 그 작업을 깔끔하게 해내자 안도감이 들었다. 하지만 여정이 길어질수록 불빛은 희미해지고 그림자는 뒤틀렸다. 등에 혹이 생겨나고 사지가 흩어지고 척추가 녹아내렸다. 형체가 변해 괴물이 되어갔다. 원래 모습은 알아볼 수 없었다.

그럼에도 빛이 살아 있는 한, 그림자도 버텼다. 멋지지 않은가?

펄
___
2장
추강, 신참

스타샤는 몰랐지만 처음부터 항상 우리는 우리 이상이었다. 나는 고작 십 분 먼저 나왔지만, 우리가 얼마나 다른지 깨닫기에는 충분한 시간이었다.

우리가 완전히 달라져버린 것은 멩겔레의 동물원에서였다.

예를 들면 이렇다. 첫날밤, 스타샤는 행진하는 그림자를 보고 위안을 얻었지만 나는 거기서 어떤 평화도 찾지 못했다. 그 성냥이 다른 광경, 숨넘어가는 소리가 따라온 광경도 비추고 있었으니까. 스타샤가 그 죽어가던 소녀 이야기를 했던가?

그날 밤 침대에는 우리만 있었던 게 아니었다. 짚 매트리스에 또다른 아이가 있었고, 열이 끓고 혀가 까만 그 어린애는 내 옆에 웅크리고 누워 자기 뺨을 내 뺨에 대고 죽어갔다. 그것은 애정 어린 몸짓이 아니었다. 그 밀착은 그저 성냥갑 같은 침대에 한 치의 여유공간도 없었던 현실 때문이었다. 하지만 후에 나는 쌍둥이 자매 없이 혼자 있던 이름도 모르는 그애가 내 곁에서 위안을 얻었기를 종종 바라곤 했다. 그 아이가 뺨을 갖다댄 것이 단지 공간이 부족해서만은 아니었다고 믿어야만 했다.

숨넘어가는 소리가 멎자 침대 아래 칸에서 열한 살짜리 쌍둥이 예스피르와 니나 스테파노프가 훌쩍 올라와 소녀의 옷을 벗겼다. 그들은 시체의 옷을 벗기는 일을 평생 해온 것처럼 거침없고 민첩했다. 예스피르는 기뻐하며 어깨에 스웨터를 걸쳤고 니나는 울 스커트를 꿰입었다. 내 얼굴에는 분명 못마땅한 기색이 역력했을 것이다. 예스피르가 나를 구슬릴 작정으로 실이 풀어지고 꼬질꼬질한 발가락 부분을 코앞에 들이밀며 소녀의 스타킹을 주었으니까. 내가 손사래를 치며 선물을 거절하자 고참, 즉 앞선 번호인 그 아이는 우리 같은 신참, 새 번호에게 쓰는 욕설을 내뱉었다.

"추강!"* 그애가 내게 씨근거렸다.

곁에서 일어난 죽음 때문에 어쩔 줄 모르는 상태가 아니었다면 마주 쏘아붙이기라도 했을 텐데, 그땐 그럴 겨를이 없었다. 스테파노프 쌍둥이가 약삭빠른 시선을 주고받았고, 니나가 무언가를 대신 해주겠다는 커다란 호의를 알리듯 내게 윙크했다. 그들은 상의조차 없이 소녀의 머리와 다리를 붙잡아 그 메마른 몸을 우리 침대 아래로 미끄러뜨리려 했다.

"여기 놔둬." 나는 손을 뻗어 아직도 따뜻한 소녀의 가슴 위에 올렸다.

---

* 독일어로 신참을 뜻함.

"얘는 죽었어." 그들이 말했다. "입에서 침 흘러나온 거 안 보여? 죽었다고!"

"그래서? 그래도 누울 곳이 있어야 하잖아. 안 그래?"

"그건 우리 법에 위반돼, 추강."

"무슨 법?"

그들은 사다리를 따라 시체를 바닥으로 끌어내리느라 정신이 없어 대답하지 않았다. 그림자 동물을 만들어내고 있던 희미한 불빛이 그들의 움직임을 비추었다. 그때 나는 완벽한 어둠을 바랐다. 시체가 사다리의 가로대를 따라 쿵쿵거리며 내려가 바닥에 떨어졌을 때 소녀의 눈이 반짝 뜨이는 것이 보였기 때문이다. 모두가 그 탈출을 목격하지 않기 위해 침대 안쪽으로 몸을 돌렸지만, 나는 시체를 나르는 아이들이 소녀를 끄집어낼 때 문턱에서 그 머리칼이 펼쳐지는 모습을 보았고, 소녀가 시야에서 사라지는 동안 눈동자를 기억해두려고 노력했다.

나와 같은 갈색 눈동자라고 생각했지만, 함께 지낸 시간이 참으로 짧아서 또렷이는 알 수 없었다.

또렷이 알 수 있는 건 쌍둥이의 활기뿐이었다. 다시 문가에 나타난 그들은 양손에 묻은 먼지를 털었다. 니나는 스커트를 입고 빙글 돌았고 예스피르는 훔친 스웨터의 보풀을 뜯었다. 새로 생긴 물건들 덕분에 생기가 돌았다. 니나가 슬렁슬렁 걸어오더니 손에 든 뭉치를 스타샤 쪽으로 건넸다.

"스타킹 가져." 그 아이는 내 동생에게 내뱉듯 말했다. "거만하게 굴지 말고."

스타샤는 자신의 무릎 위에 놓인 주인 잃은 늘어난 스타킹을 바라보았다. 나는 돌려주라고 했지만, 스타샤는 다른 사람의 충고를 잘 들은 적이 없었다. 심지어 내 충고도. 스타샤는 엄지장갑인 것처럼 스타킹에 손을 집어넣었고, 니나는 그것을 매우 재밌어했다.

"재치 있네." 니나는 흡족한 듯 말하더니 예스피르와 함께 아래 침대로 들어갔고, 둘은 쓰레깃더미를 뒤지는 사람처럼 짚 매트리스에서 바스락거렸다. 분명 다음 물건을 구할 계획을 세우고 있었을 것이다.

모두가 계획 덕분에 살아남았다. 나는 알 수 있었다. 스타샤와 나도 삶에서 책임질 부분을 나눠야 한다는 것을 깨달았다. 우리 둘 사이에는 이미 그런 분배가 자연스러웠고, 그래서 그곳에서, 이른 아침 어스름 속에서 우리가 버릴 수 없는 것들을 나눴다.

스타샤는 재미, 미래, 나쁜 것을 담당하기로 했다. 나는 슬픔, 과거, 좋은 것을 담당하기로 했다.

범주를 나눠도 겹치는 것이 있었지만 예전에도 그런 상의를 해본 적이 있었다. 각자의 책임을 나누고 나니 나에게는 공평해 보였는데 스타샤가 주저했다.

"언니가 불리한 거 같아." 스타샤가 말했다. "바꿔줄게. 내가 과거를 가질 테니 언니가 미래를 가져. 미래가 더 희망차잖아."

"지금 이대로가 만족스러워." 나는 말했다.

"미래를 가져. 나는 이미 재미를 가졌잖아. 미래를 가져가. 그래야 더 공평하지."

나는 모든 행동을 맞추기 위해 함께 노력했던 지난 시간을 떠올렸다. 어렸을 때 우리는 매일 똑같은 수의 걸음을 걷고, 똑같은 수의 단어를 말하고, 똑같은 미소를 짓는 연습을 했다. 추억 속으로 빠져든 내가 막 진정을 찾으려는 순간 황소가 공포를 되살렸다. 오트밀색 망토를 입은 생기 없는 그녀가 진흙 옷을 입은 듯한 죽은 아이를 높이 든 채 차갑고 민첩한 동작으로 막사를 가로질러왔다. 말 한마디 없이, 그녀는 그 여자아이를 우리 침대로 들어올려 내 옆에 눕힌 다음 싸늘한 손을 오목한 가슴 위로 올리고 발목에서 다리를 교차시켜놓았다. 집중하느라 혀를 빼물고 이 일을 수행하는 황소는 귀한 손님방에 놓을 꽃꽂이를 하듯 열심이었다.

"누구 짓이야?" 일을 마친 황소가 물었고 소녀들은 말없이 서까래만 쳐다보았다.

아무도 대답하지 않았지만 황소는 신경쓰지 않고 겁을 줄 수 있는 기회에 좀더 집중했다. "시체를 변소 옆에 내던져버리는 것보다 더 나은 놀거리를 찾는 게 좋을 거다. 다들 알다시피 멩겔레 의사 선생님의 명령으로 아침마다 동물원에 있는 모든 애들의 수를 세야 하니까. 한 번만 더 이 시체가 없어졌다가는ㅡ"

황소는 그 결과 벌어질 일을 침묵으로 대신했고, 그게 겁주는 데 훨씬 효과적이었다. 임무를 끝낸 황소는 뒤돌아서 망토를 거세게 휘날리며 떠났고, 도중에 잠시 멈춰 서서 그림자 인형을 만들었던 소녀의 성냥을 압수했다. 사위는 다시 어두워졌지만 우리 옆에 누워 있는 죽은 아이가 보이지 않을 정도는 아니었다.

"지금도 배고파 보여." 스타샤가 아이를 보며 말했다. 스타샤는 스타킹을 낀 손으로 소녀의 미동 없는 뺨을 훑었다. "이 아이는 뭘

가 느낄까?"

"죽으면 아무것도 못 느껴." 나는 말했다. 하지만 별로 자신이 없었다. 사람이 죽어서도 여전히 고통을 느낄 수 있는 장소가 존재한다면, 동물원이 바로 그런 곳일 테니까.

스타샤는 손에서 스타킹을 벗어 소녀의 발에 신겨주려고 했다. 처음엔 왼쪽 발, 그다음엔 오른쪽 발. 한쪽은 종아리 중간까지 왔고 다른 쪽은 무릎 위로 슥 올라갔다. 양쪽이 다르다고 괴로워하면서 스타킹을 잡아당겨 맞춰보려는 스타샤에게 나는 원래 짝짝이라 억지로 똑같이 맞출 수는 없다고 말해줄 수밖에 없었다. 바로잡을 수 있는 것은 아무것도 없었다. 우리가 할 수 있는 것은 오직 견디는 일뿐이었다.

"제발." 낑낑대며 애를 쓰다 한쪽 스타킹에 구멍만 더 낸 스타샤에게 나는 속삭였다. "과거를 나한테 줘. 현재도 같이 가질게. 미래는 갖기 싫어."

이렇게 해서 시간과 기억을 간직하는 역할은 내 몫이 되었다. 그때부터 하루하루를 받아들이는 것은 오롯이 내 역할이었다.

1944년 9월 3일

전의 삶에서는 내가 우리의 대변인이었다. 나는 외향적인 쪽, 곤경에서 빠져나오는 확실한 방법을 알고 있는 쪽, 또래든 권위 있는 사람이든 누구와 말싸움이 붙더라도 중재할 수 있는 쪽이었다. 나에게는 이 역할이 맞았다. 나는 모든 이의 친구였고, 우리 둘을 위한 꽤 괜찮은 대표였다.

새로운 세계에서는 스타샤가 사교에 더 적합하다는 것을 우리는 금세 깨달았다. 대담함이 스타샤의 마음 한편에 싹터 있었다. 스타샤는 미소 지을 때 이를 심하게 앙다물었고, 영화 속 카우보이나 만화 속 영웅이 거들먹거리며 걷는 모습을 나름대로 엇비슷하게 따라 했다.

첫날 아침, 스타샤의 수다는 끝이 없었다. 우리의 수월한 적응을 위해 물어볼 수 있는 모든 사람에게 질문을 하고 다녔다. 처음 질문을 받은 사람은 자신을 츠빌링게스파터, 즉 쌍둥이아빠라고 소개한 남자였다. 그는 우리가 잘 모르겠다는 표정으로 이 기묘한 이름에 반응하는 것을 보고도 다들 그렇게 부른다는 것 말고는 다른 설명을 하려고 하지 않았다. 알고 보니 동물원은 사람들에게 새로운 이름과 정체성을 부여하는 관례가 있었고 어른조차 예외가 아니었다.

"우리 가족은 언제 만나요?" 쌍둥이아빠가 나무상자에 앉아 멩겔레에게 보고할 우리의 정보를 속속들이 기록하고 있을 때 스타샤가 물었다. 우리는 소년 막사 뒤편에 앉아 있었는데, 쌍둥이아빠의 발치 흙바닥에는 난데없는 지구본 하나가 한가로이 굴러다니고 있었다. 으레 창고에 보관되는 유물 같은 지구본의 여행은 우리 모두의 부러움을 샀다. 그 물건은 수용소에서 수용소로 옮겨다닐 수 있지만 우리는 동물원에 붙박여 있었으니까. 멩겔레가 '인텔리겐치아의 일원'이라는 별명으로 부르던 페테르 아브라함이라는 소년이 심부름꾼 역할을 했는데, 그런 지위 덕분에 소년은 코트 속에 지구본을 집어넣고 배가 부른 이상증세에 시달리는 것처럼 막사 사이를 뒤뚱거리고 다니며 그 작은 공을 훔쳐올 수 있었다. 페테르는 아침마다 지구본을 훔쳤고, 경비병들은 밤마다 다시 훔쳐갔다. 이런 식으로 세계를 가져갔다 되가져오는 일이 반복되었고, 지구본은 계속되는 여행에 시간이 흐를수록 낡아갔다. 구멍이 생겼고 국경이 흐려졌고 모든 나라가 하나로 섞여버렸다. 하지만 그것은 여전히 지구본이었고 근처에 있으면 쓸모가 있었다. 이런 조사를 하는 동안 쌍둥이아빠의 얼굴 대신 지구본 표면에 시선을 둘 수 있었으니까. 지구본이나 쌍둥이아빠의 얼굴이나 위축되고 닳아빠진 것은 매한가지였지만.

"주말이면 볼 수 있지." 쌍둥이아빠는 인내심을 갖고 대답해주었다. "멩겔레 말대로라면."

쌍둥이아빠는 스물아홉이었고 체코 참전 군인이었다. 그는 여전히 군인처럼 행동했으나 맡은 일 때문인지 심하게 피로해 보였다. 군인 출신에 독일어에 유창하다는 점 때문에 멩겔레는 그에게 소년 막사를 감시하고 새로 들어오는 쌍둥이의 문서를 작성하는 일을 맡겼다. 완성된 문서는 이후 베를린에 있는 카이저 빌헬름 협회*로 보내졌다.

멩겔레가 하나라도 잘한 일이 있다면, 쌍둥이아빠를 이곳으로

---

* 1911년 과학 진흥을 목적으로 설립되었으나 나치 독일 시기에 무기연구와 인종학 및 관련 범죄에 가담했다.

보낸 것이었다. 소년들은 그를 무척 좋아했다. 쌍둥이아빠가 수업을 하고—대개 독일어와 지리였다—묘한 흥분에 살짝 휩싸인 축구장에서 함께 누더기 공을 찰 때면 아이들은 그에게 매달렸다. 갓 태어난 쌍둥이들의 발달을 돕기 위한 목적으로 동물원 안에서 살도록 허락된 어머니들이 있었는데, 그들이 쌍둥이아빠는 언젠가 좋은 가장이 될 거라고 다정하게 이야기해도 본인은 칭찬에 움찔할 뿐 점잖고 수완 좋게 하던 일을 계속했다. 우리 소녀들은 배정된 담당자가 황소뿐이었으므로 자기편이 있는 소년들이 무척이나 부러웠다. 우리는 황소한테 이곳에 대한 아무런 이야기도 듣지 못했다. 막사의 다른 아이들에게 듣고서야 멩겔레의 동물원 근처에 예전에는 집시 수용소가 있었다는 것을 알게 되었다. 1944년 8월 2일, 집시들은 한 명도 남김없이 말살되었다. 그들 사이에서 만연한 질병과 굶주림에 경악한 수용소 고위직 관리들은 말살이 필수적인 조치라고 생각했다—배급량의 문제가 아니다. 분명 집시 수용소에서 성인들이 아이들에게 음식을 주지 않고 있는 것이다, 더러운 건 신경도 쓰지 않고 온종일 노래나 부르고 춤이나 춘다, 이런 자들을 처리하는 방법은 죽여버리는 것이다.

멩겔레가 중재하려 했다는 소문도 있었다. 사실인지 아닌지 아무도 몰랐다. 아는 것은 집시들이 가스실로 끌려갔고, 아우슈비츠의 쌍둥이들은 남겨졌다는 사실뿐이었다. 우리가 있는 새 건물 바로 앞에는 공터가 있었고 독일인들이 죽은 사람들과 죽어가는 사람들을 데려왔다. 그곳은 채워지고 비워지기를 끔찍하게 반복했다. 우리 눈앞에서.

우리는 높이 4미터짜리 전기울타리 너머 들판에 있는 자작나무 숲을 볼 수 있었다. 그리고 인접한 구역의 여성 수감자들도 볼 수 있었다. 그중에서 엄마를 찾으면 우리 쪽으로 되던지지 않기를 바라면서 그쪽으로 빵을 던져줄 수도 있었다. 이곳은 수용소 안에서 식량 배급이 제일 많았으니까. 매주 화요일, 목요일, 토요일에는 연구소로 끌려가며 그 2층짜리 벽돌건물을 볼 수 있었지만 그 외의 것들을 보는 일은 허락되지 않았다. 만약에 누군가가 어떤 이유로 우리를 구해내 다른 곳으로 데려갔다면 아우슈비츠에 대해 더 알 수 있었겠지만, 그렇지 않고서는 볼 수 있는 것이 없었다. '캐나다'라고 불리던 구역도 보지 못했다. 약탈한 보물로 넘쳐나는 창고가 줄지어 있는 그곳에 수감자들은 부와 호화를 상징하는 나라의 이름을 붙였다. 캐나다의 건물 안에는 우리 소지품이 그득그득 쌓여 있었다. 안경, 코트, 악기, 서류가방, 그 모든 것이. 심지어 치아, 머리카락, 인간으로 사는 데 필요하다고 여겨지는 모든 것이 있었다. 우리에게는 수감자들이 옷을 벗는 사우나도 보이지 않았고, 그 서쪽에 샤워실처럼 꾸며진 방들이 있는 작고 하얀 농장도 보이지 않았다. SS의 사치스러운 본부도 우리에게는 보이지 않았다. 그곳에서는 파티가 열리고 푸프*의 여자들이 불려와 춤을 추고 나치의 무릎 위에 앉았다. 그러나 우리는 보지 못했고, 그래서 이미 최악을 알고 있다고 생각했다. 고통의 위력을, 그것이 얼마나 교묘하고 계획적으로 가해질 수 있는지, 어떻게 한 가족의 구성원

---

* 수용소 내 성노예 막사.

을 차례차례 꺾어버리고 마을 전체를 한순간에 죽음으로 몰아넣을 수 있는지 상상할 수 없었다.

우리가 도착한 다음날, 쌍둥이아빠는 효율적이면서도 절도 있게 우리에 대한 문서작업에 착수했지만 대답 하나하나의 중요성과 그것이 우리 삶에 미칠 영향력을 고민하며 순간순간 주저하는 모습을 보였다. 나는 그의 손이 머뭇거리며 두 개의 체크칸 사이에서 망설이는 것을 보았다.

"말해봐라. 누가 먼저 태어났지?" 그가 물었다.

"그게 뭐 중요해요?" 스타샤가 이 질문에 호의적이었던 적은 단 한 번도 없었다.

"그자에게는 모든 것이 중요하단다. 내 누이 마그다와 나도 누가 먼저 태어났는지 모른다. 하지만 그저 그를 기쁘게 해줄 양으로 내가 먼저 태어났다고 말했지. 그러니 말해봐라. 펄, 누가 첫째니?"

"저요." 나는 털어놓았다.

쌍둥이아빠가 나에게 더 자세히 묻는 동안 스타샤의 질문은 문서를 취합해 실험실에 가져가려고 기다리던 미리 의사에게 향했다. 아름다운 의사였다. 사람들이 곧잘 말하던 것처럼 엄숙하고 사려 깊은 꽃, 백합을 닮았다. 미리 의사의 검은 머리와 아주 커다란 눈, 비뚤어진 입을 보고 있으면 약간은 마마가 생각나기도 했지만, 그녀가 좀더 인형같이 생겼고 얼굴을 덮은 표정이 너무도 아득하고 멀어서 종종 묘한 인상을 주었다. 꼭 물밑에서 수면 위의 소동을 보고 있는 듯한 표정이었다.

미리 의사의 아름다움보다 훨씬 더 주목할 만한 사실은 멩겔레가 그녀를 건드리지 않았다는 점이었다. 멩겔레는 아름다운 사람들이 찬탄받는 것을 견디지 못했고 그의 눈에 띈 미인들이 시선으로부터 자유로워졌을 때는 이미 많이 변한 다음이었다. 그는 미인의 운명을 두 경우—이비의 경우와 오를리의 경우—로 갈랐다. 오를리의 경우라면 도착한 날은 아름답겠지만 바로 다음날 알아볼 수 없을 정도로 변해버린다. 멩겔레가 배를 부풀리고 다리를 소시지처럼 불룩하게 만들거나 피부를 밀랍처럼 만들고 딱지가 앉게할 것이다. 이비의 경우라면 푸프에서 일하게 된다. 창문에 몸을 기대고 알록달록한 희귀종 새처럼 노래를 부르며 문을 두드린 남자들이 포주와 가격을 협상하는 소리를 듣게 될 것이다. 미리처럼 멩겔레에게 존중받는 유대인 의사의 경우는 정말 흔치 않았다.

오를리와 이비는 미리 의사의 자매였다. 미리 의사는 그들을 거의 만나지 못했다. 누군가가 미리 의사를 울리고 싶다면 이비와 오를리 이야기를 꺼내기만 하면 되었다. 멩겔레는 실험실에서 미리 의사의 작업이 만족스럽지 않거나 그녀가 꺼리는 일들을 시키고싶을 때면 이따금 그 이야기를 꺼냈다. 나도 이후에 그런 장면을 자주 목격했지만, 그 첫날에 미리 의사는 그저 우리의 자료를 기다리며 서 있을 뿐이었다.

"우리는 언제 나가요?" 스타샤가 그녀에게 물었다. 침묵이 내려앉았다.

"계획이 있단다." 미리 의사는 쌍둥이아빠와 얼굴을 마주본 다음 마침내 입을 열었다. 쌍둥이아빠는 여러 번 시도해보았지만 여전히 풀지 못한 복잡한 문제를 앞에 둔 어른들의 표정이었다. "계획은 시작했지만 잘 모르겠는 게—"

그녀는 문가에 나타난 여자 때문에 대답을 피할 수 있었다. 여자는 회색 강보로 감싼 아이 둘을 품에 안고 있었고 아이들의 얼굴은 꼭 여며져 보이지 않았다.

쌍둥이가 어린 경우 어머니가 동물원에서 보모 자격으로 함께 살도록 허락되는 경우가 가끔 있었다. 클로틸데도 그런 어머니였다. 모두가 클로틸데를 알았는데, 남편이 SS 대원을 죽였기 때문이었다. 그는 경비병의 총을 빼앗고 결정적인 한 발을 쏘아 찰나의 폭동을 이끌어냈다. 포위과정에서 세 명의 SS 대원이 쓰러졌고 폭도는 모두가 보는 앞에서 교수형에 처해졌다. 하지만 그의 죽음은 공포를 불러일으키기는커녕 영웅담을 남겼다. 클로틸데는 아버지의 이야기가 유산이 될 것이라고 뽐내기를 좋아했지만, 아기들에게는 아무런 위안도 되지 않을 것이 뻔했다. 아기들은 아버지의 비참한 죽음에 저항이라도 하듯 칭얼대며 작은 발로 칙칙한 색깔의 강보를 차댔다.

스타샤는 클로틸데 가까이로 가서 강보에 싸인 아이들을 관찰하려 했다. 나는 자기 능력을 과대평가하는 경향이 있는 스타샤가 아이를 안아봐도 되느냐고 물어볼까봐 걱정스러웠다. 다행히 스타샤는 궁금한 것들을 물어보는 데 정신이 팔려 있었다.

"우리는 어떤 걸 먹어요?" 클로틸데에게 스타샤가 물었다. 클로틸데는 미리 의사에게 아이들을 봐달라며 건네고 있었다. 미리 의사가 아이들을 보고 굳어버렸지만 클로틸데는 무언가 알려주겠다는 단호한 목소리로 스타샤의 질문에 열정적으로 대답하느라 다행히 그 반응을 보지 못한 것 같았다.

"수프가 아닌 수프!" 그녀는 반색하며 외쳤다.

"그런 수프는 들어본 적이 없어요. 뭐가 들어 있는데요?"

"오늘? 삶은 뿌리야. 내일? 삶은 뿌리지. 그후엔? 삶은 뿌리랑 뭔지 모를 것 조금. 괜찮을 것 같니?"

"좀더 괜찮은 일들도 있잖아요." 스타샤는 아기들에게 고갯짓을 했다. "아줌마네 쌍둥이는 다행히 그런 수프를 먹지 않아도 된다든가 하는 거요."

"나아지길 기도하렴." 클로틸데가 말했다. "그리고 만약 기도에 응답을 받지 못한다면, 기도를 먹으면 돼. 기도만으로도 몸을 충만하게 할 수 있단다." 아기들도 터무니없는 말을 알아들었는지 칭얼거림이 귀를 찢을 듯한 울음으로 바뀌었다.

"우리는 기도 안 해요." 스타샤는 자신의 말이 큰 울음소리에 묻히지 않도록 목소리를 높였다.

우리는 1939년 가을에 기도를 그만두었다. 11월 12일이었다. 기도를 그만둔 많은 이들처럼 실종으로 인한 가족사였다. 아니, 좀더 정확하게 말하자면 기도는 실종 이후 일주일, 그리고 그다음 이주일 동안 썰물처럼 밀려들어왔다가 눈이 녹기 시작할 무렵에는 완전히 죽어버렸다. 블루벨이 마당에서 고개를 내밀었을 때는 매장된 것이나 마찬가지였다.

이런 설명을 할 생각은 없었지만 클로틸데는 이미 눈썹을 활처럼 치키고 경멸하듯 우리를 바라보고 있었다. 그녀는 아기들의 머리를 보더니 불경함으로부터 보호하고 싶다는 듯 스카프로 감쌌다.

"배가 고플 만큼 고파지면 너희 위치를 다시 생각하게 될 거다." 그녀는 그렇게 중얼거리고는 쌍둥이아빠와 체코어로 빠르게 대화를 주고받았다. 의미는 알 수 없었지만 퉁명스러운 말끝과 조각조각난 대화가 서로에게 분수를 알라고 말하는 것 같았다. 말싸움이 격해지자 미리 의사의 얼굴에 두렵고 상처받은 기색이 떠올랐다. 부모님이 싸우는 광경을 보는 아이의 표정과 다르지 않았다. 미리 의사가 발을 내디뎌 두 사람 사이에 섰다.

"하지만 어쩌면 말이야." 미리 의사는 우리에게 말했다. 자기 말이 묻히지 않도록 소리를 질러야 했는데도 매력적인 목소리였다. "어쩌면, 기도하는 대신에 소원을 빌면 될 거야. 소원은 빌지? 이곳에서도 소원은 원하는 만큼 많이 가질 수 있단다."

그 태도가 참으로 침착하고 참으로 노련해서 나는 동물원에서 미리 의사가 비슷비슷한 갈등을 누그러뜨려 매듭짓는 역할을 한다는 걸 깨달았다. 클로틸데는 졌다는 표시로 바닥에 침을 뱉었고, 쌍둥이아빠는 이 기발한 해결책에 살짝 미소 짓고는 질문을 이어갔다.

"어디서 살았지? 다른 형제나 자매는 없나? 부모님은 두 분 모두 폴란드 유대인인 거지? 태어날 땐 자연분만이었나? 제왕절개? 합병증은 없었고?"

우리의 세세한 대답을 정리하느라 그의 펜이 움직이는 소리가 들렸고, 면담이 거의 끝나가던 바로 그때 한 무리의 경비병이 지나갔다. 흙먼지가 피어올랐고, 개가 짖었고, 쌍둥이아빠가 펜을 내동댕이치는 기세에 우리는 화들짝 놀랐다. 아기들은 더욱 악을 쓰며 울어댔다. 쌍둥이아빠가 양손으로 머리를 감싸서 우리는 그가 갑자기 아예 그만 살기로 결심하고 영원히 그대로 잠들어버릴지도 모르겠다고 생각했다. 이곳에선 그런 일이 관습처럼 일어난다는 이야기를 들었다. 하지만 벌써 하얗게 세어버린 정수리를 잠시 보고 있자니 이윽고 그가 완전히 다시 살아나 우리를 올려다보았다.

"미안하다." 그는 희미한 미소를 지으며 말했다. "잉크가 떨어져서. 그뿐이다. 언제나 잉크가 떨어지곤 하지. 언제나……" 순간 그는 다시 침잠할 것 같았지만 방금 전 그랬던 것만큼이나 갑작스럽게 자세를 바로잡고 우리에게 활짝 미소를 지으며 손을 내저었다. "이제 가라. 점호시간이다."

고분고분 몸을 돌려 떠나려는 우리에게 그가 기다리라는 손짓을 했다. 그는 의식적으로 우리와 눈을 맞췄다. 그리고 분명 다른 아이들에게도 들려줄 말, 반복적으로 할 말을 했다.

"막사에서 제일 먼저 할 일은 다른 아이들의 이름을 파악하는 것이다. 서로의 이름을 모두 외워라. 새로운 아이가 오면 그 이름도 알아둬. 어떤 아이가 우리를 떠나면 그 이름을 기억해라."

나는 그러겠다고 맹세했다. 스타샤도 맹세했다. 그다음 스타샤는 그의 진짜 이름을 물었다.

쌍둥이아빠는 일 분, 어쩌면 이 분 정도 종이를 내려다보았다. 자신이 세심하게 작성해놓은 답안에 몰두한 것 같았다. 까만 잉크로 체크해둔 표시와 작은 칸이 그도 까맣게 만들어버린 듯이. 우리가 대답을 듣지 못하고 떠나려 한 그 순간, 그가 눈을 들어 우리를 보았다.

"한때 즈비 신게르였지. 하지만 지금은 중요하지 않단다." 그가 말했다.

*

우리는 이른 아침 햇빛 속에 서서, 재넘새와 씻지 않은 아이들의 악취를 떨쳐내기 위해 코를 씰룩거리며 점호를 기다리고 있었다. 공기는 9월의 따스함을 머금고 있었다. 우리에게서 반사되어 퍼져나간 열기가 먼지 후광을 만들었다. 이 점호에서 나는 처음으로 멩겔레가 모아놓은 연구대상을 한꺼번에 볼 수 있었다. 쌍둥이, 세쌍둥이, 릴리퍼트,* 사지가 없는 사람, 아리아인의 외모가 그의 호기심을 부른 유대인. 몇몇의 천진한, 몇몇의 미심쩍은 시선을 받으며 우리가 얼마 동안이나 추강으로 여겨질까 생각하지 않을 수 없었다. 그런 시선을 무시하려고 최대한 노력하면서 딱딱한 아침빵 가장자리를 잘랐고 진흙 같은 가짜 커피를 마셨다. 빵은 거의 스타샤에게 주었다. 하지만 내 몫의 가짜 커피만은 다 마셨다. 커피는 아주 시큼했고, 스타샤의 말마따나 강바닥의 오래된 신발로 내린 듯한 맛이 났다. 스타샤는 커피를 마시자마자 목에서 거부반응이 일어나 저도 모르게 멀리 뱉어내버렸다. 운 나쁘게도 라비노비츠 가족이 커피가 닿을 거리에 있었고―모두 줄을 서서 아침식사를 배급받고 있었다―스타샤의 침이 장남의 양복 코트 옷깃에

---

*『걸리버 여행기』에 나오는 소인국의 이름.

정확하게 튀어 그의 기분을 망쳐버렸다.

라비노비츠 가족은 릴리퍼트였다. 식구를 통솔하는 가장이 건재한 온전한 가족이었고, 모두 금박과 레이스로 장식된 끝단에서 술이 흔들거리는 알록달록한 벨벳과 실크로 된 공연 의상을 입고 있었다. 여자들은 머리를 뒤로 남김없이 넘겨 높이 묶었고 남자들은 고슬고슬한 턱수염이 퍼레이드 깃발처럼 흔들렸다. 화려한 광경이었다. 왜 사람들이 그들을 보며 분하게 여기는지, 공감하지는 못해도 알 것 같았다. 첫째, 아우슈비츠에 온전한 가족이 대체 어디 있나? 그리고 둘째, 그들은 멩겔레의 가장 큰 관심을 받았다. 멩겔레의 경탄 덕분에 그 가족은 우월한 지위를 차지했을 뿐 아니라 병원의 널찍한 방을 쓰는 축복을 누렸고, 방은 보기 드문 안락함으로 가득차 있었다. 레이스천이 깔린 테이블, 핑크빛 얇은 보일천 커튼으로 장식된 창문. 윌로 패턴이 그려진 온전한 다기 세트. 작지만 양 한 마리를 앉힐 수 있을 정도로 널찍한 고급 가죽안락의자. 멩겔레는 심지어 그들에게 라디오도 주었고, 그건 십대인 장남 미르코의 차지가 되었다. 미르코는 언제나 라디오에서 나오는 음악에 맞춰 가사가 있든 없든 계속 노래를 불렀다. 뭐라도 부르기 위해 가사를 지어냈다. 운 나쁘게도 바로 그가 스타샤의 침을 맞은 것이다.

"누구한테 침을 뱉은 건지 알아둬야 할 거다, 추강." 미르코가 이를 악물고 말했다.

내가 사과하며 그의 코트에서 침을 닦아내려 했지만 그는 내 노력에 기분이 배로 상한 듯 뒤로 물러선 다음 자기 모자 테로 옷을 털었다. 스타샤는 완전히 넋이 나간 채 내내 그를 바라보고 있었다. 우리 눈이 얼마나 커질 수 있는지 지금껏 내가 생각했던 것보다 더 크게 두 눈이 벌어졌다. 눈앞의 진기한 대상을 관찰하기 위해서라면 더 넓은 공간을 만들 수 있다는 듯 점점 휘둥그레진 그 눈은, 누가 봐도 확실하게 무례할 정도로 품평을 하고 있었다.

"나 같은 사람 처음 봐?" 미르코가 도발했다.

"처음 아냐." 스타샤가 거짓말을 했다. "쇼를 봤거든. 많이 봤어. 우리는 항상 공연장에 다녔으니까. 극단 전체가 너 같은 사람이었던 적도 있는걸."

그런 거짓말을 스타샤가 어디서 꺼내오는지 나는 자주 신기했다. 스타샤에게서는 그런 말이 술술 나왔는데, 마치 이야기를 꾸며내는 일에만 절대적으로 몰두하는 또다른 천성이 있는 듯했다. 내가 거짓말 때문에 긴장하지 않았다고는 할 수 없지만, 스타샤는 미르코 같은 사람을 자기편으로 만드는 방법을 알고 있는 것 같았다. 그의 방어태세가 일순 무너졌으니까. 할일이 없어진 두 손은 양옆으로 늘어졌고 얼굴에서 경멸이 사라졌다. 그러자 그의 얼굴이 얼마나 잘생겼는지가 눈에 들어왔다. 로맨스소설을 읽는 소녀가 상상 속 왕자님으로 여길 만한 외모였고, 분명 본인도 이 사실을 잘 알고 있는 것 같았다. 신사답게 스타샤 쪽으로 몸을 돌려 내가 몰래 얼굴 붉힐 틈을 주었으니까.

"그다지 교양 있어 보이지는 않는데." 그가 스타샤에게 말했다. "하지만 너 같은 어린애들은 공연장에서 쓸모가 있을지도 모르지. 너희 재능 좀 있니?"

"언니는 댄서야." 스타샤가 말했다. 그러면서 자기 자신을 손으로 가리키는, 늘 저지르는 실수를 했다. 나는 스타샤의 검지를 잡아 내 쪽으로 돌렸다.

"그래?" 미르코의 시선이 오롯이 나에게 집중되었다. "어디서 춤을 췄어? 같이 추자고 청해도 될까? 공연을 하면 의사도 정말 좋아할 거야. 가끔 비공개 공연을 열어서 자기 친구들을 즐겁게 해주거든. 페르슈어 같은 사람들. 페르슈어 만나본 적 있어? 의사의 스승이야. 멩겔레한테도, 그래, 그 사람한테도 스승은 있어. 네가 춤을 잘 춘다면 내가 스승이 되어줄 수도 있겠다."

그는 즉흥 지그를 추더니 당당한 자세로 몸을 굽혀 인사했다.

"나는 우리 집안에 대대로 내려오는 댄서의 혈통을 이어받았고, 할머니는 너처럼 키가 컸어. 우리는 곳곳에서 왕들과 왕비들을 위해 춤을 추었지. 재미있는 이야기도 해. 하나 들어볼래? 어때? 어떤 이야기를 좋아해?"

미처 대답하기도 전에 우리가 여태껏 본 사람 중 가장 창백한 여자가 무채색의 환한 휘광을 업고 이 작은 인물을 덮쳤다. 등뒤로 늘어뜨린 겨울같이 하얀 머리카락이 눈부시게 빛났다. 그녀는 그를 급습해 주먹을 날렸다. 작은 발을 짓밟히자 그가 큰 소리를 내질렀다. 그녀는 아무리 연약한 추강이라고 해도 이애들처럼 큰 사람, 인간 사람보다 네가 잘났다고 생각하다니 대체 어떻게 된 놈이냐고 물었다. 스타샤가 끼어들어 그가 우리를 괴롭히던 게 아니라고 말하려 했지만 욕쟁이 천사는 벌을 내리는 데 골몰해서 우리 말은 듣지도 않았다. 그녀는 도망가는 그의 뒤를 바싹 뒤쫓으며 몰아냈고, 한술 더 떠서 돌까지 몇 개 집어던졌다.

"이 못생긴 유령아! 잘 때 조심하는 게 좋을 거다." 미르코가 소년 막사로 후퇴하며 협박했다.

"해봐라, 올챙이 새끼야!" 그를 벌준 천사가 소리쳤다. "내가 내인생을 저주하게 되는 꼴을 나도 보고 싶으니까! 저들도 못하는데 네놈이 감히? 나는 맨날 한바탕할 준비를 하면서 일어난다고. 나한테는 독기랑 힘이랑 복수할 계획밖에 없으니까! 내가 얼마나 고통받을 수 있는지 끝장을 보자고! 어디 해봐!"

한바탕 쏟아낸 다음 천사는 승리의 광채를 내뿜으며 짜증스럽다는 손짓으로 더러운 옷을 쓸어내 먼지를 털기 시작했다. 그녀는 한때는 흰색이었을 단이 해진 파자마를 입었고 너무도 마르고 키가 커서 소금기둥 같았다. 창백한 얼굴에 양쪽 눈가가 멍이 들어 있어 판다 같기도 했다. 하지만 그건 눈동자가 장밋빛 분홍색이라는 사실을 알게 되면 신기한 것도 아니었다.

이름은 브루나였다. 아니, 그 시절에 그런 이름으로 지내고 있었다. 경비병들이 조롱을 섞어 그렇게 불렀다. 그것은 '갈색 머리 여자'라는 뜻의 독일 이름이었으니까. 그렇지만 그녀는 그들의 사악한 의도를 입맛에 맞게 비틀어 그 이름을 오히려 자신의 창백함에 대한 허세로 이용했다.

"쳇, 난쟁이놈들. 차라리 불구나 거인이 낫지. 안 그래?"

나는 그 생각에 반박하려 했지만 스타샤가 끼어들었다.

"어쩌다 멍든 거야?"

브루나는 자랑스럽게 보랏빛 소용돌이를 가리켰다.

"황소가 이랬어. 내가 입을 함부로 놀렸거든. 먼저 시작한 건 황소지만. 여기가 고향이었으면 애들이 복수해줬을 텐데. 내가 말만 하면 되는데 말이지. 여기는 우리 패거리가 없어. 너무 그리워. 내가 두목은 아니었어. 하지만 꽤 괜찮은 도둑이었지. 열심히 했다고 자신해. 소매치기에서 시작해서 얼마 안 가 좀더 굵직한 강도질까지 했으니까. 내가 훔친 것 중 가장 큰 게 뭐였는지 맞혀봐."

"집?"

"집을 어떻게 훔치니? 집은 못 훔쳐!"

"그 사람들은 우리집을 훔쳤는걸." 스타샤가 지적했다.

"우리집도." 브루나가 수긍했다. "너 묘하게 똑똑하구나? 하지만 집은 아니야. 집보다 더 엄청난 거야. 왜냐면 집은 못 죽으니까. 맞혀봐! 절대 못 맞힐걸? 음, 말해줄게. 백조야! 오데사*에 있는 동물원에서 훔쳤어. 연못에 가서 백조를 들어올린 다음 바로 코트 속에 숨겼지. 물건을 훔치려고 아주 큰 코트를 입고 다닐 때였어. 물론 백조를 완전히 숨길 만큼 크진 않았지. 어린놈이라 평균보다 작았고 나를 여기저기 조금씩 물어댔지만 집에 데리고 오니까 우리하고 사는 걸 꽤 좋아하더라고. 할 수만 있었다면 나랑 평생 살았을 거야."

우리는 백조를 훔치는 게 무슨 소용이냐고 물었다. 별 이득도 없는 이상한 범죄 같았다.

"그자들이 도시를 짓밟고 있었어. 찾아내는 족족 우리 동물을

---

* 우크라이나 남부에 위치한 도시.

죄다 총으로 쐈어. 군인들은 개를 발로 차서 날려버렸어. 말 같은 동물은 끌고 가버렸어. 고양이한테 어떤 짓을 했는지는 듣고 싶지도 않을걸. 음, 나는 오데사에서 가장 아름다운 존재를 그들 손에 죽게 놔둘 수 없었던 거야. 그래서 그자들이 숙소에 난입했을 때, 내가 백조의 목을 비틀어버렸어."

그녀는 커다란 양손을 확 비틀어 그 야만적인 처리과정을 보여주었다. 그녀가 그 생명체의 목숨을 끊어놓는 모습은 상상하기 어렵지 않았다. 눈앞에서 뼈가 우드득 부러지고 하얀 깃털로 덮인 긴 목이 맥없이 늘어지는 것 같았다. 브루나 역시 뼈 부러지는 소리와 축 늘어진 채 움직이지 않는 모습을 듣고 보고 있는 게 분명했다. 분홍빛 눈이 회상으로 촉촉해졌고, 가장 쓸모 있었던 폭력의 기억을 떨쳐버리고 싶은지 서둘러 주머니에 손을 찔러넣었다. 그리고 파자마 어깨에 눈물을 닦아내고 애써 미소를 지었다.

"패거리 이야기를 하고 있었지. 우리 패거리는 말이지, 크진 않았지만 서로를 돌봐주었어. 내가 너희를 돌봐준 것처럼."

"꼭 보답할게." 스타샤가 약속했다.

"물론 그래야지." 우리의 천사가 말했다. "무조건 내 말대로 해야 돼."

한껏 낮춘 브루나의 목소리에 우리는 그애가 저지르는 범죄의 하수인이 될 거라는 생각으로 놀란 표정을 지었지 싶다. 그녀는 우리 등에 팔을 두르고 꼭 안았다.

"걱정 마." 그녀가 부드럽게 달래듯 말했다. "아주 나쁜 짓이나 복잡한 일을 시키려는 건 아니니까. 누굴 죽여달라거나 하는 건 아냐. 그래도 가끔 날 위해서 몇 가지 일을 처리해달라고 부탁할 수도 있어. 너희는 여기서 좀더 많은 걸 해낼 수 있거든. 게다가 쌍둥이잖아. 빵 한 덩어리를 통째로 훔치고도 벌을 피해갈 수 있어! 수프 한 통도! 나는 스테른 세쌍둥이가 그걸 해내는 걸 보았어. 마가린 한 덩어리도! 내가 처리하는 방법을 알려줬기 때문에 그애들은 항상 나와 몫을 나눠. 여기서 처리한다는 건 훔친다는 말이야. 알지? 살기 위해, 거래하기 위해, 즐거움을 위해 처리하는 거야. 이거라도 없으면 나는 지루해서 미쳐버리고 말걸."

스타샤는 어떻게 이런 곳에서, 항상 최악의 가능성에 무게를 두어야만 하는 장소에서 지루함을 느낄 수 있느냐고 큰 소리로 물었다. 브루나는 그 말을 비웃었다.

"계속 여기 살고 매일 주삿바늘로 찔리다보면 그런 질문은 안 하게 될걸. 그자들이 너희 얼굴을 사진으로 찍고 그림으로 그려대는 동안 주변 사람들이 온통 얼굴과 몸을 잃어가는 걸 보면 그런 질문은 안 나올 거야." 그녀는 한숨을 쉬더니 마치 땅바닥이 끌어당기기라도 한 듯 구부정해졌다가, 똑바로 서려고 의식적으로 노력하며 가슴을 다시 펴고 몸을 꼿꼿이 세웠다. "내가 한 수 가르쳐줬으니까 보답으로 나를 즐겁게 해줘. 나는 오락거리가 필요해. 장난 같은 거 말이야. 쌍둥이들이 치는 장난 있잖아."

"넌 쌍둥이 아냐?" 스타샤는 그 사실에 놀란 것 같았지만, 브루나가 깔깔 웃어대는 바람에 멍청한 질문이 되어버렸다.

"눈멀었니? 진짜 그렇다고 해도 내가 너라면 입다물고 있겠어. 안 그러면 가스실로 보내질 테니까."

"가스실이 뭐야?" 스타샤가 물었다.

우리의 안내자는 갑자기 말을 잃고 침울해졌다.

"신경쓰지 마." 브루나가 마침내 입을 열었다. "다만, 실제의 너희보다 더 약하거나 멍청해 보이면 안 돼. 단 한 순간이라도. 알겠어?"

그녀는 매우 곧고 위엄 있게 서서 하얀 피부를 여봐란듯이 얼굴부터 엉덩이까지 손으로 쓸어내렸다.

"알비노 한 번도 본 적 없어?" 그녀가 말했다. "그게 나야. 유전적 돌연변이."

"그럼 저애랑 비슷한 거네." 스타샤는 미르코가 도망친 쪽을 가리켰고 우리는 그가 소년 막사 구석에서 머리를 빼꼼 내민 것을 보았다. 거기에서 분명 우리의 대화를 엿듣고 있었던 것이다. 그는 혀를 내밀고 다시 사라졌다.

"돌연변이! 등신! 벌레새끼!" 그녀는 소리를 지르더니 우리에게 이야기했다. "아니야, 쟤랑은 전혀 달라! 쟤보다 낫다고! 하지만 너희 쌍둥이만큼은 아니야. 너희 중 한쪽이 죽기라도 하면 멩겔레는 발을 구르며 통곡하지. 너희도 물론 그의 실험대상이야, 그냥 물건이라고. 하지만 소중한 대상이지. 너희는 여기에서 그랜드피아노, 밍크코트, 캐비아야. 소중하다고! 우리 나머지는 기껏해야 카주, 캔버스천, 통조림콩 정도고."

이야기를 끝마칠 무렵―자신의 강의에 흡족한 게 분명했고, 우리의 문제점을 깔끔하게 요약해준 것이 뿌듯해 보였다―까만 파리 한 마리가 코 근처로 날아들자 그녀의 입에서 또 한차례 욕설이 쏟아져나왔다.

"거지새끼!" 그녀는 그 곤충에게 꽥 소리를 질렀다. "잡것! 기생충! 너도 내가 내 인생을 저주하게 만들 수 있다고 생각하지!" 그녀는 펄쩍 뛰어 파리를 잡으려고 풀썩풀썩 쫓아가다가 균형을 잃고 흰 무더기처럼 넘어졌다. 쓰러진 자리 주변으로 흙먼지가 피어올랐다. 내가 몸을 기울여 손을 뻗었지만 그녀는 뭐에 홀린 듯 뿌리치고 꾀죄죄한 얼굴을 돌려 어두워진 눈으로 하늘을 올려다보았다. 평상시의 파란빛이 아닌 화염이 휩쓸고 지나간 듯 두터운 잿빛이었다.

"말해줘." 철책을 넘어 들판으로 도망가는 파리를 눈으로 좇으며 그녀가 말했다. "어떤 느낌이야? 소중한 존재가 된다는 건."

나는 모른다고 말했다. 명백한 거짓말이었다. 나는 그 느낌을 잘 알고 있었다. 마마와 제이디가 끌려가기 전까지도 알았고, 자신보다 나를 더 소중하게 여기는 스타샤와 있을 때도 다른 방식이긴 했지만 여전히 그런 느낌을 받았다. 하지만 존재 자체가 흔들릴 정도로 격분에 휩싸인 브루나에게 그 사실을 뽐내고 싶지는 않았다. 브루나의 오른손 검지손가락이 심하게 떨렸다. 그녀는 그 손가락으로 멀리 있는 건물을 가리켰다. 나중에 알게 되었지만 그건 멩겔레의 연구소였다.

"제발." 그녀는 애원했다. "언젠가 알게 되면 말해줄래? 알고 싶어."

1944년 9월 7일

빵은 모두의 기억을 가져가. 그것이 브루나가 나에게 처음으로 가르쳐준 것이었다. 브롬화물*이 잔뜩 들어 있어서, 하루 치 빵껍질만 먹어도 위장에 막이 생기면서 기억이 흐려져. 나는 시간과 기억을 담당하는 쪽이었기 때문에 언제나 내 몫의 대부분을 스타샤에게 주었다. 우리 중 한 명은 가능한 한 많이 잊어야 한다고 생각했다. 나는 브루나의 도움을 받아 나를 지탱할 다른 방법을 찾아냈다.

브루나는 나를 첫째 콩알, 스타샤를 둘째 콩알이라고 불렀다. 그것이 우리를 소유하는 브루나의 방식이었고, 다른 사람보다는 브루나의 소유가 되는 것이 나아 보여서 나는 크게 신경쓰지 않았다. 브루나는 온갖 유용한 것을 가르쳐주었다. 축구장에서 뜯은 풀로 수프를 만드는 법, 몰래 냄비에 무언가 끓이는 법, 그전에 먼저 냄비를 구하는 법. 요리사의 환심을 사는 법, 우리가 쓸 것들을 처리할 수 있도록 주방으로 물건을 옮기는 법도 가르쳐주었다. 감자는 여기에, 양파는 저기에, 석탄 몇 덩이, 종이성냥, 숟가락도 있었다. 그녀는 내가 좀더 도둑답게 은밀히 움직일 수 있도록 치마 허리춤에 작은 자루를 바느질해 달아주었다. 얼마 지나지 않아 나는 우리 세계의 전부를 그 작은 주머니에 가지고 다녔다.

나는 브루나와 한패가 된 것을 마마와 제이디가 어떻게 생각할지 궁금했다. 바깥세상에서라면 브루나가 두려웠겠지만 배반이 들

---

* 진정 작용을 하는 약물로 장기간 복용시 기억상실 등 신경계 장애가 발생한다.

끓는 이곳에서 그녀는 가족이었고, 우리는 사랑으로 보답하기 위해 최선을 다했다. 그녀는 우리의 놀이를 무척 좋아했다. 많은 아이들이 좋아하던 무덤 파기보다 더 복잡한 놀이들 말이다. 수수께끼, 히틀러 죽이기, 생물의 분류라면 언제나 환영이었다. 특히 마지막 놀이를 할 때면 특정 생물이 어떤 이유로 우월하고 기능적이고 가치가 있는지 괴상한 의견을 내놓아서 실력은 영 꽝이긴 했지만 말이다.

브루나는 열일곱밖에 안 됐지만 아우슈비츠에서 삼 년을 지냈고 그전에는 강제수용소 몇 군데를 몇 달 간격으로 옮겨다녔기에 우리에게 확신을 갖고 말해줄 수 있었다. 내가 겪어봐서 아는데 지금 우리가 지내는 곳이 훨씬 나아. 다른 수용소는 포장도 안 돼 있고 콘크리트는 탑을 쌓는 데 다 들어가고, 장식이라고는 하늘을 향해 굽어 있는 총뿐이거든.

"이곳이 더 문명화되어 있지. 하지만 그렇다고 좋은 건 아냐." 그녀는 곧잘 그렇게 말했다.

그녀, 브루나는 우리와 있을 때 말고도 계속 바빴다. 언제나 누군가를 돕거나 벌주러 사방으로 뛰어다녔다. 모두를 감독하며 여기저기 참견하고 다녔다. 하루 중 대부분은 소녀 막사 바깥의 큰 통 위에서 손차양을 만들어 해를 가리고 서 있었다. 어떤 것도 그녀의 관심을 피해갈 수 없었다. 간호사가 병원에 필요한 물건을 원하면 찾아다주었다. 어느 쌍둥이가 다른 아이를 괴롭히고 있으면 기꺼이 되갚아주었다. 쌍둥이아빠가 찾는 책이 있으면 수소문해 구해다주었다. 공산주의를 마뜩잖아하는 사람이 있으면 좋은 점을 발견하도록 도와주었다.

하지만 때로는 이 모든 활동으로도 한시도 가만 못 있는 그녀의 성격을 만족시키지 못할 때가 있었다.

"지루해." 우리가 동물원에 온 지 삼 일째 되던 날 브루나는 말했다. "날 좀 즐겁게 해봐. 나는 너희한테 내 재능을 보여줬잖아." 그녀가 분홍빛 눈을 나에게 돌렸다. "둘째 콩알이 네 탭댄스를 계속 자랑하더라."

"스타샤가 허풍 떠는 거야." 내가 말했다.

"보여줘." 브루나는 과시하듯 통에서 뛰어내리며 말했다. "나는 굉장한 예술 애호가라고. 내 삶이 증명해. 붓을 훔친 적도 있어. 발레 티켓을 훔친 적도 있고. 고급 백화점에서 도자기로 만든 작은 조각상을 열두 개나 훔쳤어. 붙잡히긴 했지만, 그래도 그 조각상을 훔친 건 변함없으니까. 나는 감옥에 가서 죗값을 치렀어. 보다시피 나는 예술 때문에 고통을 받았다고. 그러니 내 부탁을 거절하면 안 돼."

브루나는 기대에 차서 나를 바라보고는 우리 앞에 있는 돌 몇 개를 치워 무대를 만들었다. 사람들이 지나가는 쪽을 향해 돌을 던지지 않아서 놀랐는데, 브루나는 무기가 될 만한 것은 절대 버리는 법이 없다고들 했기 때문이다. 그 대신 지금은 다른 종류의 기대감에 사로잡혀 있는 것 같았다.

"어서, 펄. 춤추는 걸 보여줘. 나도 좀 잠깐 다 잊어보자."

"여기선 안 출래." 나는 고집을 부렸다. "그럴 이유가 없다고."

"여기서 나갔을 때를 대비한 연습이야." 스타샤가 말하며 몸을 구부려 돌 하나를 더 치웠다. "미래를 위해서. 나는 미래 담당이잖아. 기억나?"

"안 해."

브루나는 팔짱을 끼고 우리의 말싸움을 지켜보았다. 그것만으로도 충분한 즐길 거리가 되는 것 같았다. 하지만 스타샤는 도시들이 다 파괴되고 사망자 수가 집계될 때면, 아빠가 다시 돌아오지 않고 집들이 다시 지어지지 않을 때면, 전쟁이 끝날 때면 우리 가족이 먹고살 길은 내가 춤추는 것밖에 없으니 연습을 해야만 한다고, 준비를 해야만 한다고 고집을 부렸다.

내가 주장을 받아들이지 않자 스타샤는 막대기를 들었다. 그리고 외쳤다. 주디 갈런드는 했어. 주디는 발에서 아무리 피가 나도, 배가 아무리 고파도, 아무리 현기증이 나도, 아무리 이가 우글거려도 고통을 이기고 연습을 했어.

"난 주디 갈런드가 아냐." 나는 맞받아쳤다.

하지만 내 동생은 고집을 꺾지 않았다. 결국 나는 흙먼지 속에서 춤을 추었고 스타샤가 휘파람으로 음악을 깔아주었다. 휘파람 소리는 지독히도 희미해서 자꾸 끊겼지만 나를 다시 과거로 데려 갔고, 잠시나마 춤추는 것이 정말로 즐거웠다는 것을 인정해야겠다. 그런 곳에서 가능하리라 생각했던 것보다 더 즐거워서 몇 시간이라도 즐겁게 춤을 출 수 있었을 것이다. 관객이 한 명 늘지만 않았다면, 근처 그루터기에 기분좋게 앉아 있는 불청객만 없었다면 말이다.

타우베였다. 여자 뒤로 몰래 다가가 비명을 지를 기회조차 주지 않고 숨통을 끊어버리는 기술로 유명한 젊은 간수. 노란 눈에 노란 머리였고, 말할 때면 돌처럼 굳은 얼굴에서 붉은빛 둥근 뺨만 실룩실룩 움직였다. 그를 발견하고 나는 멈췄지만, 타우베는 계속하라는 손짓을 하며 아주 기대되는 공연을 보기 위해 극장에 자리를 잡듯 다리를 발목께에서 요령 좋게 꼬았다. 그리고 주머니에서 초콜릿바를 꺼내더니 묘하게 조심스러운 태도로 야금야금 먹어치웠다. 멀리서도 그가 물어뜯은 자리에 반원 모양이 생긴 것을 알아볼 수 있었고, 그가 만끽하는 달콤한 맛을 상상하기란 어렵지 않았다.

"계속 연습해라." 그는 치아에 초콜릿을 묻히고는 명령했다.

그래서 나는 계속했다. 타우베 말고 다른 관객이 있다고 상상하려 애썼다.

"더 빨리." 그가 지시했다.

힐 앤드 토,* 나는 바닥을 굴렀다. 빨리, 열심히 춘다면 끝내줄 거라고 생각했다. 그리고 그때, 다행히도—

"그만!" 그가 명령했다.

나는 멈췄다. 하지만 타우베의 둥근 뺨이 짜증스레 씰룩였다. 내가 그의 명령을 잘못 알아들은 모양이었다.

"너 말고! 너는 계속 춤춰! 너!" 그가 스타샤를 가리켰다. "휘파람은 됐어!"

스타샤는 일순 입을 다물고 양손을 슬금슬금 올려 귀를 막았다. 바닥을 구르는 내 발소리가 스타샤를 괴롭힌다는 것을 알 수 있었

---

* 발꿈치와 발끝을 땅에 구르는 춤동작.

다. 내가 느끼는 그 모든 고통과 그 모든 피로를 스타샤도 느낄 수 있었다. 스타샤는 공포로 위축된 목소리로 타우베에게 쉴 시간을 달라고 간청했다.

"하지만 펄은 재능이 뛰어나. 맞지?"

"네, 무척이나요." 스타샤는 벌벌 떨었다. 발에 시선을 고정한 채 위는 올려다보지 않으려 했고, 나는 스타샤의 발이 내 발처럼 욱신거리고 있다는 것을 알았다.

그걸 보지 않았더라면 계속할 수도 있었겠지만, 나는 스타샤의 고통에 발을 헛디디고 쓰러졌다. 브루나가 손을 내밀었지만 타우베는 그녀를 밀쳐내고 내 치마 허리춤을 붙잡아 일으켜세웠다. 그리고 자신이 앉아 있던 그루터기 쪽으로 질질 끌고 가더니 마치 선반 위에 놓인 장난감을 적당한 거리에서 관찰하려는 듯 몇 발짝 뒤로 물러선 다음 박수를 치기 시작했다. 우리 모두의 심장이 그 두 손 사이 허공에 매달려 있는 것 같은 기분이었다.

"차라 레안더*라고 아나? 〈무도회의 떠들썩한 밤〉이라는 영화에 나온 스타 말이다. 독일 영화계에서 가장 아름다운 배우인데, 알고 있나?" 그가 질문을 던졌고, 조롱하듯 이어지던 박수소리가 마침내 잦아들었다.

우리는 몰랐지만 모른다고 인정하면 위험할 것 같았다. 그래서 그녀의 아름다움과 재능에 찬사를 쏟아냈고 그러는 내내 타우베는 칭찬의 대상이 멀리 있는 영화배우가 아니라 자기 자신인 듯이 그

---

* 나치 독일에서 큰 인기를 끈 가수 겸 배우.

말을 듣고 있었다.

"차라는 우리 가족의 친구고, 항상 제자를 찾고 있지. 인상적이었다." 그가 손가락으로 내 뺨을 찔렀다. "괜찮은 발을 가졌군. 차라가 조만간 새 영화를 찍는다는 소식을 들었다. 네가 열심히 연습한다면 춤 실력이 더 나아져서 혹시 내가 추천해줄 수 있을지도 모르지. 네 인생에 그런 일이 벌어진다면 멋질 것 같지 않으냐?"

"그럴 것 같아요." 나는 대답했다.

"그렇다면 우리가 여기서 만난 게 아주 운좋은 일이 되겠구나." 그가 말했다. 짐짓 친절한 흥분을 가장하고 있었다. "차라 레안더 양에게 당장 전화하지. 망설이지 않고 올 거다. 어쩌면 비행기를 타고 한 시간 안에 너를 데리러 올지도 모르지!"

대답을 해야 했다.

"어쩌면요." 나는 말했다.

"어쩌면? 이런 흐리멍덩한 대답을 봤나. 네 신념과 결의는 어디 간 거냐? 당장 짐을 싸! 뭘 꾸물거리고 있어? 너를 기다리는 삶이 뭔지 모르겠어?"

나는 그제야 다른 경비병 세 명이 이 광경을 보러 근처에 모여 있다는 것을 알아차렸다. 그들은 너무 크게 웃는 바람에 입에 물었던 담배까지 떨어뜨렸다. 춤을 열심히 춘데다 그 웃음소리를 듣고 있자니 메스껍고 숨이 차서 나는 헐떡거리기 시작했다. 보고 있던 경비병 중 하나가 걱정스럽게 내 쪽으로 뛰어와서―멩겔레가 자신의 쌍둥이들에게 해를 끼치는 경비병이 있으면 벌을 내린다는 것은 모두가 알고 있었다―부드럽게 등을 두드려주었다.

"이 일이 의사 귀에 들어가지 않게 해." 그가 동료 경비병들에게 경고했다.

"그냥 농담한 거야." 타우베는 어깨를 으쓱했다. "유대인들은 농담을 좋아하잖아. 특히 자신에 관한 농담이라면. 넌 아직 본 적 없나?"

타우베는 우악스러운 손을 내 어깨에 얹고 내 이와 혀가 부딪힐 정도로 흔들어댔다.

"웃는 거 좋아하지, 그치? 그럼 나를 위해 좀 웃어봐라."

나는 그의 말을 들어주고 싶었지만, 간신히 아주 작은 웃음소리를 내보기도 전에 브루나가 내 옆에서 킬킬대기 시작했다. 그녀는 깔깔 폭소를 터뜨리고 조롱하듯 코웃음을 쳤다.

"너 말고!" 다시 한번 타우베의 온 얼굴이 경멸로 움찔거렸다. "공산주의자는 웃을 권리가 없어!"

타우베는 미끼를 놓기 좋은 상대였다. 똑똑한 브루나는 점점 크게 킬킬거리며 도망갔고, 타우베는 갑자기 더욱 구미가 당기는 새 먹이에 정신이 팔린 개처럼 그녀를 쫓아갔다. 브루나는 웃음소리 한줄기로 그를 유인해 사라져버렸다.

그것은 브루나가 아우슈비츠에서 한 일 중에 가장 다정한 일이었지만, 나는 그 사건 때문에 다시는 웃고 싶지 않아졌다.

경비병들이 뜰에서 사라지자 스타샤가 내 옆에 앉았다. 신발을 신겨주고 자기 소매로 내 눈물을 닦아주었다. 하지만 그래봐야 별로 도움이 되지 않는다는 걸 알았다. 내 기운을 북돋워줄 유일한 것은 우리가 예전에 하던 놀이라는 생각이 들었는지 자리를 옮겨

등과 등뼈와 엉덩이를 나와 마주댔다. 우리가 아주 어릴 적에 하던 놀이였다. 각자 머릿속에 떠오르는 것을 동시에 그리고, 똑같은 그림을 그렸는지 확인하는 놀이.

우리는 막대기를 들고 바닥에 그림을 그렸다. 처음에는 새를 그렸다. 확인해보았다. 같았다. 그다음에는 새 위를 맴도는 달과 별을 그렸다. 완벽에 가까울 정도로 비슷했다. 우리는 배를 그렸다. 도시를 그렸다. 큰 도시, 작은 도시, 파괴되지 않은 도시, 게토가 없는 도시. 우리는 도시 밖으로 이어진 길을 그렸다. 모든 길은 같은 방향으로 나 있었다.

그러다 갑자기 어디로 가야 할지, 무엇을 그려야 할지, 아무것도 떠오르지 않았다. 내 머릿속은 백지가 되었지만 동생은 거리낌 없이 막대기로 슥슥 그림을 그리고 있었다. 나는 어쩔 수 없이 동생의 어깨 너머를 엿봤다. 안타깝지만 등뼈가 움직이면서 내 의도가 드러나버렸다.

"왜 훔쳐봐야 돼?" 동생이 물었다.

"누가 훔쳐본다고 그래?"

"움직이는 거 느껴졌어. 몰래 봤잖아."

나는 그 비난에 변명조차 못했다.

"이곳에서 언니는 다르니까, 그치? 사람들이 이미 우리를 바꿔놓았어."

틀린 말이 아니었지만 나는 받아들이려 하지 않았다.

"아니야. 우린 같아. 다시 해보자." 나는 말했다.

우리는 다시 해볼 수도, 계속해볼 수도 있었지만 그러기 전에 옆면에 붉은 십자가가 그려진 흰 트럭이 도착했다. 간호사 엘마가 트럭에서 내렸다. 아주 우아하면서도 신경질적인 걸음걸이가 유람선 경사로를 내려오기라도 하는 것 같았다. 동물원의 다른 아이들에게서 엘마에 대한 이야기는 들었지만 직접 본 것은 처음이었다.

스타샤는 엘마를 관찰하더니 바닥에 총알을 그렸다. 나도 총알을 그렸다. 점점 더 빠르게 그렸다. 엘마가 우리를 향해 한 발 한 발 내디딜 때마다 총알은 점점 많아졌다.

나는 그림에 드리운 엘마의 그림자에만 집중하면서 위를 보지 않으려고 했지만 그녀는 선택권을 주지 않았다. 우리 옆에 쪼그려 앉더니 화장한 얼굴을 불쑥 내밀고 내가 감정 없는 고무라도 되는 듯 코끝을 쑥 잡아당겼다. 스타샤는 나중에 엘마의 무척 각진 얼굴을 두고 어둠 속에서도 먹이를 추적할 수 있도록 진화한 형태라고 말했지만, 그때 나는 물어뜯길 만큼 가까이 있어서 머리를 머랭색으로 염색하고 입술은 새빨간 색으로 실제보다 더 두툼하게 그린 계산된 아름다움만 보였다. 눈밭의 피 한 방울처럼 보이기 위해 최선을 다한 것 같았다.

"흙장난을 치기엔 좀 크지 않았니?" 엘마가 내 코를 또 한번 잡아당기며 물었다.

우리 둘 다 무슨 말을 해야 할지 몰랐지만 엘마는 답을 원한 게 아니었다. 그녀는 우리의 그림 위로 떨어진 자신의 날씬한 그림자에 흡족해하고 있었다. 그리고 한 바퀴 빙글 돌며 그림자를 보고 나서 몸을 구부려 바닥의 그림을 자세히 들여다보았다.

"이게 뭐니?" 그녀가 총알을 가리켰다.

"눈물방울요." 스타샤가 대답했다.

엘마는 고개를 한쪽으로 갸웃하더니 우리 그림을 보며 미소 지었다. 눈물방울이 아니라 실은 총알임을 그녀도 아는 눈치였다. 하지만 우리의 속임수가 마음에 들었는지, 옷깃을 잡아 일으켜세우고 빨간 십자가가 그려진 트럭으로 데려가는 태도가 아주 거칠지는 않았다. 우리는 그녀의 두 손에 뒷목 깃이 붙잡혀 있었다. 마치 빠뜨리라는 허락이 떨어질 때까지 물 양동이 위에 대롱대롱 매달려 있는 두 마리 고양이인 것처럼.

3장
작은 불사신

그 눈들에 대해 알아주었으면 한다. 계속해서 바라보는 수백 개의 눈. 결코 만난 적이 없어도 당신을 바라볼 수 있고, 시선이 마주치면 하늘이 당신의 등을 두드려 경고하는 것 같은 감각에 휩싸인다.

그 눈들이 나를 보던 날 나는 변했고, 펄과 다른 사람이 되었다.

하지만 그 눈들에 대해 이야기하기 위해서는 먼저 실험실 이야기를 해야 한다. 그곳에는 채혈, 엑스레이 촬영을 하는 실험실이 있었다. 우리가 한 번도 보지 못한 실험실도 있었는데, 화장장 기슭에 자리잡은 시체보관소에 있었다. 미르코는 기절했을 때 한 번 가본 적이 있다고 주장했다. 그는 의사 삼촌이 내민 구원의 손길로 다시 살아났다고 했지만 다른 아이들은 그 이야기의 타당성을 의심했다. 직접 가서 보든가! 미르코는 미심쩍어하는 아이들에게 늘 그렇게 말했지만, 우리 모두 그런 일이 일어나지 않기를 기도했다.

실험실은 그냥 가는 곳이 아니라 끌려가는 곳이었다. 매주 화요일과 목요일, 토요일에 여덟 시간씩. 그곳은 의사와 간호사뿐 아니라 사진사와 엑스레이 기술자와 붓을 든 예술가로 가득했고, 모두 의사 삼촌의 의료연구를 위해 우리의 특이사항을 빠짐없이 포착하겠다는 의지가 결연했다. 전문가의 손길로 우리는 사진더미, 파일더미가 되어갔다. 우리 몸에서 채취된 성분은 염색되고 슬라이드 사이에 놓여 소용돌이무늬를 만들고 형광빛을 내며 현미경의 시야 아래 살아가게 되었다.

늦은 밤, 빨리 잠든 펄의 의식이 내 의식과 충분히 멀어졌을 때면 나는 우리의 작은 조각들을 떠올리며 한낱 입자라 해도 그 안에 우리 감정이 남아 있지 않을까 생각했다. 실험에 참여했다고 스스로를 혐오하지는 않을까. 조각들은 그럴 것 같았다. 그래서 나는 그건 너희 잘못이 아니라고, 내키지 않는 협조였다고, 너희는 도난당해 고통을 강요받는 것이라고 말해주고 싶었다. 하지만 그 조각들에 내 영향력이 거의 없다는 사실을 알고 있었다. 우리와 떨어지고 나면 조각들은 단지 자연과 과학에, 자신을 삼촌이라 칭하는 남자에게 응답할 뿐이었다. 현미경으로 보아야 하는 작고 많은 물질을 대신해 내가 할 수 있는 일은 없었다.

우리의 일부가 처음 몸 밖으로 붙잡혀나가던 날, 간호사 엘마는 우리를 연구소 복도로 데려갔다. 엘마가 등에 손끝을 대고 있어서 등뼈에 그녀의 휘어진 손톱이 느껴졌다. 상쾌한 숨결이 머리 위에서 내려왔고 실제 그녀보다 훨씬 더 달콤한 향수냄새 때문에 숨이 막힐 지경이었다. 그녀는 우리를 데리고 여러 개의 문을 지나갔다.

그러다 내 뒤꿈치를 밟아서 나는 균형을 잃고 앞으로 고꾸라졌다. 넘어진 채 위를 올려다보니 미리 의사가 있었다.

"일어나, 일어나." 손을 내밀며 말하는 목소리에 다급함이 묻어 났다. 장갑을 끼고 있는데도 온기가 느껴져서 뭉클했지만 이내 그 녀는 자신의 행동을 후회하는 모습을 보였다. 흠칫하며 손을 주머 니에 넣은 것이다. 당시에 나는 미리가 나를 잡아주고 후회한 이유 가 친절함을 보인 바람에 엘마 같은 동료들 사이에서 자기 입지가 위태로워질까봐라고 생각했다. 몇 년 후에 깨달은 사실이지만, 그 녀는 삼촌이 자기 소유라고 주장하는 아이들을 돌보는 데 슬픔을 느꼈던 것이었다. 분명 칼로 하프를 연주하겠다는 사람을 위해 하 프 줄을 매는 기분, 책을 불에 던져버리는 것이 독서라고 생각하는 사람을 위해 제본을 하는 기분이었을 것이다.

하지만 그때의 나는 아직 덜 자란 아이, 코트 속에 숨는 어린아 이였고 어른인 척하는 겁쟁이였기 때문에 그런 걸 깨닫기는 불가 능했다. 그곳, 실험실에서 알 수 있는 것이라고는 우리가 생물의 체계상 흥미로운 위치에 있는 두 여성 사이에 놓여 있다는 점이었 다. 그 둘은 감정이 하나도 없어 보였고 부드러운 형체가 보호막으 로 싸인 듯했다. 간호사 엘마에게는 그게 자연스러운 상태 같았다. 그녀는 갑각류였고, 모든 뼈와 가시는 밖으로 뻗어 있었다. 반짝반 짝 빛나는 바닷게의 완벽한 견본이었다. 타고나길 그런 식이라고, 주변 모두에 무감각하리라고 나는 생각했다. 미리 의사는 조금 다 른 갑옷을 입었다. 딱딱한 판으로 뒤덮여 있긴 하지만 모든 상처를 막지는 못하는 어설픈 보호막이었다. 그 대신 불가사리처럼 탁월한 재생능력이 있었다. 그녀의 조각은 비극과 마주쳤을 때 세 갈래로 갈라져 다시 자라나고 조직들이 재생하면서 진화한 형태의 살로 바뀌는 천재적인 생존력을 지녔다.

저렇게 되는 데 얼마나 걸릴까? 나는 궁금해졌다.

소리를 내서 물어보려던 건 아니었지만 그래버리는 바람에 엘마가 내 어깨를 붙잡고 흔들었다.

"내 얘기니?" 간호사가 다그치듯 말했다.

"아뇨." 내가 자기를 가리키자 미리 의사는 얼굴을 붉혔다. 하지만 그녀는 아이들을 감싸고 엘마의 기분을 달래는 데 능했다.

"언젠가는 의사가 되고 싶다는 말이겠죠." 그녀는 이렇게 말하고는 장단을 맞춰야 한다고 눈빛과 표정으로 전했다. "그렇지?"

나는 고개를 끄덕인 다음 발꿈치로 바닥을 디디고 몸을 앞뒤로 흔들어 그들 눈에 더 작고 더 소녀답게 보이게 했다. 이유야 어떻든 사람들은 흔히 그 행동이 꽤 귀엽다고 생각했다. 펄과 셜리 템플* 둘 다 효과를 보았고, 그때의 나에게도 효과가 있었다. 간호사가 나를 놓아준 것을 보면.

"뭐, 그렇다면." 그녀는 큰 소리로 말하고, 주먹으로 내 머리를 쥐어박았다. "열심히 하면 언젠간 훌륭한 의사가 될 수 있어. 여기서는 뭐든 가능하니까. 알았니?"

그 말도 안 되는 질문에 대답해야 하는 상황을 모면한 것이 날씨 덕분이라고 한다면 믿겠는가? 실험실 창문을 두드리는 소리가,

* 미국의 유명한 배우.

수천 개의 자그마한 주먹이 유리를 때리는 소리가 들려왔다. 흩어져 있던 간호사들과 의사들이 달려들어 창문을 닫고 문단속을 단단히 하는 동안 구슬 같은 우박이 안으로 쏟아져들어왔다. 바다에 있는 조개가 모조리 하늘을 비집고 나타나 언니의 이름과 같은 보석을 실험실에 풀어놓은 것 같았다.

이 하얀 우박 소동 속에서 우리를 지켜보는 사람이 없다는 것을 깨닫고 펄과 나는 몇 발짝 저편, 문이 살짝 열린 방으로 관심을 돌렸다. 나는 안에 무엇이 있는지 보려고 가까이 다가갔다. 책이 줄지어 꽂힌 벽이 문틈으로 보였고, 한 권을 훔치고 싶어서 손가락이 근질거렸다. 실험실의 책이라면 분명 내 몸이 이런 곳을 어떻게 견뎌낼 수 있는지, 어떻게 방어하고 어떻게 고통을 없앨 수 있는지 알려줄 것이었다. 책은 나를 잘못된 길로 인도한 적이 단 한 번도 없었다. 그런 조언도 없이 견디려고만 하는 건 멍청한 짓 같았다.

까치발로 다가가 손잡이를 잡고 부드럽게 밀었지만, 손바닥이 땀으로 미끈거렸던 탓에 문이 확 열렸고 경첩이 끽 소리를 내며 고자질했다. 캡이 비스듬해진 간호사 엘마가 쿵쾅거리며 뛰어와 나를 홱 잡아당겼지만 문은 더 활짝 열리고 말았다. 내가 그 눈들과 만난 건 바로 그때였다. 아니면 그 눈들이 날 만났다고 해야 할지도.

나는 여전히 그때 그 시선의 교환을 어떻게 분류해야 할지 모르겠다.

내가 아는 것은 눈들이 뒤쪽 벽면의 책상 위에 자리잡고 도열해 있었다는 것뿐이다. 눈은 홍채를 관통한 핀으로 고정된 채 점호시간의 아이들처럼 나란히 줄지어 있었다. 예쁜 계절 같은 색깔들이었다. 초록색, 적갈색, 갈색, 황토색. 파란 눈 한 개가 혼자 떨어져 나와 차려 자세를 하고 있었다. 모두 생명을 잃은 생명체 특유의 느낌으로 바래 있었고, 홍채를 덮은 막이 창문을 통해 부드럽게 들어오는 바람에 흔들렸다. 중심에서 반짝거리며 윙크하는 핀이 억류상태를 분명하게 알려주고 있었다.

나는 어리긴 했지만 폭력에 대해 알았다. 폭력은 지평선과 냄새와 색깔을 갖고 있었다. 책과 뉴스영화로만 접하다가 진짜로 알게 된 것은 폭력이 제이디에게 미친 영향을 보았을 때였다. 얼굴에 붉은 누더기를 대고 게토 지하 우리집에 나타난 제이디를 보았을 때, 마마가 아무 말 없이 나이트가운 자락을 찢어 제이디의 코를 감싸주었을 때. 펄은 내내 마마가 앞을 잘 보도록 램프를 들고 있었지만, 나는 벌벌 떠느라 도와주지 못했다. 문제의 실종 소식을 경비병이 전하러 왔을 때도 마마에게 가해지는 폭력을 보았다고 말할 수 있어야 한다. 하지만 나는 내내 눈을 꼭 감고 차단해버렸고, 그러는 동안 펄은 그 광경을 똑똑히 보았다. 언니가 그 모든 것을 보았기 때문에 장면들이 간접적으로, 내 눈꺼풀 안쪽에서 타오르는 게 느껴졌다. 경비병의 부츠가 옆구리로 푹 들어가 마마가 쓰러지는 모습이 보였다. 펄은 내가 적극적으로 보지 않는다고 화를 냈고 억지로 보게 하려고 했지만, 나는 제발 날 끌어들이지 말아달라고 애원했다. 펄은 말했다. 너에게는 선택권이 없어. 아무리 네가 아파해도 나는 절대절대 피하지 않을 거니까. 외면해버리면, 우리는 우리 자신을 깡그리 잃어버리고 결국 다른 이름이 필요해질 테니까.

그러니까 나는 폭력에 대해 알고 있었다. 아니, 그 눈들에게 일어난 일을 이해할 정도로는 알고 있었다. 그것들이 마지막으로 보았을 광경보다 더 좋은 광경을 볼 자격이 있었던 사람들의 몸에서 떨어져나왔다는 것을 알고 있었다. 비록 가장 아름다운 광경이 무엇인지는 몰랐지만 그걸 주고 싶었다. 바다를 건너고 산을 넘어 전 세계를 여행하면서 물건이나 동물, 풍경, 악기, 사람을 가져다주고 싶었다. 폭력으로 찢겨도 아름다운 것들은 남아 있다고, 그리고 그 아름다운 것들이 여전히 그들을 기억한다고 안심시켜줄 수 있는 것이면 무엇이든 괜찮았다. 그런 일이 불가능하다는 것을 깨닫고 나는 그 눈들에게 줄 수 있는 유일한 것을 주었다. 눈물, 그것이 내 뺨을 타고 흘러내렸다.

"왜 우니?" 간호사 엘마가 물었다. 그녀는 문을 닫았지만, 이미 눈들은 내 눈물을 본 후였다.

"우리 안 울어요." 내가 말했다.

"네 언니는 안 울지." 그녀는 우박으로 덮인 머리를 펼 쪽으로 홱 돌렸다가 몸을 숙여 내 얼굴을 보았다. "그런데 너는 울고 있잖아. 저기서 뭘 봤지?"

사실 나는 내가 본 것을 설명할 수 없었다. 하지만 그 눈들을 끊임없이 보게 되리라는 것, 활짝 뜨인 채 깜박임도 없이 다른 운명을 갈구하는 눈들이 한평생 나를 따라다니리라는 것을 알았다. 누군가가 태어났다거나 결혼했다거나 나타났다는 이야기를 들을 때마다 그 시선을 가장 강렬하게 느끼리라는 것을 알았다. 눈을 감고 평화를 찾아보려 해도 결코 완전히 감지는 못하리라는 것을 알았다. 확실했다. 진정한 끝맺음은 우리 모두를 비껴갈 것이다.

"아무것도 못 봤어요." 나는 항변했다.

물방울로 변한 우박이 얼굴에서 바닥으로 똑똑 떨어지는 동안 간호사 엘마는 정공법을 택했다.

"뭔가 봤잖아." 그녀는 그렇게 우기며 내 몸을 흔들어댔다. "나와 같은 걸 봤는지 확인하고 싶은 것뿐이야. 다른 애들이 네 허무맹랑한 이야기에 겁먹으면 안 되니까. 난 너 같은 애들 잘 알아. 공상 좋아하는 애들! 예전에도 그런 여자애가 있었지. 자기가 봤다며 사실이 아닌 얘기를 떠들고 다니더니, 결국 어떻게 됐는지 아니?"

나는 모른다고 했다.

"딱히 나도 잘 모르겠네. 어떻게 기억하겠니? 돌봐야 할 너 같은 애들이 한가득인데. 하지만 이건 알아둬라. 그애의 허무맹랑한 이야기가 가져온 결말은—좋지 않았어. 무슨 말인지 알지?"

나는 고개를 끄덕였다. 끄덕임에는 두 가지 목적이 있었다. 엘마의 수긍을 얻는 동시에 엘마 모르게 눈물을 떨구기 위해서였다.

"자, 이제 말해봐라. 저 방에서 뭘 봤지?"

나는 적당한 대답을 찾다가 벽면에 줄지어 있던 모양에 생각이 미쳤다. 붙잡혀 있는데도 그 눈들은 예쁜 색깔로 변덕스러운 생기를 뿜어내고 있었고 표면을 뒤덮은 먼지는 꽃가루 같았다. 상당수의 눈이 먼 거리를 이동해온 것 같았다. 모든 눈에 방충처리가 되어 있었다. 그 눈들은 유혹당했고 덫에 걸렸고 굶주렸고 꽉 잡혀 굴복당한 다음, 생명이 충분히 빠져나갔다 싶었을 때 핀에 박혀 고정되고 진기한 연구대상으로 박제되었다.

"나비요." 나는 불쑥 내뱉었다. "나비를 봤어요. 나비뿐이었어요. 절대 눈이 아니었어요. 나비만 있었어요."

"나비?"

"네. 줄지어 있는 나비요. 곤충강, 나비목의 그 나비."

엘마가 내 턱밑에 손가락을 대고 천장 쪽으로 올렸다. 나를 반으로 갈라버리는 게 아닐까 싶었고, 진짜 그럴 거라는 생각이 든 순간 그녀는 손을 떼고는 불만족스럽고 고압적인 수정주의자 같은 목소리로 말했다.

"하지만 그건 나비가 아냐." 그녀가 말했다. "딱정벌레지. 의사 선생님이 오랫동안 수집해온 것들이야. 알겠니?"

나는 알겠다고 말했다.

"딱정벌레라고 해봐, 스타샤. 그 말을 들어야겠어. 너는 보고도 잘못 말했잖니. 고쳐줘야 펄도 알 거 아니야."

"딱정벌레를 봤어." 나는 펄에게 말했다. 시선을 피한 채였다.

"설득력이 없는데."

"딱정벌레를 봤어. 다른 건 없었어. 나비가 아냐. 딱정벌레야. 두 쌍의 날개가 있는 딱정벌레목."

대답에 만족한 그녀는 몸을 돌려 걸어갔다. 나를 추궁한 덕에 걸음걸이가 경쾌했다. 복도 끝에 다다라, 이후 우리를 영원히 바꿔놓을 방의 문을 열어젖혔다. 흔히 한 사람의 삶이 수많은 방으로 이루어져 있다고들 한다. 그래서 이렇게 말하곤 한다. 이 방은 내가 사랑에 빠진 방이야. 또는 이 방은 나 자신이 나의 슬픔, 나의 긍지, 나의 힘보다 더 큰 존재라는 걸 알게 된 방이야.

하지만 아우슈비츠에서 나는 인간을 진정으로 바꿔놓는 방이란 아무것도 느끼지 못하게 만드는 방이라는 것을 깨달았다. 그 방은 이렇게 말한다. 이리 와서 앉아봐. 그럼 너는 아무런 고통도 느끼지 않게 될 거야. 너의 고통은 진짜가 아니란다. 그러면 너의 투쟁은? 그건 실제의 너보다 아주 조금 더 진짜야, 많이는 아니지. 그 방은 이렇게 조언한다. 몸을 사려야 해. 아무것도 느끼지 않으면 된단다. 그리고 무언가 느껴야만 한다면 남들에게는 감추렴, 그러지 않으면 불행한 운명을 맞을 테니까.

그 방에 들어가자 엘마는 우리의 옷을 벗겼다. 엄마가 만들어준 원피스 안으로 그녀의 팔이 들어갔다. 엘마는 딸기무늬 원피스를 경멸에 찬 눈으로 바라보았다. 과일조차도 그녀의 기분을 상하게 할 수 있었다.

"유치해." 엘마가 빨간 매니큐어가 칠해진 손가락으로 딸기 하나를 쿡 찌르며 말했다. "아이인 게 좋으니?"

"네." 우리는 대답했다. 그것이 우리가 한마음으로 한 마지막 말이었다. 그때 그걸 알았더라면 좋았겠지만, 나는 화장한 얼굴이 불신으로 번득거리는 엘마를 즐겁게 해주어야 한다는 의무감에 압도당해 있었다.

"웃기다. 난 왜 그런지 모르겠네."

"절대 자라고 싶지 않아요." 나는 말했다. 사실이었다. 성장이란 펼과 멀어진다는 너무나도 큰 위험을 감수해야 하는 일이니까.

간호사 엘마는 노골적인 미소를 보였다.

"그렇다면 제대로 온 거야." 그녀가 말했다.

정말이지 나는 우리의 미래를 암시한 그 말에 담긴 진실을 추측

해보았어야 했다. 하지만 간호사 엘마의 어떤 면이 나를 뒤흔들어서 그 앞에서는 제대로 생각할 수가 없었다. 엘마는 우리를 의자에 앉혔고, 우리는 철제 등받이가 너무 차가워서 떨기 시작했다. 방은 얼음장 같았다가 더워졌다. 시야로 안개가 날아들었다. 나는 그 안개를 잘 알고 있었다. 잔인함과 마주할 때마다 안개는 나를 찾아왔다. 엘마가 우리 물건을 옆으로 치워놓고 여러 측정도구가 놓인 트레이를 정리하고 있을 때 나는 상상 속에서 그녀를 좀 덜 잔인한 사람으로 만들려고 노력했지만, 내 상상력이 덧씌우려는 좋은 이미지를 그녀 고유의 단호한 인상이 전부 거부했다. 그녀에게는 모호한 구석도 협상해볼 만한 여지도 전혀 없었다. 누군가는 강인한 성격이라고 부를지도 모르겠다. 나도 그렇게 부르고 싶었다. 단지 인간적이고 관대한 사람이 되고 싶어서. 하지만 실제로 그녀를 채우고 있는 것은 공허함, 너무나도 어마어마해 힘에 가까워진 공허함이 확실했다.

나는 생각했다. 어쩌면, 우리가 아첨하면 그녀가 친절하게 대해줄지도 모른다고.

"엘마한테 예쁘다고 얘기해봐." 나는 펄에게 속삭였다.

"네가 해. 그렇게 예쁘다고 생각하면."

간호사 엘마는 그녀를 좋아하려는 우리의 심리적 노력을 눈치챈 듯 방 반대편으로 가서 은빛 가위를 분주하게 닦았다. 위쪽에 난 네모진 창문에서 떨어지는 빛에 가윗날이 반짝였다. 작은 창문이었지만 막 벌거벗은 여자아이들에게는 과한 양의 빛이 들어왔다. 우리는 다리를 꼬아 꼭 오므리고, 손으로 가슴 몽우리를 가렸다.

환영하지 않는다는 눈치를 주면 알아서 사라져주지 않을까 기대하며 이 성장의 징후를 꼭 움켜쥐었다.

"언니가 가슴을 무서워하는 것보다 가슴이 언니를 더 무서워할 걸." 나는 펄에게 속삭였다. 농담 말고는 할 수 있는 게 없어 보였으니까. 펄이 키득대서 나도 키득댔다. 당연히 우리의 키득거림은 엘마를 거슬리게 했다. 그녀는 외과 수술대에 챙 소리를 내며 가위를 내던졌다.

"너희 말고 여기서 웃는 애들이 있니?"

없다고 대답했다. 사실 다른 아이들은 눈에 들어오지도 않았던 것이, 그 방의 기묘함 때문에 우리의 지각은 너무도 흐릿했다. 하지만 엘마가 가리키는 방향을 보니 우리만 있는 게 아니었다.

방에는 다섯 명의 아이가 더 있었다.

리노 아메를링과 아르투르 아메를링은 갈리시아에서 온 열 살짜리 아이들이었다. 우리처럼 온 지 얼마 안 된 참이라 고참들에게 무시의 대상이었다. 최근에 헤드바—우리 침대 세 개 건너에서 자는 소녀로, 동물원에서 지낸 오랜 기간과 황소에게도 자기주장을 할 수 있는 배짱 때문에 이곳에서 가장 존경받는 소녀라는 명예를 안고 있었다—는 아메를링 형제는 절대 쌍둥이가 아니고 우리의 지위로 얻는 혜택을 누리려고 들어온 아이들일 뿐이라는 소문을 퍼뜨리고 있었다. 쌍둥이아빠가 그런 수를 쓴다는 건 이미 알려진 사실이야. 문서를 조작해서 어린 남자애들이 쌍둥이라는 지위로 구제될 수 있도록 하는 거지. 헤드바는 서로 다른 머리 색깔—리노의 머리카락은 붉은색이고 아르투르는 갈색이었다—을 그 아이들이 사기꾼이라는 증거로 언급했다. 하지만 그애들은 틀림없이 쌍둥이였다. 의자에 앉아 있는 모습을 보면 알 수 있었다. 간호사들이 그들의 모든 특징을 세고 측정하는 동안 둘은 똑같이 충격받고 똑같이 떨었다. 간호사들은 동일성을 확인할 수 있는 것이라면 단 하나도 그냥 넘어가는 법이 없었다. 속눈썹, 눈썹, 눈동자의 반점, 무릎과 뺨에 움푹한 부분이 몇 개인지까지 집계했다. 아이들은 더하고 빼고 나누어지는 두 개의 인간 방정식이 되어 자리에 앉아서 꼼지락거리는 수밖에 없다.

그리고 헝가리 출신의 마르기트 클라인과 렌치 클라인이 있었다. 여섯 살이었다. 펄과 나는 이루 말할 수 없이 슬플 때마다 그애들을 찾았다. 한껏 비밀스럽게 깍지를 끼고 다니다가도 때로 짜증이 나면 팔꿈치로 서로를 쿡쿡 찔러대는 그 모습을 보면 지금보다 어릴 때의 우리가 떠올랐으니까. 그애들은 항상 윤기가 날 때까지 서로의 머리를 손가락으로 빗겨주고 풀피리를 불었다. 그리고 많은 사람 속에서도 눈에 띄도록 보라색 머리끈을 하고 다니라는, 어머니가 헤어질 때 해준 말을 따랐다. 매일 아침 그애들이 맨 먼저 하는 일은 머리끈을 묶어 위로 꼿꼿이 세우는 것이었고, 그러면 마치 머리에 벨벳 귀가 달린 것 같았다. 간호사들이 도표를 작성하기 위해 붉은 잉크로 둘의 창백하고 소름 돋은 피부에 여기 조금, 저기 조금 동그라미를 그려대는 바람에 지금 아이들의 몸에서는 새빨간 강이 넘실댔다.

다섯번째 피험자는 엄지손가락을 입에 문 채 혼자 서 있었다. 너무도 쪼그라들고 나이라는 것을 초월해 있어서 열세 살인지, 서른다섯 살인지, 아니면 예순인지 알 수 없었다. 담당 간호사는 그에게는 더 볼 게 없다는 듯이 지루한 기색으로 파일을 획획 넘기고 있었다. 책상 앞에는 폴더 두 개, 사진 두 쌍, 도표 두 쌍, 엑스레이 두 쌍이 있었다. 하지만 아이는 한 명뿐이었다.

너무도 조그마한 소년이었다. 과개교합*에 치아는 기울어진 담장처럼 입술 밖으로 비어져나오고 뼈가 약한, 덧없는 존재였다. 두피에 붙어 있는 희끗희끗한 머리카락 뭉치가 가린 눈은 어디에도 초점을 맞추지 못해 천장만 올려다보았다. 정맥이 표피에 너무도 가까워서 병원의 흐릿한 불빛 아래서도 피부에 병색이 완연했다. 추위와 고통으로 거의 시퍼렜다.

나는 그 아이에게 시선을 고정하고 쌍둥이들이 흔히 그러듯 나를 알아차리고 돌아보기를 바랐지만 그 소년은 여봐란듯이 기침만 할 뿐, 병세를 숨기려는 노력도 전혀 하지 않았다. 간호사는 그를 보며 못마땅한 듯 얼굴을 찡그리더니 파일의 반을 상자에 넣었다. 그녀의 행동에 소년은 불안해진 것 같았다. 제자리에서 비틀거리고 무릎이 흔들려서 곧 쓰러지겠구나 싶었지만 소년은 죽음 앞에 표할 수 있는 경의를 모두 담아 그 상자만 바라보고 있었다. 그러다 손을 뻗어 손가락으로 상자를 쓸어보려 했지만 간호사가 손을 때리며 내쳤고, 그는 상처입은 짐승처럼 움츠러들어 다시 손가락을 입에 넣었다. 간호사가 이제 끝났으니 옷을 입으라고 손짓하면서 소년의 움푹 팬 가슴팍에 옷을 세차게 들이밀기까지 했지만 그

---

* 윗니가 아랫니를 많이 덮은 상태.

는 받아들이려고 하지 않았다. 이제 아무것도 잡을 수 없다고, 입안에 있는 손가락 말고는 쥐고 있으려고 노력해봐야 아무 소용 없다고 생각하기로 한 것 같았다. 짜증이 난 간호사는 그의 발치에 옷을 던지고 성큼성큼 걸어가버렸다. 그리고 소년은 여전히 시퍼렇게 벌거벗은 채로 명령을 거부하고 있었다. 그가 기침을 하려고 간호사 쪽으로 몸을 돌린 순간, 마침내 시선이 마주쳤다.

나는 최대한 빨리 눈을 돌렸다. 그의 다정한 끄덕임을 받기에는 충분한 시간, 그 인사를 다시 돌려주지 않아도 될 만큼의 짧은 시간이었다. 나는 그애가 견뎌왔던 것을, 그애 옆의 빈 의자가 확고하게 보여주는 그 고통을 마주할 수 없었다.

"무슨 말 하려는지 알아." 그가 옆에 있는 빈자리에 대고 말했다. "하지만 아버지가 여기 계셨다면 저주는 그 말을 내뱉은 사람한테 되돌아간다고 하셨을 거야. 그리고 어머니가 여기 계셨다면ㅡ" 그러다 다시 기침이 시작되었다.

소년과 빈 의자를 보고 나는 결심했다. 나는 이 세계에서 실험 대상 이상의 존재가 되겠어. 나는 의사 삼촌보다 똑똑하지 않지만 그의 움직임을 관찰할 수 있고, 약에 대해 공부할 수 있고, 내게 유리하게 그를 이용할 수 있어. 펄에게는 춤이 있잖아. 나도 내 야망이 필요해. 결국, 전쟁이 끝나면 누군가는 사람들을 돌봐야만 할 거야. 누군가는 잃어버린 사람들을 찾고 그 모든 반쪽들을 합쳐야 할 거야. 그 누군가가 내가 아닐 이유는 없어.

나는 그 소년을 대상으로 수련을 시작하기로 계획했다. 이름을 몰라서 '시퍼런 환자'라고 부르기로 했다. 멀리서나마 내가 할 수 있는 만큼 눈여겨봤지만, 그의 특징에 대해 많은 생각을 해보기도 전에 트릴 섞인 고음이 훼방을 놓았다.

의사 삼촌이었다. 그는 휘파람을 불며 경쾌한 발걸음으로 페퍼민트와 다리미풀 냄새를 풍기며 들어왔고, 길고 하얀 가운 날개가 바닥에 끌리며 지나간 자리를 지워나갔다. 나는 그가 스스로 휘파람 전문가라고 생각한다는 걸 알았다. 자신이 위생과 문화와 예술과 글쓰기의 전문가라고 생각하는 것과 마찬가지로. 그의 휘파람에는 오류가 없었지만 확실히 로봇 같은 음색이었다. 음계를 넘나드는 동안에도 근본은 단조로웠고, 감정이라고는 전혀 모르는 공허한 휘파람이었다.

나는 그 공허한 휘파람을 따라 해보았지만, 트릴은 똑같이 할 수 없었다. 입술을 모아 불어보아도 푸푸거릴 뿐이었다.

삼촌은 나의 이 작은 불행을 보고 미소를 지었다. 모르는 사람이 보기에는 악의 없이 즐거워하는 표정이었겠지만, 나는 그 활 모양 입매에 몸서리가 났다. 결국 우리는 실험용으로 그의 실험실에 있었고, 그중에는 우리의 열등함을 파헤쳐보고 얼마나 오래 살 수 있는지를 확인해보는 실험도 있었다. 누가 휘파람을 얼마나 잘 부는가 하는 실험이 없으리라는 보장은 없었다. 이 나치들은 한 인간을 구성하는 것들이 무엇인가라는 질문에 어리석을 정도로 악랄한 견해를 갖고 있었고, 그들의 변덕을 절대 과소평가하지 말아야 한다는 것 정도는 나도 알았다.

"불 수 있어요. 정말이에요. 몇 시간 전만 해도 불었어요." 나는 단언했다. 하지만 그는 들은 척도 않고 다른 아이와 상담하느라 등을 돌리고 나를 무시했다.

펄이 공포로 핼쑥해지자 나도 덩달아 그렇게 되었다. 내 실수로 우리 둘 다 끝장나겠다 싶었다. 나는 우리를 보호하기 위해 의사에게 이야기할 만한 다른 재능들을 꼽아보았다. 하지만 펄의 춤과 펄의 시 낭송과 펄의 피아노 재능을 자랑해서는 안 된다고 결론을 내렸다. 그 대신 나의 가치를 증명할 다른 방법을 선택했다.

"〈푸른 도나우강〉." 나는 아주 큰 목소리로 방에다 대고 말했다.

효과가 있었다. 삼촌이 호기심에 차 돌아보았다.

"뭐라고 했지?"

"여기 들어올 때 휘파람으로 불던 거요. 그 왈츠, 〈푸른 도나우강〉이에요."

삼촌의 얼굴이 기쁨으로 주름졌다. 그는 나의 땋은 머리 한 가닥을 잡아당겼다. 학교에서 남자애들이 하던 짓과 다를 게 없었다.

"음악을 아니?"

나는 그의 특이한 시선이 불편해 의자에서 꼬물거렸다. 그의 유일한 환자가 된 것 같았다.

"펄이 춤을 춰요." 나는 말했다.

"그러면 너는 피아노를 쳐?" 그는 손가락으로 가리키며 말했다.

"저는 나중에 의사가 될 거예요."

"나처럼?" 그가 미소 지었다.

"우리 파파처럼요." 파파가 사라진 후 그 단어를 쓴 건 처음이었다. 네 개의 음소, 두 개의 음절이 만들어내는 소리는 강하게 시작했다가 아주 부드러워져서 마치 계단에서 시작해 모래사장으로 끝나는 길을 걷는 것 같았다. 나는 그 단어의 예전 의미를 지우기 위해 새로운 의미를 부여하려고 했었다. 아빠라는 존재를 도랑이나 시간, 책장 뒤 비밀문 같은 것으로 바꿔서 한번 숨으면 절대 발각되지 않도록 말이다. 그 단어를 말하고 나자 침울해졌지만 삼촌은 너무 기뻐하느라 알아차리지 못했고, 가족처럼 뿌듯해하며 나에게 환하게 웃어 보이는 것이 우리 파파라는 말을 삼촌, 꼭 삼촌이라고 들은 것 같았다.

"의사라! 인상적이군." 그가 직원들에게 말했다. "똘똘한 아이야." 간호사 엘마는 이 선언에 미심쩍은 기색이었지만 이내 동의한다는 표정을 지은 다음 다시 도구를 닦기 시작했다.

삼촌은 손을 씻으러 개수대로 성큼성큼 걸어갔다. 철제 캐비닛에 비친 자신의 모습을 보며 슬며시 과장된 표정을 지었고, 비죽 나온 머리칼을 발견하자 그것을 정돈하면 자신의 온 세계가 즐거운 대칭이 될 것처럼 강박에 가까울 정도로 조심스레 머리를 빗기 시작했다. 머리가 정돈되자 빗을 케이스에 집어넣고 다시 휘파람을 불며 잡역부 쪽으로 고개를 까닥였고, 그러자 우리 앞에 그의 자리가 마련되었다. 삼촌은 손수건으로 의자를 닦으며 나무에 묻은 작은 얼룩을 경멸스럽다는 듯 문지른 다음 우리 앞에 꼿꼿이 앉았다. 마치 수년간 떨어져 있던 가족을 만나서 다들 어떻게 살았는지 알고는 싶지만 자기 정체를 숨기는 데 정신이 팔려 있는 사람 같은 자세였다. 그를 편하게 해주는 것이 우리의 의무인 양 나는 미소를 지어 보였다. 분명 예쁜 미소는 아니었겠지만 그는 자기 비위를 맞추려는 내 의도를 알아챘다. 그리고 아마 내 약점도 알아챘을 것이다.

그는 우리 무릎에 한 손씩 얹어 기차에서 생긴, 무릎을 덮고 있는 멍을 가렸다.

"여기에서 공연을 열까 생각해왔었는데. 너희도 좋으니?"

우리는 함께 고개를 끄덕였다.

"그럼 됐다! 너희 각자가 좋아하는 노래들을 연주하게 하마. 아니면 수고를 좀 덜어주도록 같은 노래를 두 번 연주하게 하지!"

그가 자신의 농담에 웃었다. 나도 공포를 숨기려 웃었고, 펄도 따라서 킥킥거렸다. 우리는 이미 이곳에서 우리를 보호하기 위해 마음을 꾸미는 법을 배운 것이다. 하지만 내 심장은 여느 때처럼 한 박자 늦게 뛰고 있었던 게 분명하다. 아니나 다를까 너무도 나다운 멍청한 소리를 불쑥 내뱉고 있었으니까.

"삼촌이 쌍둥이들 가족은 안전하게 지켜준다는 얘기를 들었어요." 나는 고개를 푹 숙이고 빠르게 말했다. 내가 실수를 저지르자마자, 펄은 어서 늘 하던 대로 사과하라는 표시로 내 의자 다리를 찼다.

"미안해할 거 없다." 삼촌은 그렇게 달래며 손등으로 내 뺨을 쓸어내렸다. 그의 혀에서 그런 소리가 나오는 게 이상해 나는 그가 우리 같은 애들한테 이 말을 몇 번이나 했을까 궁금해졌다. 그는 입꼬리가 살짝 경련하더니 콧수염 끝을 잘근거렸다. 태연한 사람에게는 어울리지 않는 이상한 틱 증상이었고 좀 우둔하고 천해 보였는데, 그가 단어를 고를 때 으레 하는 행동이라는 것을 나중에 알게 되었다. 생각이 정리되자 콧수염은 입에서 풀려났고 그는 우리에게 진지하게 말했다.

"나는 반드시 가족들을 돌봐주지. 내가 너희 가족에게 해줬으면 하는 게 있니?"

우리는 우리 제이디가 노인처럼 보여도 인생관이 아주 젊어서 언제나 새롭게 탐색하고 연구할 대상을 찾아나선다고 말했다. 화물칸에서 제이디는 우리에게 두 가지 약속을 하게 했다. 언젠가 수영을 배워라. 그리고 너희가 살아남으면 최상급 와인을 내게 잔뜩 가져와 건배하렴. 건배하면서 우리는 살인자 말살을 외치며 수천 개의 방으로 가득찬 백만 개의 대저택에 그들을 집어넣고 침대 백 개가 들어가는 모든 방의 침대 밑에 독사를 풀어 저들의 지옥 같은 발목을 물게 하고, 침대 옆에는 해독제를 가진 의사를 두어 치료받게 하고 살아나면 다시 물리게 해서 독사들이 나치의 맛에 질릴 때까지 똑같은 고통을 계속 견디기를 기원할 거다. 하지만 뱀은 악의 맛이라면 지겨워하지 않으니 저들의 고통이 끝날 일은 없겠지.

내가 말을 마치자 펄은 나를 쏘아보고 언짢아하며 자세를 바꿔 앉았지만 삼촌은 개의치 않는 것 같았다. 실제로 그는 아무것도 듣지 않은 것처럼 행동했다. 그저 다시 콧수염을 잘근거리며 질문을 이어나갔다.

"할아버지께서 수영을 좋아하시니?"

오, 그럼요. 우리는 대답했다. 제이디는 물고기처럼 헤엄을 치고 몸을 뒤집기도 하고 다이빙도 해요.

"그럼 이렇게 하자. 너도 알겠지만 이곳엔 수영장도 있지. 내가 할아버지에게 호위병을 붙여주고 그 구역 감시원에게도 일러놓

으마."

나는 제이디에게 수영복이 필요할 거라고 말했다.

"물론이지! 어떻게 그런 걸 잊어버리겠니? 할아버지가 수영복을 챙겨왔을 것 같진 않고. 나이 지긋한 분이 엉덩이를 내놓았다가 다른 수영하는 사람들을 식겁하게 만들 수는 없지, 그렇지?"

나는 홀딱 벗은 우리 제이디가 우습다고는 생각하지 않았지만 그는 그렇게 생각했고, 그래서 나는 펄이 깜짝 놀랄 정도로 그의 웃음에 다시금 따라 웃었다. 펄이 내 웃음의 전략을 이해했기를 바라는 수밖에 없었다. 웃음이 잦아들자 나는 또다른 부탁을 했기 때문이다.

"그리고 한 명 더 있어요." 나는 말했다. "우리 엄마요."

"그러니?"

"엄마가 있어요." 엄마를 생각하면 나는 텅 비어버렸기 때문에 처음에 한 말은 그게 다였다.

"그래서?"

"엄마는 그림을 그려요. 주로 동물이랑 식물이에요. 살아 있는 것들과 더는 살아 있지 않은 것들의 역사를 만들어요. 그게 엄마를 행복하게 해주는 일이에요."

그래도 예의를 갖춰 한 말이었다. 그림 그리기가 눈물을 덜어줄 만큼 엄마를 행복하게 하는지는 잘 몰랐다. 나는 화물칸 벽면에 그려진 양귀비를, 연약한 꽃잎들이 엄마를 어떻게 지탱했는지를 떠올렸다. 하지만 삼촌과 그런 세세한 이야기를 할 때가 아닌 것 같았다. 이미 따분해하는 표정이 그의 얼굴에 거세게 밀려오려 해서 나는 거래할 시간이 많지 않다는 것을 알았다.

"그럼 붓과 이젤. 물론 물감도 있어야겠군." 그가 말했다.

우리는 고맙다고 했고, 마마와 제이디도 고마워할 거라고 말했다. 충분하고도 남아요. 아니, 완전히 충분한 건 아니지만—

"무슨 말을 하려는지 안다." 그의 목소리는 단호했다. "다른 사람들을 생각해주는 것은 좋은 일인데 너희 가족은 너희를 낳아주었으니 혜택을 누릴 권리가 있지. 특별하니까 말이다, 너희 쌍둥이는."

"저도 몇 년 동안 펄한테 계속 그렇게 말했어요." 나는 말했다.

"아마 펄도 결국은 네 말을 믿겠지." 그의 얼굴은 진지했다. "이제 믿니, 펄?"

"믿어요." 펄은 말했다. 하지만 나는 그것이 펄이 느끼는 전부가 아님을 알았다.

기분이 좋아진 삼촌은 우리 머리를 토닥여주고 캐비닛 속 유리병을 샅샅이 뒤져 나에게 각설탕 하나를 주었다. 이토록 귀하고 작고 달콤한 이글루라니, 내가 낭비할 수는 없었다. 그래서 펄에게 주었다. 그는 눈썹을 찌푸리더니 나에게 각설탕 하나를 더 주었다. 나는 그것도 펄에게 주었다.

"이건 네 것이다." 그는 내 손바닥에 세번째 각설탕을 떨어뜨린 다음 내 손가락을 접어주었다. "의료용이야."

"그러면—'시퍼런 환자'에게 줘도 되나요?"

혼란이 그의 얼굴에 나타나더니 짜증으로 바뀌었다. 그래서 나는 언제 그랬냐는 듯 얼른 입속으로 각설탕을 쏙 넣었다. 그를 기쁘게 하기 위해서는 많은 일을 해야 한다는 것을 알아가고 있었다.

그러고 나서 삼촌은 내가 가장 불편해하는 영역의 질문을 연이어 던졌다. 단지 기본적인 것을 알고 싶은 것이라고 했다. 출신에 비추어 우리가 누구인지를. 좀더 세부적으로는 왜 아버지가 없는지를. 펄은 조심스레 그 정보를 풀어냈다. 펄이 이야기하는 동안 나는 듣지 않으려고 마음속으로 허밍을 했다. 강의 푸르름이 생각을 덮어버리기 시작할 때까지 〈푸른 도나우강〉을 불렀지만 푸르름조차 모든 이야기를 떠내려보내기에는 역부족이었다.

펄은 삼촌에게 말했다. 어느 날 밤 파파는 가야만 하는 일이 있다고 마마에게 말하고 나가서 돌아오지 않았어요. 마마는 파파를 붙잡고 싶어했어요. 이렇게 말했죠. 통금시간도 지났잖아요. 이웃의 아픈 아이는 다른 의사가 봐주면 되잖아요? 스타샤와 펄은 어쩌고요? 아빠는 아무 대꾸도 하지 않았지만 급하게 나가느라 우산을 두고 갔어요. 우린 문간에 서 있었고, 엄마는 손에 우산을 들고 아빠가 그걸 가지러 돌아오길 기다렸어요. 하지만 그날 밤 아빠는 돌아오지 않았어요. 다음날도, 그 다음날도요. 엄마가 관청에 갔지만 처음에는 설명이랄 것을 거의 듣지 못했는데, 나중에는 아빠의 인상착의와 비슷한 남자가 네르강에 떠 있는 채로 발견되었다고 했대요. 마마는 그게 아빠일 리 없다고, 다른 일을 당한 게 틀림없다고 주장했고 문서 없이는 못 믿는다고 버텼어요.

하지만 삼촌은 대충 쓴 서류라 해서 흔들릴 사람이 아니었다. 증거가 있든 없든 그는 관청의 설명을 수긍했다. 자살은 유대인의 유행병이지. 그가 말했다.

"슬픔에 압도당하는 기분을 느껴본 적 있니?" 그는 우리에게 물으며 먼저 펄의 입에, 그다음엔 내 입에 불빛을 비추었다.

"우린 그런 적 없어요." 내가 말했다.

"너는 어떠니?" 그는 펄에게 각설탕을 하나 더 주었고, 펄은 대화를 피하려고 각설탕을 입속으로 집어넣었다.

"펄은 슬픔을 느끼기에는 너무 착해요." 내가 말했다.

"그렇구나."

"펄은 아주 착해서 고통조차 느끼지 않아요. 그치?"

증명해 보이려고 나는 언니의 팔을 꼬집었다. 하지만 펄은 조용히 있지 못했고, 우리는 동시에 소리를 질렀다. 삼촌은 이 상황을 아주 흥미롭게 적어내려갔지만, 나는 그가 실제로는 어떤 일이 일어났는지 알지 못했으리라 생각한다. 펄은 내가 꼬집어서 소리를 지른 게 아니었다. 그건 순전한 우연이었다. 내 손가락이 펄의 살을 꼬집는 순간, 우리는 마마의 슬픔을 느꼈다. 마마는 우리가 너무 그리워서 삶이 견디기 힘들다고 생각하고 있었다. 실험대상으로서 우리의 가치 덕분에 자기에게 찾아올 행운을 모르고 있었다. 마마는 너무 약했다. 우리는 늦기 전에 물감과 붓이 마마에게 보내지기를 바랄 뿐이었다.

나는 삼촌에게 이 일이 얼마나 급한지 강조하려 했지만 그럴 틈도 없이 그가 내 어깨를 잡았다. 단호하고 지시를 담은 손길이었다. 나는 벗은 몸을 가리려고 움츠렸지만 그는 나를 일으켜 방을 가로질러 데려가는 데에만 집중했다.

"펄은 여기서 너를 기다릴 거다." 그는 이렇게 말했고, 우리는 다른 아이들과 간호사들을 지나쳐 방과 분리된 칸막이 뒤편으로 향했다. 거기에서 그는 나를 철제 수술대에 눕히고 머리 위 전등을 켰다. 우리는 외따로 떨어져 있었다. 그와 나와 가운의 하얀 날개와 전등의 환한 빛뿐이었다. 하지만 나는 또다른 존재가 있다는 걸 알아차렸다.

나를 내려다보는 그 눈들의 시선이 느껴졌다. 고정핀 때문에 절대 움직일 수 없다는 것을 알고 있었음에도. 그 눈들이 나와 같은 것을 보고 있다는 걸 알았다. 그 눈들과 함께, 삼촌이 주사기에 형광 액체를 채워넣는 마술을 부리는 장면을 보았다. 펄과 내가 발트해에서 주웠던 호박색 돌멩이와 같은 빛깔이었고, 그 빛깔은 나를 과거로, 파파가 사라지기 직전으로, 우리가 보트를 타고 노를 저어 파도를 타고 나아가던 때로 데려갔다. 그 순간 일부러 기억을 멈췄다. 시간과 기억을 담당하는 건 펄이었고, 자칫하면 이제 더는 내 것인지도 확실치 않은 과거의 영역을 침범할 수도 있었으니까. 하지만 그 기억이 나에게 속해 있지 않아 기뻤다. 빛줄기 아래 수술대에 누웠을 때 나는 내가 시간과 기억이 고통만을 가져다주는 장소에 와 있다는 것을 알게 되었고, 나의 언니, 양수 속 세계에서부터 함께한 나의 가장 사랑하는 친구가 고통을 덜어준 것이 고마웠다.

"네가 무슨 생각 하는지 안다." 삼촌은 주삿바늘을 들고 나에게 다가오며 말했다.

너무 재미있는데요. 그건 펄만 가지고 있던 거였는데. 나는 말했다.

그는 실험실용 미소를 지었지만, 이미 내 농담을 지겨워하고 있다는 것을 알 수 있었다. 그래서 나는 지적이고 진중한 표정을 짓고 교실에서 선생님에게 잘 보이고 싶어 맨 앞줄에 앉은 아이처럼 흥미롭게 바늘을 바라보았다.

그는 손끝으로 바늘 끝을 확인했다.

"아플 거라고 생각하겠지. 약속하건대 안 아플 거다. 그래, 조금 아플지도 몰라. 하지만 정말 조금이지! 그리고 네가 받게 될 보상에 비하면 정말 작은 대가란다."

무슨 보상요? 내가 물었다.

그는 내 귀에 속삭이며 대답하고 허락을 구했다. 적어도 나는 그렇게 기억한다. 아니, 온전히 생각할 수 있는 능력이 되돌아오기 전까지는 그렇게 기억했다. 그렇지만 당연히 그가 허락 같은 걸 구했을 리가 없다.

아무리 동의했더라도 절망은 마음에 벌집처럼 구멍을 뚫어버릴 수 있다. 나는 허락하고 마음이 무거워졌다. 내가 동의한 것이 분명 이상해 보일 수 있다. 하지만 사랑하는 사람을 구할 기회도 없이 갑작스럽게 죽을 수도 있는 곳에서 나를 불사신으로 만들어준다는 주사를 제안받았을 때 어떻게 주저할 수 있었겠는가?

네, 나는 대답했다. 불사신이 되고 싶어요. 잠깐이라고 해도요.

그러자 삼촌은 내 혈관 하나를 두드려 찾고 바늘을 밀어넣었다. 바늘이 들어오자 세포들이 분열하며 다른 세포들을 밀어내는 게 느껴졌고, 체온도 따라 내려갔다.

내 기억이 그곳에, 많은 도구와 혼란이 수북이 쌓인 그 철제 수술대에 머물러 있는 동안 당신은 이렇게 물어볼지도 모른다. 스타샤, 네가 불사신이 되어간다고 믿었던 그 느낌 말이다. 그건 화살처럼 뚫고 들어왔니? 아니면 칼처럼 가라앉았니? 물수제비처럼 통통 건드리고 지나갔니? 심장에 소금을 뿌려 달팽이처럼 움츠러들게 했니?

나도 불사신상태의 육체적 감각을 이야기하고 싶지만, 사실 할 수가 없다. 그가 바늘을 찔러넣은 후로는 몸에 감각이 전혀 느껴지지 않았으니까. 한동안 아무런 감각도 없었다. 이 마비상태가 조금이라도 사라졌다고 느낀 첫 순간은 언제였나? 1945년 바르샤바의 고아원 계단을 떠나려던 순간일 것이다. 나는 실패했고 지쳐 있었다. 무릎까지 오는 양말 속에는 독약이 있었고, 등뒤로 울부짖는 소리가 들려왔다. 정문에 다다랐을 때 거의 낯설어진 사람의 눈물이 비에 섞여 흐르는 것을 보았다.

하지만 이것은 나중의 이야기다. 지금은 주삿바늘을 보자. 날카롭고 쓰리리고 정맥을 묵직하게 파고드는, 삼촌의 목적을 따르는 그 단순하고 뾰족한 물체. 그 장면을 보다가는 기절할 것 같아서 대신 삼촌의 얼굴을 보았다. 그 얼굴은 내가 여태껏 본 얼굴 중 가장 고요했다. 그의 차분한 가짜 표정 뒤로 어떤 감정이 펄떡이는지 궁금해졌지만, 그런 걸 알아봐야 아무런 도움이 되지 않을 걸 알고는 생각을 멈췄다.

호박색 액체가 다 비워지자 바늘이 빠져나갔다. 삼촌은 태양 같은 핏방울이 주위를 둘러싼 바늘 자국을 작은 솜뭉치로 눌렀다.

"얼굴이 아주 창백하구나. 기분이 어떠니?"

죄책감이 들어요. 그렇게 말하고 싶었다. 선하고 가치 있는 모든 것을 저버린 느낌이에요. 삶에 등을 돌려서 죽음을 모면한 느낌이에요. 몸속 모든 세포가 비명을 지르는데 날 위해서가 아니라 모든 사라진 사람들과 사라질 사람들을 위해서예요. 나는 여기, 삼촌의 세계에 있으면 안 되는 사람이에요. 하지만―삼촌이 생각을 가로막았다. 그는 나의 코밑에 손가락을 갖다대고 탁탁 튕기고 있었다.

"스타샤? 내가 물어봤잖아. 기분이 어때?"

"진짜 사람이 된 것 같아요." 나는 떨림 뒤로 죄책감을 감춰두고 거짓말을 했다. "쌍둥이가 아닌 나 자신이 된 것 같아요. 스타샤. 그냥 스타샤."

"흥미롭군!" 그는 이런 진화에 고양된 채로 생각에 잠겼다. 우리 쌍둥이의 탄생의 기적을 무마시키고, 자연이 우리에게 준 유대 관계를 끊어버리는 것으로 자신의 막강한 힘을 느끼는 것 같았다. 또한 내가 쌍둥이 없이 혼자 있을 때 통제하기 쉬울 거라 생각하는 게 분명했다. 그는 나를 더 단순하고 제약이 없는 완벽한 실험대상이라고 생각했다. 내 말이 불경스러운 만큼, 나는 거짓말을 계속하는 것이 아주 큰 이득이 될 수도 있겠다는 생각이 들었다.

"나 자신요." 나는 선언했다. "이게 내가 원하는 상태라는 생각은 꿈에서도 해본 적이 없지만―이제 알겠어요. 독립된 사람, 이게 나예요. 한 쌍의 일부, 펠의 여동생이 아니에요. 그냥 평범한 소녀예요. 사랑하고 함께 살아가야 할 사람을 강요받지 않는 오롯한 혼자가 된 것 같아요."

나는 가장 소중하게 간직했던 전부를 여봐란듯이 포기했다. 이 말이 내 가장 깊숙한 곳에 어떤 영향을 미쳤는지 아는가? 부들부들 떠는 분노가 심장에 찾아들었고 폐는 거리를 두고 나를 전혀 모른다는 듯 굴었다. 내 모든 것, 몸 전체가 하루빨리 내 목적을, 방금 한 말은 우리 둘 다를 살리기 위한 속임수라는 사실을 알아채주기를 바라는 수밖에 없었다. 이 위장술은 펄과 나를 위한 것이었다. 언니는 오랫동안 나를 지키고 다독여주었다. 나를 고귀하고 사랑스럽고 소중한 사람으로 만들어주었다. 이제는 내가 펄을 지켜줄 때였다.

멩겔레는 잘도 속아넘어갔다. 나의 선언이 아주 기뻤는지 손가락으로 내 머리칼을 흐트러뜨렸다.

"작은 불사신 스타샤." 그는 웃었다. "너는 우리 중 가장 오래 살 거다."

그가 주사기를 트레이에 내려놓았을 때, 이 남자 때문에 상황이 더 복잡해졌다는 걸 깨달았다. 그는 내가 펄과 공유하는 일들을, 우리가 양수 속 작은 세계에서부터 함께해왔던 모든 것을 갈라놓았다. 그 주사는 나를 미슐링으로 만들었지만 이제 그 단어는 나치가 우리에게 부여한 것과는 다른 의미를 가졌다. 혈통과 예배와 유산의 그 모든 냉정하고 섬뜩한 등식과는 상관없었다. 아니, 나는 다른 종류의 잡종이었다. 고통으로 벼려진 강력한 잡종이었다. 이제 나는 두 부분으로 구성되었다.

한 부분은 상실과 절망이었다. 이러한 어둠은 삶을 지속시키지 못한다는 것을 나는 안다. 그렇다면 나의 다른 부분은? 그것은 터무니없는 희망이었다. 그리고 누구라도 나에게서 그것을 빼내거나 잘라버리거나 흘려보낼 수 없었다. 누구라도 그것을 내 살에서 태워버리거나 바늘로 구멍을 낼 수 없었다.

이 희망의 부분이 나를 뒤틀고 새로운 형태를 주었다. 기차 화물칸에서 양파를 핥아먹던 소녀는 죽었고, 미슐링이 된 나는 괴이한 존재이자 좌절당한 사람이자 어떤 피조물이었다. 적을 속이고 사랑하는 사람을 구할 수 있는 피조물.

"너도 알겠지만 네가 처음이다." 삼촌은 내가 그 발명물질의 선봉에 있다고, 놀라운 미래를 전달하는 소녀라며 계속 지껄여댔다. 확대경을 꺼내 내 눈을 관찰했지만 아무리 가까이 들여다봐도 내 계획을 알아채지는 못했다. 이미 나는 술수에 능했다.

"제가 이걸 했으니, 언니가 그다음인가요?" 수많은 의문 중 중요한 건 이것뿐이었다. "언니도 불사신으로 만들 거죠?"

삼촌은 잠시 트레이의 도구들을 줄지어 정리했다. 시간을 끄는 거였다. 나 같은 유대인, 그러니까 잠재적인 사기꾼, 미심쩍은 스파이를 다루는 가장 좋은 방법을 고민하는 게 보였다. 그는 다른 일란성쌍둥이들이 그래야 하는 것처럼, 내가 중요한 환자라는 걸 증명한다면 펄도 같은 처치를 받을 거라고 말했다.

나는 증명해 보이겠다고 했다. 펄을 위해서라면 무엇이든 할게요. 그는 무심히 고개를 끄덕이고는 그 말을 들어서 기쁘다고, 왜냐하면 열등한 혈통을 벗어나지 못한 아이들로 영생할 인종을 만들어서는 안 되기 때문이라고 말했다.

그가 말하는 동안 주사의 효과가 느껴졌다. 몸속에서 경련이 일고 열이 났다. 세포들이 그의 목소리를 알아들은 것 같았고—어디서 오는지 의심스러운 빛을 받아들이고 만 꽃들처럼 불사신세포들이 갈라지고 뻗어나가는 게 느껴졌다—나는 펄과 펄에게 다가올 불사신상태에 맹세했다. 더이상 어느 아이도 괴물 의사의 말을 들을 필요가 없어질 거라고. 펄이 미슐링이 되어 나와 함께할 것이다. 우리는 두 명의 잡종으로 함께할 것이다. 생사의 법칙, 승리와 슬픔을 뛰어넘은 돌연변이 소녀들이 될 것이다. 우리의 섬세한 재능으로 그를 무너뜨릴 계획을 세우고, 기다리고 기다렸다가 허점이 보이는 순간 불시에 그를 붙잡을 것이며, 우리 등뒤에는 그를 끝장낼 도구가 감춰져 있어서―어쩌면 아침빵을 자를 때 쓰라고 우리 죄수들에게 나누어준 빵칼, 그 무딘 칼날을 배급 때 빼돌려 그의 살갗을 향해 휘둘러야 할지도 모른다―그가 죽음을 맞이하는 축복의 순간에 삼촌은 누가 누구인지, 뭐가 뭔지조차 모를 것이다. 우리는 둘 중 누가 그를 제거해 세상을 해방시켰는지 알리지 않을 것이다. 우리는 버티기 위해 나눠 가졌던 모든 책임에서 벗어나 다시 합쳐질 것이다. 그 순간부터 우리는 재미, 미래, 나쁜 것, 좋은 것, 과거, 슬픔을 같이 맡을 것이다.

그리고 다시는 고통 같은 건 모를 것이다.

4장
전쟁자재, 긴급

1944년 10월, 수용소에서 맞는 두번째 달에 우리는 이제 추강이 아니었다. 다른 아이들이 빠르게 들어왔다 나갔다.

시간과 기억을 담당하고 있는데도 나는 정확하게 언제 동생에게 안 좋은 일이 생긴 건지 알 수 없었다. 다만 멩겔레와 처음 만났을 때 뭔가 일어난 것 같았다. 그날 이후로 스타샤는 무기력하게 중얼거리며 줄곧 해부학책이나 자신의 의학 수첩에 코를 박고 있었다. 파란 도장이 찍힌 그 수첩에는 신체의 부위와 특성이 적혀 있었다. 스타샤는 신체의 모든 체계와 기관을 훑었고, 각각에 도해와 설명을 달아놓았다.

그 파란 수첩은 우리가 제이디의 가르침을 받으며 새 관찰을 하던 때 가지고 있던 것과 다르지 않았다. 하지만 스타샤는 종달새와 참새 대신 폐나 신장의 특징과 기능을 조사했다.

스타샤는 적어놓은 장기 중에서 유독 짝을 이루는 것에 관심이 있는 것 같았다.

수첩의 내용이 병적이긴 했지만 내게는 위안이 되었다. 함께 지내는 쌍둥이들처럼 스타샤가 아무리 우리의 동일성을 유지하는 데 크나큰 관심을 보이는 척해도 나는 이미 스타샤의 일부가 떨어져나갔다는 느낌을 받고 있었으니까. 그 거리감은 유빙에서 스스로 떨어져나와 멀리 표류하는 얼음 덩어리의 단면을 떠올리게 했다.

겉으로 스타샤는 멀쩡하게 행동했다. 생기 있었고 질문할 때도 공손했고 반항하는 일도 없었다. 하지만 멩겔레와 엘마의 감시에서 벗어나면 내면으로 침잠했다. 대화 도중에 갑자기 흥미를 잃거나 말하면서도 다른 데를 기웃거렸다. 정신은 온통 해부학책에만 팔려 있었고, 여백은 맹렬히 휘갈겨 쓴 글씨로 빽빽했다. 잠시 공부를 쉴 때마다 엄지손가락을 배꼽에 계속 대고 있었는데, 마치 배꼽으로 무언가가 새어나갈지 몰라 본인을 다잡기 위해, 무너질 때를 늦추기 위해 최선을 다하는 것 같았다. 나도 스타샤를 따라 엄지손가락을 내 푸픽*에 대보았지만 아무런 효과도 없었다. 스타샤가 느끼려 하는 것들이 어느 순간 내가 이해할 수 있는 범위를 벗어났다. 스타샤는 길을 잃었거나 변한 것 같았다. 나는 거의, 아니, 아무것도 몰랐다. 나 역시 많은 부분이 이미 벗겨져나가고 없기에 할 수 있는 것이라고는 쌍둥이 동생이 낯선 사람으로 변해가는 것을 지켜보는 일밖에 없다는 생각이 종종 들었다.

멩겔레가 스타샤의 재기발랄한 상상력에 어떤 환상을 단단히

---

* 이디시어로 배꼽을 뜻함.

심어준 게 틀림없었다. 그게 내가 도달한 결론이었다. 실험실에 다녀온 이후로 스타샤는 목소리가 과하게 밝았고 언제나 눈을 게슴츠레 떴고 기분은 내 예상과 딴판이었다.

"기분이 어때?" 언젠가 실험실에서 몇 시간 검사를 받고 나오는 길에 내가 물었다. "나랑 같은 기분이야?"

"나는 석양에만 감정을 허락하기로 했어." 이게 대답이었다.

"그럼 석양을 보면 기분이 어떤데?"

"영원히 살게 되어서 죄책감이 들어."

"그게 무슨 말이야?" 나는 웃음을 터뜨렸다. 스타샤의 입에서 나온다면 누구라도 진지하게 받아들이지 않을 말이었다. 나는 스타샤가 하는 말을 몇 년 동안 아주 많이 들어왔고, 하나 더 듣는다고 당황스럽지는 않았다.

스타샤는 실험실에 처음 다녀온 뒤로 내 눈을 피했다. 그 정도는 확신할 수 있었다. 하지만 이렇게 대놓고 피한 적은 지금껏 한 번도 없었다. 스타샤의 속눈썹이—미리 의사의 기록에 의하면 모두 156올이었다—쓸리듯 아래쪽으로 향하자 눈꺼풀의 푸른 핏줄이 고통을 그렸다.

"말하지 말 걸 그랬어. 아무 말 않겠다고 약속했단 말이야."

그 생각을 곱씹지 않으려 해도, 늦은 밤 우리와 한 침대에 누운 다른 아이—내일이면 다시금 재촉을 당하며 다른 곳으로 이송되어 사라질 자그마한 소녀—의 온기를 이불 삼아 누워 있자니 무엇이 스타샤의 머리에 그렇게 이상한 생각을 심어주었는지 궁금해졌다.

동생의 머릿속은 항상 내게 미스터리여서 심지어 우리가 연결

된 찰나의 순간에도 스타샤의 모든 환상과 기분을 읽어내려면 많은 노력이 필요했지만, 이건 뭔가 달랐다. 원래는 그렇게 들여다보는 게 두렵지 않았다. 스타샤의 마음속은 온순한 동물, 다채로운 푸른색, 오르기 좋은 나무, 읽고 싶은 책, 알고 싶은 식물로 가득차 있는 섬이고 부드럽고 온화한 장소였다.

하지만 그 무렵 스타샤의 머릿속을 들여다보면 많은 것이 변했음을 알 수 있었다. 한때 평화로운 섬이 있던 곳에는 지도에 없는 새로운 땅이 있었고, 그 땅에서는 염색체가 재미있는 이야기를 들려주고, 세포가 공상에 잠겨 분열하고, 돌연변이가 된다는 가능성이 위로이자 구원이자 복수의 수단이었다.

그곳에는 스타샤가 멩겔레에게 파멸을 가져올 수 있다는 믿음이 있었다. 그녀는 자신이 충분히 영리하다면—가장 음흉한 아첨꾼, 가짜 제자, 의심을 사기에는 너무도 소녀다운 소녀가 된다면—우리가 뺏긴 것을 되찾고 동물원을 해방할 수 있다고 생각했다.

그 믿음이, 스타샤의 머릿속 그 낯선 땅이 내게는 그야말로 공포였다.

*

스타샤는 그를 연구대상이라 했지만 나는 '시퍼런 환자'라는 그 소년이 그 이상이라는 것을 알았다. 스타샤는 그를 형제, 세번째 쌍둥이, 잃을 수 없는 또다른 가족으로 생각했다. 나는 스타샤에게 애착을 갖지 말라고 경고했다. 스타샤는 나를 무신경하다고 비난했다. 그 말이 틀린 건 아니지만 나는 우리 둘을 신경쓰는 것만으로도 무척 지쳐서 그에게 신경을 쏠 수가 없었다. 내 몸이 고통으로 들끓고 있어서 그의 고통까지는 필요치 않았다.

하지만 스타샤의 연구를 막을 방법은 없었다. 나는 동생이 소년 막사 밖에서 조사하는 장면을 그저 앉아서 지켜보았다. 스타샤의 피험자는 멀리 어렴풋이 보이는 화장장을 배경으로 나무 그루터기에 앉아 있었다. 연구는 항상 같은 질문에 같은 답변이 반복되었기 때문에 무의미했다.

맨 처음이 아주 생생하게 기억난다. 나는 스타샤 옆에 다리를 꼬고 앉아 관심 없는 척 담요를 뜨고 있었다. 뜨개질은 동물원의 다른 소녀들이 알려줬는데, 점호시간과 실험실에 가는 시간 사이나 어쩔 수 없이 쌍둥이와 떨어질 때에 시간을 보내기 아주 좋다고 했다. 바늘은 철책에서 떼어낸 철사를 돌에 대고 날카롭게 갈아서 사용했다. 실은 올 풀린 스웨터에서 모은 자투리를 썼다. 그것도 조금밖에 없어서 각자가 번갈아가며 조그만 인형에나 맞을 담요를 떴다. 다 만들어도 절대 담요로 쓰는 법이 없었다. 다시 풀어 다음 소녀에게 실을 넘겨주었다.

담요를 완성하는 일은 스타샤를 염탐할 때마다 좋은 눈속임이 되어주었다. 내 손가락이 실과 바늘을 놀리고 있으면 스타샤는 내가 자기 말을 듣고 있진 않은지 의심하지 않았다. 그날, 스타샤가 연구대상의 흰머리에 대해 물어보는 것으로 대화를 시작했던 것이 기억난다.

"원래 이랬던 건 아냐. 하룻밤 사이에 머리카락이 늙어버렸어.

내 쌍둥이도 그랬고." 그가 대답했다.

"하룻밤 사이에?"

"며칠 걸렸으려나. 정확히는 모르겠어. 여기 오는 길에 벌어진 일이라. 기차에 거울 같은 게 있을 리도 없고."

스타샤는 그의 배경을 물었다. 소년은 곰곰이 생각하느라 한참 얼굴을 찌푸리고 있더니 이건가 싶은 것을 말해주었다.

"살면서 싸움에서 다섯 번 이겼어. 세 번은 주먹으로, 두 번은 이로. 얼마나 많이 졌는지는 물어보지 마. 그걸 묻는다면 너하고 싸울 거야."

아니, 네 배경 말이야. 스타샤가 강조했다.

"아버지는 랍비였어. 어머니는 랍비의 아내였고. 랍비인 우리 아버지는 아직 살아 있어. 아마도. 어둠 속에서는 모든 고양이가 잿빛으로 보인다*고 항상 말씀하셨지. 그런 좋은 말을 많이 알고 계셨어."

스타샤가 명확하게 범위를 정해주었다. 내가 관심 있는 건 네 의학적 배경이야. 그러고 나서 그들은 멩겔레가 무엇을 가져갔고 무슨 상처를 내고 어디를 건드렸는지 이야기했다. 그는 챙그랑거리는 기구와 윙 소리나는 톱에 대해 말했고, 우리 둘에게는 그런 것들이 배에 닿지 않기를 기도한다는 말로 이야기를 끝냈다.

"너도 클로틸데 아줌마 같은 소리를 하네." 스타샤가 말했다. "우리는 기도 안 해. 제이디는 가끔 했는데, 대부분 과학을 향해

---

* 외모는 그리 중요한 것이 아니라는 의미의 경구.

기도했지."

'환자'는 스타샤의 반항적인 기세에 즐거워했다. 그는 팔을 굽혀 오른쪽 이두박근을 보여주었다. 옹기종기 모여 있는 완두콩을 닮은 근육이었다.

"무릎을 꿇고 기도하는 건 아니야." 그가 말했다. "하지만 호랑이, 사자, 살쾡이가 되게 해달라고 빌어서 나쁠 건 없잖아. 게다가 나는 곧 열세 살이 되니까. 내 몸속에 주입된 살상물질이 그자가 끼치는 해악을 극복해내서, 언젠가 여기를 떠나면 러시아 여자를 만족시킬 수 있게 해달라고 기도해. 만약에 여자가 만족하지 못한다 해도 그때는 매력적이고 카리스마 있는 진짜 신사일 테니까 한 번 더 기회를 주지 않을까 싶어. 내가 원래 이렇게 단호했던 건 아니었어. 하지만 내 쌍둥이—내 형제가 남긴 걸 이어야만 해. 스타샤, 너는 걔를 모르지. 하지만 그애가 멩겔레의 비열한 짓거리에 당하고도 투덜거리기나 하면서 허송세월하지 않았다는 건 믿어도 돼. 그애, 내 쌍둥이는 비록 죽었지만 살아 있을 때에는 평화를 무척 사랑했고, 무척 인기가 많았고, 무척 다정했어. 지금은 죽었지만 나는 그애가 지금도 나치를 목매달고 내장을 꺼내는 꿈을 꾸고 있다고 생각해. 그 아이가 꿈꾸던 복수는 이제 내 안에 살아 있어. 스타샤, 너는 네가 원하는 간호사 놀이를 실컷 할 수 있지만, 내가 될 수 있는 건 오직 킬러뿐이야."

"간호사 놀이 아냐. 그거랑은 다르다고." 스타샤가 입을 삐죽거렸다. 그녀는 수첩을 무릎에 내려놓고 자신의 고백을 엿듣는 사람이 없는지 주변을 쓰윽 둘러보았다. "나도 같은 데 관심이 있다는 생각은 안 해봤어?"

"말해봐. 뭘 하려고? 네가 생각하고 있는 대단한 계획은 뭐야? 도망가는 거? 로자문트랑 루카한테 무슨 일이 일어났는지 너도 알잖아."

"몰라."

"총살!" 그는 순교자들이 쓰러지는 모습을 흉내내며 팔을 번쩍 들어올리고 비틀비틀 뒷걸음치더니 바닥으로 쓰러졌다. "무의미한 총살이야. 좋을 거 하나 없어."

"그렇다면 다른 계획이 있다면 좋은 거네. 그치?" 스타샤는 그가 누워 있는 쪽으로 걸어가서 뼈가 배치된 형태를 유심히 들여다보았다.

"이곳에는 두 종류의 계획만 있어." '환자'가 말했다. "원래는 세 종류였는데 세번째 계획, 그러니까 먹을 것을 충분하게 얻는다는 계획은 실현이 불가능해졌지."

스타샤는 잠시 가만히 그 말에 대해 생각한 다음 수첩에 무언가를 끼적이고 검사가 끝났다고 말했다. 아주 큰 목소리로, 고문하러 가는 멩겔레가 뜰을 지나다가 자기 천재성의 징후를 우연히 발견하기를 바라며. '환자'의 건강진단 결과에 대해서는 아무런 말도 하지 않고 단지 몸상태를 감안하면 쥐고기를 거부해서는 안 된다고만 했다.

"코셔가 아니잖아."

"빵도 그래." 스타샤가 맞받아쳤다. 수첩은 시선을 피하기 위해 준비한 게 아닌가 싶었다. 자신의 말이 부끄러운 듯 곧바로 수첩에 코를 박은 것이다.

스타샤의 환자가 동정의 눈길로 스타샤를 바라보았다. 그제야 한 가지 사실이 명확해졌다. 그는 스타샤를 살리기 위해 환자가 되어주고 있었다.

그리고 '환자' 자신도 구원이 필요했다.

문제가 있었다. '환자'의 형제는 죽었고, 이제 그는 쌍둥이가 아니었다. 쌍둥이가 아닌 아이들은 소모품이었다. 한쪽이 없어지면 며칠, 혹은 몇 주 후에 연구용이 된 자신의 쌍둥이와 영안실에서 다시 만나게 된다. 그런 식의 재회가 입 밖에 난 적은 결코 없었지만 우리 모두 그 패턴을 알고 있었다. 미샤가 죽은 것을 알게 되고 곧 아우구스투스도 사라졌다. 헤르만이 없다는 걸 알게 된 다음, 응급차 창문에 코를 꼭 누르고 있던 아리에게도 작별인사를 했다. 사라짐은 불가피했고 옆면에 빨간 십자가 표시를 한 차량이 우리 친구들을 실어갔다.

시간과 기억의 수호자인 나는 '환자'가 우리와 함께 있는 날을 매일매일 침대의 나무난간에 표시하기로 했다.

"이건 뭐하는 거야?" 스타샤가 처음 움푹 팬 네 개의 표시를 문지르며 물었다.

"우리 가족 수야." 나는 대답했다.

그럼 표시가 다섯 개가 되었을 때에는 어떻게 했느냐고?

"죽은 사람까지 포함한 우리 가족 수야." 나는 말했다.

흡족해진 스타샤는 맞는다는 표시로 손가락으로 홈을 훑었다. 표시가 늘어갈 때마다 나는 새로운 설명을 만들어냈다. 내가 그리

위하는 것의 개수라고도 했고, 브루나에게 빚진 은혜라고도 했고, 스타샤가 내게 보여준 친절함이라고도 했다.

다행히도 망각빵 덕분에 속이기가 수월했다. 브롬화물이 스타샤의 위장을 계속 감싸고 있는 한, 새로운 설명도 스타샤에게는 매번 진짜처럼 들렸다.

침대의 표시가 아홉 개를 넘어갔을 때 나는 왜 그가 그렇게 오래 살아남아 있는지 의아해졌다. 멩겔레가 다른 시체를 보느라 정신없이 바빠서 잠시 소년을 잊은 게 아닐까 생각했다. 아니면 정말로 어느 정도는 스타샤를 존중해서 연구를 즐길 수 있게 해주고 있는지도 몰랐다. 어쨌거나 멩겔레는 자신의 즐거움을 위해서라면 규칙을 깨기로 유명했고 스타샤만큼 그를 즐겁게 해주는 사람은 없어 보였다.

1944년 10월 14일

흰 트럭이 한쪽에 가짜 적십자 휘장을 붉게 휘날리며 커다란 짐 승처럼 먼지 속을 기운차게 달려와 우리를 실어날랐다. 간호사와 의사의 유니폼 위에도 수놓여 있고 실험실 벽면에도 떡하니 그려진 가짜 십자가의 감시하에 스타샤의 피가 뽑혀 내게 주입되었다. 내 피는 뽑혀 양동이에 버려졌다. 스타샤의 등뼈에 바늘이 들어갈 때 내 등뼈도 공감하며 소리를 질러댔다. 우리는 사진이 찍히고 그림으로 그려졌다. 복도를 따라 전해지는 다른 아이들의 비명을 들으며 카메라 플래시를 보고 조명이 너무 환해졌다 싶을 때 멩겔레가 예의 길고 밝은 미소를 띤 채 똑같이 긴 휘파람을 불며 내게서 스타샤를 데려갔다. 스타샤는 고개를 돌려 어깨 너머로 나를 바라보았고, 그들은 은밀한 방으로 들어갔다.

의사 선생님이 스타샤를 특별히 관리할 거야. 간호사 엘마가 말했다.

몇 분이 지났는지 몇 시간이 지났는지 알 수 없었다. 내가 아는 것이라고는 스타샤가 방에서 나왔을 때, 실이 끊어진 마리오네트 인형처럼 머리를 기울이고 어떤 소리도 들어오지 못하게 하겠다는 듯 왼쪽 귀를 한 손으로 감싸고 있었다는 것뿐이었다.

하지만 스타샤의 상처를 보기도 전에 나는 무슨 일이 일어났는지 알았다.

의자에 앉아 기다리는 동안 펄펄 끓는 무엇인가가 내 귓구멍에 부어지는 느낌을 받았기 때문이었다. 내 이해를 넘어설 정도로 빠르게 콸콸 흘러들어오는 느낌이었다. 나는 이 공유된 고통에 비명을 질렀고 그 소리가 실로 불행하게도 간호사 엘마의 관심을 끌었다. 의약품 캐비닛의 반질반질한 표면에 자신을 비춰보며 이쑤시개로 잇몸을 쑤시고 곱슬머리를 매만지면서 시간을 보내던 그녀가 뒤를 돌아보았다.

"무슨 일 있니, 애?" 그녀는 내가 앉아 있는 곳으로 도도하게 걸어와 우리 뺨에 난 보조개를 찔렀다. "덜덜 떨 기운이 있다는 게 놀랍네."

나는 아무것도 아니라고 말했지만 감각은 계속되었다. 그들이 스타샤의 왼쪽 고막에 끓는 물을 붓고 있다는 것을 알았다. 그들은 스타샤의 청력을 영원히 익사시켜버리고 있었다. 스타샤가 비명을 지르지 않아도 나는 알았다.

생각을 딴 데로 돌리려고 창밖을 보니 경비병들이 피아노를 밀며 뜰을 지나가고 있었다. 분명 우리 피아노라는 생각이 들었다. 게토로 우르르 몰려갈 때 잃어버리고 말았던 피아노. 스타샤와 나, 우리는 그 피아노와 함께 자랐다. 우리는 피아노 밑에서 기는 법을 배웠다. 다른 집 피아노일 수도 있었지만 나는 그게 우리 피아노라고 굳게 믿었다. 피아노의 모습이 창틀 안으로 들어오자마자 경비병들이 시야 너머 보이지 않는 곳으로 밀어버렸고, 쾅당, 쿵 하는 소리와 건반이 울리는 소리, 수많은 욕설만이 들려왔다.

피아노를 어디로 가져가는 건지 궁금했다. 다시 볼 수 있었으면 싶었다.

옛 피아노 대신 멩겔레가 시야에 들어왔다. 여느 때처럼 휘파람을 불고 있었다. 트릴을 불다가 중간에 멈추고는 음악 선생님들이 질문할 때 그러는 것처럼 나를 가리켰다.

"베토벤 9번이죠?" 내가 물었다.

"오, 아냐. 한참 잘못 짚었구나." 기쁨에 찬 말투였다.

나는 실수해서 죄송하다고 했다. 청력에 약간 이상이 있다고 말할 수도 있었지만 그에게는 이 수수께끼 같은 현상을 알리지 않는 편이 낫겠다고 생각했다.

"한번 더 기회를 주실 수 있나요?"

그는 분명 똑같은 말을 무척이나 자주 들었을 것이다. 그가 웃기 시작했고, 엘마는 그에게 짐짓 비난하는 표정을 지어 보였다.

"애한테 심술부리지 마세요!" 그러고는 나에게 말했다. "물론 맞는 답이야. 여기 의사 선생님들은 말이다, 가끔 사소한 장난을 치는 걸 좋아해."

"안심시키려고." 그는 고개를 끄덕이며 말했다.

"역효과가 난 거 같은데요." 간호사 엘마가 말했다. "저 눈빛 좀 봐요!"

"스타샤한테는 잘 먹히는데." 멩겔레가 말했다. "걔는 농담을 좋아하거든. 그렇지? 너는―너는 좀더 내성적이구나?"

그는 장갑을 벗고 새 장갑을 꼈다. 꼭 운동복을 입는 소년처럼 장갑에 열심히 손을 밀어넣은 다음 눈앞으로 가져가 흠이 있나 살펴보았다. 없는 것을 확인하자 한 손으로 내 어깨를 쳤다.

"네 동생은 좀 쉬어야 한단다." 그가 말했다. "우리도 다른 걸 하면서 시간을 보내볼까?"

그는 언제나 그런 식의 표현을 썼다. 즐거운 일을 제안하듯이.

그와 간호사 엘마는 몇 분 동안 이야기를 나누더니 어떤 계획을 세웠다. 나는 관심 없는 척하려고 최선을 다했지만 대화가 조각조각 들려왔다. 누가 더 튼튼한지, 누가 리더인지, 누가 우월한 피험자인지. 그리고 그들은 내가 앉아 있는 너무도 차가운 벤치 쪽으로 돌아왔다.

"이번에는 새로운 거다." 마침내 그가 말하고 미소를 보였다. "너는 새롭겠지. 네 동생에게는 이미 친숙해."

그는 혈관을 찾았다. 한참 찾을 필요도 없었다. 잘 드러나는 내 혈관이 저주스러웠다.

그 바늘에 무엇이 들어 있었는지 나는 모른다. 세균, 바이러스, 혹은 독. 하지만 몸이 덜덜 떨리고, 냉기와 떨림이 손을 맞잡은 내 안으로 전율하듯 들어오는 온기를 느끼며 깨달은 확실한 한 가지 는 그게 결국 나를 완전히 장악해버릴 거라는 점이었다. 좀더 튼튼 한 사람이었다면 주사 안에 든 물질과 싸울 수도 있었겠지만 나는 우리가 기차에서 내렸던 때보다 튼튼하지 못했다.

멩겔레는 흡족해하며 멀찍이 서서 나를 관찰했다. 예전에 애완 동물 가게에서 나에게 욕을 했던 못돼먹은 앵무새처럼 머리를 뒤 로 젖힌 모습이었다. 그렇게 계속 떨어져 있기를 바랐지만 그는 의 자를 끌고 와서 빠르게 오르는 열을 재려고 내 이마에 손을 얹었 고, 작은 망치를 가져와 내 관절에 갖다댔다. 팔과 다리는 망치의 재촉에 펄쩍 뛰어올랐고, 그의 얼굴에는 즐거움과 집중하는 기색 이 기묘하게 섞여 있었다. 그가 내 의자 주위를 빠르게 돌자 길고 하얀 가운 소매가 내 벌거벗은 몸에 걸렸다.

"고통이 느껴지니?" 그가 망치로 두드리며 물었다. "이건 어때? 지금은?"

네. 나는 말했다. 아니요. 나는 말했다. 그러고는 아니요, 아니 요, 하고 말했다. 그의 실험을 망치고 싶었으니까. 나만큼이나 실 험도 무의미하게 만들어버리고 싶었다.

멩겔레는 한 치의 의심도 없었다. 그가 내 눈에 빛을 비추었고, 나는 일시적으로 앞이 보이지 않아 감사했다. 그의 얼굴이 너무 가 까웠고 그의 냄새가 코끝에 맴돌았기 때문이었다. 스크램블드에 그와 잔인함의 냄새였다. 내 배는 의지와 반대로 꼬르륵 소리를 냈다. 그는 자신도 소화의 요구에 정상적으로 반응하는 몸을 가진 인간이라는 증거를 숨기고 싶은 듯 그 소리를 무시하고 이야기했다.

"요새 어떻게 지내니, 펄?" 그는 하굣길에서 만나는 사람들, 그러니까 우체부, 정육점 주인, 꽃집 주인, 이웃 아저씨라도 된 것처럼 즐겁게 물었다. 악의 없고 태평한 질문이었다.

"아파요."

"아프게 지낸다고? 이런 우스운 말이 있나! 스타샤만 코미디언인 줄 알았더니."

방 건너편에서 간호사 엘마가 코웃음을 쳤다.

"고통에는 이유가 있는 법이지." 멩겔레가 말했다.

그러고는 나에게 사탕 하나를 주며 먹으라고 했다. 나는 사탕을 그대로 보관하기 위해 포장째 혀 아래에 넣었다. 혀에서 흙맛이 나고 머릿속은 빙빙 돌고 입은 통증으로 가득해 힘들었다. 하지만 동물원에 돌아올 때까지 간신히 잘 간수했다. 뜰에 도착하자마자 포장된 사탕을 땅에 뱉고 헤르스호른 세쌍둥이가 그걸 서로 차지하겠다고 싸우는 모습을 지켜보았다.

누구 편을 들어야 할지 더는 알 수 없었다.

*

상처로 인해 스타샤를 몰래 관찰하는 일이 더 쉬워졌다. 스타샤는 아픈 귀에 두툼한 거즈를 대고 있었고, 함께 침대에 누운 다음

에 스타샤가 졸리고 몽롱한 상태가 되면 코앞에서도 그 파란 수첩
을 읽을 수 있었다.

1944년 10월 20일
의사는 상자 하나에 유리병들을 보관한다. 병에는 **전쟁자재,
긴급**이라고 쓰여 있다. 내 이름이 적힌 병도 있고, 펄의 이름이 적
힌 병도 있다는 걸 안다. 그는 병이 섞이지 않게 조심한다. 정리와
관련해서는 여러모로 주의를 쏟지만 의사로서의 기술이 어떤지
궁금해진다.

여기까지 읽었는데 스타샤가 일어나 나를 보고 말했다. 조금 씩
씩거렸지만 너무 허약해진 탓에 제멋대로인 내 행동까지 신경쓸
수 없었다. 귀에 붙인 흰 꽃잎 같은 붕대를 무심하게 매만질 뿐이
었다.

"멩겔레한테 아무 짓도 못한다는 거 알잖아." 나는 속삭였다.

"제이디는 그렇게 생각 안 할걸. 내가 작정하면 뭐든 할 수 있다
고 생각해. 제이디한테 물어보면 알려줄 거야."

"어떻게 물어보니?" 나는 물었다. 이번만은 스타샤의 환상, 너
무도 필사적으로 붙잡고 있어서 약물처럼 그녀의 몸속을 굽이치며
돌아다니는 온갖 이상한 믿음에 대한 경멸을 굳이 숨기지 않았다.

"마마랑 제이디한테 계속 편지를 쓰고 있으니까." 스타샤가 말
했다. "그 내용도 넣으면 되지."

스타샤는 내게서 수첩을 가져가더니 연필을 찾으려고 주머니를

뒤졌다.

"스타샤, 우리 왜 아닌 척하고 있는 거야?"

"척이라니?" 그녀가 목소리를 낮췄다. "'환자' 얘기하는 거야? 물론 나는 그애가 건강하다고 여기는 척하고 있어. 아픈 사람한테 아프다고 말해선 안 된다는 건 모든 의사가 아는 사실이야. 말해봐야 상태를 악화시키기만 하니까. 그러면 희망을 버린다고. 뼈가 안으로 굽고, 눈치채기도 전에 폐가—"

"내 말은, 마마 말이야. 제이디도."

"잘 지내고 있지 않겠어? 우리가 삼촌 요구를 다 들어주고 있는데."

그러고 나서는 항상 하는 말도 안 되는 이야기를 시작했다. 주삿바늘이 우리에게 꽂힐 때마다 엄마는 빵을 하나 더 받을 거야. 조직 샘플이 추출될 때마다 제이디는 경비병들의 보호를 받으며 수영장에서 수영할 수 있을 거야. 스타샤는 본인이 삼촌과 이런 협상을 해낸 게 끝이 아니라고 주장했다. 이젠 내 귀를 희생했으니 우리를 돌봐주지 않을 도리가 없을걸.

나는 뜰을 가로질러가던 피아노, 우리 상실의 증거, 그들이 가져간 모든 것에 대해서 이야기하지 않기로 했다. 그저 너그러운 마음에서 그런 건 아니었다. 스스로 여전히 믿을 수 없었기 때문이기도 했다.

"그럼 왜 만나러 안 오는데?" 나는 대꾸했다. "그게 최고의 특권 아니야? 직접 만나는 게?"

"만나게 해달라고는 부탁하지 않았어."

"죽은 걸 아니까 부탁하지 않는 거야."

"그렇지 않아." 스타샤는 아주 평온한 얼굴로 말했다. "그렇지 않다는 걸 알아. 나한테 증거가 있어. 우리랑 떨어져 있지만 두 분은 살아 있어."

"무슨 증거?"

스타샤가 침대에서 일어나 앉더니 내 쪽으로 몸을 돌려 얼굴을 마주보았다. 갑작스럽지만 부드럽게, 손을 뻗어 내 눈을 가렸다.

"보여?"

"아니."

"더 노력해봐. 내가 그걸 생각하고 있어."

스타샤가 내 눈꺼풀을 손으로 쓸어내렸고, 따뜻한 어둠이 시야를 뒤덮었다. 그러자 그것이 피어났다.

"이제 보이지?"

확실히 보였다. 마마가 그린 바로 그것. 하지만—

"아니." 내가 말했다. "아무것도 안 보여."

"거짓말인 거 알아, 펄. 보이잖아. 나만큼 잘 보이잖아."

나는 계속 부인했다.

"양귀비야." 스타샤가 중얼거렸다. "너도 기억하지. 마마가 그리던 그림. 우치에서 모든 것이 변했을 때, 마마가 양귀비로 가득 찬 들판을 그리기 시작했잖아. 그리고 우리가 기차에 실렸을 때 다시 양귀비를 그리기 시작했어. 벽에다가. 그때는 딱 한 송이만 그렸어. 나는 진짜 슬플 때마다 그 양귀비가 보여. 마마가 죽었다면 꽃이 더 많이 보일 걸 알아. 왜 그런지 굳이 알려줄 필요는 없지. 너는 내가 무슨 말 하고 있는지 알 테니까, 펄."

스타샤의 말이 맞았지만 나는 인정하지 않으려 했다.

"꽃이 보이는 건 괜찮아. 마마가 생각나니까. 하지만 너무 많이는 싫어. 가끔 견디기 너무 힘들 때는 양귀비꽃이 위협적으로 늘어나려고 해. 펄, 네가 사라진다면 나는 꽃이 만개한 들판을 보게 될 거야. 그런 양귀비 꽃밭은 볼 일이 없었으면 좋겠어."

얇은 담요조각 밑으로 파고들어가 머리를 온통 파묻고 있던 스타샤가 그때 어떤 표정이었는지 나는 모른다. 스타샤는 끙끙대며 불편해하면서도 몸을 움직이더니 부지런히 내 신발끈을 끌렀다. 어렸을 때부터 스타샤는 내 신발끈을 끌러주는 것을 좋아했다. 내가 어디 못 간다는 것을 확실히 하고 싶어서. 신발이 내 발에서 빠져나갔다. 담요 덕분에 스타샤가 어둠 속에서 아무것도 볼 수 없다는 사실이 기뻤다. 스타샤 신발의 상태가 내 것보다 더 좋다는 사실을, 새것처럼 좋다는 사실을 알게 하고 싶지 않았다. 사실 스타샤는 병원과 앞마당을 제외하고는 거의 돌아다니지 않았고, 내 신발은 감자를 처리하러 다니느라 바닥이 다 닳아 있었다.

담요 밑에서 스타샤가 질문을 했다. 심문처럼 하는 이 똑같은 질문은 곧 매일의 일과가 되어 나는 자면서도 대답할 수 있게 되었다.

"오늘 춤 연습 했어?" 스타샤가 물었다.

나는 진실을 말하지 않으려 했다. 실은 연습하려고 했지만 첫번째 자세를 취하자마자 목에서 피 한 방울이 허공으로 솟구쳤다. 장기의 기능이 손상되었다고 알려주려는 듯. 새빨간 작은 핏방울을 보니 이런 생각이 확실해졌다. 나를 풀어헤치려는 멩겔레의 계획이 시작되었구나. 그자가 가하는 해악을 이겨내고 내가 더 오래 산다면 그건 두 배에 또 두 배를 한, 불가능할 정도로 배가된 기적일 거야.

"춤을 안 출 이유가 어디 있겠어?" 나는 말했다.

5장
빨간 구름들

삼촌이 내 귀를 망가뜨린 후로 모든 소리에 울림이 생겼다. 누군가 유쾌한 말을 할 때는 좋았다. 누군가 비열한 명령을 내뱉을 때는 끔찍했다.

황소가 나를 돌보았다는 걸 고려하면 어느 쪽이 더 빈번했는지는 말할 필요조차 없을 것 같다. 그 여자는 평생 즐거움이란 걸 모를 것이다.

두번째 부작용. 청각을 잃은 후 지속적인 이명. 어떤 쓰라림, 격렬한 통증.

세번째 부작용은 좀더 반가운 것이었다. 삼촌이 귀에 낸 상처 때문에 머릿속으로 꿈이 더 쉽게 들어올 수 있었다. 그쪽 귀가 멀고 난 후 며칠에 걸쳐 가지각색의 꿈을 꾸었다. 꿈이 너무도 아름다워서 삼촌이 내 고막에 한 변태 같은 짓을 용서할 뻔했다. 비록 환상 속에서였지만, 나에게 온갖 악행을 저지른 삼촌에게 맞설 기회를 거부할 수 없었다.

"너도 그 꿈 꿨어?" 유난히 만족스러운 복수의 꿈을 꾼 어느 날 아침 펄에게 물었다. 인정하겠다. 그건 펄을 시험하는 질문이었다. 나는 그날 우리가 얼마나 똘똘 뭉쳐 있는지 알고 싶었다.

"그럼." 펄은 자신 없는 말투를 숨기기 위해 침대 위의 거칠거칠한 널빤지 위에서 기지개를 켜고 살짝 하품을 하며 대꾸했다.

"어떤 꿈이었어?" 나는 캐물었다.

펄은 자기 얼굴에 거짓말이라고 다 쓰여 있을 걸 알고는 나를 등지고 벽을 바라보았다.

"가족 꿈이지. 다른 꿈이 있겠어?" 펄이 말했다.

나는 가족 꿈을 단 한 번도 꾸지 않았기에, 마마나 파파의 기적도, 제이디의 환상조차 보지 못했기에 죄책감이 들었다. 그래서 펄의 거짓말에 동참했다.

"그럼, 좋은 꿈이야. 가끔은 조금씩 바뀌어도 좋을 텐데. 제이디가 양배추에서 나비로 변하는 장면은 재미있지만, 마마가 울 때마다 파파가 다시 나타나는 건 맘에 안 들어."

"응, 끔찍하지." 펄이 말했다. "왜 우린 좀더 좋은 꿈을 꾸지 못하는 걸까."

"그런 나쁜 일은 다 나 때문인 거 같지 않아? 어쨌거나 언니가 먼저 태어났잖아." 나는 말했다. "언니가 언제나 앞이잖아. 실험실 사람들도 언니가 대표라고 생각한다고."

"그건 그들이 멍청하단 사실을 증명할 뿐이야." 펄이 말했다. "눈 달린 사람이라면 누구나 네가 우리를 책임지고 있다는 걸 알 거야."

나는 침대 가장자리에 걸터앉아 다리를 흔들거렸다. 다른 곳에 있었다면 좋은 날이었을 것이다. 해가 났고 이번만은 새들도 경비견의 울부짖음에 맞춰 찍찍거리기로 한 것 같았다.

"침대 밖으로!" 황소가 외쳤다. 그녀는 숟가락으로 나무난간을 탕탕 치며 걸어가면서 내킬 때마다 손을 뻗어 소녀들의 귓불을 잡아당겼다.

나는 양손으로 귀를 감쌌다.

"나쁜 말은 안 듣겠다?" 황소가 말했다.

나는 고개를 끄덕였다. 손은 여전히 그 자리에 있었다.

"나쁜 걸 볼 일도 없을 거다. 오늘만은 말이야. 운동장에서 축구 경기가 있어. 재밌겠지?"

나는 조심스럽게 손을 내리고 대답했다. 네, 경기를 보게 되어 신나요.

언니도 소식에 기운을 냈다. 그 무렵 언니는 움직임이 둔해졌는데 이번만은 사다리를 훌쩍 타고 올라가 서둘러 옷을 입었다. 하지만 황소가 옷깃을 잡아 한쪽으로 밀쳤다.

"펄, 넌 못 봐." 황소가 말했다.

그때 덜컹거리며 문을 지나 들어오는 응급차 불빛이 보였다.

간호사 엘마가 펄을 데려가는 것을 보면서, 그들이 저 가짜 응급차의 입속으로 사라져 떠나는 것을 보면서 나는 그자가 내 시력도 망치게 해달라고, 그래서 더는 언니에게 계속되는 고문을 보지 않게 해달라고 빌기 시작했다. 하지만 나는 시력이라는 짐에서 자유롭지 못했다. 아직은.

*

황소가 선두에 서고 우리는 운동장에 모였다. 황소는 열혈 스포츠팬인 것 같았고, 아이들에게 다양한 기술이나 어느 경비병이 경기를 잘하는지 이야기하며 기운을 북돋워주려 했다. 미리 의사와 쌍둥이아빠는 그다지 열의를 보이지 않았다. 그들은 우리 사이를 걸어다니며 의무적으로 머릿수를 셌다.

'환자'가 안짱걸음으로 어기적대며 다가왔다. 유달리 뭔가를 감춘 눈빛이었다.

"선물이 있어." 그가 말했다. 양팔을 등뒤로 숨기고 있었다.

"내가 원하는 건 너의 건강뿐이야, '환자'."

그는 기침으로 답했다.

"그런데 넌 전혀 건강하지 못하네."

"어쩔 수 없는 일이야." 그가 명랑하게 말했다. "상황은 더 나빠지기만 하고 다시 좋아지지 않지만, 다들 쐐기풀이 잔뜩 든 양철통을 두고 싸우느라 바쁘니 누가 신경이나 쓰겠어?"

당시에 유행처럼 돌던 말이었다. 나는 별로 좋아하지 않는 말. 그런 식의 대화를 이어가기 싫어서 몸을 돌렸다. 그가 내 스커트 뒷자락을 휙 치는 것 같더니 그다음에는 내 어깨를 톡톡 두드렸다. '환자'가 웃음을 터뜨리며 보청기를 내밀었다.

"너 줄게. 캐나다에서 구한 거야. 내 생각엔 상아로 된 물건이라보관되었던 것 같아."

분명 부유한 여성의 소유였을 듯한 구식 보청기였다. 마감이 고급스러웠고 손잡이는 말머리 모양이었다. 반항적인 짐승이었다. 입은 무엇인가를 갈구했고 거친 바람에 저항하는 것처럼 갈기가 뒤에서 가닥가닥 흩어졌다. 삼촌이 우연히 마당을 지나가다가 내 모습을 본다면 이 물건을 두고 뭐라 할지 걱정되었다.

"한번 써봐." 그가 청했다. "안 좋은 쪽 귀에 대봐. 내가 말을 해볼게."

나는 하지 않았다. 회의적인 태도로 말갈기만 어루만졌다.

"좋아해보도록 해. 페테르하고 교환한 거야. 날 위해 창고에서 훔쳐다줬어. 여자애라면 페테르한테 물건을 얻기 더 쉬워. 한번 만져주는 걸로 값을 치를 수 있거든. 나는 담배 한 개비를 내줬어."

"난 담배가 더 좋은데." 나는 비웃었다.

"담배가 있다고 소리를 들을 수 있는 건 아니잖아." 그의 목소리는 어느 때보다도 합리적이었다. "언젠가 내가 네 왼쪽 귀에 소중한 말을, 네가 놓치고 싶지 않은 말을 할 수도 있어."

설득력이 있었다. 나는 점점 더 우리의 대화를 즐기게 되었다. 펄에게 말할 수 없는 것을 그애에게는 말할 수 있었다. 삼촌을 끝장내는 일에 대해. 어디에서 끝장낼지, 어떻게 끝장낼지, 가장 빨리 끝장낼 수 있는 실행법은 무엇인지.

우리는 운동장 왼편에 흩어져 앉아 오른쪽을 보지 않으려 노력했다. 그곳에서는 주말이 되어 놀러온 여성 간수와 경비병 가족이 자리를 차지하고 단 한 명도 빠짐없이 활짝 웃으며 밝은색 담요 위에 감자 샐러드와 빵과 소시지를 놓고 뒹굴고 있었다. 엄마들은 풀밭에서 천사 같은 아이들을 뒤쫓고, 딸들에게 그림책을 읽어주고, 아우슈비츠의 온갖 신기한 광경을 카메라로 찍고 있었다. 카메라의 렌즈가 나에게 향하는 것을 보고 의도적으로 눈을 찡긋 감았다. '환자'도 내 행동을 따라 했다. 기쁘게 말하건대, 우리는 매일매일 닮아가고 있었다.

우리가 눈을 뜨자 경기가 시작되었다.

우리는 깔끔한 운동복을 입은 경비병들과 낡아빠진 줄무늬 죄수복을 입은 수감자들 사이로 공이 허공을 오가는 모습을 보았다. '환자'는 무척이나 흥분했다. 나는 그의 내장기관에 무리가 갈까봐 너무 크게 소리치지 말라고 여러 번 말해야 했다. 조절 못하고 환호성을 질렀다가는 분명 몸속 약한 곳이 파열되고 말 거라고 경고했다.

"그리고 우리가 이길 거라는 생각은 마." 나는 말했다.

"아니, 이길 거야." 완전히 열광한 그가 내 성한 쪽 귀에 대고 말했다. "우리가 이기면 기차들이 숲을 지나고 산을 넘어 선로를 따라 돌아올 거야. 게토는 다신 없을 거고, 현관문을 두드리는 소리도 다신 듣지 않게 될 거야."

그는 말을 멈추고 내 동의를 기다렸지만 잠시뿐이었다. 그는 모든 상상력을 동원해 공상을 즐기고 있었다. 그런 것도 우리의 닮은 점이었다.

"만약에 우리가 이기면 말이야, 내 쌍둥이는 죽지 않고 다시 내 형제가 될 거야. 고통받는 일도 절대 없을 거야. 죽어가면서 내가 어디에 있는지 궁금해할 일도 절대 없을 거야."

나는 그런 기적이 일어날 수 있을지 모르겠다고 이야기하고 싶었다. 나는 이곳의 비밀을 좀 알고 있는 편이었고 그 비밀이란 것들이 이상하다는 것도 알았지만, 부활이라니? 그건 불가능해 보였다. 하지만 그런 좋은 일이 일어나지 않으리라고 장담할 수는 없다는 것을 문득 깨달았다. 왜냐면 아우슈비츠의 잔인함 또한 가능하리라고 한 번도 생각해본 적이 없었으니까.

하지만 그 생각은 혼자만의 것으로 간직했다. '환자'는 내가 무슨 생각에 골몰하고 있는지 궁금했을지도 모르지만, 영리하게도 경기에 집중하며 그 호기심을 숨겼다.

우리는 운동장에서 구부정하게 움직이는 수감자들을 보았다. 그들도 1회전에서 단호해졌고, 2회전에서는 용맹해졌다. 몇몇은 비틀거리는 몽유병자였지만 몇몇은 이길 수 있다는 가능성에 기운을 얻어 아까운 힘을 그러모으고 있었다. 발차기가 아무리 부실해도, 선수들이 아무리 졸음에 겨워해도 공은 아랑곳하지 않았다. 공은 협상 불가능한 조약을 중재하려는 듯 수감자와 경비병 주장 사이를 날아다녔다. 우습게도 3회전에서 어느 경비병이 공을 세게 차서 운동장 밖으로 날려버리더니 대신 사워도우를 가져와 출발선에서 부스러기를 날리며 경기를 재개했다. 나무에 앉아 있던 까마귀들조차 이 빵 부스러기는 건드려봐야 좋을 게 없다는 것 정도는 아는지 숯검정 같은 머리를 태양 쪽으로 돌리고 무시해버렸다. 나는 까마귀가 현명하다고 생각해 그들을 따라 했고, '환자'는 그런 나를 따라 했다.

우리는 경기 대신 하늘을 올려다보았고 구름들이 저마다의 방식으로 구름이 되는 모습을 구경했다. 그리고 실제보다 더 순진한 아이들이 된 것처럼 그 모양을 함께 읽어보았다.

"시계." 나는 어떤 구름을 가리키며 말했다.

"나치!" '환자'가 말했다.

나는 다른 구름을 가리켰다.

"토끼." 나는 말했다.

"나치." '환자'가 말했다.

이런 식의 대화가 계속되었다. 내가 신부, 유령, 치아, 숟가락을 본 곳에서 '환자'는 나치만을 보았다. 그가 본 나치들은 때로는 자고 있고 때로는 이를 쑤시고 있지만 대부분 죽어가고 있었다. 이런저런 병으로 죽고, 야생동물과 싸우다가 죽고, '환자'의 할머니와 싸우다가 죽고, '환자'가 든 빵칼 끝에 죽었다.

땟국이 흐르는 얼굴로 누워 있는 '환자'의 시선을 따라가면서 그가 본 것을 나도 보려고 노력해보았다. '환자'는 기침이 나오자 예의바르게 얼굴을 돌려 끔찍한 숨을 바닥을 향해 뱉었다.

"저게 어떻게 나치처럼 생겼는지 설명해봐." 그가 마지막에 독화살을 맞고 죽어가는 나치라고 말한 구름을 가리키며 내가 말했다.

대답으로 소년은 주머니에서 빵칼을 꺼내더니 칼날을 유심히 들여다보았다. 동물원에 있는 우리 모두는 배급식량을 자르는 그런 칼을 지급받았다. 대부분 날이 뭉툭하고 자루에 힘없이 이어져 있었다. 하지만 '환자'의 빵칼은 돌에 대고 날을 날카롭게 연마해 위험한 기운이 서려 있었다.

"언젠가 나는 나치를 죽일 거야." 그가 속삭였다. 그리고 상체를 바로 세웠다.

"나도 그러고 싶어." 나도 속삭였다. "그런데 특정한 딱 한 사람이야. 누군지 넌 알겠지."

'환자'는 주변의 흙을 칼로 파기 시작했다.

"다 똑같은 놈들이야. 나는 죽일 수 있으면 누구든 죽일 거야."

'환자'가 말하는 동안 갑작스러운 통증이 느껴졌다. 미지의 침입자였다. 자신을 온기라고 소개하려 했지만 내게는 욱신거림으로 전해졌고, 너무도 강렬해 기절하지 않은 게 의아할 정도였다. 내 위로는 구름들이 걱정 없이 까불거리고 있었다. 멍청한 구름. 구름에 싫증이 나기 시작했다. 우리 곤경에 무심할 뿐 아니라 언니를 흉내내는 시도를 할 만큼 재능을 보이는 구름도 전혀 없었다. 통증을 느끼는 동안 실험실에 있는 펄을 생각했다. 하지만 실험실에 있는 펄을, 그런 펄을 생각해서는 안 되었다.

펄은 나보다 강하니까, 이겨낼 거야. 나는 생각했다.

나는 부러 밝은 생각을 하려고 했다.

"언젠가는 말이야, 죽일 필요가 아예 없어질지도 몰라. 왜냐면 전쟁이란 게 끝이 날 테니까." 나는 내 친구에게 말했다.

"전 세계가 끝나?" '환자'가 눈썹을 찌푸렸다.

"아니, 전쟁. 전쟁이 끝날 거라고." 나는 말했다.

'환자'는 어깨를 으쓱했다. 내 말에 대한 감상인지 경비병이 한 골을 더 넣은 것에 대한 반응인지는 알 수 없었다.

"전쟁이나 전 세계나. 다 똑같아." 그가 말했다.

바로 그때였다. 경비병들의 승리에 화가 치밀어오른 '환자'가 일어서서 나치 구름에 빵칼을 겨누었다. 시달려온 몸은 그 작은 동작도 버텨내지 못한 게 분명했다. 그가 뒤로 휘청거리더니 쿵 소리를 내며 쓰러졌고 바위에 머리를 부딪혔다. 몸이 덜덜 떨리고 제멋대로 움직였다. 황소는 아무것도 하지 않았다. 나도 거의 못했다. 무서웠다. 나는 쌍둥이아빠를, 미리 의사를 불렀다. '환자'는 계속 경련했고 눈꺼풀을 파르르 떨었다. 수감자 쪽 골키퍼가 소리를 지르더니 달려왔다. 그는 '환자'를 품에 안으려 했고, 악물린 소년의 입에 막대를 끼워 혀를 보호하려 했다. 이 구조 장면을 본 한 경비병이 권총을 꺼냈다. 발포되었다. 두 발은 허공으로, 한 발은 몸으로. 총을 맞은 수감자 골키퍼가 경련하는 소년 옆으로 쓰러졌다.

삼촌이 들것을 들고 군중 속을 헤쳐 들어왔다. 그는 지나치는 모든 사람에게 악을 썼고, 쓰러진 골키퍼를 밟고 넘어가 '환자'를 찾아냈다.

소년이 들것에 실려나가는 동안 아마도 이것이 내 친구를 보는 마지막일 거라는 불길한 예감이 머릿속을 스쳤다. 나는 내 팔을 내려다보았다. '환자'의 선물을 쥔 팔이 떨리고 있었다. 삼촌은 '환자'의 의식이 다시 돌아오게 하려는 가망 없는 노력을 기울이며 소리를 질러댔고 그 소리를 듣는 데는 보청기가 필요 없었다.

비명과 고함이 난무하는 가운데 언니의 고통이 느껴졌다. 펄이 더 강하니까, 펄이 원할 테니까, 또다른 고통을 안고 살 순 없어서 내가 떨쳐버리려고 애썼던 고통이었다. 펄의 고통이 내 안에 들어와 집요하게 굴었다. 내달리고 휘감기며 말했다. 네 고통은 너 좋을 대로 해. 그렇다고 나를 무시하거나 변화시키거나 견디지는 못할걸.

그 말에 나는 보청기를 떨어뜨려버렸다.

보청기는 총상을 입고 쓰러져 한 손으로 배를 움켜쥐고 있는 수감자 골키퍼에게서 몇 발짝 떨어진 곳으로 굴러갔다. 죽어가는 와중에도 끝까지 호기심을 잃지 않는 것이, 무언가를 알고 경험하는 일에 그토록 열중하는 것이 어떻게 가능할까? 그 값비싼 물건, 축구 경기장과는 이질적인 그 낯선 물건을 보자 수감자 골키퍼는 사경을 헤매는 중에도 몸을 끌어 앞쪽으로 움직였던 것이다. 마치 상아로 만든 보청기가 그를 위한 마지막 무엇인가를, 메시지나 소리나 비명을 품고 있는지 확인하고 싶은 듯한 몸짓이었다. 하지만 경비병이 호기심을 감지했고 그가 보청기를 손에 쥔 바로 그 순간 등에 한 발을 더 쏘았다. 그제야 총상을 입은 남자의 움직임이 멈췄다. 줄무늬 수감복 사이로 빨간 구름이 피어올랐다. 나는 그 구름들이 수평선 같은 어깨 너머로 퍼져나가는 광경을 바라보았다.

펄
6장
심부름꾼

'환자'가 미동 없는 상태로 실려가버리자 내 동생은 조용해졌다. 얼마나 슬픈지 한마디했더라도 나는 듣지 못했다. 아마 놓쳤던 것 같다. 어쨌거나 슬픔은 아우슈비츠의 다른 소리들과 구분하기 힘들었으니까. 1944년 10월 말이었다. 비행기들이 하늘 위에서 이랑을 만들었다. 개들은 비행기를 향해 짖었고 콘크리트 탑에서는 총성이 울렸다.

"소련군." 타우베는 고개를 젖혀 하늘을 바라보며 누구에게랄 것도 없이 비통하게 말했다. "이 지옥을 버리고 갈 만큼 겁이 많기라도 했다면, 가기 전에 폴란드인은 깡그리 찢어발길 텐데."

"유감인데!" 브루나가 놀렸다. "용감해지는 걸 그렇게 부담스러워하다니!"

나는 이 모욕적인 발언에 돌아올 보복 때문에 숨죽이고 있었다. 하지만 아무 일도 없었다. 타우베는 사색에 빠져 있었다.

"여기에 당장 폭탄을 투하해야 해." 그는 계속 말했다. "너희 전부 돌무더기 속에서 몸부림치게 해야 한다고. 소련군더러 너희 시체나 해방시키라지."

"그럼 뭘 망설여?" 브루나가 비웃었다. "이 성질 더러운 변태 병신아!"

타우베는 비행기에 정신이 팔려서 브루나를 쫓아가지 않았다. 어쩌면 엔진 소음 때문에 욕이 들리지 않았는지도 모른다. 어쨌거나 브루나는 기회를 낚아챘다. "썩은 푸딩!" 그녀가 소리쳤다. "지긋지긋한 진물 덩어리! 생선 엉덩짝보다도 쓸모없는 놈!"

브루나는 마음껏 즐겼고, 이 상황은 비행기가 계속 올지도 모른다는 희망에 근거를 더해주었다. 그러나 많은 사람이 꿈을 품는 데 도움을 준 소련군의 등장도 동생에게는 아무런 의미가 되지 못했다.

돌볼 친구가 없어진 스타샤는 시간의 낫이 쓸고 지나간 벌판에 압도당했다. 어떻게 시간을 보내면 좋을지 저마다 의견을 내놓았지만 스타샤는 처리팀을 꾸리자는 브루나의 제안도, 차를 대접하겠다는 릴리퍼트 어머니의 초대도 거절했다. 클로틸데는 스타샤가 아기들을 예뻐하는 걸 알고 자기 쌍둥이들의 머릿니 잡는 영광을 주었지만 부러움을 살 만한 그 신뢰의 표현도 동생을 움직이지는 못했다.

스타샤는 더는 심심풀이에 신경을 쓸 시간이 없다고 말했고, 실제로도 시체 간지럼 태우기 같은 무시무시한 소동이나 히틀러 죽이기 같은 우리의 옛 오락거리에조차 단 한 번도 관심을 보이지 않았다. 한때는 스타샤의 팬터마임이 미르코의 자리를 위협한 적도 있었다. 스타샤는 콧수염 흉내가 아닌 연설할 때 말투와 가늘게 흐르는 침에 집중한 연기로 미르코의 히틀러 흉내를 거의 능가했다. 나는 스타샤가 다른 무엇보다도 사람들을 웃기는 것을 좋아한다는 사실을 알고 있었지만, '환자'가 떠나고 나서는 그 어떤 말로도 다시 그런 일을 하게 설득할 수 없었다. 놀이를 하면 친구들과 함께할 수 있으니 좋지 않냐고 설득해봤지만 스타샤는 부러 목청을 높여 이제는 친구들을 신경쓸 시간이 없다고 말했다. 분명 최근에 사탕도 주고 바퀴벌레가 스르륵거리며 자기 발 위를 지나가기 전에 죽여준 모이셰 랑거가 성가신 애정을 잠재우고 자신을 내버려두기를 바라는 마음에서였을 것이다.

스타샤가 원하는 곳은 병원 계단이었다. 그곳에서 빵칼을 무릎 위에 올려놓고 앉아 있었다. 거기서는 많은 사람의 발이 보였다. 병자, 간호사, 죽어서 실려나가는 사람. 미리 의사는 무슨 수를 써서라도 내 동생을 피하려고 병원을 조심조심 드나들기 시작했다. '환자'의 운명에 대해 논하는 위험을 감수할 수는 없다고 온몸으로 말하고 있었다. 하지만 아무리 빠르게 계단을 오르내려도 그녀는 자신에게 다가와 무언가 표현하려는 스타샤의 굳은 얼굴과 항상 마주쳤다. 스타샤는 부드럽게 맞서기 위해 얼굴에 물음표를 그리려 무진 애를 썼지만, 그저 괴롭게 눈썹만 찌푸렸다가도 안쪽에서 죽어가는 사람들의 비명이 들리면 거기에 답하듯 금세 표정을 풀었다.

스타샤가 어떻게 그 비명소리들을 들을 수 있었는지는 모르겠다. 내가 아는 것은 동생이 '환자'의 가르랑거리는 목소리 한 가닥을 찾아내려고 비명을 하나하나 듣고 추렸다는 것이다. 그것은 내가 여태껏 견뎌온 일 이상이었다. 나는 스타샤가 다가올 날들에 대비해 자신을 시험하고 있었다고 믿는다. 소련 비행기들이 후퇴했을 때, 스타샤가 마침내 나와 대화를 시작했기 때문이다. 하지만 목소리에는 전에 없던 신랄함이 서려 있었다. 실제 우리보다 더 나이든 사람 같았다.

"요새 마음속에 양귀비꽃이 보여. 계속 보여. 너도 보여, 펄?"

나도 그랬다.

"더 많이는 못 볼 것 같아." 그녀는 내게 말했다. "꽃들이 들판을 채우게 하면 절대 안 돼."

닥쳐올 스타샤의 슬픔에 내가 계획을 세운 건 이 경고 때문이었다.

*

나는 몰래 페테르를 찾아갔다. 스타샤는 페테르를 싫어했다. 페테르는 지위가 높은 심부름꾼으로, '환자'에게 보청기를 구해다준 그 소년이었다. 그림과 책에 대해 우리보다 훨씬 더 많이 알았고 그런 점이 삼촌의 관심을 사긴 했지만 별 소용은 없었다. 최악이자 가장 놀라운 점은 그가 구제대상인 쌍둥이나 전형적인 기형, 돌연변이가 아니라는 점이었다. 사실 그를 동물원에 있게 한 것은 아리아인 같은 외모, 멩겔레가 칭찬한 영웅적인 코와 강인한 턱이었다.

멩겔레가 애초에 특별한 아이로 점찍어놓은 그 소년은 열네 살이상의 아이들이 받는, 우리 모두를 능가하는 혜택을 받았다. 페테르가 이 사실을 알고 있었는지 혹은 부끄러워했는지 나로서는 알수 없었다. 그는 남들과 다르게 처신했다. 나는 아주 초기부터 그애를 관찰했고, 심각하게 골몰한 표정으로 여기저기 배회하다가고양이처럼 철책 아래로 기어나가는 모습을 지켜보았다. 자신의지위에서 누리는 모든 혜택을 전복시키려는 의도가 은연중에 드러나는 행동이었다. 이 페테르라는 아이는 타고난 적응력이 있었는데, 브루나보다 훨씬 세련된 형태였다. 탁월한 외교술로 문제에 대처했고 그 덕분에 어리다는 생각이 잘 들지 않았다. 그런 방식 외에도 눈에 띄는 점이 많았는데 가장 인상적이었던 것은 늘상 더러운 이곳에서 유별나게 깔끔한 소년이었다는 사실일 것이다. 그애는 우리 모두와 다르게 손톱 밑에 때가 낀 적이 없었다. 나는 자주그가 손으로 옷의 주름을 펴고 단춧구멍을 수선하는 모습을 보았고, 우리처럼 뼈밖에 남지 않은 몸으로 운동장에서 계속 팔굽혀펴기를 하고 머리 위로 돌을 들어올리며 운동하려고 노력하는 모습을 보았다. 그는 축구팀의 주장이었고, 그다지 비밀도 아니고 마지막엔 팔씨름 대회로 끝나곤 하는 모임을 간간이 여는 듯한 동물원내의 소년 비밀결사 '흑표범단'의 단장이었다.

하지만 그 모든 성취보다 인상적인 사실은 이것이었다. 페테르는 자존심을 잃지 않은 몇 안 되는 아이 중 하나였고, 심지어 멩겔레 앞에서도 자존심을 버리지 않았다. 그것이 가장 뛰어난 비결인것 같았다.

하지만 스타샤가 질투했던 가장 큰 이유는 페테르가 멩겔레의 심부름꾼이라서 이 이상한 도시의 모든 경계를 드나들며 모든 광경을 보았다는 사실이었다. 이 구역에서 저 구역으로, 남자 막사에서 여자 막사로, 야생화가 피어 있는 탐스러운 들판을 지나 화려한 나치 본부 안으로 이곳저곳을 옮겨다니며 말을 전했다. 우리는 훨씬 제한적이었다. 소년 막사와 소녀 막사를 알았고, 긴 철책을 알았고, 병원 뒤편, 실험실로 가는 길, 실험실의 끔찍한 내부를 알았지만 그 나머지는 상상만 할 뿐이었다. 하지만 페테르는 보았다.

그는 우리가 잃어버린 귀중품이 쌓여 있는 창고 캐나다를 보았다. 금이 무더기로 쌓여 있고 은이 피라미드를 이루는 곳. 할아버지들의 시계가 기둥처럼 높이 쌓여 숲이 된 곳. 수천 명의 연회를 열 만큼 많은 도자기가 쌓인 곳. 털과 가죽이 푹신한 더미를 이루는 곳. 그는 늘 그곳에 대해 이야기했다.

그는 병원의 비밀을 보았고, 카포*의 물물교환 시스템을 목격했다. 사람들이 변기 옆면에 암호를 남기는 모습을, 어쩌지 못하는 메시지는 땅에 묻는 모습을 보았다. 그리고 쉬쉬하면서 그런 일들을 이야기했다.

그는 다른 더미들도 보았다. 입에 담기도 싫은, 값나가는 치아와 머리카락과 살점 더미. 그것에 대해서는 말하기를 꺼렸다.

돌아다니는 것에 위험이 없지는 않았다. 대부분의 경비병이 멩겔레의 애완동물이라는 그 소년의 지위와, 그러니 그를 내버려둬야 한다는 것을 알았지만 침입자로 오인되는 때도 있었다. 한번은

---

* SS의 업무에 협조하며 다른 수감자들을 관리하던 수감자.

끝내 다친 적도 있었다. 채찍질에 귀의 살점이 초승달 모양으로 찢겨나간 것이다. 멩겔레가 고쳐보려고 했지만 서툰 작업이 상처를 더 벌려놓기만 했다. 페테르는 이 흉함을 신경쓰지 않았다. 그는 이렇게 말했다. 대신 멩겔레가 손수 자기 대원을 징벌했어. 앞으로도 이런 사고가 반복된다면 난 그 기회를 반길 거야. 그러지 않고서야 달리 복수할 방법이 없잖아?

찢어진 귀 때문에 나는 더욱 페테르에게 호감을 갖게 되었다. 그 상처는 스타샤와 내가 어릴 때 좋아했던, 종을 울리면 우리에게 뛰어오도록 훈련시켰던 길 잃은 고양이를 생각나게 했다. 인정하겠다. 그 상처를 손으로 쓰다듬는다면, 손끝으로 상처를 매만져본다면 어떨까 궁금해하는 마음이 내 안에 있었다. 그리고 페테르를 만지는 느낌을, 그애만의 체온을 너무 늦기 전에 알고 싶어하는 마음도.

나는 페테르가 혼자 있을 때 만났으면 했다. 무슨 말을 하고 싶은지도 모르는 채로.

하지만 내가 발견했을 때 그는 야구다 세쌍둥이와 함께였고, 넷이서 소년 막사 벽에 기대 마술을 연습하고 있었다. 세쌍둥이는 흰 손수건을 우유 줄기처럼 흐르게 만들어 한 손에서 다른 손으로 따르는 마술을 연습중이었다. 이 마술 덕분에 그들은 아이들 사이에서 아주 인기가 있었는데 그것이 다름아닌 음식에 대한 환상이기 때문이었다. 스타샤는 그들의 마술을 심드렁하게 여겼다. 쓸모도 없고, 공상이 허용되지 않는 세계에서 공상가 같은 짓을 한다며 투덜댔다. 스타샤는 꽤 강경하고 거침없이 그 의견을 드러내왔고, 나는 제발 야구다 쌍둥이들이 동생과 나를 헷갈리지 말았으면 했다. 하지만 그들의 표정을 보니 분명 혼동하고 있는 것 같았다.

"여기는 무슨 일이야, 스타샤?" 셋 중 두 명이 한목소리로 물어왔다.

"스타샤가 아냐." 페테르가 고개 한번 들지 않고 말했다. "스타샤는 이제 귀가 먹었어. 얘는 귀가 안 먹은 애야."

"내 동생 귀 안 먹었어." 나는 말했다. "한쪽만 안 들리는 거야. 건강도 계속 좋아지고 있고."

소년들은 서로 팔꿈치로 찔러가며 즐거워했다.

"분명 얼마 안 있어 타우베 앞에서 춤추고 있을걸." 셋 중 하나가 킬킬거리며 말했다.

"말해보시지." 나는 뺨을 붉히며 말했다. "그 손수건 우유는 너희 넷끼리 얼마나 나눠 마시는 거니? 우유를 마셔서 우리보다 더 힘이 센 거야?"

그들이 손수건을 말아쥐고 눈을 부라렸지만 이런 시시한 이유로 포기할 수는 없었다. 나는 소년들처럼 벽에 몸을 기댔다. 침묵이 뒤따랐다. 동물원의 소년 소녀는 어울리는 일이 많지 않았다. 기차를 타고 이곳에 오기 전에 나보다 나이 많은 소녀들이 무도회의 어색함에 대해 이야기하는 것을 들은 적이 있었다. 나는 지금이 그 분위기를 추측할 만한 가장 비슷한 상황이라고 생각했다. 주변이 무척 조용해 고통이 내 안에서 새로운 길을 가로지르는 소리가 들릴 정도였다. 고통은 트릴과 함께 나를 휘감으며 들어왔고, 타올랐다가 돌처럼 가라앉았다. 그래서 아담 야구다가 몸을 기울여 나에게 말을 걸었을 때, 그저 심심해서였겠지만 고마운 마음이 들었다.

"타우베가 차라 레안더랑 친구라는 얘기는 거짓말인 거 알지?"

"나는 바보가 아냐." 나는 대답했다.

"글쎄, 네 동생은 믿는 거 같던데."

"스타샤도 바보 아냐." 나는 말했다. "좀더 괜찮은 마술은 없니? 내가 너라면 나치들이 날 없애기 전에 스스로 사라져 보일 텐데."

이 말을 들은 아담의 형제들이 웃음을 터뜨렸다. 정작 아담은 즐거워하지 않았다.

"재미있으라고 한 말은 아니야." 나는 말했다.

"물론 너는 그러려고 한 게 아니었겠지." 페테르가 말했다. 그가 얼굴을 내 쪽으로 숙이는 바람에 시선이 마주쳤다. "재미는 스타샤 담당이잖아. 안 그래?" 그는 조롱기 없이 부드럽게, 주변에 듣는 사람 없이 우리 둘만 있는 것처럼, 이곳이 막사의 먼지투성이 벽 바깥이 아니라 실제 방안인 것처럼 말했다. 그리고 자신의 진심에 당황한 듯 내 머리카락을 손가락에 말아 잡아당겼다. 손길, 그것은 점점 더 복잡하고 미묘해졌다. 머리카락 잡아당기기는 평생, 적어도 학교에서 남자아이들이 내 뒤에 앉았던 시절 내내 익숙할 정도로 당해왔던 장난이지만 이건 달랐다. 나는 기분좋은 전율을 느꼈고, 이것이 남자아이들에게서 받아본 것 중 가장 애정 어린 손길에 가깝다고 생각했다. 이것이 나의 마지막 전율일 수도 있다. 그 사실이 나를 원상태로 되돌려놓았다. 나는 페테르의 찢어진 귀에서 눈을 뗄 수 없었다. 원피스 치마에 주머니가 달려 있었으면 하고 바랐다. 그래야 잘못 봉합된 저 상처를 만지려는 열망으로 움찔거리는 손을 진정시킬 수 있을 테니까.

"그냥 장난이야." 페테르가 말했다. "걱정 마. 말 안 할게."

나는 스타샤와 맺은 협정이 비밀로 지켜지고 있다고 생각해왔다. 페테르가 어떻게 알았는지 상상할 수도 없었다. 세쌍둥이는 돌처럼 침묵을 지켰다. 자기들 삶에서는 그런 처세가 익숙하다는 듯이. 내가 불편해하는 기색을 느꼈는지 페테르가 손가락을 탁 튕기자 다른 소년들이 흩어졌다. 그런 권위가 인상적이었다는 점은 인정한다. 목을 짓밟으라는 명령이 너무도 흔한 이곳에서 그처럼 우아한 명령을 목격하다니 기묘했다.

"나랑 걸을래?" 페테르가 물었다. 그리고 나에게 스웨터를 주려고 했다. 스웨터를 벗어 내 어깨에 둘러준 것이다. 나는 어깨를 흔들어 털어냈다. 어색해서 나온 본능적인 몸짓이었다. 그에게서 너무 많이 받는 건 아니다 싶었고, 게다가 이 여유로운 산책으로도 충분히 행복했다.

같이 걸으며 곧 겨울이 오겠구나 생각했다. 화장장과 축구장 너머 멀리 자작나무들이 빛나는 호박색 잎사귀를 떨구고 겨울을 준비하는 모습이 보였다. 흰 가지를 뻗은 나무들 너머에는 강과 언덕, 그리고 탈출이 있다는 것을 알았다. 다른 사람들처럼 나도 저항세력의 연인들, 로자문트와 루카의 이야기를 들은 적이 있었다. 그들이 탈출을 시도했을 때 누가 총에 맞았는지, 어떻게 함께 죽었는지. 그들은 한 달 동안 달콤한 쪽지를 주고받으며 비밀연애를 했고, 철책 근처 진흙 속에서 뒤엉켜 피로 물든 등을 내보인 채 굴복당해 죽었다. 나는 걸으며 그 사건에 페테르를 대입해서 생각하지 않으려고 노력했다. 그 대신 철책을 따라 있는 그루터기에 집중하려 했다. 앞서 걸으면서 땅을 딛지 않으려고 그루터기에서 그루터기로 뛰었다. 그러면서 이야기하는 편이 더 쉬웠고 그사이 고통도 잊을 수 있었지만, 발을 헛디딘 순간 고통이 되살아났다.

페테르는 나를 땅에서 일으켜세워 털장갑을 낀 손으로 내 무릎에 박힌 돌조각들을 털어냈다. 간호사와 의사가 찔러대는 손길이 아닌, 나를 절대 해칠 의도가 없는 손길에 몸이 떨렸다.

"네 이야기 들었어." 나는 말했다. "온갖 물건을 처리하고, 타우베의 개한테 히틀러라는 이름을 대면 으르렁거리도록 훈련시켰고, 간호사 엘마의 책상에 두꺼비를 넣었고, 멩겔레의 실내 슬리퍼에 달걀을 넣었다고."

페테르의 머리카락은 연신 눈을 덮고 있었다. 그는 그것을 구실삼아 나를 바라보지 않았다.

"모험을 좀 하긴 했지." 그는 인정했다. "그런데 슬리퍼라니! 정말 그래봤으면 좋겠다. 그런 얘기들은 어디서 생겨나는지 전혀 모르겠어. 네 동생이 지어낸 이야기 같은데."

"별로 안 좋은 얘기도 들었어."

"그래? 그렇다면 네가 스타샤를 설득해서 좀더 괜찮은 이야기를 만들 수도 있겠네?"

"스타샤가 아니야. 브루나야. 네 심부름 얘기를 해준 건 브루나라고."

함께 걷던 그가 기분이 상해 잠시 멈춰 섰다.

"그렇다면 확실히 말할 수 있는데, 그 이야기들은 정확하지 않

아. 브루나는 그 일을 모른다고. 나를 못 믿겠어?"

나는 당황한 나머지 내가 들었던 내용을 자세하게 말하지 못하고 입을 다물었다.

"내가 푸프에 드나든 건 메시지를 전달하기 위해서야. 딱 한 번 오래 머물렀던 건 사실이야. 옛친구를 만났거든. 이반이라고 알아?" 그는 잠시 멈춰 생각에 잠겼다. "알 리 없겠구나. 네가 왔을 때 이반은 여기 없었으니까. 나보다 몇 살 많지만 우리는 이웃으로 함께 자랐어. 거의 일 년 만에 여기서 만났지. 걔네 막사 사람들 모두가 돈을 모아 그를 푸프로 보내줬어. 나한테는 충격이었지만 이반은 자기 재능에 매우 기뻐하더라고. 심지어 내가 자기 아버지를 다시 만나게 되면 자기가 그런 저녁을 보냈다는 걸 꼭 전해달라고 약속까지 시켰지."

"그애 아버지는 만났어?"

그의 목소리에 거리감이 생겼다.

"응."

"그래서 말씀드렸어?"

거리감은 점점 커져갔다.

"아니."

"약속을 깨버렸구나."

페테르가 머뭇거렸다. 하고 싶지 않은 이야기인 듯했다. 하지만—

"완전히는 아니야. 왜냐면 만났을 때 그애 아버지는 이미 죽은 사람이었으니까. 다른 시신들과 나란히 누워 있었어. 나는 죽은 사람에게 말 거는 걸 믿지 않아. 네가 여기서 죽은 사람들에게 말을 건넨다면 머지않아 진정한 네 언어를 잃게 될 거야. 그래서 나는 쪽지를 썼어. 아저씨가 알면 기뻐했을 밤을 이반이 보냈다고 쓴 다음 주머니에 넣어두었어. 쓰기 어색했지." 그가 말을 멈췄다. 얼굴을 붉힐 사람이라고는 생각하지 않았는데 그 순간 그애의 얼굴이 붉어졌다. "잘한 일이었을까?" 그가 물었다. "괴로워. 항상 그 생각이 나."

나도 나를 괴롭히는 것이 무엇인지 알고 있었다. 페테르를 괴롭히는 일을 알게 되었다는 사실로 위안을 얻으면 끔찍한 짓일까? 골똘히 사색에 잠긴 그는 자신을 잠식하는 생각들을 흙먼지로 만들어버리겠다는 듯 낡아빠진 신발 끝을 바닥에 문질렀다.

"너한테 얘기했으니 이제 그만 생각할 수 있을지도 몰라. 그 대신 네 생각을 할 수 있겠지." 나는 사람의 목소리가 그렇게 부드러울 수 있다는 것을 몰랐다. 한 소년이 가까이 다가와 내 뺨에 떨어진 속눈썹을 떼어줄 날이 오리라는 것도. 그리고 제발 스타샤는 그 순간 내가 느낀 감정을 눈치채지 못하기를 바랐다.

나는 페테르가 엄지와 검지로 그 속눈썹을 비비는 모습을 보았다. "내일 간호사 엘마는 속눈썹을 처음부터 다시 세어야겠네." 그가 애써 밝게 말했다.

페테르에게 키스할 생각으로 찾아간 건 아니었다. 하지만 나는 키스했다. 단지 목적을 이루기 위해서 능숙하게 그의 입술에 내 입술을 눌렀을 뿐이라고 말하고 싶다. 그가 내 한쪽 얼굴을 동그랗게 감싸며 내게 다시 키스했을 때도 그전에 누구도 그랬던 적이 없어서 가만히 따른 거라고, 그건 무언가의 시작이 아니었다고, 친밀함, 애정, 사랑, 로자문트와 루카와 같은 운명적인 연인들에게서 피어나 파국으로 끝나는 놀라운 사건 같은 것이 아니었다고 말하고 싶다.

나는 스스로에게 말했다. 이곳에서는 다른 사람에게 너무나 인간적인 존재가 되어서도, 누군가의 기억에 나를 각인시키려고 해서도, 그리고 무엇보다 마지막으로 기억될 처음을 나 자신에게 허락해서는 안 된다고.

마지막 생각이 떠오른 순간 나는 몸을 뺐다. 페테르는 왜 내가 그만두는지 의아해하면서도 신사처럼 한 걸음 뒤로 물러났다. 페테르가 금세 물러나자 내 행동이 후회스러웠다. 하지만 신경써야 할 다른 일들이 있었고, 나는 내 욕망을 억누르고 그 문제에 집중하기로 했다.

"필요한 게 있어."

"아, 그래." 그는 피곤한 듯이 말하고는 한숨을 쉬었다. "그래서 이러는 거구나."

"전에도 이런 적이 있어? 다른 여자애들이랑?"

그는 예의를 차리려는 듯 으쓱해 보였다. 그때 그가 아직 손바닥에 내 속눈썹을 조심스레 간직한 게 보였다. 바람이 속눈썹을 집어올려 휙 가져가버렸다.

나는 손을 뻗으면 그의 찢어진 귀가 닿을 높이에, 철책 제일 아래쪽 가로대를 딛고 서 있었지만 감정을 한쪽으로 치워두고 원하는 것을 말했다. 내가 떠났을 때 동생을 살리려면 이게 필요해. 나는 말했다. 볼일이 마무리되고 나는 그의 귓불에 있는 상처를, 그의 피부가 나으려고 분투했던 자리를 만져보았다.

희미한 음악의 리듬이 말발굽소리처럼 들려오더니 지하실에서 오케스트라의 연습소리가 올라와 점점 커졌다. 이전에도 이곳에서 음악을 들은 적이 있었다. 경사로에서 음악이 우리가 탄 기차를 반겼다. 수송이 끝나고 더는 새로운 수감자가 들어올 일이 없어지자 음악은 막사를 짓고 창고의 물건을 분류하고 시신으로 가득찬 수레를 굴리고 무덤을 파고 또 파는 수감자들의 노동과 함께했다. 모든 노동마다 음악은 소리 높여 강요하고 노래했다. 이리 와, 여기로, 네 종말의 최신판으로, 너의 유용함을 증명해야 살아남을 수 있는 곳으로.

우리의 짧은 인생에서 음악을 싫어할 수 있을 거라는 생각은 한번도 해본 적이 없었다. 이 장소가 그 생각을 바꿔놓았다. 음악을 들으면 그것과 함께했던 치명적인 노동밖에 생각나지 않아서 나는 모든 음정에 몸을 움츠렸고, 고조되며 시작되는 소리를 두려워했다.

하지만 페테르와 함께 서 있던 그때는 음악이 싫지 않았다. 찢어진 스웨터를 입고 철책 너머 자작나무에 에워싸인 들판을 응시하는 페테르와 나란히 함께 서 있으니 음악이 반가웠다. 그것은 우리가 잃어버린 소리였기 때문이다. 원래라면 와야 했고 이제는 결코 오지 않을 시절의 선율이었기 때문이다. 나는 그 시간의 조각들을 짐작해보고 싶었다. 두 사람이 애정을 품고 서로 껴안고 순간을 누빌 때, 음악이 어떤 의미인지 알고 싶었다.

대부분의 소년들처럼 페테르도 춤을 출 줄 몰랐다. 그래도 나는 삐걱거리는 멜로디에 박자도 안 맞는 음악에 맞춰 왈츠를 추기 시작했다. 오케스트라에서 우리 낡은 피아노를 조율해야겠구나 싶었다. 그는 뼈만 남은 한 팔로 나를 꼭 붙잡고 내 발동작을 따라 스텝을 밟아가며 짐짓 진지한 말투로 내 요구에 대한 의견을 말했다. 마치 우리가 지금 절망적인 포로의 몸이 아니라 평범한 일상 속에서 골치 아픈 문제를 의논하는 바깥세상의 어른들인 것처럼.

"네가 부탁한 게 구하기 엄청 어렵다는 건 알아둬." 그가 말했다. "요새 내가 가는 곳마다 황소가 따라붙기 시작했어. 타우베가 새로 들인 경비견도 있지. 보초 서는 내내 코를 골지만 내가 지나가려고 한다면? 깰 거야."

나는 그가 새로운 도전을 앞두고 즐거워하는 것 같다고 말했다.

"다른 사람 때문이라면 안 해. 너니까 하는 거야." 그가 말했다.

내 손을 잡은 그애의 손은 투박하고 따뜻했고, 떨리고 있었다. 얇은 스웨터 안쪽으로 페테르의 갈빗대가 느껴졌다. 나는 매일 뼈를 보았다. 천천히 죽어가는 아이들의 피부 아래 불거진 뼈. 하지만 이렇게 가까이 있는 한 소년에게서 뼈의 감각을 느껴본 적은 없었다. 다음 순간 내가 한 말 때문에 나는 이 뼈들을 원망했다.

"사랑해." 나는 그의 어깨에 대고 말했다.

페테르는 내 스텝을 따라 하던 걸 멈추고 의심에 찬 실눈으로 나를 유심히 보았다.

"아니. 조만간 그렇게 될 수도 있겠지만, 지금 너는 이 말을 진심으로 할 기회가 없을 거라고 생각해서 이러는 거야. 그렇지 않아?"

"그래." 나는 인정했다. "맞아."

"그렇다면 나도 널 사랑해." 그가 말했고, 우리 둘 다 그것이 진심이기를 바랐다는 것을 나는 알았다. 나는 사다리처럼 뼈가 튀어나온 페테르의 가슴에 대고 계속해서 그 말을 반복했다. 소리는 내지 않고 입 모양으로만. 분명 어떻게든 페테르도 그 말을 느꼈을 것이다. 그도 그럴 것이, 노래가 끝나자 정말 마지못해 왈츠를 멈추고는 내가 그토록 원하는 것을 얻어다주겠다고 장담하며 더이상의 키스도 요구하지 않고 줄무늬처럼 내려앉는 보랏빛 석양 속으로 떠났기 때문이다.

나는 키스라면 내가 원하는 대로 하겠다고 말했다.

그는 그런 나를 말릴 생각이 전혀 없다고 말했다.

밤, 그것은 아우슈비츠에서 아름다워서는 안 된다는 것을 잊고 있었다. 심부름꾼 소년의 등뒤에서 벨벳 같은 밤의 떨림이 멈추지 않았다.

1944년 10월 27일

날이 갈수록 고통이 심해졌다. 어느 날 아침에 일어나보면 고통이 발끝에서 열을 내고 있었고, 다른 날에는 뭉하니 배 쪽에 가 있었다. 고통은 매일 새로운 곳에서 강도를 높여갔다. 병의 정체가 그리 중요한가 싶어 굳이 알려고 하지 않았지만 마음은 그것에 이름을 지어주고 싶어했다. 결국 나는 내 병을 허약함이라고 부르기로 했다. 이름을 붙이면 강해지고 싶은 의욕이 생길지도 몰라서였다. 이 실험이 저항과 힘에 중점을 두고 있으며, 주사로 주입된 불청객의 방문을 어느 쌍둥이들이 견디는지 확인하고 있다는 미리 의사의 말을 엿들은 적이 있었다.

몸에 들어온 것이 티푸스든 천연두든 다른 이름 모를 세균이든, 어떻게 내가 그토록 오래 허약함을 숨길 수 있었는지 모르겠다. 나는 다른 아이들에게 귀를 기울이며 추천하는 치료법이 있는지 엿들으려 노력했다. 스타샤에게 물어볼 수는 없었으니까. 내 동료, 실험대상들에게는 자신만의 요령이 있었다. 모두가 병원으로 이송되는 결말을 낳을 질문을 피하는 방법을 알고 있었다. 기침을 웃음으로 바꾸는 방법을 알고 있었다. 수상할 정도로 땀방울이 맺힌 내이마를 보고 황소가 체온을 물어오면 다른 소녀가 입에 문 체온계를 떨어뜨렸고, 소녀의 쌍둥이 자매가 이 블로코바의 주의를 딴 데로 돌렸다. 그렇게 나는 열을 재지 않고 넘어갈 수 있었다.

감자는 동물원의 모두가 약으로 인정하는 음식이었다. 하지만 그것을 얻는 복잡한 과정 동안 고통을 잊을 수 있으니 오히려 과정 자체가 진짜 치료가 아닌가 의문이 일기도 했다. 물론 브루나에게도 많은 도움을 받았다. 우리는 요리사가 커다란 수프통을 옮기는 것을 도와주겠다고 속이며 수감자 주방으로 같이 숨어들었다. 요리사가 등을 보이자마자 감자는 내 치마 허리춤으로 들어갔다.

막사에서 그 갈색 껍질을 베어 무는데 치아가 잇몸에서 흔들거리는 것이 느껴질 때면, 나는 전선에 앉아 바람에 쓰러지기 일보직전인 새처럼 울었다.

날이 가면 갈수록, 감자를 먹으면 먹을수록 나는 약해졌다. 그리고 매일 점호가 끝나면 페테르에게 갔다. 그는 빈 주머니를 보여주고 나에게 이야기를 해주었다. SS 대원 하나가 시를 읊어보라고 해서 휘트먼의 시를 자작시처럼 읊고 아무에게도 들키지 않은 이야기, 푸프의 여자들 말에 따르면 타우베는 울보에 주정뱅이에 양배추같이 얼굴만 큰 아기인데다 아무도 보지 않을 때는 유대인 여자들에게 프러포즈를 한다는 이야기, 화약 비밀창고를 지키는 지하조직원에게 받은 할로북* 이야기. 페테르는 기다림의 초조함을 덜어주려 했지만, 아무리 열심히 들으려고 최선을 다해도 보이지 않는 어떤 상처에, 내 안에서 때를 기다리는 어떤 재앙에 내가 붙들려 있다는 걸 그도 눈치챘을 것이다.

부탁을 하고 일주일이 지났을 때, 페테르는 내가 원하는 것을 손에 감싸쥐고 왔다.

"궁금해." 그가 말했다. "이후에도 네가 나를 필요로 할지."

그는 격식을 차려 내 손바닥에 꾹 눌러 그것을 건네주었다. 우리를 붙잡은 사람들에게서 그걸 훔쳐냈다는 사실이 믿어지지 않았다. 나는 그것을 안전히 보관하기 위해 치마 허리춤에 넣고 페테르에게 감사를 표한 후 작별인사를 했다. 그는 작별을 원하지 않았다. 그는 새로운 임무를, 찾을 거리를 원했다. 그런 목표를 갖는 편이 자기도 좋다고 고집했다.

"뭐든 부탁해도 돼. 이곳에선 찾으러 다닐 만한 게 필요해. 뭐라도 하는 편이 좋아. 원하는 게 무엇이든 가져다줄게. 필요한 게 무엇이든 얻어다줄게."

그의 목소리에는 애원이 담겨 있었다. 뭐라고 이름을 붙여주고

---

* 책 모양의 케이스.

싶었다. 하지만 아무 생각도 할 수 없었다. 내 안의 고통이 모든 욕구를 지워버리고 있었다.

"미래가 있는 것처럼 부탁하란 말이야." 그가 말했다. "적어도 한 달, 아니면 일주일이라도!"

내가 알던 소년, 이제 막 알게 된 소년이 갑자기 허둥대고 있었고, 우리 아이들이 환호하던 리더의 모습은 온데간데없었다.

내 침묵에 불안해진 페테르는 간청을 도전으로 바꿨다.

"너한테 진짜 악기를 훔쳐다줄게." 그리고 익살스러운 말투로 떨리는 목소리를 가리려 했다. "피아노 조각이 아니라 피아노 한 대! 베이비 그랜드피아노 말이야! 나를 못 믿는 건 아니겠지?"

믿어, 라고 나는 말했다. 하지만 그에게는 위로가 되지 못했다. 내게 준 것을 바라보는 페테르의 눈빛은 마치 그것을 되가져오기를, 아니, 그 이상을 바라는 듯했다. 그는 우리가 공유했던 모든 것, 그 감정, 그 순간을 되가져오고 싶어했다. 우리가 다시 그 시간을 살 수 있도록. 적어도 내 추측은 그랬다. 왜냐하면 나도 그런 기분이었으니까.

하지만 다른 사람에 대한 감정이 아무리 커도 자신의 고통을 홀로 감당해야 하는 상황에는 상대가 되지 않는다.

제이디, 우리 할아버지는 죽기 위해 무리에서 떨어져나오는 동물들에 대해 늘 이야기해주었다. 상처입거나 약한 것들은 그들의 무리에 부담을 주지 않도록 알아서 떨어져나온다고 했다. 나는 그것이 언젠가는 내가 해야만 하는 일이라는 것을 알았고, 페테르나 브루나, 스타샤처럼 요제프 멩겔레에게 쇠퇴와 파멸의 대상으로 선택되지 않은 사람들, 생존에 더 적합한 사람들을 위해 고개 돌려 물러나야만 하는 그 불가피한 순간을 대비해 연습해야 한다는 것을 알았다. 그게 내 역할, 내 몫이었다. 기뻤다. 내 동생이 나처럼 고통받는 모습을 지켜보지 않아도 된다는 의미였으니까.

하지만 포기하는 연습을 페테르와 하고 싶지는 않았다. 아직은 아니었다. 그와 일주일을 더 지냈으면 했다. 며칠이면 족할 터였다.

"오케스트라 전부를 훔쳐다주면 돼." 나는 말했다.

"그게 다야?" 그는 웃음을 터뜨리고는 나를 끌어당겼다.

*

그 물건은 상태가 무척이나 좋아서 가짜 같았다. 나는 그걸 들여다보았다. 손 위에서 뒤집어보았다. 스타샤에게 필요한 물건이라고 생각했는데 내 손에 들어와 있는 것을 보니 나 자신을 위해서도 필요했다는 걸 알 수 있었다. 나는 그걸 가지고 잠시 앉아 있었다. 그러고도 한동안 더. 마침내 나는 스타샤를 찾아 나섰다.

스타샤는 소년 막사 뒤에 혼자 앉아 작고 파란 수첩에 해부학 도표를 옮겨 그리며 끄적거리고 있었다. 이상하게 조용했다. 아니, 막사 뒤편은 조용한 장소로 통했다. 그곳에서는 경비견들 소리만 들렸고, 안간힘을 써서 짖어대는 그 소리만 빼면 화장장이 돌아가는 소리, 무시무시하게 효율적으로 불길과 흰 가루를 뱉어내는 소리뿐이었다.

스타샤의 눈은 몰두하느라 가늘어져 있었고, 연필로 생각을 적어내려갈 때면 앙다문 입매가 팽팽한 선을 그렸다. 고도의 집중력을 보고 있자니 스타샤와 내 모습이 얼마나 다를지 관심이 갔다. 물론 변화가 나만 건드려놓은 것은 아니었다. 나는 질병이 가져온 모든 파멸의 흔적을 지닐 수밖에 없었지만, 스타샤 또한 변해 있었다. 좀더 미묘한 방식으로. 어린 시절은 우리를 떠나갔지만, 그러면서 우리에게 애써 똑같은 세월의 흔적을 남기지는 않았다. 나는 아무 말도 하지 않았지만 스타샤는 들었다.

"맞아. 우리는 확실히 달라 보여." 내 생각을 인정하며 스타샤가 말했다.

"내 잘못이야. 가르마를 다른 방향으로 탔거든." 내가 설명했다.

"왜? 가르마 방향이 다르다고 누가 돌아오는 것도 아닌데." 스타샤가 슬퍼하며 말했다. 그러고는 늘 하던 이야기로 돌아갔다. '환자' 옆에서 제대로 대처하지 못했다는 말, 멩겔레를 끝장내는 일에 지금까지 계속 실패만 했다는 말.

'환자'라면 이해할 거야. 나는 말했다. 하지만 스타샤를 자신의 확신에서 벗어나게 할 방도는 없었다. 그래서 대신 동생의 머리를 땋아주었다. 스타샤를 내 발치에 앉혀 땋으려고 했지만 떨리는 손가락 사이로 머리카락이 자꾸 빠져나갔다.

"왜 이런 것도 하기 힘든지 모르겠어." 세번째로 시도하고 나서 내가 말했다.

"그걸 하면 마마 생각이 너무 많이 나서 그래."

"그런가봐."

스타샤가 수첩을 옆으로 치웠다. 스스로 그렇게 할 수 있다는 사실에 놀랐다. 이제 그 책이 나를 대신하는 무언가, 잃어버릴 위험 없이 사랑할 수 있는 대상이라고 생각했기 때문이었다.

"네 팔 내 팔 어디 있니 놀이 할까?" 스타샤가 제안했다.

"아니."

"벌써 어떻게 하는지 잊어버린 거야? 아주 쉽다고. 언니 팔은 뒤로 보내고 내 팔을 넣어서 언니 팔인 것처럼 하면 돼. 그리고 내 손으로 재밌는 것들을 하는 거야. 예를 들면, 손인사나 차 끓이기나 카드게임에서 지는 거야."

"안 할래." 나는 다정하게 대꾸하려고 애쓰지도 않았다.

"알았어. 그럼 카드게임에서 이기게 해줄게. 그럼 할래?"

"절대 안 해." 나는 진저리쳤다. 거절할 이유는 충분했다. 그 놀이는 나에게 더는 매력적이지 않았으니까. 동물원은 우리의 많은 것을 바꿔놓았는데, 그중 가장 가혹한 변화는 아마도 살아 있는 다른 존재와 가깝게 지낸다는 것이 무엇인지에 대한 인식이 망가졌다는 것일 테다.

이곳에 관한 이야기들만으로 애착에 대한 우리의 열망은 변했다. 예컨대 이런 이야기. 우리가 오기 전 봄에 멩겔레는 두 집시 소년의 등을 맞대고 꿰맸다. 처음에 그들은 수용소에서 사라졌다. 그 다음에 다른 비명과는 구분되는 비명소리가 실험실로부터 들려왔다. 고통의 소리가 다른 실험대상들을 너무도 불안하게 해서 멩겔레는 맞붙여진 소년들을 다른 곳으로 옮겼다. 페테르가 해준 이야기인데, 페테르는 이 소년들이 들것 하나에 같이 실려나가는 것을 목격하고는 그들을 태운 트럭이 수용소를 가로질러 멈출 때까지 안전한 거리를 유지하며 쫓아갔다. 지하 저장고의 돌바닥에서 두 집시 소년은 사흘 동안 하나의 개체로 살았고, 각자 다른 방향을 바라본 채 등뼈가 봉합되어 붙어 있다가 감염되었다.

서로의 고통을 볼 수 없었다는 사실만이 그나마 다행이었다.

나는 이 이야기를 하고 싶지 않아 주제를 바꿨다. 어떻게든 스타샤에게 작별인사를 해야 했다. 스타샤의 마음이 불편하지 않도록 말 사이에 슬쩍 끼워넣고, 이별의 아픔을 지나쳐버릴 수 있도록 달콤하게.

나는 그에 걸맞게 유쾌한 어조로 꾸며 말했다. 파파가 사라진 이후 엄마에게 배운 것인데 게토 지하실에 혼자 있을 때나 미래에 확신이 들지 않을 때마다 혼자 연습해왔다.

"요즘 내 마음을 잘 읽는다면 맞혀봐." 나는 밝은 목소리로 말했다. "내 주머니에 뭐가 들었게?"

스타샤의 눈에 생기가 돌았다.

"마마한테 편지 왔어? 제이디한테?"

"다시 맞혀봐."

"칼? 총? 뭐야? 아냐, 말하지 마. 맞혀볼래."

하지만 너무 늦었다. 나는 이미 주머니에서 그 물체를 꺼내 손바닥 위에 펼쳐놓고 있었다.

"피아노 건반?"

"그냥 건반이 아니야." 나는 말했다.

스타샤는 그 하얀 물체를 뒤집어보고 관찰했다. 스타샤의 심리를 잘 아는 나는 그애가 건반이 하나뿐인 외로움을 한탄하며 벌써 다른 건반을 찾고 있다는 것을 알 수 있었다. 쌍이 아니어서 혼란스러운 것이다.

"어디에 쓰는 거야?" 심드렁하기만 한 목소리는 아니었다. 이런 때 내가 주는 물건이 쓸모없진 않을 거라는 확신 한 조각이 담겨 있었다.

나는 그냥 건반이 아니라고, 우리의 옛날 피아노 건반이라고 설명했다. 우리 과거의 상징, 소중한 무엇인가를 떠올리게 하는 물건이라고, 누구라도 이걸 가지고 있으면 나와 함께 영원히 살 거라고 말했다.

스타샤는 동전으로 내기를 하는 것처럼 피아노 건반을 손바닥 위로 탁탁 튕겼다. 건반이 허공에 떠 있을 때는 밝고 신중하고 기대에 찬 표정이었다. 하지만 손으로 떨어지자마자 중력이라는 단순한 진실이 모든 희망을 내동댕이치기에 충분하다는 듯 우울해졌다.

나는 말을 이어갔다. "그러니까 만약에 내가 너를 떠난다고 해도 결코 떠나는 게 아닌 거야. 왜냐면 네가 이걸 가지고 있으니까, 자."

"이 건반이, 그러니까, 이게 나를 위로해줄 거라는 말이야?"

나는 대답하지 않았다. 스타샤가 내 어깨에 얼굴을 묻었고 내 소매는 빠르게 축축해져갔다. 스타샤가 약하게 떨었다. 손힘이 느슨해지기에 충분한 떨림이었다. 건반은 완전히 한 바퀴를 돌아 달그락하며 바닥에 떨어졌다. 건반이 도망치는 것을 보고 있자니 나는 집시 쌍둥이가 같은 순간에 죽었는지, 혹은 한 생명이 먼저 빠져나가면서 다른 하나의 길을 편안하게 해주었는지 궁금해졌다.

동생은 내 귀에 입술을 대고 반은 식식거림으로, 반은 절망에 찬 흐느낌으로 말했지만 이해할 수 있는 소리를 내지는 못했다. 스타샤에게서 나오는 말은 뒤죽박죽에 두서없었고, 시작되려다가도 자꾸 끊겼다. 어떤 말을 하고 싶은지 상상할 수 있을 뿐이었다. 접시 쌍둥이가 서로에게 어떤 말을 했을지는 상상조차 할 수 없었다.

작별인사는 할 수 있었을까?

붙어 있는 고통 때문에 인사도 필요 없었을까?

그 소년들을 생각하니 얼굴이 달아올랐다가 오한이 들었다. 고통이 자신의 존재를 알려왔고, 나는 동생을 밀어내려고 했다. 사람을 잔인해 보이게 하는 본의 아닌 동작이었다. 자신이 뭘 하고 있는지도 모르는, 반사작용처럼 단순한 몸짓이었다. 물론 동생은 비틀거리며 나에게 다시 다가왔다. 양팔을 내 목에 휘감았다. 숨이 넘어갈 것 같았다. 나는 다시, 더 세게 스타샤를 밀어냈다. 그로 인한 아픔이 동생의 얼굴 위로 떠올랐다. 자신의 절박한 매달림과 가련한 망상을 내가 불쾌해한다고 생각하는지도 몰랐다. 나는 그 두가지 때문에 피아노 건반이라는 술수를 꾸민 것이었지만, 어쩌면 약간은 불쾌했을지도 모른다. 하지만 그 순간에는 내가 곁에 없어도 살 수 있다는 것을 스타샤가 증명해주기를 진심으로 원했다. 마지막으로 스타샤를 밀어냈을 때는 나도 내 힘에 놀랐다. 쿵 하고 바닥에 넘어진 스타샤는 눈을 끔벅이며 그대로 앉아 있었고, 그때 계절의 첫눈이 떨어지기 시작했다.

"일어나." 나는 명령했다. 아주 가혹하게 굴었다. 그게 필요하다고 생각했다. 이곳에서의 유일한 방법이라고 생각했다. 스타샤는 혼자서도 살 수 있어야 한다고 고통이 내게 말하고 있었다. 우리 둘 중 누가 더 강하고 운이 좋은지는 알 수 없었다. 내가 아는 것은 스타샤가 살아야 한다는 것뿐이었다.

하지만 내 동생은 눈 위에 엎어져버렸다. 처음에는 천사 모양을 만드는 줄 알았는데 다시 보니 완전히 다른 자세였다. 반항적인 태도가 없는 것은 아니었지만 항복의 자세였다.

"안 일어날 거야." 스타샤가 속삭였다.

"일어나, 스타샤." 나는 명령했다.

스타샤는 멍청한 아기처럼 뒹굴거렸다.

"절대 나를 안 떠난다고 약속하면 일어날게." 스타샤는 고집을 부렸고, 그 목소리는 눈으로 얼룩덜룩해진 바닥에 묻혀버렸다. 그런 식으로 옆에 서서 지켜보는 것이, 스타샤가 산산조각나는 동안 강한 척하는 것이 얼마나 끔찍했는지!

"나의 일부가 언제나 너랑 함께 있을 거라고 약속할게. 그걸로는 충분치 않아?"

스타샤는 땅에서 고개를 들었지만 나를 보려고 하지는 않았다. 입술과 코는 흐느끼느라 부었고 맨손으로 흙을 움켜쥐고 있었다. 그 손은 너무도 절박해서, 먼지든 눈이든 무엇이라도 잡고 싶어하는 것 같았다.

"어떤 일부인데?" 스타샤는 훌쩍였다.

스타샤의 오랜 환상, 나는 그것에 기댔다. 내가 그것을 진짜로 믿었던 적이 있었던가? 과거에는 그런 적이 없었다 해도 동생이 초라하게 내 발치에 쓰러져 있던 그 순간은 정말로 그 환상을 믿었다.

"그건, 이름과 얼굴이 없었을 때도 우리가 누구였는지 아는 일부야." 나는 말했다. "양수 속 세계에 살았을 때 말이야. 그 세계 기억나? 우리는 아기보다 작았지만 그때도 서로 사랑하는 법을 알고 있었어. 이런 시간이 올 거라는 걸 알고 있었어. 어떻게 올지 몰랐고 그 이유는 더더욱 몰랐지만. 이 시간이 찾아오기 전에 해야 할 일이 많았잖아. 그래서 일찍 엄마를 떠나 되도록 빨리 세상을 보기로 결정한 거고."

"그런 결정을 한 건 전혀 기억 안 나." 스타샤가 말했다.

스타샤는 피아노 건반이 혐오스러운 물건이라도 되는 듯 우울하게 바라보았다.

"충분치 않아." 스타샤는 그렇게 말하면서도 일어났다. 나는 고통에 저항하고자 허리를 굽히고 몸을 숙여 땅에 떨어진 피아노 건반을 주워들었다. 상아로 된 모서리 한쪽이 깨져서 작은 조각이 떨어져나왔다. 나는 이 새 상처를 스타샤에게 보여주었다.

"이걸 소중히 간직해." 나는 경고했다.

7장
이리 와서 날 즐겁게 해줘

나는 지금 느껴지는 고통이 펄의 것이 아니라고 되뇌었다. 그러
다가 내가 틀렸다는 걸 깨달았다. 그건 펄의 고통일 수밖에 없었
다. 내 안에서 생겨났다고 하기에는 너무 예뻤다. 너무도 정교하게
몸 구석구석에 달라붙어 모든 신경을 따라 통증의 피루엣*을 추었
다. 그래, 이건 펄의 고통이야, 나는 결론을 내렸다. 하지만 이 깨
달음이 온전히 자리잡기도 전에 진짜로 한 대 맞고 말았다. 브루나
가 내 귀를 때렸던 것이다.

"스타샤! 날 속였겠다!"

브루나가 서릿발 같은 분노로 몸을 떨었다. 우리는 막사 뒤에서
카드게임을 하는 중이었다. 조금 전까지는 즐거운 놀이라 생각했
다. 하지만 지금은 내 얼굴 위로 몸을 굽힌 브루나에게서 분노를

---

* 한쪽 발로 서서 회전하는 발레 동작.

피할 길이 없었다. 가루처럼 내뱉어지는 숨결에서는 양철컵에 담긴 희미한 커피향과 함께 겨울과 굶주림의 냄새가 났다. "발뺌하지 마." 눈송이 사이로 브루나가 위협했다. "다 알면서도 그런 거잖아. 이 사기꾼아!"

나는 얼굴을 붉히고 몸을 떨었다. 그 무렵 브루나는 어느 때보다도 더 무시무시해 보였다. 알비노이기를 거부하고 숯으로 흰머리를 검게 칠해 그 잿빛 장관을 등뒤로 늘어뜨리고 다녔기 때문이다. 이 조치는 실험대상으로서 삼촌의 흥미를 떨어뜨리는 데는 실패하고 그녀의 하얀 얼굴에 사나운 검은 줄기가 흘러내리게 하는 결과만을 낳았다. 그로 인해 브루나의 얼굴은 너구리, 그것도 과격한 너구리 같아졌다.

나는 브루나를 사랑하는 만큼 브루나가 무섭기도 했다.

내가 사기꾼인 건 사실이기 때문이었다. 동물원에서 내가 살아남은 것은 비열한 특권 덕분이었다. 나는 어떤 노동도, 도둑질도, 욕구도 강요받지 않았다. 나는 손가락 하나 까딱하지 않고도 영원히 살 운명이었다. 주삿바늘 끝이 내 불멸을 확정지으면서 모든 해방의 가능성을 좌절시켜버렸다.

괴로움은 펄에게 같은 기회가 주어지지 않았다는 것을 깨닫고 나서부터 시작되었다. 왜 펄에게는 주지 않은 것일까? 이건 우리의 계획과 너무 달랐다. 아기였을 때도, 소녀 시절에도 함께였던 것처럼 우리는 함께 서로의 곁에 남아 불사신이 되어야만 했다. 그가 내 계획을 의심했던 것일까? 그래서 자신의 계획과 바꿔치기해 펄에게는 주삿바늘을 주지 않고 나에게는 언니를 주지 않기로 음

모를 꾸민 것일까?

그리고 내 앞에는 친구이자 보호자이며 폭력을 사랑하는 브루나가 있었다. 그녀는 나를 간파해 내가 무언가 속이고 있다는 것을, 내가 잘 지내도록 해주는 범죄가 있다는 것을 알아챘다. 나는 그녀의 비난에 어떻게 변호해야 할지 몰랐다.

당신들은 내 잘못이 아니라고, 그런 거짓말을 하게 된 것이 내 잘못이 아니라고 말할지도 모른다. 내 피를 거짓으로 가득 채운 건 삼촌이니 비난을 받을 대상도 그 사람 하나라고 말할 수도 있다. 그러면 나는 이렇게 말하겠다. 당신 말이 맞는다고. 하지만 다른 아이들의 몸은 이 사기를 거부하고 바이러스나 독, 파멸의 원인으로 간주했을 수도 있는데 내 몸은 그것을 받아들였다고. 나는 우리가 살아남을 거라는 생각에, 우리가 언제나 함께 있을 거라는 생각에 너무도 기쁜 나머지 살 자격이 더 있는 다른 사람들보다 오래 산다는 것이 어떤 의미인지 묻지 않았다. 그리고 지금 여전히 그 치료의 유일한 수혜자로서 그가 한 짓을 되돌릴 수 없다면 이 순간을 기점으로 홀로 영원의 시간을 살아내야만 하는 운명에 처했다.

나는 부주의 때문에 언니를 배신했을 뿐 아니라 그 이상의 짓을 저질렀다. 나는 아우슈비츠 최악의 쓰레기다. 나는 나를 경멸로부터 방어할 자격이 없다. 하지만—

"이건 다 삼촌 생각이라고." 나는 외쳤다. "그렇게 하도록 놔두는 게 아니었다는 거 나도 알아!"

어리둥절해진 브루나의 눈이 의아한 듯 치켜올라갔다. 브루나는 빈손으로 눈 위에 흩어져 있는 카드를 가리켰다.

"멩겔레가 이거랑 무슨 상관이 있는지 모르겠다. 내가 아는 건 네가 내 카드를 훔쳐봤다는 거야. 내가 봤어! 자백해! 자백 안 하면 네 입에 킹을 쑤셔넣을 테니까!"

브루나가 킹을 구겨 쥐더니 내 입을 비집어 열려고 했다. 입술을 뒤집어 까고 왕관 쪽부터 목구멍에 집어넣으려고 했을 때에야 나는 그녀의 분노가 삼촌과 내가 한 그 게임이 아닌 다른 게임 때문임을 깨달았다. 깨달음에 힘을 얻어 킹을 뱉어내며 작은 고백도 함께 내뱉었다. 내 악행의 일부일 뿐이었지만.

"브루나, 네 말이 맞아. 나는 사기꾼이야."

"그래. 잊지 말라고."

"안 그럴게. 약속해. 이번 판의 진정한 승자는 브루나야."

눈 위로 떨어진 구겨진 카드를 바라보는 브루나의 얼굴에 그녀에게서 흔히 볼 수 없는 후회의 표정이 나타났다.

"입에 킹 쑤셔넣으려고 해서 미안해."

"조커였으면 딱인데." 나는 웃었다. 그러나 낯선 웃음이었다. 절망적이고, 모서리가 약간 닳은 웃음. 나는 깔깔거림을 잃은 진짜 거지였다. "하지만 조커도 나한테는 과분한데! 어울리는 카드를 브루나가 하나 만들어주면 되겠다. 썩어빠진 애. 사기꾼. 세균. 질병—"

브루나는 머리를 기울이고 생각에 잠겼다. 내가 저자세로 나가서 마음이 풀린 건지 기분이 좋아진 건지 알 수 없었다. 그건 일종의 비밀스러운 혐오였을까? 동물원에서 흔한 감정은 아니었다. 대부분의 아이들은 생존하는 것만으로도 기력이 바닥나 스스로를 혐오하는 사치는 누리지 못했다. 나에게는 해당되지 않는 문제였지만.

"세균쯤 되겠네." 브루나가 결론지었다. "하지만 나머지는 너무 심했어. 넌 항상 그래!"

내가 얼마나 부끄러워 고개를 숙였을지 상상이 되지만 그때는 아무것도 느끼지 못했다. 나는 무감각한 상태였다. 이것이 불사신의 부작용이라고, 단지 그뿐이라고 생각했다. 그도 그럴 것이 삼촌은 내 귀를 건드린 뒤로는 나를 갖고 놀지 않았다. 펄의 사진 옆에 내 사진을 붙여놓을 정도의 관심뿐이었다. 가끔 나는 완전히 무감각해져 오히려 활력을 되찾을 수 있기를, 그래서 펄을 지키는 새로운 길을 찾고, 속임수를 써서 실험실을 바꿔치기하고, 선택받은 사람의 자리로 펄을 데려다놓을 수 있기를 바랐다.

내 친구에게 이런 슬픔을 말하지 않았지만, 내 얼굴에는 분명 기색이 비쳤을 것이다. 브루나가 갑자기 딱하다는 표정으로 나를 당겨 꼭 끌어안더니 구조가 필요한 또다른 백조라도 되는 양 자기 뺨을 내 뺨에 쓸었다.

"콩알, 내가 널 불쌍히 여기게 만들지 마. 짜증나게 왜 이래!"

나는 사과했다.

"사과하지 마! 사과는 화장장에 들어갈 때 너한테나 해."

나는 브루나의 말이 옳다고 했다.

"옳다고 하지 마! 내가 틀리면 어쩌려고?" 그녀는 그루터기에 털썩 앉더니 불안하게 발을 굴렀다. 나는 브루나의 눈을 보았다. 움푹 꺼져 있었다. 브루나의 손을 보았다. 작은 뼈들이 불거져 있었다. "한마디하자면, 난 이제 아무것도 모르겠어. 할말도 없고 기대할 것도 없다는 걸 알아가는 중이야. 부스러기 따위 훔쳐봤자 예전처럼 만족스럽지도 않아. 이미 맞은 사람을 또 때리는 것도 별 의미가 없고."

무슨 말을 하면 좋을지 몰라서 나는 이렇게만 말했다.

"'환자'가 보고 싶어."

브루나는 포옹을 풀고 카드 쪽으로 가서 거칠게 섞었다.

"나는 걔가 보고 싶다고는 안 할래. 하지만 네가 그 말을 해도 얼굴에 침을 뱉진 않을게. 그게 그거 아니겠어?"

나는 그렇다고 동의했다. 브루나는 카드를 주머니에 넣고 훔쳐 보는 사람이 없나 곁눈질로 확인했다. 황소가 느릿느릿 지나가는 걸 기다렸다가 낮은 목소리로 털어놓았다. "내가 그애를 보고 싶어 한다는 거 아무한테도 말하면 안 돼. 여기 사람들은 정해진 방식대로 나를 봐야 하니까. 다들 내 새 스웨터를 봐야 하고, 내가 그걸 어떻게 구했는지 알아줘야 해. 너는 어떻게 구했는지 알지, 스타샤?"

"훔쳤지."

"그래, 물론이지! 그런데 너 주려고 훔친 거라 도둑질이라고 해야 할지 잘 모르겠네. 아무튼 아무한테도 얘기하지 마. 펄한테도."

"펄이랑 나는, 우리는 비밀이 없어." 펄이 가장 끔찍한 비밀을 간직하고 있음을 내가 잘 안다는 사실을 부인하는 말이었다.

"여기서 비밀 없는 사람이 어디 있다고." 브루나가 비웃었다. 그러고는 스웨터를 내 등에 둘러주고 같이 산책하자는 몸짓을 했다. 내가 거절하자, 브루나는 매일 릴리퍼트 가족을 괴롭히기로 한 다짐을 꼭 지키기 위해 눈길을 지나 총총 사라졌다.

그 스웨터는 내가 본 수감자들의 스웨터 중 가장 좋았고, 또 컸다. 무척이나 커다래서 펄과 내가 흔치 않은 안락함 속에서 푹 잘 수 있을 것 같았다. 그런 걸 얻었으니 좀더 기뻐했어야 했다. 그건 브루나가 나를 사랑한다는 증거였다. 하지만 행복은 나와 관계없는 것이었다. 그땐 아니었다. 움직이는 일도 마찬가지였다. 그리고 여전히 귀에서는 비명을 지르고 싶어질 정도로 둔탁하게 웅웅거리는 소리가 났다.

나는 앉아서 눈이 내리는 것을, 눈이 나를 지워버리는 것을 보았다. 당연히도 나를 여기 가두어놓은 사람들은 눈의 그런 재능을 부러워했다. 그 무렵 나는 그자들을 더 많이 생각하고 있었다. 터무니없는 미슐링의 희망을 품었던 예전에는 그들이 머릿속에 들어오는 것을 막을 수 있었다. 하지만 펄의 고통이 부풀어 내 안에서 자비를 구하고, 그 고통이 다른 해결책을 모색해 펄을 지키지 못하는 나를 조롱하며 뜨겁게 달아올라 몸 구석구석으로 천천히 퍼져가자 나는 깨달았다. 우리를 가둔 사람들이 우리에게 한 짓을, 그렇게나 계획적으로 서로를 공격하게 했다는 것을 생각하지 않고는 살 수 없다. 나는 삼촌 말고 다른 누구도 공격하지 않겠다고 서약한 다음, 펄이 준 피아노 건반에 키스하며 그 맹세를 다졌다.

*

삼촌의 약속 하나가 실현되었다. 우리는 진짜 살아 있는 사람들처럼 즐길 예정이었다. 하룻밤이나마 시체 간지럼 태우기 놀이를 한 판 더 하거나 철책의 철사로 끝없이 쓸모없는 담요를 뜨면서 시간을 보내지 않아도 되었다. 아니, 여성 오케스트라가 해산하기 직전인 그 10월 하순의 밤, 우리는 막사에서 멀리 들려오는 소리가 아니라 직접 방안에서 연주하는 노래를 듣게 될 예정이었다. 나는 즐길 자격이 없다는 것을 알고 있었지만, 집중해서 열심히 들으면 나중에 마마와 제이디에게 그 음악에 대해 설명해줄 수 있을지도 몰랐다.

"가만있어." 꼬마 소피아가 꼼지락거리자 펄이 명령했다. 언니는 눈이 가득 담긴 양철컵에 손가락을 담가 아이들의 뺨에 앉은 더께를 씻어냈다. 막사 아이들 모두가 깨끗해지려고 줄을 서 있었다.

펄은 이 공연을 의심스러워했다.

"속임수야." 펄은 말했다. "위장된 선발과정일 거야. 단장시켜 놓으면—" 펄은 소피아 뒤에 있는 아이들을 보고 고개를 끄덕였다. "살아남을 가능성이 올라가겠지."

펄은 몇 시간에 걸쳐 자신의 유난을 받아주는 꼬마들을 전부 씻기는 데 전념했다. 아이들의 뺨과 턱을 문질러주고 핀 끝으로 손톱에 낀 때를 빼냈다. 안 예뻐 보일까봐 걱정하는 펄의 모습에 마마가 생각났다. 마마는 자신은 챙기지 않았어도 우리를 꾸며주는 것을 무척 좋아했다.

나는 마마라면 우리를 어떻게 볼지, 얼굴 곳곳에 드러난 차이를 어떻게 생각할지 궁금해졌다.

펄은 잿빛이 돌았다. 눈 아래 은빛 달이 지나간 자국이 있었고, 혀를 흘끗 보면 백태가 껴 있었다. 펄의 혀는 항상 내 혀보다 현명한 말을 했었다. 나는 그 혀가 추한 말을 하지 않기 위해 자신을 보호하려는 방책으로 못생긴 외피를 두르고 있다고, 내 혀도 그런 예방책의 덕을 볼지도 모른다고 스스로에게 말했다. 하지만 혀에 백태가 끼는 게 좋다고 나 자신을 속일 수는 없었다.

나는 펄처럼 아파 보였으면 했다.

당연히도 펄은 그런 나의 소망을 눈치챘다.

"안 아파 보이는 게 좋은 거야." 펄은 나에게 말하면서 소피아를 보내고 또다른 두 뺨에 손가락을 갖다대고 작업을 시작했다. 알리체, 펄의 돌봄을 받는 그 자그마한 수혜자는 펄이 이 간단한 일을 마무리할 기운이 있는지 의심스럽다는 듯 침울하게 바라보았다.

나는 펄에게 내가 모르는 게 있는지 물었고, 거짓말하지 말라고 경고했다. 나는 펄이 아주 커다란 고통을 혼자 숨기고 있음을 알았다. 몸속 장기들이 그렇게 말해주고 있었다.

"다시 의사 놀이 하는 거야?" 펄이 웃었다.

나는 펄에게 '환자'를 죽인 이후로는 의사가 되려는 노력을, 아니, 전략을 잠시 중단했다고 말했다.

"네가 죽인 게 아냐." 펄이 주장했다.

그리고 몇 주 동안 잠자리에서 자장가처럼 되뇌었던, 사람들이 어떻게 살다가 죽는지에 대한 똑같은 이야기를 시작했다. 누구는 희생하고 죽고, 누구는 속이고 죽고, 누구는 도망간 후로 다시는 소식을 듣지 못했는데, 그래, 소식 없는 그들도 아마 죽었겠지.

나는 이런 설명이 따분했다. 그래서 다시 집요하게 물었다. 나한테 숨기는 고통이 대체 뭐야?

"그러고 싶어한들 나는 너한테 아무것도 숨길 수 없어." 펄은 그렇게 대구한 다음 내 눈을 감겼다. 눈꺼풀 위에 얹힌 손끝이 따뜻했다.

"말해봐. 지금 내가 무슨 생각을 하고 있지?"

마음속에 공연에 대한 기대감이 가득해서 힘들었지만, 조금 집중하자 무감한 배경 위로 자그마하게 반짝이는 상처받은 성운이 보였다. 작은 빛들이 반짝이는 그곳은 미로 같아서 좀처럼 길을 찾을 수가 없었다. 구석구석을 돌아보며 고통을 발견했지만 그것도 구체적이지 않아서 뭔지 알아채기가 어려웠다. 한마디로 나는 펄이 무슨 생각을 하는지 알 수 없었다.

"모르겠어." 나는 인정했다.

펄의 눈에 맺힌 눈물이 반짝였다. 펄은 눈물이 떨어지지 않도록 머리를 뒤로 젖혔다. 그제야 나는 이해했다.

"내 귀가 걱정되는구나. 그렇지? 진짜 귀가 먹을까봐?"

펄은 고개를 끄덕였고, 아랫입술을 꽉 깨물고는 알리체의 머리를 매만지는 데 집중했다. 펄이 엉킨 머리를 빗으로 세게 잡아당길 때 나는 불안의 이유를 발견했다. 그전엔 어떻게 내 눈길을 피해갔는지 모르겠지만, 당장 그 문제를 짚고 넘어가야 했다.

"팔 줘봐." 나는 명령했다.

"일하는 중이잖아." 펄이 내뱉었지만, 아이는 어수선해진 틈을 타 벌떡 일어서더니 문을 향해 달려갔다. 우리는 내달리는 아이를 바라보았고, 그 뒷모습은 멀어지며 점점 작아져갔다.

"후회하지 않아야 할 텐데." 펄이 한숨을 쉬었다. "그래도 뛰기는 하네."

"제발 팔 좀 줘봐."

펼이 팔을 내밀었다. 만지니 축축했고, 이곳저곳 멍들어 있었다. 무엇보다 실험실에 자주 드나들던 때의 나보다도 바늘 자국이 많았다. 나도 그렇게 많은 자국이 있었던 적은 없었다. 펼에게는 수십 개가 있었다. 분홍빛 딱지가 탐색에 나선 개미떼처럼 살갗 위로 이곳저곳을 행진하고 있었다. 내가 이 기이한 개미떼에 대해 묻자, 펼은 딱지로 덮인 팔을 성급히 빼내며 웃음으로 무마하려고 했다.

"너도 엘마가 얼마나 서툰지 알잖아." 펼이 말했다. "항상 핏줄을 못 찾는다니까."

펼은 나에게 그만 가라며 손사래를 치고는 고개를 푹 내려뜨렸다. 어깨도. 펼의 전부가 축축 늘어졌다. 뼈들이 툭 끊어져서 안에서부터 무너져가는 것 같았다. 하지만 몸단장을 해달라고 다른 꼬마가 눈앞에 나타나자 원래의 자세를 되찾았다.

"요새 네가 바빴잖아." 펼이 말했다. 목소리가 너무 밝아서 오히려 칙칙한 피부가 내 주의를 끌었다. 펼의 안색은 어느 날 이곳에 와서 다음날 사라지던 아이들과 크게 다르지 않았다. 펼은 다른 아이들을 지켜주기 위해 단장시키면서도 정작 자신의 건강함을 포장하지는 못했다. 내가 펼을 대신해 그 일을 해주어야 했다. 나는 기차에 함께 실려왔던, 장밋빛 얼굴의 중요성을 알고 있던 현명한 여인들에게 배운 속임수를 썼다.

빵칼 끝으로 손목에 작은 우물을 팠다. 그 우물은 나에게 피 두 방울을 주었다. 한 방울만 있으면 되지만 그렇다고 두번째 방울을 거부하지는 않았다. 핏방울조차 쌍으로 움직이는 것을 좋아한다는 걸 알고 있었으니까. 나는 이 빨간 피로 펄의 볼록 나온 볼에 가짜 생기를 칠해주었다.

오늘밤 가장 멋진 모습을 보여야 한다고, 공연장에는 언니를 주목하고 자유롭게 해주고 미국 영화에 출연시켜줄 연예계 사람들이 많을 거라고 말했다. 나 혼자라면 미국에서 살 생각이 없었지만 펄을 따라가는 거라면, 펄의 빛나는 경력을 위해서라면 꼭 함께 갈 생각이었다. 펄과 마마와 제이디와 나, 우리 모두가 함께 사는 것이다. 그곳에는 벌새가 있고 정원과 개, 우리에게 해를 입힐 생각이 전혀 없는 날씨가 있을 터였다. 좋은 삶일지도 몰랐다. 제이디에게는 수영할 수 있는 태평양이 생길 것이고 마마에게는 양귀비 말고도 그릴 것이 더 많이 생길 터였다. 새로운 바다와 꽃과 이국적인 것, 두 분이 원하는 것들이었다.

하지만 펄에게 이런 이야기를 시작하기도 전에 황소가 먼저 문간에 도착했다. 우리는 똑바로 열을 맞추어 때 이른 눈을 맞으며 낯선 계절을 향해 행진했다. 살아 있는 사람들을 위해 만들어진 음악이 연주되는 곳으로.

*

안으로 들어간 우리는 벽돌벽 뒤쪽에 나란히 서서 오케스트라 단원들이 악기를 만지고 준비하는 모습을, 밸브를 비우고 리드를 조정하는 모습을 바라보았다. 머리를 바싹 깎은 한 무리의 여성이 있었다. 나이보다 늙어 보이고 너무 일찍 낡아버린 듯한 인상은 그들이 입은 소녀스러운 옷들, 푸른색 칼주름 스커트에 물결 모양 목깃이 달린 블라우스 유니폼 때문에 더 부각되었다. 목은 근육만 겨우 남았고 악기를 든 팔은 모두 가늘고 길었는데, 마치 몸에서 모자란 부피를 길이로 보충하려고 작정한 것 같았다. 음악가들의 손은 세상 모두가 평안한 듯이 움직였지만 그들의 표정은 자신들이 어디에 있는지 잊지 않고 있었고, 지켜보는 사람들이 그 사실을 잊는 것도 허락하지 않았다. 눈을 내리뜨고 입꼬리가 처진 이 음악가들은 방안에서 가장 우울한 존재였다. 최근 가장을 여읜 슬픔에 잠긴 채 최고급 옷을 입은 릴리퍼트 가족보다도 슬퍼 보였다. 파스텔색 드레스를 입고 시든 꽃자루에 너무 무겁게 핀 꽃처럼 구부정하게 머리를 숙인 채 SS 대원들만이 맛볼 수 있는 치즈와 정어리, 페이스트리, 고기가 높이 쌓인 테이블 주위를 빙빙 돌고 있는 푸프의 빛바랜 여자들보다도 우울해 보였다. 심지어 붉은색으로 칠한 사과를 입에 물려 비명을 막아놓은 훈제 돼지의 고통스러운 표정도 이 음악가들의 미칠 듯한 슬픔을 능가할 수는 없었다.

이 여성들은 매일 이른아침부터 연주하고 있었다. 더이상의 수송은 없었지만 수감자들이 고군분투하며 일하는 동안 밝은 음악을 연주하라는 명령이 있었고, 그에 따라 이곳이 우리 생각과 다르게 강인하고도 경쾌한 장소라는 인상을 주어야 했다. 가스실이나 무덤을 약속하는 음악이 아니었다. 망각빵이나 번호, 뼈가 등장하지도 않았다. 그 음악들이 우리에게 무엇을 약속하려 했는지 나는 아직도 모른다.

기회가 되었다면 네덜란드 피아니스트 아니카에게 이 의문에 의견을 구했을 것이다. 몇몇 사람들이 그러듯 그녀는 다 안다는 표정으로 받아들이기 힘든 상황을 파악하느라 눈을 굴리고 있었다. 주변의 많은 이들이 비슷했지만 당시 아니카의 눈은 더 밝게 타올랐다. 그 광채는 그녀가 며칠 전 전기 철책 근처에서 시도한 행동의 잔여물이기도 했다.

사람들이 그녀를 말렸다. 그들은 아니카의 어린 아들이 살았는지 죽었는지는 더이상 중요하지 않다고 했다. 언젠가 그자들이 아들에게 어떤 짓을 저질렀는지 증언할 수 있을 때까지 아이를 위해 버텨야 한다고 말했다. 악마한테 증언하면 되잖아? 그녀가 말했다. 괜찮은 반문 같았지만, 다시 생각해보니 정말 악마가 있다면 이미 진실을 알고 있을 것 같았다. 나는 아니카 같은 가톨릭 신자들이 믿는 그 존재가 무섭진 않았지만, 자살이 유일한 친구로 여겨질 만큼 극심한 고통 속에서 그런 괴물을 마주하고 대답을 요구하려는 그녀의 의지에는 감탄했다.

관청에서 해준 아빠 이야기를 생각해보면 나는 오래전부터 자살에 대해 알았어야 한다. 그것의 색깔, 울음소리, 냄새를 알고 있어야 했다. 내가 자살에 대한 생각을 품고 태어난 것도 사실이다. 그것은 펄과 나의 유일한 차이점이었고, 삼촌이 가능성을 좌절시켜버리기 전까지 나의 가장 강력한 본능이었다. 하지만 아니카의 눈을 본 순간 자살과 친구가 된다는 게 얼마나 숨막히는 일인지 진정으로 알게 되었다. 그것이 어떻게 당신 안으로 살금살금 기어들어와 똬리를 틀고 말하는지도. 이봐, 여기 다른 길이 있어. 내가 널 구해줄게.

그로부터 몇 년 후, 세상은 이 음악가들 사이에서 자살이 얼마나 흔한 일이었는지 알게 된다. 풀려난 후에 자살의 유혹에 저항한 사람은 거의 없었다. 하지만 맹세컨대 나는 바로 그날도 그런 낌새를, 그들을 따라다니고 있었을 충동을 느꼈다. 음악가들이 연주하는 모든 음에서 그런 충동이 들렸다. 플루트 연주자가 끽끽거리고 오보에 연주자가 웅웅거리고 북 연주자가 으르렁거리는 소리에는 뭔가 다른 것, 숨겨진 의미, 미와 추에 대한 중의적인 메시지가 쓰여 있었다.

내 옆쪽 벽에서 펄과 페테르가 귓속말로 소곤거리고 있었다. 둘은 팔과 팔을, 다리와 다리를 붙이고 서 있었다. 그리고 조심스럽게 서로의 손을 잡고 있었다. 펄은 브루나가 훔쳐다준 스웨터를 입었고, 원피스에 그려진 딸기는 흐릿한 공 모양으로 희미해져서 생명체가 살아가기에는 너무도 허약한 행성 같았다. 페테르는 신사처럼 보이려고 머리에 기름을 발라 뒤로 넘겼다. 그가 매일 팔굽혀펴기를 천 번씩 한다는 이야기의 증거는 어디에도 보이지 않았다. 내 눈에는 다른 얼빠진 소년들처럼 병약하고 걱정스러워 보였다. 펄을 좋아하는 것도 아무런 소용이 없는 마음이었다. 그는 심부름꾼 소년이지만 펄은 전쟁이 끝나자마자, 심지어 어쩌면 더 일찍부터 전 세계를 순회할 테니까. 어쩌면 바로 오늘밤 누군가가 펄을 발견해서 그애가 누릴 자격이 있는 새로운 삶, 스타로 사는 삶이거나 적어도 미래가 있는 삶으로 데려갈지도 모른다고 나는 생각했다.

내 시선을 눈치챈 페테르는—아마 내가 생각한 것보다 더 적대적인 시선이었을 것이다—펄의 손을 놓고 친근해 보이려고 내게 미소 지었다.

"폴란드인이 더 많이 잡혀오면서 오케스트라 기량이 늘었어." 그는 나를 향해 너무 큰 목소리로 말했다. 그리고 내가 대화의 끈을 잡지 않자 얼굴을 살짝 붉히더니 이만 실례하겠다고 웅얼거렸다. 펄은 좀더 있다가 가라고 페테르를 설득하려 했지만 그는—

"다른 쇼가 있어서"라고 말했다.

이후 일어날 일을 미리 알았더라면 그에게 가지 말라고 매달렸을 것이다. 몇 년 후 나는 페테르라면 내가 바꾸지 못한 일을 바꿀 수도 있지 않았을까, 펄이 가진 고통의 일부라도 덜어줄 수 있지 않았을까 생각하게 되었다.

하지만 멍청하고 소유욕이 강한 나는 애착에 눈이 멀어 진짜 사랑이 무엇인지 몰랐고, 그래서 페테르가 조심스럽게 길을 만들며 아이들과 오케스트라 단원들과 한 무리의 경비병과 그들의 무릎 위에서 다리를 벌린 푸프의 여자들 사이를 지나갈 때 말리지 않았다.

"어디 가려고?" 페테르가 시끌벅적한 일당을 지나칠 때 타우베가 음흉한 미소를 날리며 물었다. "푸프는 오늘 비어 있단 말이다!"

그는 말을 끝맺는 동시에 멀어져가는 페테르의 등에 대고 병을 던졌다. 병이 문지방에서 산산조각나는 소리가 들렸고, 그때 삼촌이 눈부시게 빛나는 흰 가운을 입고 들어오는 모습이 보였다. 그 옆에는 실크 같은 간호사 엘마가 밍크를 이어 만든 목도리를 목에 두르고 있었는데, 밍크들은 일제히 구슬이 박힌 지친 눈으로 연회를 둘러보면서 그 번뜩이는 시선이 우연히 가닿는 모든 이에게 죽음을 예고하고 있었다.

"꽤나 파티 분위기가 나는군." 삼촌이 말했다. 아이들 앞에서 상스럽게 행동하는 경비병들을 짜증난다는 듯 노려보았지만 모처럼 들뜬 기분을 망치지는 않기로 한 것 같았다. 그는 자기 어깨에 올라타 있는 아이에게 팔을 뻗어 사랑스럽다는 듯 코를 비틀었다.

그 아이는 이탈리아 출신으로 쌍둥이는 아니었지만 수려한 외모로 멩겔레에게 사랑받았다. 세 살이었고, 어떤 사람들은 삼촌의 진짜 아들일지 모른다고 농담처럼 말했다. 실제로도 롤프 멩겔레* 보다 요제프 멩겔레와 더 닮아 보였다. 아이가 삼촌의 어깨에서 들썩거리며 삼촌의 이름을 부르려고 하는 모습을 보며 나는 얼마나 많은 아이들을 잠재적인 후배로 보아야 할지 궁금해졌다. 삼촌과 나 사이에 끼어드는 아이들이 없었으면 했다. 내 임무를 어린아이에게 맡길 수는 없었으니까. 다시 힘을 내서 계획에 착수해야겠다고 다짐했다.

그러나 그것도 방 한구석에서 들려온 외마디 비명과 그로 인한 갑작스러운 소동으로 중단되었다. 아니카가 피아노를, 한쪽 날개가 들린 딱정벌레처럼 서 있는 까맣고 큰 물체를 가리키고 있었다. 타우베가 군화소리를 울리며 성큼성큼 다가가자 그녀는 악기가 이상하다고 알렸다. 타우베는 그녀를 신기하다는 듯 바라보더니 피아노 위로 뻣뻣하게 몸을 굽혀 건반이 빠진 자리를 관찰했다.

펄의 얼굴이 달아올랐다. 뺨은 죄책감 때문에 그 어느 때보다 붉어졌다. 나는 그것이 펄이 우리 것이라고 오해한 그 피아노임을

---

* 요제프 멩겔레의 친아들.

깨달았다. 너무도 심각한 착각이라 펄의 사고력에 의문을 갖지 않을 수 없었다. 우리 피아노는 짙은 회색으로 마감되어 있었고 다리마다 고양이가 긁어놓은 자국이 있었다. 이렇게 깨끗하고 고급스럽지 않았다. 하지만 나는 아무 말도 하지 않았다. 펄은 이미 자신이 저지른 일에 충분히 괴로워하고 있었다. 피아노를 약탈한 죄책감을 숨기려 얼굴을 내 어깨에 묻었다.

"네가 악기에 책임을 져야지." 타우베가 아니카에게 소리치고 있었다. "이 상태로 연주해. 건반이 빠진 걸 아무도 눈치채지 못하게 연주해. 알아들었나?"

아니카는 고개를 끄덕이고 의자에 풀썩 앉았다. 그녀의 손가락이 건반 위에서 주저하며 맴돌았다. 그러고는 연주를 시작했고, 빈 건반을 즉흥적으로 메워나갔다. 오케스트라는 폭스트롯을, 행진곡을, 당국의 허가를 받은 곡을 연주했다. 여자아이들이 서 있는 줄을 내다보니 브루나가 발로 박자를 맞추고 있고 릴리퍼트들은 음악에 맞춰 몸을 흔들고 쌍둥이아빠는 불구가 된 소녀들이 좀더 잘 볼 수 있도록 높이 들어올려주고 있었다.

모두 망각 속으로 나아가고 있었다. 그런 듯 보였다. 우리는 얼마나 배고픈지, 얼마나 훼손되고 박탈당했는지를 잊었다. 우리의 불결함은 무의미했고, 우리의 몸은 세상의 다른 가치 있는 몸과 다르지 않았으며, 죽음에 대한 열망조차 찾아볼 수 없었다. 이러한 황홀경에서 유일하게 비껴나 있는 사람이 바로 삼촌이었다.

그는 무릎을 들썩여 아이를 어르고 있었지만, 그 동작에는 불안한 짜증이 역력했다. 거칠게 다뤄질 때마다 아이의 눈동자가 팽글 팽글 굴렀다. 아마도 처음 느끼는 듯한 삼촌에 대한 두려움이 아이의 눈에 깃들어 있었다.

"자, 이제 내가 제일 좋아하는 걸 연주해봐." 그가 말했다.

지휘자의 얼굴이 창백해지고 뺨에 칠해놓은 가짜 홍조만 남았다.

"내가 제일 좋아하는 곡을 모른다고 하려는 건 아니지?" 삼촌이 물었다.

"쇼팽의 장송행진곡?" 지휘자가 몸을 떨었다. 불안함에 스커트를 잡아당겼다.

"장송행진곡!" 그가 큰 소리로 웃음을 터뜨렸다. "그렇게 생각하는 건가? 나 하면 장례식이라고?"

지휘자는 더듬더듬 설명하려 했지만 갈라진 목소리만 나왔다.

"농담이야, 마르셀." 삼촌이 웃었다. "이리 와서 날 즐겁게 해줘."

지휘자는 입을 벌린 채 꼼짝 못하고 서 있었다. 바이올린 연주자가 활로 옆구리를 찌른 뒤에야 정신을 차렸다.

"곡명을 말하는 거야." 바이올린 연주자가 낮게 속삭였다.

"아, 그렇겠지." 당황한 지휘자가 대꾸했다. 오케스트라는 〈이리 와서 날 즐겁게 해줘〉의 멜로디를 부드럽게 연주하기 시작했다. 아니카의 실력과 다르게 악기가 말을 듣지 않아 자꾸 실수가 나왔다. 피아노는 음을 헛짚고 비틀거렸다. 나는 피아노에게 미안한 마음이 들었다. 나도 그런 사별에 대해 알고 있다고, 꼭 필요한 조각이 나에게서 떨어져나가는 것보다 더 무서운 일은 없다고 알려주고 싶었다.

평소보다 정확성에 대한 안목이 무뎌진 삼촌은 이런 결점을 모르는 것 같았고 그저 그 곡을 신나게 들었다. 보드카를 홀짝이고 있어서였는지도 모른다. 기분이 좋아서였는지도. 어쨌거나 그는 바닥에 아이를 내려놓고 간호사 엘마의 손을 잡고 춤을 추었다. 둘 다 잘 추지 못해서 모두 당혹스럽고 두려운 심정으로 바라보고만 있었다. 삼촌은 확실히 서툴렀고 간호사 엘마는 리드하려고 계속 애썼다. 삐걱대는 음악 때문에 두 사람의 꼴사나운 모습이 더 부각되었다. 여기 완벽한 한 쌍, 사진 속 모델 같은 두 사람, 뛰어난 유전자를 가진 종족이 있었지만 그들은 박자도 맞추지 못했다. 오보에 연주자가 터지는 웃음을 억누르려다 숨이 악기로 들어가는 바람에 안쓰럽게도 삑 소리를 냈다. 이 소리에 놀란 삼촌이 간호사 엘마를 위태롭게 뒤로 젖혀 허리를 받치려다가 엉덩방아를 찧게 했다. 그는 그 상황을 장난으로 넘겨버리려 했지만 아무도 그의 타고난 서툰 몸놀림을 못 본 체 넘어갈 수 없었다.

이 실패에서 주의를 돌리기 위해 그는 우리 앞으로 성큼성큼 걸어와 노래를 부르라고 지시했다. 그러고는 누더기를 입은 아이들로 이루어진 볼품없는 합창단의 즉석 마에스트로가 되었다. 우리 중 몇 명이나 〈이리 와서 날 즐겁게 해줘〉의 가사를 알고 있었는지 모르겠다. 분명 많은 아이들이 나처럼 되는대로 지어냈을 것이다.

하지만 우리는 노래하면서 배고픔과 더러움을 잊었고, 우리가 언제든 조각날 수 있고 시들어버렸고 둔해졌다는 사실을 잊었다. 나는 잠시 내가 미술링이라는 사실조차 잊었다. 마지막 부분에서는 다 같이 보통 때라면 힘이 달려 올라가지 못했을 높은음을 냈다. 그것이 가능했던 것은 고참 신참 가리지 않고 모두 합친 인원의 힘 때문이라는 걸, 몸집이 작을지라도 각자의 수많은 과거가 지닌 영향력 때문이라는 걸 나는 알고 있었다. 그것들이 모여 아름다운 소리를 낼 수 있던 것이었다. 심지어 삼촌조차 그렇게 생각한다는 것을 알 수 있었다. 그런 게 가능했을까? 우리 노래가 사랑스러워서 그가 자신이 계획해둔 운명을 다시 생각해본다는 것이? 맹세컨대 나는 우리 합창단을 향해 가상의 지휘봉을 휘두르는 그의 얼굴에 약간의 주저함이 지나가는 것을 분명히 보았다.

노동은 절대 우리를 자유롭게 하지 못했다. 그자들의 약속과 달리. 하지만 아름다움이라면? 나는 생각했다. 그래, 아름다움이라면 우리가 이곳의 정문을 나가는 모습을 볼지도 몰라.

그때 아니카가 손을 헛짚어 음악이 틀어지는 바람에 노래가 갑자기 멈추었다. 야유가 쏟아졌고 타우베는 보통 때보다 더 크고 붉은 얼굴로 궁지에 몰린 음악가를 향해 병을 내던졌다. 병은 그녀의 발치에서 소란의 정점을 찍었다.

아니카가 의자에서 일어났고 유릿조각이 그녀의 얇은 신발 밑에서 부스러졌다. 대부분의 여성에게 지급되는 신발이 그랬듯 아니카의 신발도 짝이 안 맞아 한쪽은 하이힐이었고 다른 한쪽은 심하게 망가진 단화였다. 하지만 이 강요된 불균형에도 아니카는 똑바로 설 수 있었고, 체포되는 사람처럼 허공에 두 손을 올렸다. 입술은 무엇인가 말하려는 듯 벌어졌지만 혀가 계속 꼬여 아무 말도 하지 못했다. 그 모습이 꼭 내가 예전에 빗속에 버려두고 온 낡은 인형, 손때가 묻은데다 풍파를 겪으며 생기가 빠져나간 인형처럼 보였다.

타우베는 아니카에게 피아노 뚜껑에 손을 올려놓으라고 지시했
다. 까맣게 반짝이는 피아노 위에서 그녀의 손이 두 마리 아기 쥐
처럼 떨리는 동안 그는 천천히 벨트를 끌렀고, 그 가죽은 허리를
돌아 뽑혀나와 그의 손에 들리는 동안 풀밭 위의 뱀처럼 쉬익 소리
를 냈다.

사위가 무척 조용했다. 나는 벨트를 보았다. 그녀의 손을 보았
다. 그렇게 조용한 방은 처음이었다.

그 긴장된 상황 속에서 주머니에 피아노 건반이 만져졌다. 손끝
에 그 표면이 우연히 닿자, 참으려고 했지만 나도 모르게 소리를
지르고 말았다.

아니카가 심호흡을 했고, 타우베는 얼굴을 찌푸렸고, 펄이 내
옆에서 안절부절못했다. 그리고 그때, 다시 무릎에 아이를 앉히고
어르던 삼촌이 방 건너편의 나에게 말을 걸었다.

"스타샤, 무슨 일이야? 왜 울고 있지?"

하지만 이미 나는 말을 할 수 없는 상태였다. 그가 나를 향해 다가
올 때도 주머니에 숨긴 건반을 만지작거리는 것밖에 할 수 없었다.

"말해보렴." 삼촌이 말했다. 그는 평평한 손바닥으로 내 이마를
짚어보고 열이 없는 것을 확인하더니 몸을 숙여 내 눈을 들여다보
았다. 마침내 뒤로 물러나 한숨을 쉬었다. "방해하면 안 된다." 그
가 나에게 충고했다. "특히 네가 이해하지 못하는 일들이라면."

나는 앞으로 조용히 굴겠다고 약속했다. 그는 못 믿겠다는 표정
이었지만 내 머리를 토닥이고는 여전히 피아노 앞에서 손을 떨고
있는 아니카 쪽으로 걸어갔다.

"여자를 놔줘." 그가 경비병에게 지시했다.

"너무 친절하십니다, 선생님." 타우베는 놀라움을 숨기려 하지 않았다. 얼굴의 붉은 기까지 걷혔다.

삼촌은 여유로운 걸음으로 턱수염이 타우베의 얼굴을 간질이고도 남을 만큼 가까이 다가갔다. 사람을 불안하게 만드는 거리였다. 그는 주머니에서 손수건을 꺼내 타우베의 입가에 고인 성난 침방울을 톡톡 두들겼다. 타우베는 손수건처럼 창백해졌다.

"아이들이 불안해하잖아." 삼촌이 말했다. 목소리는 분노로 느릿하고도 정확했다. 잘못을 깨달은 타우베가 더듬거리는 손으로 벨트를 다시 꿰어찼지만, 얼굴에는 이 모욕감을 저녁 내내 품고 있겠다는 표정이 무심코 드러나 있었다. 삼촌은 손수건을 접고 주머니에 집어넣으려다가 경멸로 코웃음을 치며, 타우베와 그 이상 접촉하는 것을 얼마나 혐오스럽게 생각하는지를 노골적으로 드러냈다. 그는 손끝으로 더러운 손수건을 집어들고 먹잇감 타우베의 주위를 빙글빙글 돌았다. 우리를 관찰하며 자질이 부족하다는 것을 발견할 때마다 지어 보이던 미소, 한쪽 입꼬리만 올라가는 바로 그 미소를 짓고서. 마침내 위협이 끝나자 타우베의 얼굴에 대고 쉬익 소리를 길게 냈는데, 그 소리가 어찌나 크고 분명했던지 방 맞은편에 있던 우리에게까지 들릴 정도였다.

"어쨌거나 나는 저 노래가 좋았던 적이 없어." 그가 말했다.

그제야 나는 피아노 건반이 내 손안에서 미끈거리고 있다는 것을 알아챘다. 건반이 운 게 아닐까 잠시 놀랐다가 그저 죄책감의 결과라는 것을, 손바닥에서 땀이 났을 뿐이라는 것을 깨달았다.

삼촌이 성큼성큼 걸어가 다시 자리에 앉았다. 걸음걸음마다 정확한 발소리가 들렸다.

"우린 음악을 들으러 여기 모인 거 같은데." 멩겔레가 지휘자에게 명랑하게 말하자 그녀는 공손하게 머리를 숙인 다음 음악가들에게 다시 시작하라는 신호를 보냈다. 그리고 곧 유명한 가수가 들어오자 방안이 금세 술렁거리기 시작했다. 최근에 이송되어온 사람이라 경비병들도 아직 그녀의 눈부신 존재감에 익숙해질 겨를이 없었고, 심지어 지나갈 때 길을 터주기까지 했다.

"마마가 제일 좋아하는 가수야." 펄이 속삭였다.

"맞아." 나는 말했다. "마마가 초대받지 못하다니 너무 아쉽다."

나는 마마가 여기 있었다면 무척 좋아했을 거라고 확신했다. 이 노래들은 파파가 떠난 후로 마마의 친구였다. 나는 파파가 우리를 영영 떠나려던 것은 아니라고 믿고 있었다. 파파는 그저 길 아래편 아이가 열병에 걸렸기 때문에 집을 나섰을 뿐이고, 좋은 의사였기에 자신이 돌봐야 할 사람을 마다할 수 없었다. 나는 정말로 그랬기를 바라며 많은 시간을 보냈다. 왜냐면 파파는 그 소년의 집에 도착하지 못했으니까. 아이는 죽었고, 우리 아빠, 아빠도 죽었다. 통금시간을 빠듯하게 남기고 집을 나선 바람에 게슈타포에게 잡혀 그들 손아귀에 들어간 것이다. 이것이 내가 생각하는 그날 밤 일이었다. 하지만 당국의 이야기는 달랐다. 그들에게는 모든 실종사건에 대한 이야기가 있었다. 우리는 마마에게 어떤 이야기를 믿는지 물어보지 않았다. 마마는 게토 지하에 스스로를 가두고는 먹는 것도, 옷을 갈아입는 것도 거부했다. 우리는 접시에 음식을 담아다주었다가 다음날 아침 손도 대지 않은 음식을 다시 가져와야 했다. 그 가수의 음악을 틀어놓는 것만이 마마가 할 수 있는 유일한 일이었고, 선율은 슬펐지만 어쨌거나 마마의 기분을 나아지게 해주었다. 나는 마마가 외로웠다는 것을, 우리 중 그 누구보다 외로웠다는 걸 안다. 마마는 쌍둥이 딸이 아예 있지도 않았던 것처럼 우리 눈앞에서 어머니도 아니고 여자도 아니고 우리보다 더 어린 소녀로 순식간에 돌아가버렸다. 제이디, 그러니까 우리 파파의 파파가 도착해서 아들을 애도하는 대신 자기를 힘껏 안아주며 쩌렁쩌렁한 목소리로 인사한 다음 음악을 끄라고 했을 때야 정신을 차렸다.

나는 그런 것들을 기억하고 싶지 않았다. 그런 장면들은 펄의 담당이었다. 하지만 내 기억이 그렇게나 집요했던 건 펄의 잘못이 아니었다고 생각한다. 펄을 바라보니 그애도 나와 같은 장면을 떠올린다는 걸 알 수 있었으니까.

"마마는 이 음악을 들으면 신발을 벗지도 않고 잠에 빠지곤 했어." 펄이 생각에 잠긴 채 중얼거렸다.

"수프엔 거의 손도 대지 않고." 나는 말했다.

"우리는 언제나 마마 입에 거울을 대봤었지." 펄이 말했다.

"숨을 쉬는지 확인하려고." 내가 문장을 끝냈다.

우리는 한동안 서로의 문장을 끝맺지 않았었다. 나는 간만에 만족감을 느끼며 벽돌벽에 기댔다. 페테르가 펄 옆에 서서 몰래 손을 잡았던 것도 더는 신경쓰이지 않았다. 중요한 것은 음악이었다.

한 번도 들어보지 못한 지휘자의 자작곡이었다. 듣고 있자니 우리가 얻지 못한 기회를 엄마는 얻었는지 궁금해졌다. 엄마는 분명 잘 먹고 잘 자면서 집에서 온 편지를, 검열의 흔적이 없고 좋은 소식으로만 가득찬 편지를 받고 있을 것이다. 그 노래가 나를 떠받쳐주었다. 노래는 내가 언젠가 맞이할 미래의 어렴풋한 기척과 광경을 보여주었다.

그 미래는 영화관에 있었다. 마티네* 티켓과 은막, 그리고 색종이 조각과 해방 소식으로 가득찬 뉴스영화가 있는 곳이었다. 그 미래에서 제이디와 마마와 나, 이렇게 셋은 푸른색 벨벳 의자에 앉아 영화가 시작되기를 기다리고 있었다. 나는 둘 사이에 앉아 한쪽은 마마의 제비꽃 향수 냄새에, 다른 한쪽은 제이디의 오래된 책 냄새에 둘러싸여 있었다. 두 냄새가 힘을 합쳐 특유의 냄새를 만들어냈다. 내 무릎을 감싼 마마의 손에는 붕대가 감겨 있었지만 거즈 사이로 오팔 반지가 빛났다. 우리는 보통 사람들처럼 행동하려고 노력했지만 나는 티켓을 안전하게 보관하려고 혀 옆쪽에 넣어두었다. 각종 물건을 거기 보관하는 내 습관은 더이상 딸이 입속에 면도날을 넣고 있을 필요가 없다고 생각하는 엄마를 불편하게 했다. 하지만 제이디는 나를 감싸주었다. 제이디는 마마에게 의사가 나를 바꾸어놓아서 아마 다시 예전 같아질 수는 없을 거라고, 외과수술대 위의 밝은 불빛을 본 적 없는 여자아이들과는 다른 충동을 느낄 거라고 계속해서 설명했다. 엄마는 알겠다고, 나에게 가해진 일들이, 우리 모두에게 가해진 일들이 끔찍하다고 하면서도 또다시 재앙이 닥칠 기미가 없는지 곁눈질하며 돌아다닐 필요는 없다

---

* 낮 공연.

고 말했다.

그때 좌석 안내원이 조용히 하라고 주의를 주었다. 영화가 시작되었기 때문이다. 굉장하게도 언니가 화면 속에 있었다.

뮤지컬 영화였고 펄은 자기 역할과 내 역할을 모두 연기했다. 예상했던 것처럼 두 역할 모두 잘했다. 멩겔레를 독살하는 장면에서는 좀더 애절하게 연기할 수도 있었을 텐데 싶었지만. 내가 비록 복수하겠다는 결의에 차 있긴 했어도 괴물은 아니었으니까. 이것보다 더 불편했던 유일한 단점은 작가가 우리를 고아로 만들어놓은 것이었다. 사실에서 벗어난 이 설정은 정말이지 모욕적이었다. 하지만 우리는 한때 고아에 가까웠으니 펄이 이 부분을 훌륭하게 연기했다는 점은 부인할 수 없었다. 펄의 눈물은 진정한 승리를 품은 완벽한 슬픔의 조각들이었다.

내가 가장 좋아했던 부분은? 마지막 장면이었다. 멩겔레가 쓰러진 후 펄은 흰 털옷을 입고 줄무늬 고양이를 안고는 자신의 이름처럼, 그러니까 진주처럼 반짝이며 탭댄스를 추었고, 카메라도 펄을 무척이나 좋아하는 듯 내내 클로즈업을 반복했다.

상상 속의 그 장면, 그것만으로도 나는 충분히 고난을 이겨내고 동물원에서 살아남을 수 있다는 걸 알았다. 그 장면이 영원히 계속되길 바랐다. 하지만 가수가 노래를 멈추자 상상도 끝이 났다.

나는 펄을 돌아보았다. 내가 본 장면을 펄도 보았는지, 펄도 그 상상을 했는지 알고 싶었다. 하지만 펄의 어깨를 톡톡 치려는 순간, 잿빛 홍수가 생각들을 집어삼켰고 심장이 뒤틀렸다. 발작인가? 나는 내게 물었다. 불사신상태의 부작용인가? 잠재의식이 나를 공격하는 증상인 건가? 그 상태에서 벗어나 눈을 떴을 때, 나는 바닥에 쓰러져 있었고 걱정하는 사람들의 얼굴이 떠다니는 것이 보였다.

그중에 펄의 얼굴은 없었다.

나는 손을 더듬거리며 일어나, 누군지도 모르는 사람들의 얼굴을 밀어내며 펄이 어디 있는지 알려달라고 했다. 그리고 비로소 직접 보았다. 펄의 온전한 부재를.

펄이 서 있던 자리에는 이제 어린애의 흔들리는 이처럼 벽돌 하나가 벽에서 삐죽 나와 있을 뿐이었다. 나는 언니의 이름을 불렀다. 내가 아는 모든 이름으로 부르고, 새로운 이름을 만들어서 불렀다. 혹시나 해서 내 이름으로까지 불러보았다. 어느 이름에도 펄은 대답하지 않았다. 음악이 너무 커. 펄이 내 목소리를 못 들을 거야. 나는 소리를 지르면서 스스로에게 말했다.

그때 바닥에 나 있는 펄의 흙 묻은 발자국을 보았다. 뒷굽이 그려놓은 지저분한 따옴표들과 가벼운 진흙 자국이 펄이 떠나기 전 발자국을 남길 겨를은 있었다는 것을 알려주었다. 그런 자취는 납치의 증거였다. 우리를 고문하는 사람들이 이 생에서 펄을 없애버릴지라도 펄은 변함없이 나를 사랑한다는 증거였다. 나는 펄이 어디서든 그 장면을 보았는지, 내가 줄곧 너무도 두려워하던 그 장면을, 끊임없이 증식해가는 그것을 보았는지 궁금해졌다.

8장
너는 결코 날 떠나지 않겠다고 했지만

스타샤

9장
백만 또 백만

아우슈비츠는 결코 나를 잊지 않았다. 나는 잊어달라고 애걸했다. 우리가 아무리 울어대고 타협을 하고 시들어간다 해도 아우슈비츠는 내 번호를 식별하고 자신이 앗아간 영혼의 수를 세는 데만 신경썼다. 우리는 셀 수 없이 많았으므로 발밑의 대지를 완전히 점령해 무無로 만들어버려야 했다. 하지만 그 땅조각은 점령되지 않았다. 어떤 이들은 우리가 악의 존재를 완벽히 이해하면 그 땅조각을 점령할 수 있을 거라고 주장했다. 하지만 우리가 이제 알겠다 싶으면 악은 매번 스스로 증식해갔다. 어떤 이들은 희망이 그곳을 점령할 수 있을 거라고 믿었다. 하지만 희망이 번성할 때마다 고문도 번성해갔다. 내 믿음은 이랬다. 아우슈비츠는 펄이 돌아오면 끝날 것이다. 펄이 어디로 갔는지, 나는 알 수 없었다. 나와 함께가 아니라는 것만 알았다.

그것 말고 알 수 있었던 것은 내가 대부분의 시간을 오래된 사워크라우트* 통 안에서 보낸다는 것, 양배추냄새가 나긴 했지만 곧 익숙해진 그 장소는 밤을 새우기에 좋다는 것이었다. 그 둥근 공간은 언니가 오는지 살펴볼 수 있으면서 완벽하게 단절되어 있었다. 블로코바도 없고, 동물원 아이들도 없고, 쌍둥이아빠도 없었다. 나, 나의 머릿니, 세상을 볼 수 있는 작은 구멍뿐이었다.

"안에 있어?" 페테르의 주먹이 나무로 된 내 집을 노크했다.

여기서 말해두자면, 그때 나는 펄이 사라진 지 사흘이 지났다고 믿었다. 물론 시간은 내 담당이 아니라 언니 담당이었지만.

처음에 나는 혼자가 아니었다. 오케스트라의 음악이 펄을 휩쓸어가버린 직후, 머릿니들이 나의 동료가 되어주었다. 하얀 머릿니는 모두 손가락처럼 통통했고 검은 십자가 무늬가 등을 덮고 있었다. 그다지 신경쓰지 않았던 이유는 머릿니에 물리면 그 덕분에 깨어 있을 수 있었고 언니를 찾기 위해서는 깨어 있어야 했기 때문이었다. 머릿니들과 나, 우리는 거래를 했다. 나는 각성상태와 내 살을 맞바꾸었고, 그들 턱의 은총으로 통 속의 구멍을 통해 계속 밖을 지켜볼 수 있었다. 간호사 엘마가 끼어들지 않았더라면 얼마간 꽤나 우호적으로 함께 잘 지냈을 것이다.

머릿니들이 간호사 엘마와 사랑에 빠져버린 것이 문제였다. 그들은 계속 내 두피 위를 서성이며 그녀를 향한 갈망에 시달렸다. 그녀의 엉덩이와 가죽장갑, 두 눈 위로 찰랑거리며 내려오는 머리카락에 환호했다. 머릿니들과 나는 그녀의 아름다움을 두고 자주

---

* 양배추를 절여 만든 독일 음식.

논쟁했다. 그들은 그녀를 완벽에 비유했고, 기생충에 비유하는 내 말을 우호적인 뜻으로 받아들였다. 한번은 아주 뚱뚱한 사기꾼 머릿니가 무모하게도 피루엣을 추다가 통 밖으로 날아가며 자신의 욕망을 고백했다. 작은 곤충으로서는 상당한 도약이었다. 머릿니가 사랑고백을 하자 엘마는 나를 통에서 끌어내 실험실로 질질 끌고 가서 면도칼을 찾아 들었다. 그 머릿니가 이런 반응을 처음 겪은 머릿니는 분명 아니었겠지만 그래도 나는 미안한 마음이 들었다. 엘마의 손 아래에서 우리의 소유였던 머리카락이 허공으로 반짝거리며 떨어졌고, 빡빡머리가 된 내 모습이 철제 캐비닛에 반사되어 보였다. 그 모습에서는 우리를 찾아볼 수 없었다. 그 사실이 나를 공포로 몰아넣었는데, 어쩌면 펄도 나를 알아볼 수 없으리라는 생각 때문이었다. 나는 냄새나는 은신처로 살금살금 돌아가 잠을 잤다. 경비병들은 통 속 깊숙한 곳에 내가 있다는 것을 알면서도 그냥 내버려두었다. 삼촌이 경비병들에게 관용을 베풀라고 말해둔 것인지, 아니면 통 속에서 새어나오는 소리에 그들이 겁을 먹은 것인지 궁금했다. 나는 어둠 속에서 계속 빵칼로 손톱을 날카롭게 갈고 으르렁거리는 소리를 연습했으니까. 내가 으르렁거릴수록 손톱은 더 빨리 자라났다. 손톱이 빨리 자라날수록 경비병들은 더욱 몸을 떨었다. 그들은 진실이 무엇인지 상상할 수 없었을 것이다. 날카롭게 간 손톱은 무기가 아니라 글쓰기 도구였다. 나는 나의 집 나무판 결을 거슬러가며 펄에게 남기는 편지를 새기고 있었다. 하루에 한 번, 때로는 두 번씩 편지를 썼다.

1944년 11월 7일

펄에게,

그곳에도 음악이 있니?

펄에게,

언니가 무슨 생각을 하고 있는지 알아. 그 생각 그만해. 언니는 절대 죽지 못해.

처박혀 편지만 썼더니 며칠 지나지 않아 벌써 통 안의 공간이 바닥나고 있었다. 내 이름은 새기지도 않았는데 말이다. 이 나무통에 쓴 편지를 보낼 방법이 없다는 것은 물론 알았다. 나는 그저 펄이 어디에 있든 단어 하나하나의 굴곡과 간절함을 느낄 수 있기를 바랐다.

*

어느 날, 빵 부스러기가 구멍을 통해 날아들어왔다. 나는 파리처럼 잡아서 다시 밖으로 던져버렸다.

"귀찮아." 나는 방문자에게 말했다. 이게 당시 내 인사말이었다. 왜냐면 방문자가 한둘이 아니었기 때문이었다. 아이들이 내 통에 찾아와 질문을 던졌다. 똑똑한 소녀라는 명성이 언니가 사라진 후에 배가된 것 같았다. 펄의 재능이 나한테 옮겨오기라도 한 것처럼. 아이들은 많은 걸 물었지만 심오한 질문은 없었고 시간과 공간을 허비하는 쓸데없는 이야기뿐이었다. 습포제는 무엇으로 만들어졌는지, 짖어대는 개를 잠잠하게 만드는 방법이 무엇인지, 벌떼가 나오는 꿈이 무슨 의미인지 같은 것들. 모든 물음에 나는 이렇게 대답했다. "펄!" 그러면 다들 내가 혼자 있도록 내버려두었다. 모두 펄이 죽었다고 믿었기 때문에 언니 이야기를 하고 싶어하지 않았다.

보이지 않는 주머니 속에서 내 손가락은 피아노 건반을 꼭 쥐고 있었다. 나는 무엇을 믿어야 할지 몰랐다. 피아노 건반의 존재가 원망스러웠다. 언니의 유일한 흔적이 이것이라는 사실이 슬펐으니까. 나는 아무런 움직임도, 아무런 말도, 아무런 활기도 없는 그 건반이 싫었다. 하지만 한편으로는 점점 좋아지고 있었다. 나처럼 그 피아노 건반도 빵 부스러기나 방문자를 필요로 하지 않았으니까. 그런데도 빵 부스러기는 집요하게 계속 내 통 안으로 들어왔다.

"먹을 걸 아껴야지." 나는 방문자에게 말했다.

"스타샤!" 방문자가 위협적으로 말했다. "먹어야 해. 안 먹으면 어떻게 되는지 알잖아!"

페테르의 목소리였다. 나는 브루나를 통해 페테르 또한 펄의 부재로 고통받고 있다는 이야기를, 걸음걸이가 바뀌었고 더는 즐겁게 수용소 여기저기를 자유롭게 돌아다니지 못하고 종일 지도만 들여다보며 교실에 앉아 있곤 한다는 이야기를 들었다.

나는 펄이 돌아오면 먹겠다고 대꾸했다.

"한참 걸릴 수도 있어. 지금까지 굶은 것보다 더 오래 굶어야 할지도 몰라. 펄이 돌아왔을 때 건강한 모습을 보여주고 싶지 않아?"

그가 부스러기를 또 던졌다. 나는 그것을 손으로 받아 주머니에 넣었다. 펄이 돌아왔을 때 부스러기를 보면 좋아할 테니까 내가 미리 감사인사를 하겠다고 말했다.

"좋아. 그럼 씻어. 씻어야 해. 안 씻으면 어떻게 되는지 알잖아."

"내가 안 씻으면 펄이 죽기라도 한다는 얘기야?"

"물론 아냐."

"그럼 됐네." 나는 말했다. 실험과정에서 주입된 그 추잡한 물질을 씻어낼 만큼 강력한 세정제는 없다고 덧붙일 수도 있었지만 그러지 않았다.

"나가떨어지고 싶은 거야?"

나는 내 문제에 대해 말할 생각이 없었다. 내가 나가떨어질 리 없었다. 삼촌이 주삿바늘로 그렇게 되는 걸 막아버렸으니까. 나는 결코 죽지 않을 것이다. 삼촌의 얼음장 같은 수술대 위에서 나는 펄과 나의 생존을 보장받기 위해 내 할일을 하고 있다고 생각했다. 하지만 펄은 사라져버렸다. 살았는지 죽었는지조차 몰랐지만 삼촌이 펄에게는 그 주사를 놓지 않았다는 것, 내가 한 짓을 펄이 부끄럽게 여기리라는 것은 알고 있었다. 내내 통 속에만 있다보니 몇 가지 의심이 들기 시작했다. 내가 버틸 수 있는 것은 다른 사람들의 죽음 덕분이 아닌가 하는 의심이었다. 내 피는 수많은 사람의 생존이 좌절된 결과로 걸쭉해졌다. 그들이 결코 하지 못한 말이, 결코 알지 못한 사랑이, 결코 짓지 못한 시가 녹아 있었다. 그들이 결코 그리지 못한 그림을, 결코 가져보지 못한 아이들의 웃음을 품고 있었다. 그 피가 삶을 너무 힘겹게 만들어서, 때로는 펄이 불사신 신세를 면한 게 다행이 아닐까 생각했다. 내 선택의 결과를 온전히 이해하고 나니 펄은 이 운명을, 다른 사람들에게서 빼앗아온 미래들을 영원히 짊어진 채 쌍둥이 없는 반쪽으로 혼자 살아야 하는 운명을 맞지 않았으면 싶었다.

"스타샤? 거기서 우는 거야?" 페테르의 노크소리가 커졌다.

통이 삐걱거리는 거야. 나는 대꾸했다. 통은 그후로도 여러 주 동안 계속 삐걱거렸다.

1944년 11월 20일

펄에게,

전쟁이 끝났어. 동물원도 끝이야. 마마랑 제이디는 나랑 같이 살고 있어. 우리는 언니의 환영파티를 준비하고 그날을 위해 회전목마를 세우고 있어. 경비병들이 설치해. 왜냐면 이제 우리가 시키는 대로 해야 하니까. 언니 거는 하얀 말, 내 거는 인어야. 언니가 돌아오면 함께 회전목마를 탈 거고, 회전목마가 거꾸로 돌면 언니가 사라졌던 시간이 없어질 거야.

내가 통을 떠나는 경우는 제한적이었다. 점호할 때, 빵 먹을 때, 씻을 때, 황소의 명령으로 침대로 돌아가야 할 때. 이런 일상의 의무 중 자발적인 경우는 삼촌을 만나러 갈 때뿐이었다. 내가 여전히 그를 삼촌이라고 부르는 이유는 아직 계획을 포기하지 않았기 때문이었다. 나는 아직도 매력적인 가면으로 그를 끝장낼 수 있다는 희망을 품고 있었다. 그의 실험실이라는 차가운 불모지를 다시 방문했을 때 안도감이 들었다고 하면 이상할까? 그곳에서 편안함을 느꼈다는 사실에 스스로도 놀라긴 했지만, 그제야 그곳이 내 삶의 익숙한 장소가 되었음을 깨달았다. 다른 아이들이 학교 운동장에 익숙해지듯이. 언니가 앉아 있던 곳에는 빈 의자밖에 없었지만 의자를 사람인 양 대하는 건 아주 쉬웠다. 오래전에 '환자'가 가르쳐 줬으니까.

그렇게 생각하고 있으니 펄이 몸을 떠는 소리, 그 떨림이 철제 다리를 흔드는 소리를 들을 수 있었다. 하지만 눈을 감고 펄의 환영을 소환해내려는 순간 의사 삼촌이 자신의 존재를 과하게 알려왔다. 나의 어깨 위로 몸을 숙여서 등에 청진기를 갖다댔고 옆얼굴을 향해 너무도 거리낌없이 숨을 내뱉었다. 그 숨결에서 달큰하면서도 톡 쏘는 매캐한 냄새가 풍겨 그가 점심으로 무얼 먹었는지 궁금해졌다가 금세 음식 생각에 사로잡혔는데, 갑자기 어느 기구가 불쑥 끼어드는 바람에 정신을 차렸다. 그가 내 무릎반사를 확인했다. 왼쪽, 오른쪽, 왼쪽, 오른쪽. 다 끝낸 후 그는 어떻게 지냈는지 물었다.

삼촌도 눈치챘을지 모르겠지만 펄이 사라졌다고 나는 말했다.

"그러니?" 그는 건성으로 대답했다. "자, 이제 옷을 입어라."

나는 그가 내 쪽을 돌아보며 어디서 언니를 찾을 수 있을지 작은 실마리라도 주기를 기대했지만, 그는 그저 개수대로 가서 손을 씻고 머리를 빗고 입속에 민트 사탕을 쏙 집어넣을 뿐이었다. 나는 명령대로 옷을 입었다. 아니나 다를까 치마가 헐렁해져서 허리춤 안쪽 비밀공간에 넣으려던 피아노 건반이 소리를 내며 바닥에 떨어졌다. 삼촌이 그것을 주워들더니 호기심 어린 미소를 지으며 관찰했다.

"어떻게 된 일인지 말해봐라, 스타샤."

나는 죄송하다는 말만 했다.

"너 같은 애들은 자주 이러지. 그런데 이걸로 뭘 하려는 거지?"

기념품이 필요했어요. 나는 말했다. 이곳을 잊을까봐 두려워서요. 영원히 살게 된다는 걸 알고 나니, 해볼 만한 일 같았어요. 어쨌거나 불사신이라면 기억할 게 엄청 많을 거잖아요? 그래서 공연이 시작되기 전에 피아노에서 그 건반을 빼온 거예요. 그는 부모들이 못마땅해하는 모습을 연구해 흉내낼 만한 표정을 찾아낸 것처럼 과장되게 찌푸리며 입을 꾹 다물었다. 그 표정에서 인간적인 구석은 전혀 찾을 수 없었지만 나는 적절히 반응하기 위해 부끄러운 듯 머리를 푹 숙였다.

"네 도둑질 때문에 아니카가 맞을 뻔했다는 건 잘 알고 있지, 그렇지?"

나는 고개를 끄덕였다.

"그런데도 죄책감을 느끼지 않는 거니?"

"우리 언니." 이것이 내가 말할 수 있는 전부였다. 그다음엔 목소리가 바닥이 났다. 아니, 삼촌이 한쪽 끝을 붙잡고 있을 게 분명한 어떤 긴 줄에 묶여 뽑혀나갔다고 하는 것이 맞겠다.

"자, 자." 그는 얼굴을 찌푸리며 가짜 연민으로 가득찬 표정을 지어 보였다. "무서워할 거 없단다."

나는 그저 그의 신발만 보았다. 반짝거리는 표면이 언니가 있는 곳을 알려주길 바라면서. 하지만 항상 반짝이던 신발은 먼지로 뒤덮여 있었고, 개털 뭉치가 광대의 모자 방울처럼 한쪽 발끝에 우스꽝스럽게 붙어 있었다. 뭔가 잘못되어가고 있다는 첫번째 신호였다. 두번째 신호는 얼음과 위스키가 가득 담긴 유리잔이었다. 잔자체는 특별할 것이 없었지만, 비워졌다가 다시 채워지는 횟수가 놀라웠다.

그는 나를 수술대 위에 앉혀놓고 내 다리를 흔들고 손수건으로 내 눈을 가볍게 두드렸다. 나는 귀퉁이에 표시된 그의 이니셜이 피부에 닿지 않도록 조심했다. 그사이 손수건 바깥쪽을 흘끔거리며 사방의 혼란을 눈여겨보았다. 실험실이 이렇게 어질러진 모습은 본 적이 없었다. 서류 뭉치가 상자에 아무렇게나 처박혀 있고 그 상자들은 더 큰 상자에 아무렇게나 처박혀 있었다. 그동안 수집한 우리의 조각들을 가지고 대규모의 이주를 준비하는 듯했다.

나의 일부가 의지와는 전혀 상관없이, 싫어하는 사람과 평생을 함께 여행할 수도 있다는 걸 깨닫기란 어려운 일이다. 내가 하는 말이 무슨 뜻인지 짐작할 것이다. 잊히는 편이 나을 때조차 누군가는 당신을 기억할지도 모르고, 되찾을 수 없는 당신의 조각을 누군가가 가지고 있을지도 모른다는 것. 나로서는 그 순간의 내가 삼촌과 나, 그러니까 우리가 영원히 이어져 있으리라는 것을 깨달았다는 말밖에 할 수 없다. 나는 삼촌에게 앞으로의 탈출계획을 물어보기도 전에 기절하고 말았다.

                               *

통 안쪽은 펄에게 보내는 편지로 잔뜩 뒤덮여 거의 알아볼 수 없게 되었다. 내가 아는 것이라고는 펄이 조만간 돌아오지 않으면—아니, 실은 아무것도 몰랐다. 펄이 돌아오지 않으면 내 편지들이 점점 성을 낼 테고 서명 없는 글들이 나를 지워버릴 것이라는 사실 말고는. 실험실에서는 더이상 아무도 나의 부분들을 세지 않았다. 아무도 나의 조각들을 합하지 않았다. 의사가 그러지 말라고 지시해서인지, 나의 가장 훌륭한 부분이 사라져서인지는 알 수 없었다. 언젠가 브루나가 거칠고도 다정하게 그가 굳이 나를 살려두는 이유가 무엇인지 물어본 적이 있었다. 의사는 나를 결코 죽일 수 없다고, 그가 원하더라도 못한다고 대답할 수는 없어서 대신 그가 언제든 나를 끝장내주면 좋겠다고 대답했다. 그러자 브루나는 나를 품에 꼭 안고 기회가 오면 바로 그를 찔러 죽여버리겠다고 맹세했다.

브루나에게 그런 기회가 올지 알 수 없었다. 그 무렵 의사의 존재감은 점점 작아져갔다. 이곳저곳에서, 커튼 뒤에서 나는 그를 지켜보았다. 그는 내게 유쾌하게 손가락을 흔들거나 휘파람을 불곤 했다. 나는 그 휘파람소리에 움찔하지 않을 방법을 찾아야만 했다. 그러기 위해 나의 몸속에 대해, 피가 흐르는 모든 물줄기에 대해, 신경이 뻗어나가는 모든 가지에 대해 생각했고, 그런 몸속 어디에 희망이 들어맞을지 궁금해했다. 나는 그것을, 그 터무니없는 희망을 여전히 품고 있었기 때문이다. 그것은 등뼈처럼 한결같고 너무도 분명해서 간호사와 기술자가 내 안에 그것이 자란다는 것을 알아채고 차트에 기록하지 못한다는 것이 놀라웠다.

페테르와 의사의 직원들 말고, 내가 존재하고 살아 있는 여자아이이고 펄의 동생이라는 사실을 상기시켜주는 사람이 딱 한 명 더 있었다.

"둘째 콩알." 브루나가 구멍에 대고 속삭였다. "한겨울이야. 알아? 그 안에서 춥지도 않아? 세상에 온통 눈보라가 치는데!"

"여기는 안 쳐."

"너 더이상은 통 속에서 못 살아. 이 미련하고 멍청한 것아, 밖으로 나와!"

"펄이 오나 지켜봐야 해."

"창문에서 봐."

"이곳 창문은 믿을 수 없어."

"그럼 문에서 봐."

"이곳 문은 더 믿을 수 없어."

브루나는 잠시 멈추었다가 말했다.

"어쩌면 그만 지켜봐도 될 것 같아, 스타샤." 브루나의 목소리가 그렇게 부드러웠던 적은 없었다.

나는 브루나에게 물었다. "그만 지켜봐도 되는 거야? 펄 소식을 들었어? 잘 지내고 있고 안전해질 때까지 기다리면서 시기를 엿보고 있대? 펄이 어느 집에 있다고 해줘. 나무둥치에 숨어 있다고 해줘. 누군가의 침대 밑에 있다고, 예전의 펄은 아니지만 살아 있다고 해줘. 그렇게 말해주면 받아들일게. 그러기만 한다면―"

"첫째 콩알, 그애 소식은 들은 게 없어." 브루나가 털어놓았다. "내 친구였고, 내가 좋아했던—"

"당연히 펄한테 들은 게 없겠지." 나는 공격적으로 말을 끊었다. "왜 브루나한테 이야기하겠어? 펄한테 중요한 사람 같지도 않은데."

"이건 알아둬." 브루나가 말했다. "네가 죽을 날을 기다리며 통 속에만 있는 동안 소련 비행기가 돌아왔어. 매일 점점 많아지고 있다고."

"당연히 그렇겠지." 나는 말했다. "우리에게 폭탄을 떨어뜨리려고 오는 거잖아."

"우리 민족은 절대 그런 짓 안 해." 브루나가 분개했다. "둘째 콩알, 너도 생각은 해봐야 할걸. 그들이 안겨주려는 자유를 누릴 가치가 있다고 어떻게 증명할 건지. 네가 양배추 덩어리인지 사람인지 당장 결정하란 말이야. 이 멍청아! 통 속에서나 살고! 얼마나 보고 싶은지 알아? 이 형편없는 겁쟁이아!"

나는 구멍으로 흘러들어오는 사랑스러운 욕설에 등을 돌리고 다시 편지를 쓰기 시작했다.

1944년 12월 1일
펄에게,
고백할게. 마지막 편지는 다 거짓말이었어. 회전목마는 없어. 전쟁도 끝나지 않았어. 그래도 말이야, 돌아오지 않을래?

＊

다음날 아침, 통에 난 구멍으로 눈 구경을 하고 있는데 페테르가 다가왔다. 손수레를 앞세우고 구부정하고 느릿하게 걸어오고 있었다.

"스타샤, 나와! 이것 좀 봐!"

나는 통의 지붕을 치우고 나무판자 너머로 바깥을 빼꼼 내다보았다.

페테르의 손수레 안에 어떤 뭉치가 있었다. 회색 담요로 둘둘 말려 있었는데 해진 담요 끄트머리 밖으로 발끝이 보였다. 커다란 발이 바람에 장난스레 흔들거렸다.

나는 너무 서둘러 밖으로 나가려고 하다가 통이 뒤집히는 바람에 땅바닥으로 튕겨져나왔다. 슬픔에 잠겨 있던 그 무렵의 나처럼 볼품없고 서투른 탈출이었다. 이제 슬픔은 완전히 필요 없어진 것 같았다. 나는 예전에 봤던 마술쇼에서 마술사들이 했던 것처럼 기다란 천 위로 손을 쓸어보았다. 뭉치는 선뜻 움직이지 않았지만, 그게 바로 펄의 방식이었다. 펄은 은근한 쇼맨십을 좋아했다.

"어떻게?" 내가 물었다.

"병원에서. 방금 나왔어."

"안 지 얼마나 됐어?"

"이틀. 네가 안 믿을 걸 아니까 말하고 싶지 않았어. 자, 들춰봐."

그렇게 큰 상실을 겪었으니 내가 재회를 열망했을 것이라고 생각할지도 모른다. 하지만 내 안의 감정, 펄이 가져가지 않은 몇 안 되는 감정 가운데 하나 때문에 담요를 치우는 게 주저되었다. 사라지고 난 다음에 펄이 혼자 변해버렸으면 어쩌지? 펄이 더이상 펄이 아니라면 나는 어떤 사람이 되어야 하는 거지? 그러다 열망이 머뭇거림을 압도해 담요를 벗겨보았다.

나를 보고 웃는 입에는 치아가 하나도 없었다. 그건 결코 십대에 머물러 있도록 허락받지 못하고 어른의 얼굴로 바로 뛰어넘은 다음 할아버지 얼굴이 되어버린 아기의 얼굴이었다. 피부는 어린데도 늙어 있었다. 두 눈만은 새것이었지만 너무 많은 것을 본 뒤였다. 내가 그애를 어떻게 알아보았는지 도통 모르겠다. 그 피부는 더이상 정맥이 드러나 시퍼렇게 질린 빛깔이 아니라 병약한 흰색이었으니까. 하지만 미소는 틀림이 없었다.

'환자'였다. 나의 '환자'. 그는 할 수만 있다면 나를 위해 펄이 되어주었을 것이다. 그는 실망감을 감지하고 내 손을 꼭 쥐었다. 그 손길이 오히려 불편했는데, 나의 가장 깊고 어두운 곳, 삼촌에게조차 알려지지 않은 곳으로 심장이 정신없이 떨어지고 있었기 때문이었다. 그곳에서 내 심장은 허물을 벗고 증오 속에 뒹굴며 새로운 외피를 입고 가시를 키웠다. 그렇게 무장한 기지 넘치는 그 기관은 갈비뼈 사다리를 타고 다시 제자리로 올라왔다. 그리고 나는 펄이 옆에 있었다면 내가 '환자'에게 해주기를 원했을 말을 했다.

"엄청 다행이야." 나는 맥박과 손잡고 생겨난 새로운 아픔을 웃음으로 무마하며 말했다. "다시 한 가족이 되다니."

'환자'는 어쨌거나 새로워진 것처럼 보였다. 우리와 떨어져 있었던 한 달 남짓 사이에 무엇인가가 도움을 준 게 분명했다. 아니면 그저 빛 때문에 그렇게 보였던 걸까? 어쨌거나 기침은 잦아든 것 같았다. 그는 나를 만지지는 않았지만 조금이라도 떨어지는 걸 허락하지 않고 옆에 꼭 붙어 있었다.

다른 아이들이 귀환한 소년을 보려고 마당에 모여들었다. 모두가 촉촉해진 눈으로 '환자'가 어디를 다녀왔는지 농담을 던졌다. 배를 탔어? 말을 탔어? 일광욕을 했어?

'환자'는 머리를 저었다. 엄숙하게. 그도 농담으로 맞받아치고 싶었지만, 그렇게 할 수 없었던 것이다.

쌍둥이아빠가 '환자'의 등을 탁 치며 몸을 숙여 속삭였다.

"다음에 떠나면 진짜로 그런 것들을 할 수 있을 거다. 이제 우리는 해방되는 중이고 내가 너와 다른 아이들을 집에 데려다줄 거니까. 이건 약속이다. 아주 어린 아이들은 도움이 필요하니까, 네가 내 부관이 되어주면 되겠구나." 그가 부드럽게 말했다.

'환자'가 작게 거수경례를 했고, 쌍둥이아빠는 자기 일을 하러 자리를 뜨면서도 이 부활이라는 사건을 여전히 믿지 못하겠다는 듯 몇 번이나 뒤돌아보았다.

브루나가 '환자'의 팔을 꼬집기 시작했다. 보고 싶었던 사람을 괴롭히는 즐거움으로 브루나의 얼굴에 화색이 돌았다.

"유령도 멍이 드니?" 브루나가 계속 꼬집으며 물었다.

"잘 모르겠어, 브루나." '환자'는 가슴을 내밀며 말했다. "네 얼굴에 든 멍이 어색해서 보기 불편하다는 건 알겠다. 네 하얀 머리칼이 그리워. 예전 색깔로 돌리는 게 나아. 잿빛은 너의 아름다움을 가릴 뿐이야."

확실히 '환자'는 병원에 갇혀 있는 동안 정중함과 잔혹함을 배운 것 같았다. 브루나는 우쭐해했고 감격했다.

"그만해, 이 벼룩아." 그녀는 대꾸하고는 정중하게 허리를 숙여 인사했다.

다른 아이들이 웃었고, 질문이 쏟아졌다. 최초로 돌아온 인물이 된 기분은 어때? 먹어본 것 중에 흥미로운 건 없었어? 다른 아이들도 봤어? 특히 펠 자모르스키라고 불리는 애 본 적 없어?

마지막 질문은 내가 한 거였다.

최초가 된 건 큰 영광이야. 그가 말했다. 거기서 빵은 본 적도 없지만 병세가 제일 악화되었을 때 환각에 빠져서 쇠고기 가슴살 냄새를 맡는 행운을 누렸지. 펠? 주변에는 없었지만 병원에 있는 사람들은 다 똑같이 생긴 것 같아. 심지어—

나는 편지를 써야 한다는 변명을 하며 슬쩍 물러났다.

그가 재빨리 나를 붙잡았다. 다리가 전보다 빨리 움직였는데, 그 힘찬 보폭이 기이해서 내가 진짜 '환자'와 걷고 있는 게 맞나 싶었다. 어쩌면 삼촌이 '환자'를 사칭하는 사람을 보냈을지도 몰랐다. 실제로도 그는 자신을 새로운 이름으로 소개했다.

"이제 더는 나를 '환자'라고 부르지 마. 펠릭스라고 불러줘." 그가 말했다.

"응? 그게 네 이름이야?"

"아니. 내 쌍둥이의 이름이야. 이제 내가 그애를 위해 그 이름을 가져야 한다고 생각해."

그 말은 납득이 되었다. 다른 말들은 아니었다. 나는 눈앞의 펠릭스에게 왜 살아 있는지 물어보았다.

"너무 잔인한 말인데."

공평하게 따지자면 원래는 살아 있으면 안 되는 거잖아. 나는 말했다. 어쨌거나 넌 쌍둥이 한쪽을 잃었으니까.

"너도 그렇잖아. 그리고 너도 살아 있잖아. 죽은 사람처럼 보이지만."

나는 굳이 토를 달지 않았다.

"분명 나를 살린 게 뭔지 알고 싶겠지. 너는 약 같은 것들에 관심이 있으니까."

그리고 그는 내 흥미를 시험해보려는 듯 자신의 특별한 생존수단을 공개했다. 걸어가고 있던 내 앞쪽으로 뛰어와 헐렁한 바지에 손을 끼워 내리고 등을 보이고 섰다. 뭉툭한 꼬리가 엉덩이 바로 위쪽에 나 있었다. 기형적인 형체가 움찔거렸다. 나는 매혹당한 삼촌을 상상할 수 있었다.

"좋은 수단이네."

"만져봐도 돼." 그가 내 쪽으로 손을 뻗었다.

"만지고 싶지 않아." 내 손이 움찔했다.

"만지면 너에게도 행운을 가져다줄 거야."

동물원에서 행운이란 기대할 수 없는 것이었기 때문에 나는 계속 거절했다. 그는 어깨를 으쓱하고 바지를 올려 고맙게도 그 작은 토막을 가려주었다.

"항상 붙어 있었어. 내 형제도 마찬가지였고. 응급차가 나를 실으러 온 적은 결코 없었지. 나는 무지 소중하니까."

"'환자', 아니, 펠릭스, 병원에 대해 좀더 말해줄래? 어땠어? 난 알아야 해."

그는 이야기할 수 있다는 사실에 매우 기뻐했다. 줄줄이 늘어선 침대, 묽은 수프, 모습은 보지 못했지만 아침마다 그를 깨우던 까마귀 이야기를 해주었다. 나는 듣기만 하고 질문은 하지 않았다. 이미 마음속에 지도가 그려지고 있었다.

"무슨 생각 하는지 알아, 스타샤." 그가 머리를 저었다. "그애는 거기 없어."

"내가 무슨 생각을 하는지는 펄만 알아." 나는 말했다.

하지만 그에게서 돌아섰을 때 내 마음속에 환상이 생겨난 것은 사실이었고, 그 환상 속에서 사람들은 언니에게 새 이름을 주고 숨겨놓고 있었다. 아마 펄의 몸에 자기 자신을 잊게 하는 뭔가를 놓았을 것이다. 왜냐하면 나와 헤어지는 것이 언니의 건강에 큰 타격이 된다는 것을 알고 있을 테니까. 하지만 안전해지면 해독제를 줄 것이다.

우리는 다시 서로를 찾을 것이다. 펠릭스가 증명해냈다. 귀환은 가능했다.

*

1944년 12월 8일
펄에게,
우리 생일이야. 하지만 나는 우리가 정확히 몇 살인지 모르겠어. 열세 살이 될 리가 없잖아, 여기에서. 하지만 내가 헷갈리는 걸지도 몰라. 언니가 시간을 책임졌다는 거 알아. 나는 그런 거 잘 못하니까. 요즘은 내가 맡은 것 중에 잘하는 게 하나도 없어. 재미와 미래는 더더욱 그렇고. 우리가 아름다움을 찾는 임무를 맡지 않은 게 참 다행이라고 생각해. 필, 이곳엔 아름다운 게 없어. 내가 아는 건 추한 것뿐이야.

하지만 한 가지 중요한 게 있지. 소련인들이 우리에게 선물을 보내오고 있다는 거. 비행기 수가 점점 늘어나. 필도 보여?

우리 생일 다음날 아침에 일어나보니 통 주변으로 연기 한줄기가 피어오르고 있었다. 나는 소매와 신발을 살펴보았다. 불이 붙은 데는 없는 것 같았다. 블라우스를 올려 배꼽을 찔러봤다. 의사 삼촌이 주입한 무엇인가가 안쪽에서 나를 그슬리고 있다고 확신했으니까.

벌레! 연기가 말했다.

나는 그 평가에 동의했다.

너 나와! 연기가 말했다. 이상하게도 간호사 엘마 같은 목소리가 났다. 하지만 나는 기침을 하며 고분고분하게 벌떡 일어났다. 나가자마자 눈앞으로 재가 떨어졌다. 연기 위로 솟아오른 간호사 엘마의 형체가 입에 문 담배를 흔들고 있었다.

"널 찾네!" 그녀가 외쳤다. "실험실에서!"

연기일 때의 엘마가 더 좋아요. 나는 말했다.

"뭐라고 말했어? 크게 말해!"

"엘마, 오늘은 뭘 하면 되나요?"

"초상화 시간이다!" 그녀가 말했다.

나는 이미 앉거나 서거나 얼굴을 찌푸린 채 많은 사진을 찍었다. 전부 나체였고 카메라의 냉정한 눈에 포착된 모습이었지만 그래도 항상 언니와 함께였다. 펄 없이 혼자서 찍힌다는 것은 상상해본 적이 없었다. 사진사 앞에 제대로 서 있을 수나 있을지 의문이었다. 하지만 간호사 엘마가 어느 실험실로 안내했을 때 나는 늘 보던 장비도, 다른 실험대상도 찾아볼 수 없었다.

이젤 뒤로 얼굴이 가려진 한 여자뿐이었다. 캔버스 모서리 뒤편으로 초승달 모양의 귀, 백발이 다발로 군데군데 남아 있을 뿐 숱이 거의 없는 두피가 보였다. 죄수복을 입고 회색 숄을 걸치고 있었다. 높이가 다른 신발을 신었다. 짝이 맞지 않는 신발 위로 보이는 발목은 야위긴 했지만 예쁘다고 생각했다. 내가 과거의 것들— 장식이 달린 팔찌, 창틀 위 화분에 심은 제비꽃, 내가 벽난로에 피워놓은 불, 마마의 안식일 식탁보—을 떠올리며 예쁘다고 생각하는 것처럼.

간호사 엘마는 여자에게 시작하라고 지시하고 방 뒤편에 자리잡고 앉더니 여배우로 가득한, 항상 읽는 잡지를 넘겼다. 나는 표지에서 펄의 얼굴을 보았다고, 펄이 내게 윙크하는 모습을 보았다고 생각했다. 보고 싶어, 스타샤. 표지의 입이 말했다. 상황이 많이 달라졌어. 하지만 나는 이곳에서 더 잘 지내고 있어. 나는 펄에게 거기가 사후세계인지 캘리포니아인지 물어보려 했지만, 표지의 소녀가 입을 크게 벌리면서 노래를 부르기 시작했다. 그제야 나는 그게 전혀 펄이 아니라는 것을, 영화 스타라는 것을 깨달았다. 왜냐하면 펄의 노랫소리가 훨씬 좋으니까. 펄이 어디 있는지 넌 아니? 나는 그 영화 스타에게 물어보았다. 아무도, 심지어 간호사 엘마도 듣지 못할 머리 깊숙한 곳에서. 너무 숨죽여 물어봤는지 영화 스타는 내 말을 전혀 듣지 못한 눈치로 계속 노래만 했다. 그때 간호사 엘마가 표지의 소녀를 빤히 바라보는 내 시선을 관찰이 아니라 흥미로 오해했고, 화가 난다는 듯 과장되게 잡지를 반으로 접었다.

나는 화가가 이 동작을 눈여겨보며 붓질을 잠시 멈추었다가 다시 시작하는 것을 소리로 알 수 있었다. 붓이 내 모습을 그리는 소리가 들렸다. 호의가 담겨 있는 것 같았지만 내 얼굴을 어떻게 그릴지 고심하는 듯 천천히 움직였다. 내가 너무 망가지고 흉해져서 미안하다고 화가에게 사과하고 싶었다. 그녀를 구해줄 만한, 집중할 수 있는 다른 것을 주고 싶었다.

왜냐하면 아름다움이 세계를 구하기 때문이란다. 파파가 언제나 하던 말이었다. 왜 세계에 구원이 필요한지 상상조차 하지 못했던, 심지어 구원이 뭔지도 모르던 내게 해준 말이었다. 분명 펄도 파파가 이야기한 아름다움이 가진 구원의 힘에 대해 똑같이 느꼈을 것이다. 처음으로 나는 두 사람이 마침내 같은 장소에 함께 있는지 알고 싶어졌다. 다행히도 간호사 엘마 덕분에 이 우울한 생각을 이어나가지 못했다. 그녀가 의자에서 일어나 방을 가로질러 성큼성큼 걸어오더니 잡지로 내 머리를 후려쳤기 때문이다.

"그런 표정 짓지 마, 스타샤."

"어떤 표정요?"

"울 것 같은 표정이잖아. 형태를 너무 바꿔버린다고."

"웃어야 하나요?"

그녀는 또 때릴 것처럼 다시 잡지를 들어올렸다가 생각을 고쳐먹었다. 걸핏하면 그러듯이 삼촌이 아무도 모르게 방에 들어와 있을지도 모른다는 두려움에 주변을 두리번거렸다.

"웃으면 너다운 것 같니?" 그녀가 씨익 웃었다.

예전의 나 같아요. 그렇게 말하고 싶었지만 가만히 있었다. 간호사 엘마는 훈계의 의미로 내 뺨을 때렸다. 나는 자국이 남을까 궁금했다. 그렇다고 해도 화가가 그걸 그리는 것은 절대 허락되지 않겠지만.

"당연히 웃으면 안 돼!" 엘마가 떽떽거렸다. "웃어도 얼굴이 바뀐단 말이야. 여기서 의사 선생님이 원하는 건 정확함이야. 눈뜨고, 똑바로 앞 보고, 입 움직이지 마. 얼마나 간단하니? 갓난아기라도 다 하겠다!"

그러고 나서 엘마는 다시 의자로 돌아가 만족스럽게 잡지를 읽었다. 나는 표지의 소녀에게 미안한 마음이 들었다. 잡지에 사진이 실리는 바람에 간호사 엘마의 학대에 동참할 수밖에 없었던 게 그 애 잘못은 아니었으니까.

명령대로 나는 시선을 똑바로 앞에 두었다. 화가가 걸터앉아 있는 벽돌 테두리가 있는 창문에 시선을 맞추고, 노래하거나 구구 우는 새를 우연히 창틀에서 발견하기를, 그래서 그녀가 일하는 동안 무엇이라도 들을 수 있기를 바랐다. 나는 펄이 사라진 후로 아우슈비츠에서 동물이 갑자기 귀해졌다는 사실을 이미 눈치채고 있었다. 단지 내가 원한다는 이유만으로 뭔가가 오리라는 희망은 거의 없었던데다 새도 보이지 않아서 마음속으로 창틀에 한 마리를 놓아두었다. 부리에는 올리브 나뭇가지를 물려주었다. 하지만 새는 계속해서 가지를 떨어뜨렸다. 심지어 나의 상상력조차 나를 버린 기분이었다.

간호사 엘마 때문에 환상에서 벗어났다. 그녀는 잡지를 들고 일어나 나에게 똑바로 하라고 윽박지르고서 문을 쾅 닫고 나갔다.

그녀가 나가자 붓소리가 커졌다. 화가가 캔버스 모서리로 한쪽 눈만 내놓고 나를 자세히 들여다보았다. 퀭하고 어둡고 고통 어린 눈이었지만 병세가 따뜻함까지 앗아가지는 못했다.

"웃는 걸 보고 싶구나." 화가가 따뜻한 눈빛에 어울리는 목소리로 말했다. 어딘가 친근한 구석이 있었지만 쉬어서 그렇다고, 모든 수감자가 결국 갖게 되는 굶주리고 학대당해 날카로워진 목소리일 뿐이라고 스스로를 설득했다. 그럼에도 여전히 화가의 말에는 무엇인가 다른 점이 있었다. 말을 끝맺을 때 내는 기침소리에도 흔치 않은 매력이 있었다.

"하지만 엘마가—"

"엘마가 예술에 대해 뭘 알겠니? 그저 원숭이에 엉터리, 멍청한 여자일 뿐이야. 자, 웃어보렴."

나는 최선을 다했다.

"더 크게, 이를 보여봐. 농담을 해줄까? 어떻게 해야 웃을 수 있을까?"

나는 화가에게 아무리 애써도 요즘엔 웃지 못한다고 대답했다.

농담도 마음만 아플 뿐이라고.

"그럼 이야기 하나 해줄까?" 그녀가 말했다. "두 여자아이 이야기를 해줄게. 어떠니?"

나는 고개를 끄덕였다.

"자, 그럼." 화가가 말했다. "나는 이야기를 잘하는 편은 아니야. 하지만 노력해볼게. 우치에 두 소녀가 있었어. 쌍둥이였지. 어딜 봐도 똑 닮았어. 아이들이 태어나고 산파가 떠났을 때는 부모도 둘을 구분할 수 없었단다. 그래서 아버지가 아이들의 발에 이니셜을 써놓았지. 다음날, 아버지가 아기들 목욕을 시켰는데, 글자가 지워진 거야. 대혼란에 빠졌지. 누가 누구인지 어떻게 알 수 있었겠니? 그래서 아버지는 그건 중요하지 않다고 스스로를 납득시키려 했어. 어쨌거나 그 여자아이들은 단 하루 동안만 원래 이름을 가졌던 거지. 어떻게 아이들에게 이름이 딱 붙어 있을 수 있겠니? 그는 아이들의 발바닥에 새 이니셜을 써넣고 아내에겐 입도 뻥긋 안 했단다. 그날 밤 아버지는 자신의 실수를 털어놓았지. 아내는 그저 깔깔 웃기만 했어. 그녀는 아기들 앞에서 휘파람을 불었어. 그리고 말했지. 휘파람소리에 웃는 아이가 S예요. 어머니가 휘파람을 불었지만 아기들은 반응이 없었어. 그다음에는 아버지도 함께 했고, 제이디와 부베*도 함께 했지. 모두가 함께 휘파람을 불었는데도 효과가 없자 요람 위에서 냄비와 프라이팬을 두들겨보았어. 연주를 잘하는 사람이 아무도 없는데 할아버지의 클라리넷까

---

* 이디시어로 할머니를 뜻함.

지 꺼내서 불었지. 아이들의 이름을 찾아내려는 노력은 온 동네 사람들을 깨웠어. 하지만 아기들은 둘 다 반응하지 않았어. 이미 둘은 자기들만의 세계에 살고 있었던 거야. 모두가 앞다투어 둘을 구분해내려는 모습을 만족스럽게 바라보고 있는 것 같았단다."

"재미있는 이야기가 아니잖아요." 내가 말했다. 혹은 그렇게 말했던 것 같다. 그 화가의 목소리와 이야기에 압도당해 있었기 때문에 다른 말을 했을 수도 있다. "그랬다면 오래전에 이야기해줬어야죠, 마마. 계속 내가 스타샤라고 생각해왔으니까. 그런데 이제 와서 내가 펄일지도 모른다고요?"

화가는 내가 너무도 잘 아는 웃음을 터뜨렸고, 그러자 그녀는 마마, 우리 엄마가 되었다. 화물칸에서의 마마와 비교해보면 많은 것이 사라져버리긴 했지만.

"웃지 않겠다는 너만의 표현인 거니?" 마마가 말했다. 혹은 그렇게 말했던 것 같다. 마마의 입술이 내 정수리에 묻혀 있었기 때문에 확실하지 않다. 마마가 자리에서 일어나 나를 안고 있었으니까. 그러다 이 행동의 위험성을 문득 깨닫고 뒤로 물러가 앉았다.

우리는 아주 잠깐 서로를 바라보고 목소리를 듣고 사랑하는 황홀함을 즐겼다. 그리고—

"언니는 어디 있니?" 마마가 속삭이듯 물었다.

나는 모른다고 말했다. 나는 〈이리 와서 날 즐겁게 해줘〉 이야기를 했다. 펄의 발자국과, 양귀비꽃이 만개한 들판 이야기를 했다.

마마가 붓을 떨어뜨렸다. 흰 물감이 묻어 있는 붓이 바닥을 가로지르며 아이보리색의 낮 자국을 그렸다.

"그럴 리 없어. 나는 항상 쌍둥이 초상화만 그려왔거든. 어떤 경우에도 온전한 쌍둥이 한 쌍이었어." 절망으로 목소리가 격앙된 마마는 자리에서 일어나 나를 향해 걸어왔고, 남아 있는 힘을 다해 나를 안아주고 남아 있는 눈물을 흘리며 울었다. "스타샤, 너를 보게 되어 정말 기쁘구나. 더이상 기쁠 수 없을 정도로."

나는 마마 가슴의 별 모양*에 얼굴을 묻었다. 알고 싶은 것이 너무 많았다. 왜 마마는 다른 쌍둥이 엄마들처럼 담장에서 안 보였어요? 아주 이상하고 간접적인 방식이긴 하지만 삼촌이 그림 약속을 지킨 것 같은데, 빵은 충분히 먹고 있어요? 제이디는 수영장에서 즐겁게 수영하고 있어요?

하나하나 질문할 때마다 마마는 내 이마에 키스해주었지만, 마지막 질문에는 표정이 무너져내리며 자신을 보지 말아달라고 부탁했다. 마마는 말했다. 잠깐이면 돼. 보지 말아줘. 마마는 말했다. 우리 이러지 말자. 여기가 아닌 다른 곳에 있는 것처럼, 이런 일이 일어나게 내버려두지 않는 세상에 있는 것처럼 해보자. 내 얼굴 보지 말고. 마마가 말했다.

그 말을 들었어야 했다.

왜냐하면 마마의 얼굴을 보자 제이디의 얼굴이 보였기 때문이다. 제이디는 막사에서 쉬고 있지 않았다. 주사위를 던지거나 정치 이야기를 하거나 요리법을 나누거나 찌르레기를 추억하며 건배를 하고 있지도 않았다. 심지어 수영장에서 죽은 것도 아니었다. 내가

---

* 나치가 유대인을 구분하기 위해 가슴에 달게 한 노란색 다윗의 별.

본 제이디의 얼굴에는 실체도 핵심도 특색도 없었다. 제이디에게 일어난 일은 많은 사람이 당했던 것과 똑같은, 여전히 일어나고 있는 일이었다.

겁에 질린 나를 보고 마마는 내 이름만 불러댔다. 더이상 부를 수 없을 때까지 불렀고, 그다음에는 펄의 이름을 부르기 시작했다. 주문처럼 계속해서 펄의 이름을 불렀다.

"사람들이 들으면 안 돼요." 내가 속삭였다.

실종된 딸의 이름을 웅얼거리는 소리는 종국에는 기침이 되었고, 이어서 문을 향해 다가오는 발소리가 들렸다. 마마는 나에게서 화들짝 뒤로 물러나다가 잘 안 맞는 신발 때문에 넘어졌다. 다행히 재빨리 움직인 뒤에 곧 간호사 엘마가 험상궂은 얼굴로 들어왔다. 그녀는 마마가 이젤 앞을 벗어나 나와 너무 가까이 있는 것을 못마땅하게 여겼다.

"자세히 봐야 했어요." 마마는 간호사 엘마에게 설명하고는 허둥거리며 의자로 돌아갔다. "시력이 좋지 않아요. 입 모양이 잘 보이지 않아서."

"자랑이다. 눈 나쁜 화가라니!" 엘마가 코웃음쳤다. "그래서야 제대로 하겠어?"

마마의 목소리는 풀이 죽었다.

"맹세해요. 잘 해결할 수 있습니다." 마마가 다짐했다.

간호사 엘마가 조금이라도 주의를 기울였다면 마마의 목소리에 묻어나는 어렴풋한 낌새나 다시 그림을 그리러 가며 나를 바라보는 눈길에 호기심이 일었을 것이다. 심지어 마마는 엘마가 트집을 잡으려고 거들먹거리며 걸어다니는 동안 몰래 나에게 고개를 끄덕이고 웃어 보이기까지 했다. 엘마는 방을 조금 걷더니 멈춰 섰다.

"어쩌다 바닥에 물감이 묻은 거야? 어설픈데다 낭비까지 하다니." 그녀는 에나멜 구두를 여봐란듯이 내밀고 문제의 흰 얼룩을 발끝으로 가리켰다.

"닦아." 엘마가 명령했다. "네가 이렇게 엉망으로 만들었잖아."

그녀가 헝겊 조각을 던지자 마마는 공손하게 바닥에 웅크려 그것을 집으려 했지만 발작적인 기침이 다시 시작되었다. 나는 마마가 헝겊을 쥐기 전에 낚아채 천이 너덜너덜해질 때까지 흰 물감 자국을 문질렀다.

화가는—엄마가 엘마에게 걷어차이는 동안은 그저 화가라고 생각해야만 했다—사죄했고, 더 주의하겠다고 맹세했다. 공장이나 캐나다 창고나 푸프에서 일하는 대신 그림 그릴 기회를 가진 것에 무척 감사했다.

간호사 엘마가 캔버스를 훑어보았다.

"우리 목적에는 이 정도면 충분할 거 같은데."

"아직 못 끝냈어요." 마마가 말했다.

하지만 간호사 엘마의 표정은 달랐다.

"마마." 나는 속삭였다. "펄을 봐도 놀라지 마세요. 왜냐면 마마는 펄을 보게 될 테니까. 펄은 돌아올 거예요. 우리는 여전히 똑같아요, 우리는—"

"그만 나가, 스타샤." 간호사 엘마가 말했다. 그리고 여느 때처럼 내 옷깃을 잡아 문밖으로 끌고 나갔다. 엘마는 내 감정과 화가의 눈물 때문에 짜증이 난 나머지 내가 마마의 손길로 축복받은 그 헝겊 조각을 슬쩍해서 치마춤에 넣는 것을 보지 못했다.

그날 밤 나는 그 헝겊을 뺨에 꼭 대고 잤다. 이상하다고 여겨질 수도 있지만, 나는 엄마가 전해준 믿음을 그대로 따랐다. 엄마는 가족 중에서 우리가 마지막까지 살아남을 거라고 믿었다. 말로 하지는 않았지만 내 얼굴을 그린 그림으로 알 수 있었다. 엄마는 내 얼굴을 실제와 다르게, 거의 닮지 않게 그렸다. 그것이 속임수를 가장한 다정함의 표현임을 나는 알아볼 수 있었다. 하지만 거기에는 분명한 애도가, 가슴을 꿰뚫는 한 어머니의 애통함 또한 서려 있었다.

*

1944년 12월 18일
펄에게,
마마가 살아 있어. 언니도 살아 있어?

진짜였다. 마마는 아직 우리와 함께 있었다. 우리의 얼굴을 그렸고, 아주 잠깐이나마 함께 진짜 우리 자신으로 돌아갔다. 우리는 옛날 우리집 의자에서처럼 마주앉아 고통을 감추고 서로를 바라보았다.

편지를 다 쓰고 나서 꼭 해야 하는 해부학책 공부를 시작했다. 내가 계속 복수의 길을 걸을 수 있게 해줄 공부였다. 하지만 공부할 부분을 찾기도 전에 늙은 소년의 얼굴이 위에서 나타났다.

"의사가 혀를 잘라버리기라도 한 거야?" 펠릭스가 물었다.

나는 엄마를 만났다고, 할아버지는 만나지 못했지만 소식을 들었다고, 그래서 조용한 거라고 말했다.

펠릭스는 침묵으로 대답했다. 너무도 고요한 침묵이 오히려 나를 자극했다.

"내가 멍청한 것 같아?" 나는 진심으로 물었다. "내가 의사 삼촌보다 한 수 앞설 수 있다고 생각해서, 그를 바꿀 수 있다고 생각해서, 벌써 받았어야 할 벌을 줄 수 있다고 생각해서?"

펠릭스가 질문에 대답할 생각이 없는 듯해 나는 통 밖으로 나와 그를 정면으로 보았다.

"내 생각에 너는 사람들의 좋은 면을 보는 걸 좋아해. 왜냐하면 네가 좋다고 믿어야 하는 것들에 나쁜 게 너무 많으니까." 그가 의견을 밝혔다.

"너도 그래?"

"아니. 나는 사람 대신 칼의 좋은 면만 봐. 벨 수만 있으면 좋은 칼 나쁜 칼 같은 건 없지."

"브루나 같은 소리를 하는구나."

"시간이 지나면서 악의 경지에 도달했으니까."

"나도 거기에 도달해가는 것 같아."

펠릭스는 신이 났다.

"그러면 많이 즐길 수 있어."

"그게 즐길 만한 일인지는 전혀 모르겠는데." 나는 말했다. "그치만 필요한 일이겠지."

그는 나에게 브루나가 소중히 여기는 신문 한 부를 건넸다. 공산주의자들 사이를 돌아다니다가 결국 한 경비병의 손으로 들어간 밀수품의 일부였다.

"내가 증오하는 법을 가르쳐줄 수 있어." 펠릭스가 말했다. "첫 단계로 이걸 읽어. 신문에는 그들이 오고 있다고 쓰여 있어. 소련군 말이야. 우리가 본 비행기들이 소련군 거야. 아우슈비츠의 우두머리들한테, 당장 떠나지 않으면 이곳과 우리를 파괴해버릴 거라고 경고하고 있어. 다시 말해 우리가 멩겔레를 처리할 시간이 얼마 남지 않았다는 거지." 그는 의미심장하게 그 페이지를 흔들어 보이며 읽으라고 종용했다.

"러시아어 모르는데."

"그것도 가르쳐줄게. 나치를 증오할 때 좋은 언어야. 아마 폴란드어보다 나을걸. 폴란드어는 아껴뒀다가 다른 때 쓰면 돼. 그러면 아마 우리 아버지들도 행복해할 거야, 그렇지 않아?"

"가르쳐줄 필요 없어. 난 나치라면 다 싫어. 항상 그랬어. 멩겔레가 제일 싫을 뿐이고."

다시는, 결코, 삼촌이라고 부르지 않겠어, 순진한 척할 의도로도. 나는 맹세했다.

내가 증오를 조금도 숨기지 않고 아주 적나라하게 이야기하자 펠릭스는 전에 없던 존경심을 느끼는 것 같았다. 그는 내 말 한마디 한마디에 매달렸고, 더 많은 말을 원했다.

"그자가 아직 너를 믿는 동안 증오심으로 뭔가 해야 해." 그가 제안했다.

"나도 계속 그 생각을 했어. 때를 기다리고 있을 뿐이야."

"당장 행동해. 너는 그자에게 접근할 수 있잖아. 부럽게도 말이야. 또 누가 부러워하는지 알아? 소련군 전체야. 미군도 그렇고. 우리는 그걸 이용해야 해."

그는 나에게 빵칼 두 개를 주었다.

"이제 네 무기는 세 개야." 그는 의기양양하게 말했다. "충분할 거야. 내 생각엔 그래. 첫번째 칼로 허벅지를 찌르고, 두번째 칼로는 목을, 세번째로는 심장을 찌르는 걸 추천할게. 심장을 찌르면 칼을 살짝 비튼 다음 세게 밟아. 심장에서 끽 소리가 날 때까지 밟으면 죽음을 확인할 수 있을 거야."

칼의 존재 자체가 너무나 압도적이라 심장이 낼 소리 같은 건 생각조차 할 수 없었다. 나는 해부학책에 열심히 이 내용을 적어놓은 다음 다시 우리 계획을 생각하며 나의 무기 삼총사를 감탄스럽게 바라보았다.

"너는 왜 빵칼이 두 개야, 펠릭스?"

"하나는 내 쌍둥이 거야. 그애도 네가 쓰게 된 걸 영광으로 생각할 거야. 보관하는 게 쉽지는 않았어. 병원에 있을 때는 브루나가 맡아주었지만. 브루나는 그 빵칼이 나에게 어떤 의미인지, 어떤 경위인지 알고 있었어. 브루나가 멩겔레 가까이 못 가는 게 참 안타까워. 브루나라면 분명 그 일을 해냈을 텐데. 주저하지 않고." 그는 단지 브루나를 언급한 것만으로도 저 새하얀 천사를 얻은 것처럼 그 문장을 감탄스럽게 음미했다.

"나도 브루나처럼 두려운 존재가 될 수 있어." 나는 말했다. 스스로도 믿기지 않았지만 그 말을 사실로 만들 수 있기를 바랐다.

우리는 계획을 꾸몄다. 계획은 이랬다. 내가 어떻게든 멩겔레를 혼자로 만든다. 폐쇄된 공간이면 더 좋다. 이건 중요해, 펠릭스가 지적했다. 왜냐면 의사가 멍청하긴 하지만—

"그는 멍청하지 않아."

"그래! 안 멍청해. 하지만 악이란 건 어리석음의 한 형태 아냐?"

"누가 그래?"

"내가 도달한 결론이야. 나는 병원에서 진짜 많은 생각을 했어. 네가 아는 것보다 더 많이 생각했다고. 선에 대해서 생각했고 사람들에 대해서 생각했고 악에 대해서 생각했어. 악에 대해서 생각하는 게 가장 쉬웠지. 왜냐면 내내 우리 주변에 있었으니까. 나는 악을 알아. 그건 내가 실험실에 있을 때마다 찾아와서 내 안에 자리잡고 앉아. 악이 누군가를 선한 사람보다 더 강하게 만든다는 생각은 흔한 오해야. 하지만 멩겔레한테는 네가 가진 장점이 없는 대신 더 힘이 세고 유능하니까, 그자를 구석으로 모는 게 가장 좋은 방법일 거야. 아니면 쓰러뜨려버리거나. 지금 같은 상황이라면 그런 식으로 우위를 점해야만 해. 그러지 않으면 다른 사람이 네 손을 잘라버릴 거고, 나머지 부분들도 마찬가지겠지. 알아듣겠어?"

그제야 나는 이곳에서 한 공부가 얼마나 허망한 것이었는지 깨달았다. 나는 멩겔레에게 시간을 허비한 것이었다. 어떻게 상처를 낫게 하고 아물게 하는지, 어떻게 피를 멎게 하고 심장을 뛰게 하는지, 그리고 가장 중요하게는 무엇무엇을 서로 짝지우는지, 어떻게 아무것도 없는 백지에서 대칭성을 부여하는지 따위를 알아내는데 집중하면서 말이다. 그 모든 것은 나를 인상적으로 보이게 만들고 그를 쓰러뜨릴 거리를 확보하려는 노력이었다. 하지만 펠릭스야말로 상담을 청해야 했던 진짜 전문가였다. 그는 우리 앞에 닥쳐오는 폭력적인 사건에 노출되는 경험을 통해—저항세력의 문서를 통해, 머릿속으로 그려온 시나리오를 통해—신체를 끝장내는 방법을 혼자 단련해왔다. 급속도로 피를 흘리게 하고 싶을 때 어느 위치를 찔러야 하는지, 기절시키고 싶을 때 어느 지점을 노려야 하는지 알고 있었다. 단지 실행전략이 없을 뿐이다.

그리고 그는 나에게 진짜로 복수할 기회가 있다고 믿었다.

*

하지만 예전처럼 쉽게 멩겔레를 만날 수 없었다. 비행기가 날아다니는 횟수가 잦아질수록 그가 한때 사랑했던 실험대상들도 마다한 채 사무실에 몸을 숨기고 지내는 시간이 길어졌다. 미리 의사의 말에 따르면 새로 시작하는 일은 전혀 없이 파일과 슬라이드 정리에만 신경을 쓰고 스승들에게 보낼 편지의 초안을 미친듯이 작성한다고 했다. 벽돌로 된 실험실 창가 앞에 상자가 쌓여갔고, 수행원들이 드나들며 실험실 문간에 대기하는 차량 뒷자리로 상자들을 실어날랐다.

마마가 내 초상화를 그린 후로 삼십육 일 동안 나는 그를 기다리며 잠복했다. 머릿속으로 펠릭스의 계획을 재생해보며 모든 몸놀림과 발동작을 꼼꼼하게 검토했다. 나는 계단에 칼을 갈았다. 우린 절대 그 정도로 날카로워지지는 못할걸. 칼들이 노래했다. 이 모든 비극의 바닥에 닿을 만큼 깊이 긋지는 못할걸! 하지만 나는 칼들에게 그렇게 해야 할 거라고 말했다.

빵칼들과 함께 나는 기다렸다. 우리는 의사가 머무를지도 모르는 온갖 곳에서 기다렸다. 그의 행선지를 알려주는 발자국을 하나하나 관심을 갖고 살펴보았다. 하지만 의사의 발자국은 평범한 발자국보다 훨씬 말수가 적었다. 그 소용돌이 모양을 보고 있자면 내 목을 부츠로 밟히는 것 같은 기분만 들었다.

기다린 지 삼십칠 일째 되던 1945년 1월 15일, 나는 한쪽 스타킹에 나의 칼 세 개를 넣고 한쪽 신발에는 펄의 피아노 건반을 넣은 채 병원 계단에 앉아 있었다. 여섯 시간째 기다리는 중이었다. 어쩌면 여덟 시간, 혹은 두 시간이었을지도 모르겠다. 이제 시간이 다르게 흐른다는 것을 알고 있었다. 내가 진짜 시간을 되찾을 수 있을지, 아니면 펄의 부재로 시간의 기능이, 시계를 진동시키며 움직이게 하는 기능이 영원히 바뀌어버린 것인지 알 수 없었다. 앞으로 나아가는 것과 가만히 있는 것 중에서 무엇이 최선일지 계속되던 마음속 논쟁에서 내가 마침내 전자를 선택한 그 순간, 의사의 차가 멈춰 섰다.

그는 평소와 다르게 허둥지둥 차에서 내렸다. 머리 한쪽이 헝클어졌고 바지에 기다란 흙먼지 자국이 나 있었다. 얼굴 구석구석이 스트레스로 핼쑥했다. 계단을 뛰어올라가서 상자를 챙기다가 나를 보고 넘어질 뻔했다.

"작은 불사신? 왜 여기 있니?"

"그런 이름으로 날 기억하나요?"

"기억하다마다." 그가 나를 꾸짖었다. "너를 잊을 리 없잖니. 아무리 여기 상황이 예전 같지 않다고 해도 말이다."

"예전 같지 않지." 운전사가 말을 따라 했다. 메기 얼굴에 구레나룻을 기른 불그레한 남자였다. 우둔하게 부푼 입술은 샌드위치를 삼키느라 여념이 없었다. 내가 그 입술을 보게 된 것은 그가 질 나쁜 고기를 역겹다는 표정으로 차창 밖으로 뱉어버렸기 때문이다. 거부당한 음식을 보자 내 위장이 요동쳤다.

"볼레크라면 알 거다." 멩겔레가 운전사에게 고갯짓했다. "처음부터 여기 있었지. 이곳을 만드는 걸 도운 사람이다. 볼레크, 얘기해줘."

"1939년이었지." 볼레크가 입안 가득 음식을 머금고 말했다. "그때는 여기가 다 습지였어. 지금 한번 봐라!"

그는 잠시 손을 들어 앞유리를 닦았다. 그리고 이번에는 고압적으로 음식을 내뱉었다.

"길, 정원, 음악실, 수영장, 음악실." 그가 애정을 담아 말했다.

"음악실을 두 번 말했잖아." 멩겔레가 지적했다.

"그러면 왜 안 되는데? 부헨발트*에 그런 장소가 있을 거 같아? 다하우**에는? 어떤 것들은 반복해도 돼. 아우슈비츠가 문명화된

---

* 독일 중동부에 나치가 세운 대규모 강제수용소.
** 독일 최초의 강제수용소.

장소가 아니라고 누가 말할 수 있겠나?" 볼레크는 내가 바로 그런 말을 할 사람이라는 양 의심스럽게 보았다.

멩겔레는 법석을 떨며 상자들을 트렁크로 옮기고 그중 더 중요한 듯한 짐들은 뒷좌석에 실었다. 나는 그곳에 실린 서류가방을 몰래 쳐다보았다. 베어마흐트* 장교 군복이 위를 덮고 있었다. 그 이상한 옷을 내가 보고 있다는 것을 눈치챈 멩겔레가 재빠르게 자신의 코트로 덮었는데, 그 행동만 빼면 차를 끌고 가족 소풍을 떠날 채비를 하는 아버지 같았다.

"짧은 여행일 뿐이야. 곧 돌아올 거다. 먼저 회진을 좀 돌아야 하지만 말이다. 같이 갈래? 어쩌면 펄을 찾을 수도 있지 않겠니?"

"펄은 죽었어요." 나는 말했다. 그렇게 말한 것은 처음이었다. 내가 그 말을 했을 때 구름들이 달아나진 않았던가? 수평선이 바다 건너편으로 사라지는 동안 흙먼지 층이 열리고 지층 하나하나가 벗겨지면서 호수가 나타나지는 않았던가? 재와 흙먼지가 악수하는 동안 까마귀들이 휴전회담을 하지는 않았던가? 내 말—펄은 죽었어요, 가버렸어요, 끝장났어요, 펄은 더이상 없어요—이 발단이 되어 그런 일들이 일어날 것 같았지만, 실제로 벌어졌는지는 알 수 없었다. 그 말을 하는 것만으로도 모든 감각이 사라져버렸으니까. 나는 거기에 서서, 요제프 멩겔레 말고는 아무것도 들리지도 보이지도 않는 상태로 입만 뻐끔거리고 있었다.

"오, 그래? 재밌는 이야기구나." 그가 나를 의미심장하게 바라

---

*2차세계대전 당시 나치 독일군.

보았다. "나는 사망진단서에 서명한 적이 결코 없는데."

"하지만 서명을 아주 많이 하잖아요." 나는 말했다. 그가 모르고 지나쳐버렸을 거라고는 말하지 않았다. 그러지는 않았을 것이다. 그리고 그는 자기가 잊어버렸을 거라는 일말의 암시를 눈치챘을지언정 인정은 하지 않았다.

"그래." 그가 한숨을 쉬었다. "나는 정말 많은 서명을 한다. 하지만 찾아본다고 나쁠 건 없지. 사람들이 어떻게 여기로 숨어드는지 알면 놀랄 거다, 스타샤. 그들은 네가 상상하는 것보다 자기 자신을 더 작게 만들지. 아이들이 반으로 접혀 여행가방에 들어 있는 것도 많이 봤다! 멍청한 아이들이야. 우리 똑똑한 펄과는 달라. 펄은 워낙 영리하니까 찻주전자에도 들어갈 수 있겠지!"

더 나은 나의 반쪽을 칭찬하는 말에 마음속에서 펄이 되살아났고, 펄의 부활에—고백하건대 나는 멍청하고 어리석고 자포자기한 상태였다—잠시 그가 어떤 사람인지를 잊었다.

"정말 맞는 말이에요." 내가 말했다.

"그럼 펄을 찾으러 가자." 그렇게 말하며 그는 앞문을 열어 들어오라고 손짓했다. 나는 안으로 들어갔다. 차 안에는 연기와 재와 가죽기름의 악취가 진동했다. 볼레크는 짜증스럽게 샌드위치를 창밖으로 던진 다음 야구다 세쌍둥이가 샌드위치를 놓고 땅바닥을 구르며 싸우는 모습을 바라보았다. 멩겔레는 내 옆에 앉아 담배에 불을 붙였다. 차가 덜컹거리며 동물원을 빠져나갔다.

긴 침묵이 이어졌다. 위험한 느낌이 들었다. 의사가 느닷없이 나를 향해, 목 근처로 손을 뻗었다. 나는 움찔했다. 점점 더 나를 다정하게 대하는 것으로 보아 눈치를 챈 게 분명했다.

"스타샤는 내 의술 제자야." 그가 운전사에게 말했다. "원래는 사랑스러운 금발이었는데, 머릿니 때문에. 알잖아. 하지만 눈동자가 갈색이지. 안타까워."

"아주 건강해 보이네." 볼레크가 말했다. 어조는 친근하고 호의적이었지만 운전석 거울에 비친 눈빛은 달랐다. 좋게 봐줄 만한 어떤 것도 나에게 기대하지 않는 눈빛이었다.

나는 마른침을 삼키며 주머니 속으로 피아노 건반을 만지작거렸다. 내 신경의 작동논리를 이해할 수 없었다. 어쨌거나 죽음을 두려워할 이유가 없었는데도, 죽음의 창조주인 이 사람에게 계획적으로 접근했다는 것이 매우 불안했다. 우리는 허벅지를 붙인 채 앉아 있었다. 그가 나에게 머리를 기대라고 명령했다. 내가 복종했을까? 물론 그랬다. 그를 끝장내기 위해서, 나는 복종했다.

"오늘 아침에는 뭘 했니?" 그가 물었다.

"공부요." 나는 거짓말을 했다.

"쌍둥이아빠랑?" 멸시가 담긴 어조였다.

"혼자 공부하고 있어요."

"그래. 즈비는 좋은 사람이지만 좋은 선생인지는 모르겠다. 너는 아주 잘못된 교육을 받아온 거야. 무슨 공부를 하고 있니?"

"미리 의사가 책을 한 권 줬어요. 수술에 대한 책이에요. 절개술을 공부하고 있어요. 오늘 아침에는 제왕절개를 공부했어요."

"흥미로운 주제구나." 그가 따분하다는 듯 대답했다. 확실히 그는 아무런 관심이 없었다. "너는 내가 예전에 그 수술을 하는 거

한번 본 적 있지? 난잡스러운 작업이야." 목소리에서 윙크가 느껴졌다. 말은 그렇게 했지만 내가 본 것이 제왕절개가 아니라 생체해부였다는 것을 그도 알고 있었기 때문이다. 여자의 몸에서 아이가 뽑혀나왔다. 그랬다. 그가 배를 열고 아이를 꺼내 물이 가득한 양동이에 집어넣고 산모가 보는 앞에서 익사시켰다. 그러나 여자에게는 그것이 고통의 끝이 아니었다. 그는 가능한 한 오랫동안 시간을 끌었고, 나는 그 장면을 기억하고 싶지 않았다. 펄이 나를 위해 기억해주기도 원치 않았다.

하지만 멩겔레가 이 살인을 제왕절개로 기억하기로 했다면 그것은 제왕절개였다. 아우슈비츠에서는.

"보통은 바로 가스실로 보내지." 그는 볼레크의 귀에 대고 이야기하는 것처럼 덧붙였다. "하지만 신경써서 처리해주면 한 번이라도 더 숨쉴 기회가 생기는 거잖아? 인간적인 거야. 그런 상황에서는 말이지. 어쨌든, 스타샤, 그런 수술에 흥미를 가지는 것은 칭찬받을 일이다."

그는 생각에 잠겨 말을 멈추었고, 여행가방에서 술병을 꺼내 들이켜며 내 무릎을 꼬집었다.

"하지만 예술은—그게 네 진짜 소명인 것 같더구나. 춤 말이다. 그렇지?"

"그건 펄이에요." 나는 그에게 주지시켰다. "저는 과학자고요."

그는 한 손에 술병을 들었다는 것을 잊고 양손을 번쩍 들어올렸다. 술이 내 뺨에 튀었다.

"그렇지!" 그가 말했다. "하지만 그건 별로 중요하지 않아. 댄서든 과학자든 집중을 해라. 흥미를 끄는 것을 깊이 생각해야지. 세계에 대한 호기심을 유지하고. 호기심이 나를 여기까지 오게 했지. 너는 호기심을 잃었구나." 그는 내 눈앞에서 굵은 손가락을 흔들었다. "그러면 삶이, 그게 너를 저버릴 거다."

"안 그러려고 노력하고 있어요."

"하지만 네 목소리를 들어보면 그 노력이 자연스럽게 따라오진 않는 것 같군. 언니가 없으니 살아가기가 너무 힘들어서 그런가본데. 나는 비슷한 일을 겪은 쌍둥이를 많이 봤다. 그 특별한 현상에 아주 관심이 많지. 꼭 붙어 살다가 혼자 남았을 때 어떻게 살아남는가 하는 문제 말이다. 아주 흥미로워."

나는 나를 온전하게 지켜주리라고 생각되는 대답을 했다.

"저는 펄이 전혀 그립지 않아요."

"내 앞에서 씩씩한 척할 필요 없다."

"어디 숨어 있을 뿐이라는 걸 알고 있거든요." 내가 말했다. "안전해지면 나타날 거예요."

"그렇지, 괜찮은 추리로구나. 너는 그보다는 좀더 훌륭한 탐정이다. 자, 좀더 생각해봐라. 어디 숨어 있을 거 같으냐? 여기 있는 볼레크가 거기로 데려다줄 거다."

그래서 우리는 남자 막사와 여자 막사를 돌아다녔다. 철책을 따라 울퉁불퉁한 길 위를 지나갔다. 나는 유리창에 얼굴을 꾹 대고 앉아 있었고 멩겔레는 정면을 응시했다. 어디를 가든 나는 펄을 보았다. 너무 많이 봐서 여행의 진정한 목적이 갈피를 잃어갔다. 자동차 바퀴가 굴러가는 동안 나는 언니가 변장하고 있을 뿐이라고,

우리가 지나쳐가는 사람들 중에 있을 거라고 확신하게 되었다. 펄의 연극 경험과 영민함이 공모해서 완벽한 차림새를 만들어냈을 것 같았다.

"저 사람." 나는 멀리 있는 사람을 가리키며 말했다.

"남자애야. 심지어 범죄자다."

"저기 펄이 있어요." 나는 다른 사람을 보며 말했다. "나는 펄이랑 함께 태어났어요. 어디에 있어도 알 수 있어요."

"애석하게도 저 여자는 내가 아는 사람인 것 같구나." 멩겔레가 말했다. "괜찮은 경비병이지만 펄은 아니다."

그렇게 돌아다니는 동안 나는 어떤 정보가 흘러나오기를 바랐다. 그가 자신의 범죄를 고백하거나, 적어도 나를 속였다는 것만이라도 고백하기를 바랐다. 제이디는 먹지도 못했고 수영도 못했고 살아 있지도 않았다. 마마는 굶주리고 있었다. 마마는 멩겔레의 기록물을 위해 실험대상들의 초상화를 그렸다. 하지만 계속해서 수용소를 돌아다니는 동안 나는 그 차 안에 분별력 있는 사람은 한 명도 없다는 것을 깨달았다. 그는 아니었다. 나도 아니었다. 그도 그럴 것이 나는 누군가를 가리킬 때마다 실제로 그 사람이 진짜 언니일지 모른다고 믿었기 때문이다.

"저기 있어요." 내가 말했다. 그러면서 담배를 든 카포를, 삽을 든 소년을, 국자를 든 요리사를 가리켰다.

"어디?" 그는 그때마다 물었다.

"펄!" 나는 창밖으로 소리쳤다. "펄 아닌 척하는 펄이에요."

그러면 멩겔레는 문제의 인물을 차창 쪽으로 오라고 명령했고,

억양이나 화내는 모습이나 상처를 보고 나면 내가 찾는 그 사랑하는 사람이 아니라는 것이 확실해졌다. 그저 카포, 소년, 요리사일 뿐이었다.

그는 내 실망감을 즐기는 것 같지는 않았지만, 확실히 내가 조사하는 모습을 보는 것은 좋아하는 듯했다. 나는 그의 몸짓을 흉내 내며 상대의 출신을 물었고 그가 늘 하던 방식으로 조사했다.

"너는 우리와 함께 일했어야 해." 요리사를 보낸 후 그가 킬킬거리며 말했다.

볼레크에게 동물원으로 돌아가자고 말하려던 찰나 한 여자가 보였다. 검댕으로 뒤덮여 있었지만 시커먼 와중에도 뺨이 해사하게 빛났다. 우아한 각도로 팔에 바구니가 걸려 있었다. 내 시선을 본 멩겔레가 그 여자에게 창가로 오라고 손짓했고, 그녀는 그가 흥미를 보이는 데 놀라서 발치에 바구니를 떨어뜨렸다.

"관찰해봐라, 스타샤."

나는 문을 열고 그녀 앞으로 걸어가서 멩겔레가 우리에게 한 것처럼 손가락으로 턱을 들어올렸다. 턱 밑으로 검댕이 아직 닿지 못한 하얗고 깨끗한 곳이 보였다.

"펄이 분명해요." 내가 우겼다.

펄이 아주 초라하게 변장한다면 이런 모습일 것 같았다. 영리한 수법이라고 생각했다.

"저 눈이?" 그가 비웃었다. "깡통 조각이나 건포도 같은데. 전혀 사람 같지 않아."

멩겔레는 좀더 자세히 보여주기 위해 여자에게 돌아보라고 손짓했다. 그녀가 돌았다. 느리지만 순순하게 발을 끌며 한 바퀴 돌았다.

"펄이에요." 나는 우겼다.

"저 여자가 말을 하던?" 그가 내게 물었다. "저 여자가 네 질문에 대답할 수 있나? 어릴 적 기억을 공유할 수 있나?"

여자는 검댕 속에서 눈처럼 하얀 눈을 끔벅거렸다. 홍채를 뒤덮은 우윳빛 구름이 보였다.

"녹내장이다." 그가 말했다. "그리스 여자고 오십대 중반이지. 아마 적어도 애를 셋은 낳았을 거다. 적어도 한 명 이상의 남편을 잃었고 평생 비참했지. 이곳에서 화장장 청소를 한다. 열이 있는 것 같고 눈이 멀고 있다. 내가 보기엔 살날이 별로 남지 않았어. 손에 앉은 딱지를 봐라. 딱지투성이야. 감염된 거다."

나는 상처로 얼룩덜룩한 여자의 손가락을 보았다.

"너는 쓸모없어, 그렇지?" 멩겔레가 밝은 목소리로, 친절을 가장한 표정으로 그 여자에게 물었다. "너는 동물이야, 맞지? 천하고 냄새나는 동물."

그러자 여자는 굽실거리며 고개만 끄덕일 뿐이었다. 멍투성이 두피가 드러났다.

"너도 옳는다, 스타샤. 차에 타라."

하지만 나는 설득당하지 않았다. 그래서 그 신비로운 사람에게 말했다. 피아노 건반만 위안 삼아 남긴 채 나를 두고 혼자 가려 해도 괜찮다고. 언니가 더 행복하기만 하다면. 그게 내가 원하는 전부라고. 폴란드어, 이디시어, 독일어로 말한 다음에 우리의 머리로만 통하는 비밀언어로도 말했다. 우리가 함께 사랑했던 모든 것의 이미지를 잔뜩 박아넣고 애정 가득한 간청을 했다. 한배에서 난 새끼 고양이들의 보드라움을, 마마의 드레스가운 소매에 있던 벚꽃 무늬를, 제이디의 책상 위에 있던 책들을 그녀의 깜깜한 마음에 던져보았다. 아무런 효과가 없자 나는 더욱더 노력했고, 분한 마음이 들었다. 그래서 그 여자의 마음의 눈에 동물원의 음침함을, 막사 침대에 배길 만큼 툭 튀어나온 내 굽은 등뼈의 모습을 보내보았다. 분명 그 절망적인 장면들에 자극받아 얄팍한 변장을 벗어던지고 나의 더 나은 반쪽이라는 자신의 위치로 훌쩍 돌아올 것이라고 생각했다.

그렇지 않았다.

그 대신 괴물 같은 모습의 언니는 눈이 공포로 툭 튀어나왔고, 오므린 입술 사이 엄지손가락을 넣고는 겁에 질린 아이처럼 빨아댔다.

나는 이 반쪽짜리 펄에게 그만하라고 명령했다. 엄지손가락을 빼는 것으로는 결코 고통을 해결할 수 없었다. 하지만 손가락 빨기는 계속되었다.

멩겔레가 한숨을 쉬고 불쌍하다는 듯 혀를 찼다. 그러더니 주머니에서 사탕이 든 통을 꺼냈다. 그가 평소에 아끼던 버터스카치 사탕보다 더 맛있는 사탕이라는 것을 눈치챘다. 그는 사탕을 주고 나서 내 손을 잡아올려 도닥이며 위로했다.

"그래, 저 여자는 너의 펄이 아니야. 하지만 좋은 소식은 진짜 펄을 계속 찾아도 된다는 거다. 더 좋은 소식도 있지. 영원히 펄을

찾아도 된다는 거다. 그애를 찾지 못하고 네 삶이 끝날 리는 없으
니까. 이런 말을 할 수 있는 사람이 얼마나 되겠니?"

나는 그 말도 아무 위로가 되지 않는다고 했다. 그는 볼레크에
게 차를 돌리라고 명령했다.

공회전하고 있던 차가 소리를 내며 출발할 때 나는 마지막으로
가짜 펄을 향해 탐색의 시선을 던졌고, 그 순간 보면 안 될 것을 보
고 말았다. 내가 볼 수 없도록 그곳은 아주 어두워야 했고, 그녀
는 굶주림으로, 고통으로, 외로움으로 알아볼 수 없을 만큼 변해
있어야 했고, 그녀가 기댄 사람들, 가족처럼 가까워진 사람들이 그
녀의 몸을 가리고 있어야 했고, 죽은 동료들의 뻗어나온 팔이 그녀
의 미동 없는 눈동자를 덮고 있어야 했다.

거기에, 트럭 짐칸 사람더미 속에 우리 엄마, 한때 우리 엄마였
던 사람의 몸이 있었다. 한때 자신의 몸에 양수로 이루어진 세계를
온전히 품었던 양귀비꽃의 수호자. 그 세계로 결코 돌아갈 수 없다
는 사실은 오래전에 받아들였지만, 그 세계를 창조했던 여인이 그
렇게 무참히 죽으리라는 생각은 한 번도 해본 적이 없었다. 더미
위의 형체─그것은 이미 변해 있었다. 나는 그녀가 여전히 우리
엄마여야 하는지, 아니면 그자들이 건넨 죽음이라는 패가 엄마를
닿을 수 없는 어떤 것─예컨대 별, 꽃, 바닷가의 물결─으로 만들
어버려 나같이 살아남은 것 따위는 이제 좋아할 권리도 없는 건지
알 수 없었다.

울면 안 돼. 부릅뜬 채 눈물이 고여 있는 엄마의 눈이 나를 바라
보며 말했다.

나는 그 눈과 논쟁을 벌일 만큼 어리석지는 않았지만, 전지전능한 엄마의 시선이 닿지 않는 마음 깊숙한 곳에서 복수의 맹세가 다시금 고개를 들었다. 온몸이 떨리기 시작했고 스타킹 속에서 살갗을 눌러오는 칼들의 차가운 키스가 느껴졌다.

"몸이 안 좋아?" 그가 물었다. "갑자기 조용해지고. 걱정 마라. 언젠가 가족들을 만날 거다. 그날이 오면 우리는 같이 저녁을 먹을 거야. 펄은 춤을 출 거고. 어떨 것 같니?"

나는 그에게 고맙다고 말하면서, 복수하겠다는 표시로 엄마를 향해 고개를 끄덕였다.

멩겔레는 계속해서 지껄였지만 나는 대화를 할 수 없었다. 말하지 않는 편이 나았다. 만약 입을 열었다면 이렇게 말했을 테니까.

당신은 우리 마마를 두 번 죽일 수 없으니까 나를 여기 붙잡아두고 백번이고 다시 희망을 품게 하고 고통을 받게 하는 거지.

당신은 우리 제이디를 재보다 작게 만들 수 없으니까 나를 칙칙하고 보잘것없는, 어떤 바람이 불어도 날아가버릴 뒤틀린 존재로 남겨두는 거지.

당신은 내가 태어났다는 사실은 어찌지 못하니까 나와 함께 태어난 사람, 내가 사랑하는 사람, 나를 온전하게 만들어주는 반쪽을 나한테서 떼어놓은 거지. 그래서 나는 쪼그라들어서 이렇게 보잘것없는 존재, 영원히 살아야 하는 분열된 인간, 내 고통을 낫게 해줄 어떤 것도 어떤 장소도 어떤 느낌도 찾지 못한 채 떠도는 존재가 되어버렸어.

그가 나에게 주입한 피가 뇌를 떠나 주먹으로 모여들었다. 나는 스스로에게 말했다. 이자는 나를 불멸로 만들었을지도 몰라. 나한테 누구보다도 오래 살 운명을 만들어주었을지도 몰라. 하지만 그렇다고 이자한테서 어떤 끝이나 죽음이나 종말을 찾지 못할 이유는 없지. 스타킹 속 칼들이 동의하며 끄덕였다. 그는 내 반대쪽으로 몸을 기울이고 무방비하게 등을 보인 채 창밖을 지나가는 간호사에게 소리를 지르고 있었다. 고개가 돌아가 있었고 정신은 딴 데 팔려 있었다. 지금이야말로 절호의 기회야. 칼들이 말했다. 하지만 조언에 따라 행동할 기회를 잡기도 전에 그가 몸을 돌려 고쳐 앉더니 나를 엄숙하게 바라보았다.

"미래 말이다." 그가 말했다. "우리는 언제나 미래에 대한 기대를 버려선 안 돼. 알겠니?"

나는 고개를 끄덕였다. 주머니 속에서 펄의 건반이 만져졌다. 그것은 광택으로 뒤덮여 빛을 발하고 있었다. 내가 손가락을 얹자 손끝에 반짝이는 윤기가 느껴졌다.

"보여줄 게 있다." 자동차가 동물원에 거의 다 왔을 무렵 그가 불쑥 말했다. 그러더니 차 바닥에서 상자 하나를 들어올렸다. 실험실에서 보았던, 그가 제일 아꼈던 상자였다. 다른 상자들에는 전쟁자재, 긴급이라고 쓰여 있었지만 이 상자만은 자신의 이름을 써넣을 만큼 끔찍이 여겼다. 요제프 멩겔레 의사, 그 이름이 아주 멋지고 숙련된 글씨로 적혀 있어서 그가 글자 하나하나의 곡선을 연습하는 모습이 상상되었다. 꼭 곰돌이 인형을 든 아이나 연을 든 소년처럼 그는 상자에 집착했고 뚜껑을 들어올리는 손길은 아주 조심스럽고 애정이 가득했다. 마치 스스로도 그 안에 든 경이를 믿을 수 없다는 듯했다.

"여기 있는 건 전부 유전물질이다. 이 자그마한 샘플들로 우리가 어떤 업적을 이룰 수 있을지 너는 상상도 못할 거다. 다른 종류의 인간, 완벽한 인간을 만들 수 있어." 그가 말했다.

슬라이드들이 상자 안에서 노래하듯 챙챙 부딪혔다. 나는 손가락으로 가장자리를 쓸어보았다.

"완벽한 인간." 나는 그 말을 따라 했다. "펄처럼."

그는 내가 만지지 못하게 상자를 가져가더니 그 모든 작은 생명을 기억할 시간도 주지 않고 상자 위로 뚜껑을 덮었다. 그러고는 내 목을 손가락으로 꽉 쥔 다음 머리를 뒤로 젖히고, 무대 위의 마술사처럼 능란한 움직임으로 안약병을 꺼내 내 왼쪽 눈에 액체 한 방울을 떨어뜨렸다.

아, 어찌나 아찔하고 쓰라리던지! 그 액체 방울이 내 눈물을 장식했다.

"뭐하는 거예요?" 나는 헐떡거리며 물었고, 내 손은 또다른 충격으로부터 보호하려 아픈 눈을 덮었다.

"나를 기억하게 하려는 거다." 그가 말했다.

나는 눈물을 흘리며 기억하고 싶지 않다고, 기억하지 않을 거라고 말했다. 기억하지 않을래요. 너무나도 머릿속에 남아서 다른 기억을 전부 몰아낼까 두려워요. 나는 이 말을 하며 빵칼 쪽으로 손을 뻗었다. 앞이 보이지 않아 더듬거렸다. 앞이 온통 까맸다가 하얘졌다.

"스타샤, 아첨하지 마라. 좋지 않은 짓이야." 앞이 보이지 않았지만 그가 나에게 윙크했다는 것은 알 수 있었다. "이제 말해봐라, 내가 떠나기 전에. 뭐가 보이니?"

아무것도 보이지 않았다. 오, 아무것도!

"걱정 마라, 스타샤. 내일이면 파랗게 보일 거다. 약속하지."

그리고 그는 차 문을 열어 나를 밖으로 밀쳐냈고, 나는 버려진 물건처럼 굴러떨어졌다.

얼마 지나지 않아 우리가 모르는 어느 날 밤에 그는 동물원을 뒤로하고 떠났다. 몇시쯤 출발했는지, 무엇을 가져갔는지, 한 번쯤 뒤돌아보았는지 나는 알 수 없었다.

다음에 그를 만난다면 모든 것이 완전히 달라져 있으리라는 것만은 알 수 있었다. 우리는 둘 중 하나로 증명될 세상에 있을 것이다. 세상 전체가 아우슈비츠가 되어 있거나, 더는 온전하지 못한 세상마저도 나뉘고 찢겨 사라져버렸거나. 하지만 그 1월 중순의 어느 날, 나는 그런 사건이 일어날 거라고 어렴풋이 예상하기는커녕 약간의 기미조차 눈치채지 못했다. 나는 그저 동물원으로 돌아가 얻어맞은 불쌍한 동물처럼 반은 눈이 먼 채로, 한 손으로는 눈물이 흐르는 눈을 누르고 다른 한 손으로는 내 통 속 동굴을 찾아 헤맬 뿐이었다. 마마의 죽음은 생각하지 않았다. 제이디의 죽음도 생각할 수 없었다. 나는 그 둘과 펄의 복수를 할 수 있을 때까지 그들 생각을 절대 하지 않기로 맹세했다.

*

그쪽 눈은 계속 보이지 않았다. 여러 날이 지나고 여러 주가 지나도 암흑만 덧입혀질 뿐이었다. 나는 좋은 면을 보려고 노력했다.

좋은 면이란 성한 눈을 감으면 앞이 보이지 않고, 앞이 보이지 않으면 모든 사람이 잠재적으로 나의 펄이 될 수 있다는 점이었다. 누군가가 말을 걸 때면 환상이 깨졌지만.

한쪽 눈이 쓸모없어지자 미리 의사는 나를 통에서 끄집어내 병원에 데려다놓았다. 그러면 내가 겁을 먹고 살려고 노력할 거라 생각해서 다른 세 아이가 있는 병원 안쪽 개인실에 데려다놓은 것이다.

"안 좋은 일인 거 알지?" 그녀가 말했다. "병원에 있는 거. 그자들은 병원에 있는 사람을 트럭으로 데려간다고."

나는 고개를 끄덕였다.

"그리고 트럭은—어디로 가는지 알겠지만—"

나는 그 문장을 끝맺지 못하게 했다. 알고 있다고 고갯짓을 했다. 트럭이 사람들을 가스실로 데려간다는 것은 알고 있었다. 미리 의사는 왜 그 협박이 나에게 소용이 없는지 몰랐다. 하지만 내가 언니에게 갈 수만 있다면 어떤 차라도 탔을 거라는 사실은 알고 있었던 것 같다. 그래서 그토록 나를 걱정하고 시간만 생기면 내 주변을 맴돌았던 것이다.

나는 밤마다 깨어 언니를 찾아 커다란 병원의 침대들 사이를 돌아다녔다. 그 북적거리고 무시무시한 장소는 사람들을 수납하는 기능이 동물원 막사보다 압도적으로 월등했다.

사람들이 줄줄이 놓인 침대들은 너무도 비좁아 곤충들이 벌집에 살고 있는 것 같았다. 몸은 하얀 시트로 덮여 있어서 꼭 사람 머리가 붙어 있는 구름 같았다. 대부분 머리는 내 반대편으로 돌려져 있거나 매트리스에 묻혀 있었는데, 마디진 가시나무 같은 손만은 모든 몸에서 뻗어나와 음식과 물을 구걸했다.

"가진 게 없어요." 나는 울먹이곤 했다.

구름들은 나를 믿지 않았지만 화를 내지도 않았다. 화를 내기에는 너무 아팠기 때문이다. 그들은 죽음에 이를 수 있는 이질, 열병, 세균에 시달리고 있었다. 피도 잃고 가족도 잃었고, 심장은 원래 있던 자리에서 매일매일 미끄러지고 있었다. 이 구름인간들은 무엇 때문에 사는 걸까? 그들은 그저 뒤척이거나 잠들거나 콜록대거나 꿈을 꾸거나 하는, 그들이 가장 잘할 수 있는 것을 했다.

방으로 터덜터덜 돌아오는데 창밖에서 빛이 폭발했다.

질책이었다. 나는 알고 있었다. 마마와 제이디, 두 분이 지금 어디에 있든 내게 약해지지 말라고 말하고 있었다. 그들은 내가 목표를 이루지 못한 것을 부끄러워했고 연속된 탕탕 소리로, 총소리처럼 세차고 반복적인 소리로 강조했다. 나는 이런 극단적인 방법을 선택한 그들을 비난하지 않았다.

"이해해주시면 좋겠어요." 나는 창문에 대고 말했다. "펄이 없으면 나는 내가 될 수 없어요."

커다란 소음은 부풀어오르며 점점 커져갔다. 다친 눈으로는 흐릿한 형태만 보였지만 온전한 눈으로 보니 연기가 건물을 타고 올라가고 있었다.

그 연기가 나를 데리고 가서 아무것도 남기지 않았으면 했다.

그 생각이야말로 제이디와 마마의 심기를 불편하게 한 것 같았다. 창유리가 덜컹거리기 시작했다. 한번 더 질책하는 거였다. 불꽃, 번득이는 연기. 나는 그 모든 의미를 알았다. 하지만 뺨을 닦아주는 손길을 느끼기 전까지는 내가 울고 있다는 사실은 몰랐다.

"죄송해요." 나는 손수건을 내주는 미리 의사에게 말했다.

그녀의 얼굴은 이상하게 침착했다. 그러다 갑자기 얼굴의 틈새가 온통 갈라지기 시작하더니 웃음소리와 흐느낌이 쏟아져나왔다.

"뭐가 미안해?" 미리 의사가 발작적으로 웃고 우는 도중에 말했다.

"전부 다요." 나는 창밖으로 번쩍이며 휙 지나가는 연기를 가리켰다.

"이건 네가 한 일이 아니야." 그녀가 말했다.

나는 내가 한 일이 맞다고 말했고, 고백하려는 순간—

"믿기 힘들다는 거 알아." 그녀가 떨리는 손을 내 어깨에 얹고 말했다. "그런데 수용소가 없어질 것 같아. 소련군이 몇 주에 걸쳐 이쪽으로 오고 있다고 들었어. 불가능할 것 같지만, 이 모든 게……" 그녀는 굵은 연기가 피어오르는 유리창 쪽을 똑똑 두드리는 손짓을 했다. 덜컹거림. 웅웅거리는 소리. "선택에 따라 우리에게는 희망이 될 수도 있을 것 같아."

미리 의사는 나를 위해 애써 밝게 말했지만 그 어조는 이것이 딱히 크고 감격적인 희망은 아니라고, 약간 망가진 희망이고 우리 삶에 미지의 영역과 문제를 새로이 몰고 올 희망이라고 말하고 있었다.

구름인간 중 세 명이 침대에서 일어나 무슨 일인지 보려고 창문 쪽으로 기어갔다. 직원이 그들에게 누워서 쉬라고 말했다. 그 직원은 걱정스러운 것 같았다. 머리 위 비행기들이 우호적인지 완전히 확신할 수 없었으니까. 구름인간들의 의견이 갈렸다. 곧 끝날 거야, 완전히. 누군가가 말했다. 결코 끝나지 않을 거야. 다른 사람들이 말했다. 누구의 말을 믿어야 할지 몰라서 의견을 구하려고 미리 의사의 얼굴을 바라보았다. 반짝이는 눈은 낙관을 품고 움직였지만 입은 음울한 모양으로 굳어 있었다.

삼 일 동안 우리는 기다렸다. 손가락으로 귀를 막고, 눈을 크게 뜨고, 도망쳐야 할 경우를 대비해 신발을 신고. 폭탄이 예쁜 선율을 휘파람처럼 부는 동안 그것이 어디로 떨어질지 모르는 채 기다렸다. 눈송이가 연기와 섞여 수용소가 잿빛이 되어가는 동안 궁금해하며 기다렸다.

나는 진정한 자유가 온다면 또다른 기다림이 시작되리라는 것을 알면서도 기다렸다. 침대에 누워 언니에게 또 편지를 쓰기 시작했다. 옆쪽 벽면에 겨우 인사말을 새겼을 뿐이었다. 펠에게, 라고. 언젠가 펠이 붙잡혀 있는 곳—죽음이든 멩겔레든—을 아주 잠깐만이라도 떠나와 이걸 보면 그동안 어떤 말을 들었더라도 우리가 여전히 인간이라는 사실을 알게 될 거라고 믿으며 썼다.

*

아우슈비츠, 그것의 소임이 끝났다. 계속해서 아우슈비츠를 어기적거리는 경비병들의 음울한 얼굴이 그렇게 말하고 있었다. 한때 그들의 온갖 사악한 충동을 받겼던 공간이 이제는 그들을 파멸로 몰아가며 위협하고 있었다. 우리는 닭털이 타는 냄새에, 저 붉은 하늘에, 항상 우리를 추적해오는 재에 익숙했지만 혀를 날름거리며 솟아오르는 불길의 언어는 이제 아우슈비츠의 파괴에 몰두했다. SS는 우리를 독가스로 살해했던 작고 하얀 건물에 불을 질렀다. 문서더미를 불쏘시개로 삼고 그들이 지었던 모든 것을 파괴했지만 우리에게 그랬던 것처럼 체계적이지는 않았다. 아니, 그것은 그들이 통치했던 왕국에 대한 맹렬한 공격이었고, 그 해체작업의 무작위성 때문에 오히려 우리는 더 큰 위험에 놓이게 되었다. 수감자들은 고개를 숙이고 걸어다녔다. 경비병과 눈이 마주치면 그들의 잔인함만 자극할 뿐이었다. 전에는 오직 윗사람에게 복종하던 경비병들은 이제는 자신들의 절망에만 복종했다. 그들이 어떤 짓을 할지 모른다는 소문이 나돌았지만 내용은 모두 제각각이었다. 우리를 다른 수용소로 데리고 갈 거라고도 했고, 범죄의 증거를 없애기 위해 아우슈비츠 전체를 불태울 거라고도 했고, 이것이 항복의 시작이라고도 했다.

나에게는 마지막 소문이 가장 믿기지 않았다. 그런 괴상한 폭력을 휘두르며 항복에 착수하는 사람들이 있다는 것을 믿기가 힘들었다. 더 자극적인 표적물을 만들기 위해 아이를 공중에 던지고, 여자를 구석에 몰아 목을 자르고, 자동차로 남자를 살육하면서 말이다. 병원 창가에서 그 혼란을 지켜보며 나는 총알과 비명 중 무엇이 하늘을 더 잘 찌를 수 있는지 궁금해졌다.

*

1945년 1월 20일, SS의 움직임이 점점 격해지더니 도주로 끝났다. 우리는 우리가 사랑하는 사람들을 계속해서 쌓아올렸던 바로 그 트럭에 그자들이 몸을 싣는 장면을 보았다. 그들은 달아났다. 허둥지둥 차에 올라타더니 철책으로 돌진했고, 지나간 자리에는 찌그러진 철망만이 남았다. 도망가지 않은 사람들은 어슬렁거리고 돌아다니면서 찾아낼 수 있는 힘이란 힘은 모두 빼내고 있었다. 미리는 줄지어 서 있는 우리에게 엄격하게 지시했다. "나가지 마. 기다려, 기다려. 소련군은 아직 안 왔지만 분명히 오고 있고, 어쩌면 그들이 와도 기다려야 할지 모르지만, 그다음에 나가는 게 안전할 거야."

불사신인 나는 그녀 몰래 빠져나갔다. 벽 안에만 갇혀 있을 수가 없었다. 창가에서 브루나가 손을 흔드는 모습이 보였을 때는 더더욱. 양팔에 배급품을 한아름 안은 브루나는 잿빛 머리카락이 뒤쪽으로 넘겨져 있었고 얼굴은 작별의 예감으로 일그러져 있었다. 계단을 쏜살같이 내려가보니 브루나가 펠릭스와 계단 구석에 함께 있었다. 그녀는 재빨리 내 등에 털코트를 덮어주었다.

"자칼이야." 그녀가 축복기도를 하며 털을 쓰다듬었다. 생물의 분류 놀이에서 흉내내본 적은 없지만 그 동물은 나에게 어울렸다. 코트는 수많은 비방으로 명성에 흠을 입었어도 그것을 감내하기로 한 영리한 동물의 단호함으로 빛났다.

펠릭스는 곰털가죽을 입고 있었다. 윤기와 위협이 흐르는 고급스러운 가죽이었다. 우리는 각자의 가죽을 걸치고 제복 차림의 위협적인 사람들을 지나쳐 달렸다. 브루나가 준 물건들이 가방 안에서 요동쳤다. 우리는 오케스트라가 연주했던 구역을 지나 모든 악기를 잡아먹는 화염, 맹렬하게 명멸하면서 맡은 임무를 다하며 이를 드러내는 화염을 지나쳐 달렸다. 북의 가죽이 터지는 소리, 리드가 죽어 오보에가 훌쩍이는 소리가 들렸다. 피아노 잔해에서 천둥소리가 났다. 하지만 펄의 피아노 건반, 그것은 내 곁에 있어주었다.

"아름답지 않아?" 브루나가 SS의 서툰 도주를 바라보며 물었다.

우리는 그렇다고 대답했고 그런 진풍경을 보게 된 기쁨을 서로 이야기했다. 그리고 브루나의 파괴작업을 옆에서 돕겠다고 맹세했다. 브루나는 그 계획을 마음에 들어하지 않았다. 그녀는 힘껏 우리를 밀어냈다.

"날 두고 막사로 돌아가!" 그녀가 주장했다. "나는 이곳을 지키겠다고 약속했어."

훗날 우리는 브루나가 미리 의사와 약속했다는 것을 알게 되었다. 둘은 이런 일이 생겼을 때 병원의 가장 약한 사람들을 구출할 계획을 세워놓았고, 침대에 누워 있는 병자들에게 SS가 총을 쏘아대기 시작한 참이었다. 브루나에게는 우리를 상대하는 것보다 더 중요한 임무가 있었다. 물론, 그녀는 그런 식으로 말하지 않았다. 우리의 브루나는 자애로운 욕설만 취급했으니까.

"꺼져버려, 애송이들아. 가서 침대 속에나 숨어 있어." 그녀가 협박조로 말했다. "거기 있으면 너희 버러지들한테도 기회가 가겠지. 여기서는 말이야, 죽은 척하는 것 말고는 살 방법이 없어."

"그럼 그렇게 할래." 나는 자칼코트의 옷깃을 당기며 말했다. 이미 나는 그 코트가 내 본능을 벼리고 있음을 느꼈다. 하지만 브루나는 내 의리에 동조하지 않았다.

"네가 퍽이나 죽은 척을 하겠다. 너는 너무 활동적이야, 스타샤. 안 돼. 막사로 돌아가서 기다려. 내가 데리러 갈 때까지. 몸을 사리지 않고 버티겠다면—" 브루나가 잠시 말을 멈췄다. "너한테 끔찍한 짓을 할 거야."

"예컨대 어떤 짓?" 펠릭스가 물었다. "너의 최악이래봐야 세상의 최선이야. 나는 그 최악 말고는 아무것도 하지 않겠어. 다른 여자애들도—"

브루나가 철썩 소리가 나도록 펠릭스의 뺨을 때렸다. 펠릭스는 접촉의 기쁨으로 거의 까무러칠 것 같았지만, 브루나의 말이 빠르게 그 기쁨을 끝내버렸다.

"널 죽여버릴 거야, 펠릭스. 이 멍청한 곰새끼야. 지금 죽일 건 아냐. 오늘밤은 그냥 넘어갈 수도 있지. 제발 그럴 필요가 없었으면 좋겠어. 하지만 나치가 너를 죽이려 한다면 내가 선수를 칠 거라는 건 확신해도 좋아. 사랑하는 사람이 그놈들 손에 죽게 내버려두지 않을 거니까. 그건 나만 할 수 있어."

우리는 브루나의 말이 합리적이라고 생각했다. 브루나의 치마 허리춤에 있는 권총도 보았다. 브루나와 동료 반군들은 이 봉기를 준비해온 것 같았다. 비록 그들이 물품을 빼내고 계획을 짜던 몇 주 동안 나치 본부에서 수행된 보급품 조달을 위한 비밀파견이나 끝없이 이어진 회의, 우리의 자유가 가져올 파멸의 범위에 대해서는 알지 못했지만 말이다.

"좋아." 펠릭스가 부러 밝은 목소리로 말했다. "갈게. 막사로 돌아가 있을게. 하지만 지금만이야. 우리는 같이 여길 떠날 거야. 알겠어?"

브루나는 자신이 머뭇거리며 하지 못하는 말을 불길이 전해주기를 바라는 듯, 눈을 들어 번쩍거리는 하늘을 바라보았다.

"절대 날 기다리지 마." 그녀가 우리에게 명령했다.

그 모든 노력도 펠릭스에게는 아무 소용 없었다. 브루나와 재회할 수 없다면 그는 미래가 어떻게 되든 아무 상관 없었다.

"지금 기다리겠다는 건 아니야. 하지만 이렇게 헤어지는 거라면, 만날 장소를 먼저 정해놓아야 하지 않겠어?" 그가 제안했다. "친구라면 그래야지. 우리는 친구잖아. 그치, 브루나? 친구니까 다른 사람 손에 죽기 전에 먼저 죽이겠다는 거잖아."

브루나의 얼굴은 평소의 차가운 가면을 유지하기 위해 애를 쓰고 있었다. 그녀는 감동했다. 친구라는 단어가 그애의 이름과 나란히, 이렇게나 무방비로 불린 적이 없었던 것 같았다.

"물론이지." 브루나가 말했다. "하지만 시간이 좀 걸릴 거야. 무슨 일이 우리를 기다리고 있을지 알 수가 없잖아? 몇 달 동안 도주해야 할지도, 몇 년 동안 숨어 있어야 할지도 몰라."

펠릭스는 단념하려 하지 않았다.

"스타샤와 나는 널 기다릴 거야." 그가 말했다. "장소나 말해."

나는 펠릭스의 깊은 결의가 그애에게 일으키는 변화를, 핑크빛 한쪽 눈이 반짝이더니 다른 눈도 그렇게 되는 모습을 보았다. 나는 언제나 브루나의 눈물은 눈동자처럼 분홍색일 거라고 생각해왔지만 실제로는 내가 본 어떤 눈물보다도 투명하게 떨렸다. 브루나는 내가 자기 눈물을 본 것을 신경쓰지 않는 것 같았고 심지어 내가 손수건 대신 내민 스웨터 소매를 거부하지도 않았다.

"항상 진짜 박물관에 가보고 싶었어." 그녀가 눈물을 훔치며 말했다. "언젠가는 숙녀가 되어 예술작품을 보고 싶었어."

"그럼 진짜 박물관으로 하자." 펠릭스가 크게 숨을 들이마셨다. "조각상 앞에서 만나자. 그다음엔 차를 마시자. 어쩌면 좋은 카페가 있을지 몰라. 내가 티켓을 사줄게."

"그거참 좋다." 그녀는 그렇게 말하고 펠릭스에게 키스했다. "참 다정하구나, 펠릭스."

무엇이 브루나에게 그 초대를 받아들이고 키스를 하게 했는지 나는 알 도리가 없다. 어쩌면 브루나는 정말로 그럴 수 있다는 가능성을 보았는지도 모른다. 아니면 그저 펠릭스를 놀렸던 것일 수도 있다. 아니면 눈과 귀가 달린 사람이라면 누구나 알 수 있었던 사실, 그러니까 총성과 대규모의 선별작업이 한창인 그곳에서 대화를 질질 끄는 것이 살아서 그곳을 떠나고 싶은 사람에게는 현명하지 못한 처사라는 사실을 감지했던 것일 수도 있다. 하지만 나는 브루나가 펠릭스를 진심으로 좋아했다고 생각한다.

"약속할게." 그녀는 우리에게 다짐하고 나와 악수하더니 웃어 보였다. 그 악수에서 브루나에게 남은 눈물을 느낄 수 있었다.

사랑하는 이 악당에게 누가 어떤 말을 하든 우리 모두 브루나의 말이 진심이라는 것을 알고 있었다. 그녀의 진정한 재능은 도둑질이 아니었다. 약속, 그것이 브루나의 진짜 재능이었다. 자신의 현재가 파괴에 바쳐졌음에도 이행과 창조를 꿈꿀 수밖에 없는 사람이었다. 그녀에게는, 우리의 브루나에게는 선의가 있었다. 물론 그녀는 자신의 미덕을 숨기기 위해 무진 애를 썼다. 그래서 친절함과 관대함으로 속임수를 쓰고 사기를 쳤다. 결함으로 위장하고 몰래 돌아다녔다. 그러다 갑자기, 당신이 보지 않을 때 그 술수는 당신을 깨부수고 막무가내로 들어와 당신의 일부를 조금씩 훔쳐갔다. 마침내 빈 공간이 생겨 그곳에서 당신의 진정한 선의가 자라날 수 있도록. 브루나는 그런 식으로 사람들을 구했다. 브루나, 그녀는 우리의 처리 천사였다.

브루나가 내 손을 놓자 그제야 나는 그 약속이 얼마나 멍청한지 깨달았다. 박물관이 얼마나 많은데? 우리가 말한 곳은 폴란드였나, 유럽이었나, 전 세계였나? 바보 같은 계획이었다.

나는 실수를 깨닫고 여전히 선의가 또렷이 드러난 얼굴을 반쯤 돌린 브루나를 바라보았는데, 우리의 미래계획을 명확하게 할 짬을 내기도 전에 타우베가 삽시간에 그녀의 등뒤로 뛰어올라 목을 움켜잡았다. 그는 우리 앞에서 아주 여러 번 시전했던 그 유명한 꺾기 기술을 보여주었다. 이번에는 우리를 대상으로. 뼈에 금이 가면서 그녀의 뺨에 처음 보는 색깔이 올라왔다. 창백한 얼굴에 피가 잔뜩 몰렸다. 타우베는 브루나의 목을 완전히 꺾고, 우리를 향해 손가락을 튕겨 딱 소리를 냈다.

브루나가 스카프처럼 바닥에서 파닥거리는 모습에 우리는 털썩 무릎을 꿇었다. 새로 검게 물들인 머리칼이 반항의 깃발처럼 나부꼈다. 타우베는 헝클어진 새카만 머리를 잡아당기더니 손가락으로 비벼서 브루나가 필사적으로 숨기려고 했던 하얀색이 드러나게 했다.

"진짜로 다른 사람이 될 수 있다고 생각했나보지?" 그가 혼잣말로 물었다.

나는 펠릭스가 대답할까봐 그의 입을 손으로 막으려 했지만 그는 말할 새도 없이 눈밭으로 쓰러져버렸다. 우리는 함께 브루나를 바라보았다. 울스커트가 뒤집혀 지저분한 흰 다리가 드러났다.

펠릭스가 브루나의 스커트를 정돈해주려고 움직이자, 타우베는 그 몸이 완전히 정복당했다는 의미로 한쪽 발을 올려놓으며 막아섰다. 그는 몸을 숙여 브루나의 허리에서 권총을 꺼내 손바닥 위에 평평하게 올려놓은 다음 총부리를 우리에게 겨눴다.

"너희 둘. 여기에 뭐 볼 거라도 있나? 당장 일어서."

펠릭스가 나에게 어깨를 내주었지만 그것으로는 충분치 않았고 게다가 어깨뼈가 나를 찌를듯 뾰족했다. 그래도 나는 그에게 매달렸다. 내 발걸음 때문에 우리의 털코트가 부각되었다.

"그 코트. 어디서 났지?" 펠릭스의 입은 여전히 소리 없는 비명을 지르고 있었다. 나는 펠릭스가 브루나의 얼굴을 보지 못하게 고개를 돌려주고, 타우베에게는 의사에게 받은 선물이라고 답했다.

"말해봐라." 그가 웃었다. "원래도 그렇게 거짓말을 잘했나? 아니면 그런 능력을 준 아우슈비츠에 감사라도 해야 하는 건가?"

나는 답은 잘 모르겠지만 타당한 질문인 것 같다고 대답했다.

"타당함에 왜 그렇게 집착하지? 뭐, 아무래도 좋아." 그는 갑자기 쾌활하게 말했다. "그 형편없는 코트 잘 간직해라. 너희가 가는 곳이 얼마나 추울지 누가 알겠나?" 그는 브루나의 권총으로 우리의 등을 조준했다.

그랬다. 우리는 세상을 떠나버린 사랑하는 사람이 우리에게 간청했던 탈출의 기회를 놓쳐버린 것이다.

눈이 내리고 화염이 치솟았다. 타우베가 우리 둘을 앞질러갔다. 그는 우리를, 아이와 여자와 부상자 모두를 마지막 최후의 한 사람까지 몰아가고 있었다. 기존의 효율성은 온데간데없었다. 다른 사람을 붙잡는 사람, 넘어지는 사람, 넘어진 사람을 안아 일으키는 사람이 뒤섞여 모두가 허둥지둥 걸어가며 끌려가고 있었다.

우리는 선택의 여지 없이 그 무리에, 얼굴과 스카프와 붕대가 점처럼 보이는 사상 초유의 거대한 군중에 합류했다. 우리는 그 안에서 우리 자신을 상실했고, 그 상실이 너무도 완벽해 내 눈꺼풀 안쪽에서 타오르던 죽은 브루나의 모습조차 사라지기 시작했다. 이후 여러 해에 걸쳐 반복적으로 나타난 그 모습을 나는 잠에서 깨면 애도하는 마음으로 바라보았다. 하지만 그 순간에는 걸어야만 했다.

펠릭스는 브루나의 모습을 보며 걷는 것 같았다. 나를 지탱해주는 몸이 떨리고 흔들렸고, 꿈속에 갇힌 것처럼 말했다.

"여기에 사람이 얼마나 많은 거지?" 내가 물었다.

"모자라." 그는 그렇게만 말할 뿐이었다.

훗날 역사는 쇠약하고 움직일 수 없어 아우슈비츠에 남은 사람이 칠천 명이 넘었고, 그 나머지인 우리는 죽음의 행군, 또는 죽음에 가까운 행군을 하며 빽빽하게 떼 지어 이동할 수밖에 없었다고 기록하게 된다. 이 특별한 죽음의 행군을 하던 우리 같은 사람들이 이만 명이었다. 행군을 하다가 지체하면 사살당했고 불구여도 사살당했다. 우리의 수는 빠르게 줄어들었다. 군인들은 한 사람을 쏘아서 그 사람이 다른 사람 위로 쓰러지고 또 그 사람이 다른 사람 위로 차례차례 쓰러지는 장면을 재미삼아 연출했다. 뼈에 금이 가고, 총알이 날아가고, 탁탁 부러지는 가련한 소리가 이어지며 우리가 쓰러지면 SS는 그 몸을 밟고 지나가면서 움직이는 사람은 죄다 쏘아버렸다.

나도 얻어맞은 불구거나 주저하다가 총살당한 사람 중 하나여야 했지만, 그 죽음의 행군에서는 다른 범주에 속했다.

이 이만 명 중 상당수가 불가능한 일을 해냈다. 그들은 보급품을 어깨에 지고도 꾸준한 속도로 걸었다. 펠릭스도 그중 하나였다. 아주 잘 걸었고 심지어 휘파람도 불었다. 숨결이 소용돌이치며 생기는 작은 구름을 내가 좋아한다는 것을 알고 나를 위해 휘파람을 불어주었다. 내가 그 구름을 잘 볼 수 있었던 것은 행군하는 사람이 아니었기 때문이다. 심지어 나는 발을 헛디디지도, 절름거리지도 않았다. 나는 정문을 나와 위대한 발걸음을 세 발짝 간신히 뗀 다음 눈밭에 쓰러졌다. 펠릭스는 가방 깊숙한 곳에서 울담요를 꺼내 펼치는 것으로 대처했다. 담요가 붉은 혀처럼 눈을 덮었다. 그는 나에게 썰매처럼 담요 위에 타라고 손짓했다. 그렇게 우리는 곧 뒤쪽으로 처지게 되었다.

사람들은 힘에 대한 이야기를 많이 한다. 힘이 빠져나갔다고도 하고, 힘을 불러냈다고도 한다. 교환의 관점, 상실의 관점에서 이야기한다. 펠릭스에게는 비축된 힘이 있었다. 그가 나를 살리고 있었기 때문에 알 수 있는 사실이었다. 다른 사람을 구했더라면 내가 어떻게 알았겠는가? 나는 그렇게 생각하고 싶다. 하지만 당신이 반쪽을 잃고 조각났을 때, 극심한 슬픔을 느낄 때, 당신을 위해 좋은 일을 했다고 주장하던 사람에게 배신당했을 때는 직접적으로 닿지 않는 한 타인의 선의를 인식하기가 더 어렵다.

펠릭스의 속도가 느려지자 오히려 그의 힘이 더 잘 보였다. 그는 네 걸음마다 헛디뎠고, 여섯 걸음마다 아파했다. 휘파람 구름이 희미해졌다. 밤은 견딜 수 없는 무게로 우리 위로 내려앉고 있었다.

그래도 펠릭스는 계속해서 나를 끌고 앞으로 나아갔다.

담요 위에서 나는 많은 죽음을 보았다. 한 여자가 눈을 먹으려고 몸을 굽혔다가 죽었다. 한 남자가 질문하려고 멈췄다가 죽었다. 순식간에 총알이 머리에 박혀서.

우리는 조용한 목소리로 우리가 어디로 가고 있는지 이야기했다. 바다로 행군시켜 낭떠러지로 내모는 것일까? 아우슈비츠에서 많은 혁신이 있었으나 결국 실패했고, 아주 단순히 말해서 그자들은 우리 모두를 끝장내버리기로, 죽음의 길로 몰아가기로 결정한 것이 분명했다. 나는 경비병이 내 머리에 총알을 박아넣으면 내 불멸성을 어떻게 설명해야 할까 생각했다.

기침이 펠릭스의 폐를 사로잡아 숨이 넘어갈 듯했다. 나는 펠릭스에게 나를 버리라고 했다. 그는 걷는 게 아니라 휘청거렸다. 그런데도 나를 버리려 하지 않았다. 게다가 나는 그가 짊어진 유일한 짐도 아니었다. 펠릭스는 우리의 소지품 가방까지 등에 메고 있었다. 그는 슬쩍한 밀가루가 가득찬 스카프를 버렸다. 밀가루가 나를 때리고 하얗게 뒤덮었다. 그는 우리가 몇 주에 걸쳐 모은 빵 부스러기를 던졌다. 바람이 부스러기를 낚아채갔다. 그는 얼음 바닥에 감자를 내던졌지만 너무 힘이 없었던 탓에 겨냥한 곳까지 못 가고 가까이 떨어지는 바람에 발이 걸렸다.

나는 그것이 마지막이라 생각했다. 그가 쿵 소리를 내며 쓰러지며 머리를 세게 박고 담요 위에 뻗었다. 벌어진 입술과 빙판이 입맞춤을 했다. 행렬은 우리를 넘어 지나갔다. 치마들과 코트들이 내 뺨 위에서 펄럭거렸다. 행군하는 사람들은 우리를 밟지 않으려고 신경썼고 절름거리는 사람들도 조심조심 걸어왔지만, 모두의 걸음이 경고사격 때문에 빨라지고 있었다. 그러는 내내 우리는 그곳에 꼼짝없이 쓰러져 있었다.

나는 그에게 속삭였다. 여기서 죽다니 이럴 수는 없어. 나는 애걸했다. 죽는다고 해도 내 눈앞에서는 죽지 마. 꼭 내 앞에서 죽어야만 한다면 내가 아무것도 느끼지 못할 때 그렇게 해.

그가 기침을 하자 입 근처의 눈이 꽃처럼 피어났다. 그때가 브루나를 대신해서 그에게 키스해야 하는 순간이었던 것 같다. 하지만 그런 생각이 미처 떠오를 새도 없이 부츠가 그의 목을 눌렀다. 밑창이 벌어져 양말이 웃는 입 모양처럼 드러나 있었다. 나는 심장을 멈췄다. 내가 펠릭스의 심장도 멈추게 했다고 믿고 싶다. 펠릭스의 눈꺼풀이 파닥이는 게 보였다.

우리 위쪽에서 타우베가 한숨을 쉬었다. 신발이 펠릭스의 목에서 떨어졌다. 그는 몸을 숙여 눈 위에 뒹구는 감자를 집어들었다. 그리고 이를 드러내며 크게 한입 물어뜯더니 역겹다는 듯이 욕을 했다. "썩었잖아!" 그러고는 내 머리 위에 감자의 살점을 뱉어냈다. 하지만 그렇게 많이 썩지는 않았던지 다시 한입을 더 베어 물었다. 이번에도 뱉어냈다. 감자가 펠릭스의 이마를 쳤다. 그는 이 과정을 반복하고 또 반복했다. 그 뜨뜻한 것이 우리의 뺨과 등, 옆의 눈밭으로 떨어졌다. 그 감자에는 끝이란 게 없는 것 같았다.

그러던 그때, 타우베의 이름이 벌판에 크게 울려퍼졌다. 그의 악행이 어디에선가 필요한 모양이었다. 그가 몸을 숙여 쿵쿵거리며 우리의 냄새를 맡더니—분명 그는 우리가 살아 있다는 것을 알았다—침이 호를 그리며 떨어지도록 멀리 뱉은 다음, 뒤돌아섰다.

확실히 해두자. 타우베는 갑자기 양심의 가책을 느껴 우리를 살려준 것이 아니었다. 상사에 대한 저항감 때문도 아니었다. 그가 우리를 살려준 이유는 그가 어떤 일을 애써 열심히 하는 이유와 같았다. 그럴 능력이 있기 때문이었다.

그가 떠나고 나서야 총소리의 울림이 생각보다 크지 않다는 것을 깨달았다. 그전에는 수많은 총이 탕탕거리는 소음에 둘러싸여 꼼짝없이 걷고 있었다. 하지만 죽은 척하고 있던 사이에 그 소동의 장막이 걷혀나갔고 작게 둥둥거리는 소리만 들렸다. 총 두 자루, 기껏해야 세 자루나 될까. 탄약이 부족한, 무력한 삼위일체였다. 털털거리는 총소리가 점점 멀어지는 동안 펠릭스와 나는 계속 죽은 척을 했다.

"이제 살아나도 안전해?" 그가 속삭였다.

나는 눈 속에서 고개를 든 펠릭스를 저주했다. 누가 뒤돌아보고 그를 발견하기라도 하면 어쩌잔 말인가?

"아무도 뒤돌아보지 않아." 그가 쓸쓸하게 웃었다. "온 세상이 절대 뒤돌아보지 않을 거야. 설령 뒤돌아본다고 해도, 절대 그런 일은 일어난 적이 없었다고 얘기할걸."

나는 그의 말을 반쯤 흘려듣고 있었다. 내가 듣고 싶은 말만 듣고 나머지는 넘겨버렸다. 듣고 싶었던 것은 절대 뒤돌아보지 않는다는 부분이었다. 나는 그의 말을 들으면서 감은 눈꺼풀에 펼쳐진 벨벳 같은 어둠을 보았다. 갑작스레 눈을 꼭 감으면 그 벨벳 위로 작은 불꽃이 켜진 모습을 볼 수 있었는데, 마치 무대 주변에 설치된 풋라이트 같았다. 나는 언니를 그 무대 위로 보내 춤추는 모습을 보고 싶었고, 언니가 뭔가 새로운 시도를 하는 모습을 보고 싶었다. 어디서도 들어본 적 없는 점프, 모든 것을 전복시켜버리는 턴. 하지만 아무리 그 장면을 떠올리려고 노력해도 어둠과 드문드문 박힌 빛만 보일 뿐이었다.

"스타샤, 왜 이렇게 조용해? 진짜 죽은 거 아니지?"

"그렇진 않은 것 같아." 멩겔레가 나에게 한 짓을 펠릭스에게 말할 수는 없었다.

"나는 가끔 죽은 것 같을 때가 있거든. 우리가 죽은 거면 어쩌지? 우리 아버지는 랍비였는데 천국을 안 믿었어. 언젠가 사람들이 우리를 죽이러 올 거라는 것도 안 믿었지. 여기가 천국이면 어쩌지?"

나는 펠릭스에게 여기는 천국이 아니라고 말했다. 이렇게 엉망진창이고 끔찍한 어둠이 천국이라고? 이렇게 춥고 천둥이 치는 툰드라가 천국이라고?

"그럴 수도 있어." 펠릭스가 주장했다 "우리 같은 사람들을 위한 일종의 특별 천국지옥일 수도 있어."

"여기는 천국지옥이 아니야. 지옥천국은 더더욱 아니고."

"어떻게 그렇게 확신해?"

펠릭스를 설득하는 방법은 두 가지였다. 하나는 그를 반겨줄 쌍둥이 형제가 이곳에 없다는 사실을 지적하는 것이었다. 천국이 존재하는지는 알 수 없지만, 만약에 존재한다면 분명 우리는 혈육과 다시 만날 수밖에 없다. 왜냐하면 천국의 모든 체계는 대칭성을 토대로 하니까. 쌍둥이 형제의 다정한 발소리가 근처에서 들려오지 않는 건 확실했다. 하지만 펠릭스의 비통한 얼굴, 추위에 에인 손을 보고 있자니 사별한 쌍둥이 형제 이야기를 꺼낼 수는 없었다. 펠릭스는 부서질 듯 연약했고, 나를 끌고 안개와 불확실성이 하얀 손을 내밀어 흔드는 꽁꽁 언 광활한 툰드라를 건너왔으며, 그곳은 여전히 우리를 최대한 하찮게 만들고 싶어했다. 우리는 의사의 가운에서 떨어져나온 두 개의 단추에 불과했다. 그의 현미경 밑에 놓인 얼룩 두 점. 뼈와 조직 샘플 두 개. 우리 둘 다 보잘것없었지만 그나마 펠릭스가 나보다 강했고, 헤어진 쌍둥이 형제 이야기로 그 아이의 결의를 꺾을 수는 없었다.

그래서 우리가 죽은 게 아니라고 설득할 두번째 방법을 선택했다. 나는 서리로 무거워진 담요를 땅바닥에 폈다.

"날 다시 끌어줘. 내 무게가 살아 있는 사람의 무게라는 걸 알 거야." 나는 말했다.

펠릭스는 눈물을 훔치고 대답 대신 내 손을 잡았다. 펠릭스는 태양이 어디에 있는지 찾아보았고, 나는 펠릭스가 좇을 눈부신 위업을 인정하기라도 하듯 그의 심장이 가슴속에서 정중하게 몸을 굽혀 인사하는 소리를 분명히 들었다.

거기에 영원히 쓰러져 있을 수도 있었다. 그러나 펠릭스 때문에 그러지 않았다. 그 황무지에서 어떻게 살아남아야 하는지 우리도 몰랐다. 우리 앞에 놓인 여정을 헤쳐가기 위해 각자 무엇을 책임져야 하는지도 잘 몰랐다. 누군가는 은신처를 찾아야만 할 것이고, 누군가는 음식, 지도, 신발, 희망을 찾아야만 할 것이었다. 살아남기 위해 치러야 할 대가, 그것은 점점 커져갔고, 그럴수록 우리 둘은 점점 작아져갔다.

나는 생각했다. 펄, 너에게 과거를 맡기는 게 아니었어. 나는 이 미래를 견딜 수가 없어.

2부

펄

10장
시간과 기억의 수호자

　나에게는 아직 얼굴이 있었다. 내 이름은 몰랐지만 다른 사람들의 이름은 알았다. 아우슈비츠라는 이름을 알았다. 내가 사는 상자 바깥의 알 수 없는 어떤 세상에서 그 이름이 크게 불리는 것을 들었다. 내가 인식할 수 있는 것은 상자가 세 개라는 정도였다. 하나는 건물이었고, 다른 하나는 방, 그리고 나머지 하나는 나를 가둬둔 자물쇠 달린 철망우리였다. 나를 그곳에 넣은 건 하얀 가운을 입은 남자였다. 책상에 앉아 나에 대한 조사를 끝마친 그는 나를 우리 바닥에 쿵 소리가 나도록 떨어뜨리고 담요를 앗아갔다. 철망이 살갗을 파고들어 내가 벌거벗고 있음을 절감했다. 그는 왔다가 떠나갔다. 그는 내 어둠 속에 빛을 쏘고는 실눈을 뜬 나를, 내 반응을 보며 뭔가를 적어내려갔다. 그보다 더한 짓도 했지만 그 순간의 나는 기억하지 않는 쪽을 택했다. 그 일이 벌어졌을 때 나는 그의 이름을 알고 있었다. 하지만 그것도 기억하지 않는 쪽을 택했다.

그때 이후로는 떠올리고 싶은 게 별로 없다. 내가 오래오래 생각하고 싶은 것은 다른 것이고, 그게 내 기억이다.

세상에는 진실이 아닐지도 모르겠지만 나에게는, 그 우리 안에서는 그 기억이 진실이었다. 아주 짧은 순간 어쩌다 흘러나온, 과거의 어떤 시간과도 아주 다른 희한한 시간이 있었다. 아우슈비츠가 몰락할 때, 찰나였지만, 목숨을 빼앗겼던 사람들이 되돌아왔다. 그래서 우리의 망자들은 아우슈비츠가 몰락하는 광경을 볼 수 있었다.

그 순간 망자들은 평범한 영혼이 아니었다. 유령 같은 것도 아니었고 요괴도 아니었다. 그들은 과거에 고문당했다가 이제는 정의를 볼 수 있도록 허락받은 사람들이었다. 나는 그들의 웅성거림을, 기쁨의 소리를 들을 수 있었다. 그들에게는 사후의 짧은 삶, 자신들을 죽인 장소의 폐허를 바라볼 수 있는 시간이었다.

아우슈비츠가 몰락하며 수백만 명의 외침과 울음소리가 울려퍼지는 가운데, 두 개의 목소리가 나에게 존재를 알려왔다.

건배사를 하고 싶은데 적당한 말을 찾지 못하는 노인의 목소리가 들렸다. 첫마디를 내뱉자마자 목소리가 갈라져버렸다. 그 노인을 위로하는 한 여인의 목소리가 들렸다. 그녀는 노인에게 아이들이 죽지 않을 거라고 장담하고 있었고, 그제야 나는 그게 엄마라는 것을 알았다. 마마와 나의 제이디였다. 수용소가 불타고 경비병들이 도망가고 수감자들이 자유를 주체하지 못하는 가운데 두 사람이 나를 지켜보고 있었다.

이번에는 마마가 나를 살리려고 놀이를 제안하는 소리가 들려왔다. 나는 놀이들을 알았다. 나에게 익숙한 것이었고, 그 익숙함은 이 동물우리 밖에서 누렸던 삶에서 온 것이었다. 나는 엄마인 듯한 그 여인에게 이제 어떤 놀이가 내 편이 되어줄지 모르겠다고 말했다. 조금 움직일 수는 있지만 불구가 된 것은 확실했고, 생각은 할 수 있지만 마음이 부서져버린 것도 확실했다. 하지만 마마는 한번 해봐야 한다고 계속 고집했다.

할아버지도 그랬다.

개미가 되어봐. 제이디가 제안했다. 개미는 제 무게의 오십 배가 넘는 것을 들어올리지. 너도 그런 힘이 필요하단다.

침팬지가 되어보렴. 마마가 제안했다. 품위가 없는 대신 지능이 높지. 너도 영리해져야만 해.

바로 그때, 비둘기 한 마리가 30센티미터쯤 떨어진 맞은편 창틀에 내려앉아 기도문을 외기 시작했다. 발목에서 반짝이는 은색 띠는 그 새가 실험용이거나 전서구거나 누군가의 소유물이라는 것을 말해주고 있었다. 나는 그 세 가지 역할을 모두 떠올릴 수 있었다.

"비둘기가 되어볼게요." 나는 말했다.

비둘기는 기억력이 탁월하지. 제이디가 동조하며 중얼거렸다. 비둘기는 탐색하고 구조하고 전달해. 그것 좋구나. 다 잘될 거다.

좋은 선택이야. 마마도 동의했다. 다 잘될 거야. 마마도 똑같이 말했다.

하지만 나는 날개를 흉내낼 팔 한쪽조차 들 수 없었다. 손가락 하나만 구부려도 고통이 솟구쳐 온몸을 꿰뚫었다. 놀이가 내 편이 되어주지 않는다면 어떻게 놀이하듯 살아남을 수 있느냐고 물어보았지만, 그들의 목소리는 사라지고 없었다. 그들은 몰락을 지켜본 다음 무無의 상태로 사라져 자신들의 몰락을 완수했다. 나는 그곳에 부디 평화가 깃들기를 바랐다.

그렇게 나는 내가 여전히 살아 있다는 것을 알게 되었다. 전혀 평화롭지 않았으니까.

하지만 그 목소리들이 사라진 후로도 오랫동안 놀이를 계속했다. 쥐가 되어보자. 나는 중얼거렸다. 여우, 사슴, 코끼리가 되어보자. 나는 생물의 체계를 암송했고, 기도할 때처럼 끝맺었다. 나의 암송은 이러했다. 종, 속, 과, 목, 강, 문, 계, 다 잘될 거야.

스타샤

11장
곰과 자칼

담요 위에서 올려다보면 세상은 나의 앞과 뒤로 나뉘어 있었고, 양쪽으로 펼쳐진 설원은 비둘기의 날개 같았다. 죽음의 행군이 점점 멀어지는 사이 경비병들은 멀리서 동료 수감자들을 계속 괴롭혔고, 우리는 머릿속에서 아우성치는 절망의 소리와 함께 남겨졌다. 황무지가 우리를 선택했지만 우리는 그 선택을 받고 싶지 않았다. 우리는 가없는 대지 위를 아주 천천히 움직이며 그 어느 때보다도 마지막에 가까워졌다. 발밑의 겨울에 매달렸고, 그 아래 꽃 피는 계절이 약동하고 옹알거린다는 사실을 기억하려고 노력했다. 나는 펠릭스를 살아 있게 할 방법을, 봄까지 버틸 방법을 찾아야만 한다는 것을 알았다. 펠릭스 없이는 방향조차 알 수 없었다.

위치감각이 사라졌다. 펠릭스는 우리가 있는 곳이 아우슈비츠 바깥 마을인 스타레스타비의 숲이면 더 바랄 것이 없겠다고 했다. 하지만 여기가 어디인지는 나에게 아무런 의미가 없었다. 생물의 분류, 그것만이 의미가 있었다.

우리가 동물들처럼 강을 따라가고 있었기 때문이다. 죽음의 행군으로부터 떨어져나온 우리는 다시 태어났다. 유랑하는 동물에 더 적합하게 본능이 재구성되었다. 펠릭스는 곰이었다. 무시무시하고 카리스마 있고 길들이고자 하는 인간의 모든 노력에 저항하는 경계심 많은 약탈자. 나는 자칼이었다. 영리하고 민첩하며 파괴와 유기에 익숙한 슬픈 생물. 우리는 방향을 잃고 굶주려 있었다. 죽음의 행군에서 빠져나온 지 한 시간쯤 되었다. 아니, 한 시간이라고 생각했다는 게 맞겠다. 시간이라는 것이 진짜로 존재하는지 더는 확신할 수 없었다.

나는 내가 만만치 않은 짐이라는 것을 알았다. 그런데도 펠릭스는 망가지고 물집 잡힌 손으로 나를 끌고 가면서 자신이 사랑하는 도시에 대해 술술 이야기했다.

나는 그 도시의 이름을 묻지 않았다. 어떻게 그러겠는가? 그곳은 내가 아는 바로는 파괴되었다. 기계가 버려지고 책은 불탔고 시너고그*는 탄약공장이 되었고 사람들은 억압당했고 사라졌다. 하지만 펠릭스는 분명 여전히 그곳에도 햇빛이 비치고 있을 거라고, 조금씩 나아가다보면 나에게 그 도시를 보여줄 수 있을 거라고 말했다. 그곳에서는 일상에서 친절을 느낄 수 있고 아름다움을 숭상한다고 했다. 우리의 형제 자매 유령과 함께 그곳에서 남매가 되어 삶을 꾸려나가자고 나를 설득하는 펠릭스의 이야기를 들으며 상

---

* 유대교 예배당.

상해보니 나 자신이 아주 다른 사람이, 혀가 돌로 만들어진 것처럼 감정을 차단할 수 있는 사람이 된 것 같았다. 당장은 아니더라도 결국에는 언젠가 그렇게 될 거라고 생각하며 그 사람을 떠올리니 마음이 따스해졌다.

"그리고 언젠가는 말이야." 그가 추위로 검푸르게 질린 주먹을 흔들면서 말했다. "아무리 그 도시가 아름다워도 다시 떠나서 모든 나치를 사냥하러 다닐 거야. 그놈들에게 대가를 치르게 할 거야. 위험한 포획작전을 끝내면 항상 그 도시로 돌아갈 거야. 우리 같은 영웅에게 어울리는 장소일 테니까."

"그 도시에 대한 네 계획은 설득력이 없어." 나는 그에게 말했다. 우리는 이제 숲속 깊숙이 들어와 있었고, 잔잔한 강물소리가 귓가에 들렸다.

"지금 이게 널 설득하자고 하는 말 같아?" 그가 쏘아붙였다.

그는 담요 귀퉁이를 내려놓고 넌더리가 난다는 듯 과장되게 손을 닦았다. 그러고는 브루나가 챙겨준 꾸러미에서 물병 두 개와 감자 하나를 꺼내 내 옆 땅바닥에 내려놓았다. 나는 그의 형체가 멀어지는 것을, 곰털코트가 흔들리고 희미해져서 나무들 속으로 섞여들어가는 것을 바라보았다. 멀리 점이 된 그애의 모습에 내 손가락을 대보았다. 기차 화물칸에서부터 나는 줄곧 작별인사를 거부해왔다. 이것이 내가 할 수 있는 첫번째 진짜 작별인사였지만 마찬가지였다. 펠릭스의 이름을 외쳐 부르지도 않았고 심지어 훌쩍이지도 않았다. 그저 내 위로 한참 높이 떠 있는 멍청한 태양만 바라보았다.

태양은 주머니에 손을 넣은 채로 죄책감을 느끼며 서 있는 소년 같았다. 사람들은 태양이 그렇게 양심의 가책을 느낀다면 손쉽게 다룰 수 있으리라고 생각할지도 모르겠다. 나는 오랫동안 태양을 바라보면 내 시력이 교정될지도 모른다고 생각했다.

멩겔레가 내 눈에 한 짓 때문에 시야가 날이 갈수록 흐려지고 있었기 때문이다. 시력을 제멋대로 건드려놓더니 결국 이렇게 되었다. 보는 것마다 주위에 그림자가 어른거렸다. 내 신발, 컵, 모자. 우리의 짐꾸러미들. 나는 이 그림자의 의도를 이해할 수 없었다. 왜 내가 원하는 모든 것을 감싸안으려고만 하는 것인지, 알 수 없었다. 그냥 나한테서 떠나주면 안 될까?

"아니야, 스타샤, 난 널 절대 못 떠나." 펠릭스가 돌아와서 내 혼 잣말을 듣고 있었다. 언제나처럼. 그가 나에게 손을 뻗자 아니나 다를까 손 윤곽을 따라 까만 그림자가 보였다. "너한테서 멀어지 느라 시간을 낭비했어." 그가 말했다. "돌아오느라 또 낭비했지. 이제 네가 나를 끌어줄 차례지만 너는 못하겠지. 이런 상황에서 어떻게 했으면 좋겠어?"

나는 조만간 그를 웃게 해주겠다고 약속했다.

"당연히 그래야지." 그가 나무랐다. "하지만 그게 괜찮은 이유 가 되겠어?"

손을 뻗자 그가 일으켜세워주었다. 아무리 간단한 동작이라고 해도 힘을 쓰지 말았어야 했다. 그의 몸은 구부정하게 뒤틀려 있 었고 손은 피부가 벗겨져 있었다. 나를 붙잡자 그는 조금 움찔했고 미소를 지었지만 억지로 꾸며내는 바람에 눈썹에 앉은 서리가 훌

적 위로 올라갔다.

"펄을 위해서야." 그렇게 말한 다음 그는 성마르게 나에게 걸으라는 손짓을 했다.

나는 언니가 춤추는 상상을 했다. 펄의 발이 탁탁 박자를 맞추고, 그걸 보는 동안 내 손이 짝짝 손뼉을 치는 상상. 모든 것은 쌍으로 반복되었다.

이렇게 걷는 거야. 나는 나에게 말했다. 한 걸음, 그리고 또 한 걸음. 이렇게 태양과 함께 걷는 거야. 이렇게 눈을 헤치고 걷는 거야. 이렇게 펄을 기억하며 걷는 거야. 멩겔레의 약속이 지켜져 불사신이 되기만 했더라면 걸음걸음이 음악이었을 그 소녀를 기억하면서. 마지막 생각 때문에 나는 다시 걸음을 멈췄다. 하지만 걷지 않으면 안 되었다. 나는 발을 바라보며 다시금 걷기 시작했다.

이렇게 내가 사랑하고 여전히 살아 있는 사람과 나란히 걷는 거야. 나는 생각했다. 그 사람은 나를 버리고 갔어야 했지만 그러는 대신 나와 함께 걸었고, 숨을 곳을 찾았다. 숲속 깊숙한 곳, 쓰러진 통나무들이 벽이 되어주는 곳을. 그리고 자칼과 곰의 발로 그 벽 옆에 얕은 도랑을 팠다. 우리는 누워서 잎이 달린 나뭇가지로 몸을 가리고, 누군가 그 허술한 은신처에 몰래 다가와 성냥을 던지지 않도록 교대로 불침번을 서기로 했다.

펠릭스는 곰털을 덮고 내 옆에 옹송그리고 친오빠처럼 가까이 붙었다. 그는 자는 동안에도 맹세를 했다. 하지만 내가 예상했던 복수의 맹세가 아니었다. 그 대신 절대 다시는 혼자가 되지 않겠다고, 절대 나를 떠나지 않겠다고, 어떤 헤어짐도 우리를 갈라놓지 못하게 하겠다고 맹세했다. 그러면서 슬픔에 북받쳐 잇몸을 드러내고 이를 악문 채 발작을 일으키는 것 같아서 나는 그를 깨우는 것이 좋겠다고 판단했다.

"네 차례야." 그가 눈을 비비고 침입자가 있나 어둠 속을 들여다보며 말했다.

나는 잠들려고 애썼다. 그리고 마음속으로 빌었다. 펠의 꿈을 꾸게 해달라고. 전쟁이라고는 전혀 모르는 세상이 나오는 제일 좋은 꿈도 아니고, 아우슈비츠가 늪지상태였던 시절의 두번째로 좋은 꿈도 아닌, 멩겔레가 펠과 나에게 이 불멸을 똑같이, 동시에 선물하는 세번째로 좋은 꿈을 꾸게 해달라고 말이다. 그가 주사를 놓으면 우리는 서로를 마주보면서, 영원히 산다는 것은 끔찍한 짐이지만 늘 그래왔듯 둘이서 함께 헤쳐나가리라는 것을 확인하는 꿈이었다.

펠은 가장 좋은 것, 가장 밝은 것, 가장 재미있는 것을 가질 것이다.

나는 죄책감, 비난, 책임을 짊어질 것이다. 만약 펠이 다시는 걷지 못한다면 그만큼 내가 대신 걸을 것이다. 다시 걸을 수 있게 된 나는 멈추고 싶지 않았다. 나에게는 그것이 승리 같으면서도 두 발목에 통증의 족쇄가 채워져 있었고 동상이 아니라는 것은 알 수 있었다. 이상한 감각이었지만 내게 아직 촉각이 남아 있다는 뜻이며, 또 내 걸음이 빨라지고 조만간 점프도 할 수 있으리라는 것도 알기에 완전히 불쾌하지는 않았다.

훌륭한 의사였던 아빠가 사지와 손가락과 발가락을 잃은 사람은 오랜 시간이 지나도 잃어버린 부위에 통증이나 간지럼을 계속 느낀다고, 심한 경우에는 살점 하나 잃은 적 없는 것처럼 느낀다고 말한 적이 있었다.

하지만 내가 그런 일을 겪을 수도 있다고 주의를 준 적은 한 번도 없었다.

*

다음날 아침, 우리는 비스와강의 얇은 얼음층이 갈라져 카드처럼 이리저리 움직이는 소리를 들었다. 아침은 푸르렀다. 나무들은 구름 속으로 팔을 뻗고 있었다. 펠이 고개를 돌릴 때마다 바스락거리던 파란 리본처럼 하늘이 바스락거렸다. 우리는 담요에 쌓인 눈을 털어내고 여전히 살아 있다는 사실에 놀랐다.

갈라진 강은 거대한 흰 판이었고, 우리가 얼음 쪽으로 무릎을 꿇고 앉자 갈라진 금이 우리를 지켜보았다. 표면은 꼭 우유 같아서 나를 반겨주는 느낌이 들었다. 지구상에서 가장 신선하고 가장 순수한 표면처럼 보였다. 천막처럼 가지를 펼친 나무들 아래에는 어둠이 웅크리고 있었지만 굴속으로 들어가려고 애쓰는 토끼 한 마리가 보였다.

"불구야." 펠릭스가 상처난 다리를 가리키며 말했다. 나는 빵칼이 토끼를 찌를 때는 고개를 돌렸지만 가지에 토끼를 매달아 털을 벗겨내는 모습은 보기로 했다. 그는 입으로 눈알을 빼낸 다음 뼈를 발라냈다.

"먹어!"

"불 피우면 안 돼? 잠깐이면 되는데."

"너도 알잖아. 이런 숲에는 우리를 잡으려고 작정한 사람들이 있어. 신나서 유대인을 잡아대는 나치까지 갈 것도 없이."

그는, 펠릭스는 점점 아버지 같아지고 있었다. 그는 내 일이라면 안달을 했다. 자주 엄한 목소리를 냈다. 계속 거부하면 내 입에 날고기를 욱여넣을 게 분명했다. 협조하는 편이 나았다.

그는 핏덩이 같은 고기를 열심히 씹으려고 했다. 이가 없어 씹는 게 어려웠다. 그래서 나는 그를 위해 고기를 씹어서 손바닥에 뱉어 내밀었다. 고맙지만 당황스럽다—그런 표정을 지어 보이면서도 그는 씹은 고기를 받아 약처럼 입에 넣고 삼켰다. 내게도 먹으라고 종용했는데 사실 그것이 더 어려운 일이었다. 하지만 말싸움하는 게 피곤해서 먹기로 했다.

"네 힘을 길러야만 해." 펠릭스가 고개를 끄덕였다. "뼈다귀만 남아서야 우리가 맹세한 복수를 할 수 없으니까."

나는 동의했다. 복수, 내가 가장 바라는 것이었지만 우리 같은 실험대상이 감당할 수 있는지 의심이 들기 시작했다. 나는 이미 한번 시도해본 적이 있었다. 멩겔레는 미꾸라지처럼 잘도 빠져나갔다. 나는 그의 내면에서 삶이 오랫동안 응석을 받아준 한 꼬마 소년을 보았다. 하지만 삶이 늘 응석을 받아주는 건 아니다. 그렇지 않은가? 우리가 이렇게 약해진 상태에서 진정 그를 죽일 수 있는 기회가 올까? 그가 어디 있는지조차 짐작도 가지 않는데.

내 동료는 빵칼로 나무기둥을 찔렀다. 여러 쌍의 깊은 칼자국을 내고 있었다. 골몰한 채로 하나, 둘, 하나, 둘. 그러더니 불현듯 뭔가 생각난 듯 몸을 돌려 나를 기묘하게 바라보았다.

"해야 할 말이 있어." 그가 조심스럽게 말했다. "내가 이야기해온 도시는 예전에 살던 곳이 아냐. 거짓말했던 거야. 선의에서, 너를 설득하기 위해서였지만. 거긴 바르샤바고, 애초부터 너를 거기로 데려갈 생각이었어."

나는 무슨 이유로 그가 나를 그런 폐허로 데려가려고 하는 건지 알 수 없었다. 내가 아무리 아우슈비츠에 격리되어 있었어도 그가 말하는 장소가 역사상 가장 처참하게 파괴된 도시에 조만간 이름을 올리리라는 것을 모르지는 않았다.

"바르샤바보다 더한 폐허는 없어." 내가 말했다.

그는 웅크리고 앉아 빵칼로 눈밭을 찔러대기 시작했다. 하나, 둘, 하나, 둘. 단호한 동작으로 자신의 주장을 고수하고 있었다.

"하지만 우리가 죽이려는 사람이 그곳에 살아 있어." 그가 말했다. "내가 엿들었어. 그자가 막판에 너무 조심성 없이 떠들고 다녔거든. 병원 벤치에 앉아서 기다리는데 앞으로의 계획을 전화로 이야기하더라고. 바르샤바로 도망칠 거래. 거기서 누군가를 만날 예정이랬어. 아마도 페르슈어와 통화하고 있었던 거 같아. 그 인간들은 우리에 대한 문서, 귀중한 자료들을 가지고 있어. 연구결과나 정보가 담겨 있을 거야. 아니면 뼈 같은 거나 그놈의 전쟁자재, 네가 계속 얘기하던 슬라이드도 있겠지."

나는 펠릭스가 왜 이제야 이런 말을 하는지 이해할 수 없었다. 왜 미리 알려주지 않은 것일까? 나는 그의 옆에서 같이 눈을 파헤쳤다. 상황을 이해하기 위해 눈을 뒤적여본 적이 있는가? 별로 추천할 만한 짓은 못 된다.

"네 말이 진짜라고 치자." 내가 물었다. "다른 얘기 더 들은 건 없어?"

"어, 글쎄." 그는 마치 응접실에 앉아 찻잔에 설탕을 넣는 사람처럼 대수롭지 않은 투로 말했다. "바르샤바 동물원에 관한 얘기도 있었어."

"그가 가보고 싶어할 만한 곳이네." 내가 말했다. 동물원의 수많은 동물우리가, 그곳에서 다양성의 비결을 모으고 나누고 작업하며 무척이나 좋아할 멩겔레가 떠올랐다.

"그럴 거야. 그렇겠지?" 그는 자신이 설득에 재주가 있다는 듯 묘하게 즐거운 목소리를 냈다.

솔직하게 말해 그 허무맹랑한 이야기에 이치에 맞는 구석은 하나도 없는 것 같았지만 의심하고 싶지 않았다. 이번만은 무엇인가를 믿는 것이 좋겠다는 기분이 들었다. 그래야 내가 진짜라고 느껴졌다. 무언가를 믿고 있는 동안 나는 조금 덜 실험대상 같았고, 조금 더 소녀 같았다.

그래서 그곳 비스와강 둑에서, 성당 모양의 나뭇가지와 눈밭이 펼쳐진 곳에서 다음 내용이 결정되었다. 우리는 바르샤바에 가서 멩겔레의 목숨을 끊는다. 그가 모은 슬라이드, 뼈, 수치, 샘플을 되찾는다. 빼앗고 또 빼앗은 뒤 그가 저지른 악행의 증거로 턱수염 한 올만 남겨둔다.

그는 우리를 괴물로 만들려고 했다. 하지만 결국 괴물이 된 것은 본인이었다. 우리는 맹세했다. 미래의 무고한 사람들은 보호받아야 하고, 그러고 나서 그의 악행에 보복이 이루어질 거라고. 펄의 이름으로 우리는 그를 죽일 것이다. 나는 그의 눈을 떠올렸고, 몰래 다가간 나를 알아챘을 때 그 눈을 물들일 공포를 생각했다. 그의 항복을 떠올렸고, 그 불경스러운 흰 가운이 팔을 허우적거리는 모습을 생각했다. 그는 비명을 지르고 애걸할 것이다. 우리는 그가 애걸하도록 내버려둘 것이다. 즐거운 광경일 테니까. 그러다 재미없어지면 그를 단죄할 테지만, 인간성을 완전히 잃지는 않았기 때문에 신속하게 처리할 것이다. 우리가 살아남아 정의를 좇고 있었다는 것을 깨닫고 충격받은 그의 표정은 우리의 성난 영혼에 충분한 전리품이 될 것이다.

그리고 바르샤바 동물원의 동물들은 분명 곰과 자칼의 승리를 목도하며 즐거워할 것이다. 목소리를 높여 까악거리고 킬킬거리고 깔깔댈 것이다. 그 소리가 너무도 커서 죽은 펄조차 그 복수가 우리의 것임을 알게 될 것이다.

12장
또다른 탄생

여전히 기억에 남은 것들이 있었다. 닫힌 문들, 비명, 바닥을 긁는 소리. 맞은편에는 다른 사람이 갇혀 있었는데, 그는 밤낮으로 시를 읊었다. 듣기 좋으면서도 어딘가 친숙한 목소리였다. 낭송이 언제 멈추었는지 정확하게 생각나지는 않고 그저 목소리가 끊기자 진짜로 듣기나 했던 것인지 궁금해졌던 것만 기억에 남아 있다. 어쩌면 시 애호가의 목소리라고 상상했던 것은 그저 천장에서 물이 새는 소리였을지도 모르겠다. 음악적으로 똑똑 부드럽게 떨어지던 소리. 이것만은 확신할 수 있다. 나는 그 소리와 이야기를 나누려고 했고 도움을 구했지만 소리는 나를 도와주지 않고 멎어버렸다는 것.

종, 속, 과, 목을 외고 누워 있으면 주변을 들쥐들이 찍찍거리며 돌아다녔다. 희미한 어둠 속에 수염과 코와 작은 발이 보였다. 그들과 내 신체 부위가 다르다는 것, 내가 인간이라는 것은 알았지만 나는 계속해서 그들을 흉내내 코를 킁킁거리며 후각에 의존했다. 녹, 쓰레기, 발목 둘레에 말라붙은 피, 물웅덩이 같아진 배를 꿰맨 자국의 냄새를 맡았다. 들쥐들에게 내가 맡은 냄새에 대해 말했지만 그들은 신경쓰지 않았다. 나는 더 많은 냄새를, 가능한 한 모든 냄새를 맡으려고 노력했지만 죽음의 냄새 말고는 달리 더 맡을 것도 없었다.

죽음의 냄새는 광적으로 날뛰지 않는다. 주변에 죽음이 충분하면 그 냄새는 이상하게도 공손해진다. 거리를 두고, 콧구멍과 협상하려고 하며, 어느 시점부터는 자신에게 너무 익숙해져 거의 알아채지 못한다는 사실을 음미한다.

그런 정중함에도 불구하고 나는 그 냄새가 싫었다. 다른 냄새를 맡을 수 있도록 나를 단련하고 싶었다. 그것이 내게 허락된 활동이었고, 시간을 보낼 만한 일이기도 했다. 하지만 들쥐는 이 기술의 선배가 되길 거부했다. 창틀의 비둘기는 떠난 지 오래였다.

스스로를 훈련해야 할 것 같았다. 만약에 이 후각을 유지한다면 동물우리에서 풀려나도 세상이 여전히 나를 원할지 모른다는 생각이 들었다. 나는 목소리의 주인공들로 회상을 시작해보았다. 마마에게는 제비꽃향이 났다. 제이디에게는 오래된 부츠의 냄새가 났다. 파파, 파파한테는 어떤 냄새가 났는지 기억나지 않았지만 크게 신경쓰지 않았다. 왜냐하면 기억을 가로지르는 다른 길을 발견했기 때문이다. 혹은 내 고통이 발견해주었다고 할 수도 있다. 두 발이 두들겨맞고 부풀어오른데다 발목뼈는 부러져버려서 너무 큰 라벤더색 부츠처럼 다리 끝에 달려 있다는 것을 알았을 때, 파파라면 모든 것을 고쳐줄 거라는 생각이 떠올랐다. 파파는 부르기만 하면 내게 와서 치료해줄 것이다.

기억이 났다. 파파는 의사였다. 나는 기억하고 있었다.

이 발견이 너무 엄청나서 다른 발견에는, 아주 다른 종류의 발견에는 주목하지 못했다. 그것은 내가 이 우리를 뛰쳐나가게 되더라도 제 발로 걸을 수는 없으리라는 깨달음이었다.

*

나중에 듣기로는 1945년 1월 27일이었다고 하는 그날, 발소리가 방안으로 밀려들어왔다. 말소리는 내 머릿속에서 들었던 모국어와 비슷했지만 모국어는 아니었다. 내 모국어는 폴란드어였다. 소리와 의미는 비슷했다. 러시아어로 이야기하고 있구나. 나는 생각했다. 러시아어 대화는 점점 커졌고, 쿵쿵거리는 부츠소리가 나란히 들려왔다. 두 개의 붉은 점이 내가 있는 쪽으로 흔들리다 곧이어 별 모양이 되었다. 그렇게 나는 그들이 군인 모자를 쓰고 있다는 것을 알게 되었다.

누군가가 내가 있는 구석에 이리저리 빛을 비추고 천장까지 훑어보았다.

부츠와 별은 어둑한 곳을 돌아다녔다. 불빛이 여러 개가 되었다. 발 헛디디는 소리, 물건 떨어지는 소리가 났고, 철망이 콘크리트 바닥에 챙강 떨어지고 도구와 트레이가 시끄러운 쇳소리를 냈다. 군인들은 주먹으로 상자들을 세게 치며 사파리에 온 것처럼 누가 본 광경이 가장 흥미롭고 괴기한지 논쟁을 벌였다. 그들이 말하는 온갖 참상을 듣고 있자니 어둠이 그런 광경을 가려주고 있었다는 것에 잠시 고마워졌다. 그리고 내 이야기로 그들의 대화에 도움을 줘야겠다는 생각이 들었다. 어쨌거나 그들은 여기서 벌어진 온갖 일에 관심이 있는 것 같았으니까. 하지만 입을 벌려 말을 하려고 해도 그저 갈라진 소리밖에 나오지 않았다.

"무슨 소리 들리지 않았어?" 걸걸한 목소리의 군인이 물었다.

"들쥐소리야." 다른 사람이 대꾸했다.

손전등 불빛이 내 맞은편 벽을 비추고 벽 위를 비추었다가 내가 있는 동물우리로 향했다.

"너무하군." 어느 목소리가 말했다. 놀라움에 목이 멘 소리였다. 다른 이들도 정말 불쌍하다고 말했다. 아이가 너무 어려 보여. 참 안됐군. 이 작은 몸에 무슨 짓을 한 건지.

그 말을 듣고 나는 외쳤다. 그들이 관심을 쏟는 그 아이에게 말하고 싶었다. 이런 말을. 네가 여기 있는 줄 진즉에 알았더라면 좋았을 텐데! 나를 무례하다고 생각하지 말아줬으면 해. 천장에서 떨어지는 물이랑 대화할 때 너를 빼놓을 생각은 없었어!

하지만 그런 말을 외쳤을 때도 물론 그르렁거림과 숨밖에 나오지 않았다.

내 목소리는 연기煙氣에 지나지 않았다.

위쪽에서 불빛이 흔들렸다.

"죽었나?" 손전등을 든 사람이 물었다.

"안 죽었을 리가 있어?" 다른 사람이 대답했다.

"분명 무슨 소리를 들었는데. 말하려고 하는 것 같았어."

"여기는 너무 많은 소리가 들려. 귀가 계속 울린다고."

그리고 그는 다음 구역으로 이동해야 한다고 말했다. 다른 사람이 와서 내 시체를 수거하면 된다고. 두 번 생각 않고 가버리겠구나 확신했지만, 그때 그들이 내 흘쩍임을 들었다. 목소리 걸걸한 군인이 자물쇠를 찾아 만져보더니 도끼를 집어들었다. 구해주려고 그런다는 것을 알고 있는데도 도끼날이 다가오자 나는 몸을 동그랗게 말았고, 다른 군인은 계속 나를 달래며 "나, 나" 하고 말했다. "아무것도 아니야"라는 뜻이었는데 제이디가 나를 어르며 재워줄 때 하던 말이었다. 그 말에 동의하고 싶었다. 나는 아무것도 아니라고 말하고 싶었다. 그 남자가 나를 아무것도 아니게 만들어버렸다는 말만이라도 하고 싶었다. 너무 조그맣게 만들어버려서 이 어둠을 빠져나가고 싶은지 어떤지도 모를 지경이었다. 부들부들 떨면서 혀를 꼭 물고 천장에서 새어드는 빛을 보고 있자니 사는 걸 더이상 감당해내지 못할 것만 같았기 때문이다.

하지만 그 걸걸한 목소리의 군인은 내 말을 들으려 하지 않았고, 자물쇠를 부수고 나를 풀어주기로 작정한 것 같았다. 그래서 나는 그의 손길에 몸을 맡기고 심연으로부터 들어올릴 수 있게 해주었다. 그렇게 나는 빠져나왔고, 자유의 몸이 되었다.

탄생도 이런 것이었을까?

궁금해하지 않을 수 없었다.

나는 그 상태로 숨을 쉬느라 헐떡거렸고 불빛 때문에 실눈을 떴다. 아기처럼 벌거벗은 채였다. 손은 양옆으로 축 늘어졌다. 모든

면에서 젖먹이 같았다. 하지만 세상의 어떤 아기가 얼굴에 상처가 있겠는가? 어떤 아기가 가장 깊숙한 몸속 장기를 적출당하고, 수술 후에 대충 꿰매놓은 자국을 가지고 있겠는가? 갓난아이는 갓 태어났기 때문에 걸을 수 없다. 나는 전혀 다른 이유로 걸을 수 없었다.

목소리가 걸걸한 군인이 나를 품에 안았다.

"이런 건 처음 봐." 그가 말했다.

"울지 마!" 그의 동료가 나를 보며 말했다.

나는 맞받아치려고 다시 입을 열었다. 나는 상자 안에서 끔찍하게 지냈을지도 모르고, 쇠약해졌고, 다리를 쓰지 못할지도 몰라요. 엄청 큰 무언가가 내 안에서 사라졌다는 걸, 너무 커서 온전한 한 사람에 달하는, 적어도 작은 소녀 하나에 맞먹는 것이 사라졌다는 걸 알아요. 그래도 나는 절대 안 울었어요. 그때 물방울 하나가 내 뺨에 떨어져, 그 말이 나를 향한 것이 아니라 나를 안고 있는 그 걸걸한 목소리의 남자를 향한 것임을 깨달았다. 떨고 있던 남자는 내 혀가 자기 충격과 기쁨의 증거를 찾아 천천히 움직이는 모습을 보았다.

"이것 좀 봐!" 그가 말했다. 그리고 울었다. "내 눈물을 마시고 있어!"

13장
밀짚 신전

떠돌아다닌 지 삼 일째 숲을 빠져나오니 율리안카 마을 근처였다. 감자 두 알밖에 가진 게 없었고 서리의 습격을 받은 구부정한 동물 꼴이었다. 광대한 푸른 하늘이 활짝 열렸고, 구름은 이렇다 할 형체 없이 읽히지 않는 모양을 고집하며 하늘 높이 아무것도 두려울 것 없다는 듯, 굶주림도 추위도 죽음의 천사*도 두렵지 않다는 듯 도도하게 떠 있었다. 나는 구름들한테 나도 더이상 멩겔레가 두렵지 않다고, 너희만 그렇게 막강한 것은 아니라고 말해주고 싶었다. 펠릭스의 계획도 못 들은 거야? 나는 하늘에 대고 들으라고 소리쳤다.

대답처럼 쿵 소리가 멀리서 들려왔다. 희미하긴 했지만 둔중한 폭발음이었다.

---

* 멩겔레의 별명.

당황한 펠릭스가 빠르게 주변을 훑더니 한 손으로 내 입을 막고는 내가 빈 상자라도 되는 것처럼 감싸고 바닥에 엎드렸다. 나를 얼음장 같은 바닥에 꽉 붙들어놓고 내 멍청한 외침을 들은 사람이 없나 주변을 살폈다. 다행히 아무도 보이지 않았다.

"미쳤지." 펠릭스는 그 말만 했다. 하지만 말에 감정이 이입된 듯했다. 그도 미칠 것 같았던 게 분명했다. 왜냐하면 우리는 그 어느 때보다 텅 비어 있었기 때문이다. 드물게 갖는 휴식시간마다 배고픔이 몸을 관통했고 겨울은 구멍난 신발로 엿보이는 발가락을 가져가겠다고 위협했다. 지독한 궁핍으로 미칠 것 같은 와중에 폭발음은 꽤나 현실적이었다. 다음날, 우리는 그것이 총성이 아니라 유대인 반군이 몇 킬로미터 떨어진 길을 폭파하던 소리였음을 알게 되었다. 하지만 초저녁의 손아귀에서는 그 소리의 친근함을 알아낼 길이 없었다.

그런데 난데없이 아주 먼 곳에 황금기둥이 보였고, 우리는 풍경의 변화에 힘을 얻어 그 반짝이는 것을 향해 달려갔다.

눈이 흩뿌려진 황동종 같은 밀짚 신전이 점점 확고하게 솟아올랐다. 가까이 갈수록 그 황금기둥이 끌어들인 사람들이 우리만이 아니라는 것을 알 수 있었다. 짚단 가장 아래쪽에는 굴을 내느라 짚더미가 빠져나와 있었다. 내팽개쳐진 밀짚 뭉치, 얼음 바닥에 흩어진 금빛 지푸라기. 뒤편의 얇은 밀짚 벽 너머 우리를 엿보는 눈들이 있었다. 별자리처럼 여기저기 흩어져 똑같이 반짝였다. 그 눈빛이 친근하다는 생각이 들었지만 나는 전에도 친근한 눈빛에 속았던 적이 있었다.

덫인가? 속임수인가?

또다시 폭발음이 어둠 속에 울려퍼졌다.

논쟁하기도 전에 펠릭스가 짚으로 된 벽을 헤치고 허둥지둥 들어갔다. 따끔거리는 굴속 깊숙이 나를 끌고 기어들어갔다. 손과 무릎으로 엎드려 기어가는 동안 옆구리가 서로 찰싹 붙어 있어서 어디부터가 펠릭스고 어디까지가 나인지 잘 알 수 없었다. 들리는 소리와 보이는 것만 따지면 내가 반가움을 느꼈을 거라고 생각할지도 모르겠지만, 뭔가 불확실하고 이제 돌이킬 수 없다는 느낌뿐이었다.

그런 불편함을 가중시킨 것은 그 건초더미 안의 인구과잉상태였다. 안에 있는 도망자들이 움직이면서 짚더미가 들썩거렸다. 기어들어온 사람은 우리만이 아니었다. 어둡기는 했지만 다섯 명의 형체를 분간할 수 있었는데, 다들 가장자리에 앉아 있고 모두 몸집이 아주 작아서 가장 나이가 많은 아이도 일곱 살이 넘지 않는 것 같았다. 하지만 우리에게 쏟아진 욕설은 꽤나 어른 같았다. 그들은 체코어로 말하며 덤비듯 다가왔다. 우리는 그 언어 몰라요. 펠릭스와 내가 말했다. 그러자 몇몇 목소리가 폴란드어로 바꿔서 욕했다. 우리를 욕하려면 그렇게 해야죠. 우리는 말했다. 그리고 이렇게나 비좁게 만들어서 미안하다고 사과했다.

"너희는 여기 있으면 안 돼." 남자 목소리가 위협했다. 꽤 유창한 폴란드어라는 생각이 들었다.

"왜 안 돼요?" 우리도 공격적으로 되물었다.

"공간이 없어! 외부인한테 치이려고 탈출한 게 아니라고. 나가!"

"하지만 우리 덕분에 이 안이 따뜻해지잖아요." 내가 지적했다. 빼곡히 들어찬 사람들의 체온 덕분에 온도는 아주 적당했고 천장이 얼마나 낮은지 머리를 움직이면 지푸라기가 경쾌하게 정수리를 간지럽혔다. 주인이 우리를 반기는지는 딱히 신경쓰이지 않았다. 나는 이 황금빛 궁전의 호의를 지나칠 수 없었다.

"너희 덕분에 따뜻해지는 건 맞다." 남자 목소리가 수긍했다. "하지만 우리만으로도 충분히 따뜻해. 너희가 우리 어머니를 밀어내고 있고. 여긴 보이는 것만큼 넓지 않아. 게다가 우리 거야. 우리가 맨손으로 이 굴을 파냈다고! 겨울에 그게 얼마나 어려운 일인 줄 알아? 가장 절박한 사람만이 이런 기적을 일굴 수 있는 거야!"

나는 그의 의견을 존중했지만 움직일 생각은 없었다. 밀짚 속은 무척 아늑했다. 한때 내가 알았던 여름 날씨에 웅크리고 누워 있는 것 같았다. 지푸라기 향내도 무척 달콤했고, 안에 있는 사람들의 냄새도 그리 심하지 않았다. 그곳에서 계속 살 수 있을 것 같았고 떠나기를 주저하는 마음에 그 생각이 점점 분명해졌다.

커다란 한숨소리가 들렸다. 아이들의 어머니가 깊은 한숨을 내뱉은 것 같았다. 예의 달변가가 다시 우리에게 말했다.

"얘들아, 너희는 떠나야 해! 미안해. 공간이 없어!"

탈진감이 덮쳐와 나는 그저 울 수밖에 없었다. 그리고 내 눈물이 그 작은 사람들 중 누구에게 떨어지는지도 신경쓰지 않았다.

"스타샤!" 펠릭스가 속삭였다. "진정해!"

그 명령에 건초더미 전체가 조용해졌다.

"스타샤?" 남자 목소리가 말했다. "펄 동생?"

그는 아는 척을 했지만 일단 나는 누구신지 잘 모르겠다고 고백했다.

"펄을 본 적이 있어요?" 대뜸 캐묻는 내 절박한 몸짓에 건초더미가 쓰러질 뻔했다. "아니면 펄에게 무슨 일이 생겼는지 알아요?"

"아니, 본 적 없어." 남자 목소리가 말했다.

거짓말. 나한테는 거짓말로 들렸다.

"누구세요?" 펠릭스가 물었다. 그는 전통적인 생물의 분류대로 영락없이 곰이었다. 방어적인 내면과 으르렁거림이 목소리에 어려 있었다. 브루나와 제이디 둘 다 펠릭스의 성취를 자랑스러워했을 것이다. 하지만 남자는 그의 질문에 시원하게 대답했다.

"나는 너희가 정어리라고 부르던 사람이다." 그가 말했다.

목소리가 차분하고 용감했다. 통조림 생선에서 나는 기름진 맛이나 쪼그라든 모양새와는 거리가 멀었다. 신사다운 릴리퍼트에게 그보다 더 어울리지 않는 말은 상상할 수 없었고, 그가 그토록 의연하게 마주한 말에 담긴 조롱을 의식하고 나는 고개를 떨구었다.

"미안해." 펠릭스가 말했다. "진심으로. 용서를 구해도 부족하겠지만."

가족을 데리고 이 밀짚 신전의 주인 역할을 하던 이는 미르코였던 것이다. 우리는 그들에게 사과해야 했다. 왜냐하면 동물원의 아이들은 브루나가 시키는 대로 릴리퍼트를 모두 정어리라고 불렀기 때문이다. 이제는 정어리들이 우리의 보존제가 되어줄 것 같았다.

동료 생존자들과 다시 만났다는 것을 알게 되자 온 세상이 이 밀짚더미 안에 있는 느낌이 들었다. 그게 전부였다. 이 밀짚더미 안에서라면 행복하지는 않겠지만 아주 잠시나마 행복을 흉내낼 수 있다는 희망이 있어. 나는 생각했다. 우리는 죽음을 함께 헤쳐왔다. 우리가 어떻게 이 밀짚더미의 친밀감을 바라지 않을 수 있었을까?

"이 여자애는 내 친구야." 미르코가 다른 사람들에게 말했다. "옆에 있는 아이는 잘 생각나지 않지만, 여자애는 보석 같은 아이야. 역시 많은 걸 잃었고."

내가 얼마나 많이 잃었는지를 왜 그렇게 잘 아는지 묻고 싶게 만드는 목소리였다. 안타까움이, 내 슬픔의 원리를 잘 안다고 말해주는 듯한 이해심이 묻어났다.

"너는 저애를 잘 몰라." 다른 목소리가 말했다. 미르코의 어머니였다. "우리가 그렇게 무시당하고 지낼 때를 다 잊고 요즘은 아우슈비츠 출신이면 모두 친구라고 여기는 것 같구나. 이렇게 살아야 하는 거니? 떠돌이들을 받아주고 친구인 척하면서?"

볏짚 속의 모두가 동의하는 것 같았다. 다 같이 힘차게 끄덕이는 바람에 짚단이 요동쳤다.

"이 아이는 멩겔레의 애완동물이었어요." 미르코가 단호하게 말했다. "우리 같은 존재가 되는 게 어떤 일인지 아는 애예요."

나를 옹호하는 발언인데도 맞받아치지 않을 수 없었다.

"나는 멩겔레의 애완동물이 아니었어." 나는 말했다. "펄도 그렇고. 나도 아냐."

"네가 어떤 존재였는지는 몰라." 미르코가 한숨을 쉬었다. "하지만 그자는 공포와 호의를 뒤섞어버릴 줄 아는 사람이었지. 그건 맞아?"

"맞아." 내가 말했다. 하지만 여전히 항변하고 싶었다. 멩겔레가 미르코에게 준 라디오 이야기로 그를 책망할 수도 있었다. 그의 어머니에게 식사 때 쓰던 레이스 식탁보 얘기를 할 수도 있었고, 우리가 상자같이 작은 침대의 나무가시에 찔리며 검은 십자가 무늬가 있는 머릿니를 벗삼아 지내는 동안 그들이 지내던 궁전 같은 방 이야기를 해서 온 가족과 맞설 수도 있었다. 하지만 그러지 않았다. 그렇게 폭발해버리는 걸 펄이 원하지 않아서이기도 했지만, 더 중요한 질문이 있어서였다.

"펄을 본 적 있어?" 내가 물었다. "분명 본 적 있을 거 같은데."

미르코는 내 질문을 못 들은 척하며 자연스럽게 말을 돌렸다.

"우리 할아버지가 오비디우스의 『변신 이야기』를 통째로 암송할 줄 알았던 거 너도 알지? 나한테는 불가능한 엄청난 위업처럼 보였지. 그래도 능력이 닿는 한 따라 해보려고 노력했어. 이미 나는 창조 이야기를 완벽하게 소화했어. 스타샤, 세상의 시작이라는 거—너는 어떻게 생각해?"

"거짓말하는 거 같은데." 나는 속삭였다. "네가 펄을 본 적 없다고 거짓말하는 거 같은데 안 고마워. 나한테서 펄이 당한 고통을 덜어주려 하는 거지. 하지만 펄이 죽은 다음에는—그 고통은 내 몫이라고!"

짚단 속 목소리 몇몇이 웅얼거리며 동의하는 것 같았다. 하지만 미르코는 자기가 나보다 언니를 더 잘 안다는 듯 단호했다. 그런 확신이 생길 만큼 두 사람이 언제 함께 지냈던 것인지 궁금해졌다.

"펄은 네가 새로운 삶을 살길 바랄 거야." 그가 슬픔에 잠겨 말했다. "그애도 동의할 거야. 네가 다시금 세상의 시작이라는 걸 원하길 바랄 거라고."

나는 그냥 끝나버리는 것도 좋다고 대꾸했다.

내 친구는 암송으로 답했다.

바다도 대지도 하늘도 생기기 전
자연은 형체도 없이 어디나 비슷한 모습이었다
혼돈이라 불리던 그것은 온통 어지럽고 모양도 없는 물질
움직임 없는 덩어리에 지나지 않았고 그 혼란 속에서
원자들은 반목하며 전쟁을 벌이고 있었다

그가 이른바 우리의 새로운 시작을 이야기하는 동안, 나는 짚단 벽에 작은 구멍을 내 멀쩡한 눈으로 밖을 내다보았다. 밖으로 보이는 하늘은 붙잡혀본 적이 없을 텐데도 나만큼이나 지쳐 있었다. 하늘은 언니의 죽음에 대해 자세히 알까? 몰락과 먼지와 불 속에서 만들어진 저 별들은 고통과 재생의 의미를 알고 있다. 그 정도 지혜라면 그들의 존재를 정당화하기에 충분하다고 나는 생각하곤 했다.

하지만 그들은 여전히 고집스럽게도 아름다웠다.

"너한테도 내가 보고 있는 게 보여?" 펠릭스가 물었다. 그도 따로 작은 구멍을 낸 것이다.

"별이 보여." 나는 그렇게만 말했다.

"화장장이 안 보여." 그는 그렇게만 말했다.

*

건초더미의 작은 틈새들 사이로 이른아침이 반짝였다. 우리는 한배에서 난 새끼 고양이들처럼 등을 맞대고 우리를 입양해준 가족 품에서 잠이 들었다가, 신전 내부가 황금빛으로 반짝이는 광경과 마주했다. 눈을 비비면서 나는 우리까지 들어오면 공간이 정말 없다는 말이 사실이라는 걸 알았다. 건초더미를 파낸 공간은 0.3제곱미터 정도였고, 똑바로 앉자 꽁꽁 언 밀짚에 머리가 닿았다.

그래도 나는 펠릭스에게 이곳에 있고 싶다고 말했다. 진심이었지만 펠릭스는 웃음을 터뜨렸다. 지금껏 괴롭기만 한 상황에서 살아왔다고 말할 수도 있었다. 펄이 먼저 나간 양수 속 세계. 제이디의 코트 자락 안쪽. 시큼한 냄새가 나던 통 속. 동물원이야 말할 필요조차 있을까? 하지만 나는 이 논리를 혼자만의 생각으로 남겨놓기로 했다. 펠릭스가 나를 비웃을 걸 알았고, 게다가 이제 다른 사람들도 있었으니까.

미르코의 누이 파울리나가 아이 둘을 데리고 우리 맞은편에 앉아 있었다. 남자 하나와 여자 하나로 졸음이 가득한 표정에 땅콩만한 귀여운 아이들이었다. 나는 여자아이의 머리를 땋아주는 파울리나의 손가락을 바라보았다. 내 시선을 알아차린 그녀가 미소를 지었다. 나는 빤히 바라본 것을 사과하고, 내 안에 가족과 손길에 대한 열망이 솟구쳐 그랬다고 설명하려 했지만 다음 순간 해명의 의무에서 벗어날 수 있었다. 미르코와 그의 어머니가 각각 눈이 담긴 양철컵을 들고 짚을 헤치고 들어왔던 것이다. 사람들은 컵을 돌려가며 목을 축였다. 그다음 미르코가 주머니에서 돌돌 말린 고기 한 뭉치를 꺼냈다.

"소련군한테 받았어." 미르코는 나와 펠릭스에게 설명하며 빵칼로 고기를 조각냈다. "그들이 들어온 다음에 환심을 샀지. 우리가 노래를 좀 불러줬거든. 그랬더니 탱크에 태워서 스타레스타비를 지나 이 들판에 데려다줬어. 숨어서 계획을 세우기에 더없이 좋은 장소 같았지. 어머니는 기력이 쇠해서 상태가 많이 안 좋았지만 일주일을 쉬고 나니 호전되었어. 기차를 탈 수만 있으면 프라하로 갈 거야. 극장으로 다시 돌아가야지. 너희 둘도 같이 갈래?"

나는 입에 음식이 그득해서 대답을 할 수 없었다. 거절하려 했지만 그의 어머니가 허락하지 않았다. 그녀는 고깃덩어리를 들고 훅 다가오더니 내 입술 사이에 고기를 밀어넣은 다음 음식을 잘 뱉어내는 아기에게 그러듯 입을 꼭 막고 삼킬 때까지 기다렸다. 충분히 먹었다고 생각되자 숄 자락으로 얼굴을 닦아주고 볼에 생기가 돌아오도록 꼬집으려 했다.

"어머니는 언제나 거대한 애완동물을 기르고 싶어했지." 파울리나가 말했다. 그리고 그들 모두 웃기 시작했다. 마치 언젠가는 다시 웃어야 한다는 것을 알고 있는데 지금이 그 순간이면 좋겠다는 듯이. 하지만 웃음은 금방 끊어졌다. 순식간에 그들은 다시 양철컵에 담긴 녹은 눈을 마시는 데 집중하며 펠릭스에게 소시지 조각을 더 주고 또 한 조각 주었다.

배가 부르자 미르코와 펠릭스는 귀환 문제를 논의했다. 우리의 친구는 계획이 많았다. 프라하에서 어느 배역을 맡아 재기하고 싶은지, 임시 거처로 쓸 극장은 어디인지 이야기했다. 무척이나 희망에 차 있는 그를 방해해서는 안 되었는데 아침에 일어난 이후로 맴돌던 말이 어찌해볼 새도 없이 불쑥 튀어나왔다.

"펄을 못 봤다고 했지, 나한테 그렇게 말했어. 네 말을 믿어. 하지만 너는 미르코니까, 배우이기도 하고 말을 꼬아서 하니까, 진실하지 않을 수 있다는 것도 믿어."

미르코가 고개를 떨궈서 바다 같은 그의 곱슬머리밖에 보이지 않았다.

"넌 펄을, 진짜 펄을 보지 못했을 거야. 왜냐면 펄은 이미 죽었으니까. 원래 모습이 빠져나가버린 몸뚱이뿐이었겠지."

미르코는 고개를 끄덕인 다음 스카프에 얼굴을 묻었다. 나는 고백을 기대하지 않았지만, 그 순간 그는 한 가지 털어놓기로 마음먹었다.

"목소리를 들었던 것 같아." 그가 중얼거렸다. "하지만 환청이었을지도 몰라."

"어디서?"

"실험실에서. 너는 잘 모르는 실험실이야." 그는 파울리나에게 여자아이의 귀를 막으라고 손짓했다. 그녀는 잽싸게 귀를 막아주었지만 본인도 듣지 않고 싶은 표정이었다. 미르코는 남자아이의 귀를 막았다. 소리가 들리지 않자 아이의 눈은 금세 호기심으로 동그래졌다. 그제야 내 친구는 말을 이어갔다.

"나는 동물우리에 있었어." 미르코가 말했다. "내가 털어놓길 바라는 게 이런 건가? 내가 우리에 갇혀 있었다는 거."

나는 그런 이야기를 듣고 싶었던 것은 아니라고 말했다. 그러자 그의 태도가 누그러졌다.

"동물우리에 있었을 때 이야기를 할 텐데, 동물우리 대신 건초더미라고 할게. 이런 게 내가 말을 꼬는 방식이야. 그러면 듣기 훨씬 편하겠지?"

나는 그렇다고 말했다.

"그럼 다시, 나는 건초더미 안에 있었어. 사흘, 어쩌면 나흘 정도. 그 건초더미는 너무 작아서 몸을 돌릴 수도 없었어. 음식은 먹지 않았지만 물은 받았지. 막바지였어. 되돌아오지 못할 죽음의 행군이 시작되기 직전. 건초더미 속에서 난 미칠 지경이었어. 어두운 방에 건초더미가 다섯 개 더 있었고, 빛은 두 군데에서 들어왔어. 문 아래 틈이랑, 하늘밖에 보이지 않는 아주 높은 벽면의 손바닥만한 창문에서. 가끔 비둘기가 창틀에 모여 있었어. 들쥐가 바닥을 뛰어다녔고. 이 동물들이 다른 건초더미에 있는 사람들보다 더 시끄러웠어. 나는 그들이 죽었거나 주사를 맞고 너무 멍해져 아무 말도 할 수 없는 상태일 거라고 생각했지. 내가 후자라는 건 알고 있었어. 왜냐하면 가끔 불빛이 나를 비추고 거대한 손이 자물쇠를 열어 머리를 쓰다듬거나 물건들을 조금씩 달그락거렸으니까. 누구의 손인지는 너도 알겠지. 매일 주사를 맞았어. 그 주사 때문에 열병에 걸렸고, 그자는 내가 여전히 살아 있다는 사실에 놀랐어. 물론 나는 그자에게서 벗어날 수만 있다면 죽기를 바랐지. 시간이 지나면서 주사를 놓는 그자의 손이 점점 더 떨린다는 것을 알아챘어. 평소의 흐트러짐 없는 모습이 아닌 것 같았어. 심지어 자물쇠가 약해지고 녹슬어서 제구실을 못하는 것도 알아채지 못했어. 아니면 알아챘는데 그걸 부수고 도망갈 내 능력을 과소평가했는지도 모르지. 어느 쪽이든 그의 권력이 예전 같지 않다 싶었어. 끝이 가까워지고 있었고, 나에게 하는 잔인한 짓도 갑자기 심해져서 마치 능력을 발휘할 수 있는 동안 광포함을 최대로 이끌어내려고 결심한 것 같았어. 어느 날 작은 몸이 건초더미로 떨어졌어. 그 몸에 붙은 얼굴이 느껴졌지. 이미 죽은 뒤였어. 아이였고, 나랑 비슷한 덩치였으니 네 살 정도였을 거야. 옆에 앉아 있는 것 말고는 선택의 여지가 없었어. 맹세하건대, 정말 다른 선택지는 없었어. 멩겔레는 유대인이 시체와 접촉하는 걸 금기시한다는 것을 알고 있는 듯했어. 내가 암송을 하면 그 시체를 꺼내주겠다더군. 나는 온종일, 밤이 될 때까지, 목소리가 남아나지 않을 때까지 암송했고, 희망이 없다는 것을 깨달았지. 암송을 하고 있는데 한번은 울음과 간청이 섞인 목소리가 나를 방해했어. 멩겔레가 그 건초더미를 발로 차서 목소리를 잠재웠고 다시는 그쪽에서 나는 목소리를 듣지 못했어."

"아이의 목소리였어?"

"작은 목소리."

"여자아이의 목소리였어?"

"달콤한 목소리였어."

상상할 필요도 없었다. 나는 그 목소리를 들을 수 있었으니까.

"내 건초더미는 짐승 같은 SS들이 짓밟으며 쓰러졌어. 약탈하고 철수하며 한몫 챙기려던 자들이었지. 비행기가 날아다니고, 그들이 방을 샅샅이 들쑤시며 모든 것을, 마지막 건초더미 하나까지 뒤집어엎는 통에 얼떨결에 우리까지 풀려났지. 그들이 떠나고 나는 건초더미 안에 있는 시체를 딛고 일어섰어. 시체에 대고 계속 사과하면서 자물쇠를 더듬거렸지. 나치들이 제멋대로 날뛰고 간 덕에 자물쇠가 훨씬 약해져서 녹슨 고리가 거의 망가진 상태였어! 나는 어둠 속에서 쉬잇 소리를 내보았어. 다른 건초더미의 철망을 손으로 쓸어보았지. 보는 눈길 하나 없었고, 네가 사로잡혀 있는 사람의 눈길은 더더욱 없었어. 전에 있었다 해도, 그때는 더이상 거기 없었어."

"하지만 펄의 목소리였다면서?"

"당시에는 네 목소리라고 생각했지."

"그러면 펄 목소리였겠네."

"날은 추웠고 평소보다 훨씬 굶주려 있었던데다가, 멩겔레놈이 나를 여기저기 찔러댔고, 완전히 캄캄하지 않을 때는 눈에 플래시 불빛을 쏘아댔어. 기억해내기가 정말 어려워."

"그 목소리가 한 말을 내가 한다면 기억이 또렷해질지도 몰라. 내가 똑같이 말한다면, 기억날 것 같아?"

"아마도." 하지만 미르코는 그 기억에 조금도 다가가고 싶지 않은 것 같았다. 그를 격려해야만 했다. 나는 최대한 다정하게 굴었다.

"기억해낼 거라는 거 알아." 내가 말했다. "미르코, 넌 우리 중 제일 뛰어나니까. 가장 똑똑하고 가장 강해서 살아남았잖아."

내게 가장 가까운 동료는 그 말을 칭찬으로 받아들이지 못했다. 펠릭스는 소외감을 느끼는 사람 특유의 경계 어린 눈초리로 우리 둘을 바라보았다.

"미르코에게 아첨하면 말이지." 그가 말했다. "기억이 변형될지도 몰라."

미르코가 벌떡 일어나는 바람에 머리가 건초 천장에 닿았고, 주먹이 싸울 태세로 부들부들 떨렸다.

"나는 언제든 정확하게 기억해낼 거야. 내가 완전히 묻어두기로 작정하기 전까지는. 프라하에 도착하고 나면 묻어버릴 거야. 어떤 관문이 남아 있든지 그것만 넘어서면 바로, 확! 너희 모두 깜짝 놀랄걸, 내가 아무것도 기억 못해서!"

그는 조카의 귀를 막아야 한다는 것도 깜박 잊고 서 있었다. 금방이라도 싸울 듯 양손을 말아쥔 그를 어머니가 부드럽게 꾸짖었다. 그리고 바짓단을 끌어당기며 달래서 바닥에 앉혔다.

"그러니까 지금 나한테 말해줘야 하는 거야." 나는 주장했다. "그 목소리가 뭐라고 했는지 말해줘. 그러면 내가 그걸 다시 말해볼게. 너는 확인해준 다음 잊어버리면 되잖아."

"글로 써줘도 되겠어?" 미르코가 물었다.

"물론이지." 그 방법이 더 좋을 것 같았다. 그러면 지니고 다닐 수 있으니까. 브루나의 가방에서 마지막 종잇조각과 몽당연필 한 자루를 꺼냈다. 귀한 물건을 손에 든 미르코는 주저했다. 등을 돌리고 글을 쓰는 동안 라비노비츠 가족은 어둑한 동굴 같은 극장에 와 있는 것처럼 여봐란듯이 숨을 죽였다. 마침내 그가 건네준 종잇조각을 나는 읽었다.

동생에게 말해줘 내가

오래전이었다면 그것만으로도 죽을 생각을 했을지 모른다. 하지만 그 순간에는 그 세 마디가 친구 같았다.

동생에게 말해줘 내가

미르코를 보는 것―순간 그것이 고통스러워졌다. 그는 아마도 언니가 본 마지막 얼굴 중 하나일 것이다. 언니에게 최악은 아니었겠다고 생각했다. 그는 영화 주인공처럼 잘생겼고 고상했다. 동물 우리에서 보인 태도는 분명 펄에게 희망을 주었을 것이다. 나는 그가 보여준 용기를 기억하게 될 것이다. 그가 더이상 미르코가 아니라 최후의 장면이 되었다는 사실이 너무도 애석했다.

나는 더이상 그의 눈길을 견딜 수 없어서 펠릭스에게 떠나자고 말했다. 펠릭스는 대답 대신 가방에 손을 넣어 미르코의 어머니에게 우리의 소중한 물 한 병을 내밀었다. 이 희생도 모자라 빵칼로 감자를 갈라 반쪽을 주었다.

"떠나는 거야?" 파울리나가 소리쳤다. "하지만 위험하다고!" 그리고 미르코에게 우리를 말리라고, 좀더 머무르게 하라고 매달렸다.

"우리는 찾아야 할 사람이 있어." 나는 그녀에게 말했다. "그 어느 때보다도 더, 당장 찾아야만 해."

나는 그들의 간청을, 경고를 무시했다. 자칼에게는 그런 게 필요하지 않은 법이다. 하지만 나는 인간이기도 했다. 그 증거는 다음과 같다. 주머니 속 펄의 피아노 건반 옆에 미르코가 준 종잇조각을 넣고 라비노비츠 가족 한 사람 한 사람에게 인사하는 동안 눈물 한 방울이 입구를 노크하는 게 느껴졌다. 언니의 죽음을 인정하고 언니의 마지막 순간에 미르코가 함께했다는 것을 인정하는 눈물이었다. 미르코가 몸을 숙여 귀를 빌려달라는 듯 내 코트의 소매를 잡아끌었다. 발돋움하고 애써 작별인사를 전했다.

"펄은 이제 자유로워." 속삭이는 목소리가 비탄의 무게에 짓눌려 갈라졌다. "스타샤, 펄이 자유롭다고 생각해."

그렇게 우리는 그가 들려준 이야기를 품고, 자비로운 영웅의 품과 황금빛 신전을 떠나 라비노비츠 가족이 우리의 종착지라고 생각하는 곳을 향해 떠났다.

14장
소련 사람들이 영화를 찍다

내 몸을 내 것이라고 주장하기 위해 그 속으로 들어가 알아보려고 했다. 그 몸은 약했다. 나는 부끄러웠다. 상자 속 무덤에서마저 막연히 있겠거니 했던 힘이 하나도 없었다. 개미만한 힘도 없었다. 비둘기만한 기억력도 없었다. 내가 가진 것이라고는 정말이지 숨쉬는 능력과 단 한 가지 생각뿐이었다. 팔에 새겨진 숫자는 내가 이 세상에 남아 있기 위해 쓸모를 증명해야 하는 횟수라는 것. 하지만 사실이 아니라는 것도 알고 있었다. 그것은 내가 갇혀 있던 우리와 나를 가둔 사람의 논리였으니 극복해야만 했다.

나에게 손가락과 손이 있다는 것을 알기 위해서는 빵이 있어야 했다. 빵이 내 목을 통해 내려가자 나에게 배가 있다는 것을 알았다. 소련인이 병상에 눕혀주자 내 등에 대해 다시 알게 되었다. 그곳에서 나는 창밖을 바라보았고 가끔은 벽을, 가끔은 천장을 바라보았다. 대화를 나눌 만한 똑똑 떨어지는 물은 없었지만 나는 누구보다도 행복한 아이였다.

동물우리의 어둠 밖으로 나와서 모든 것을 받아들였지만 나중에 카메라를 만나기 전까지는 내게 눈이 있다는 사실도 진정으로 몰랐다. 그러니까, 눈이 있다는 건 알았지만 두 눈이 세상의 빛에 적응하는 동안 그것으로 무엇을 할 수 있는지는 몰랐다.

소련 영화를 담당하는 카메라맨은 입술이 얇고 근엄한 남자였다. 붉은군대의 많은 사람들이 감정의 폭이 넓은 반면 그는 절제할 줄 알았다. 나는 그 카메라가 카메라맨 대신 아주 많은 것을 보고, 카메라맨이라면 피해버렸을지도 모르는 세세한 것들을 기록한다고 생각했다. 신기하게도 그가 웃는 모습을 처음 본 것은 내가 그 카메라에 관심을 보였을 때였다.

그는 흰 천으로 아주 부드럽게 렌즈를 닦고 있었다. 카메라를 빛에 비추어보고, 들여다보고, 좀더 닦았다. 그렇게 신기한 기계를 품고 있는 공기를 쓰다듬으면 카메라를 만지는 것과 다름없을 듯한 마음에 나도 모르게 손을 뻗었다.

"이 아이가 이러는 건 처음이에요." 여자가 놀라서 말했다. 내가 발견된 후 처음으로 날 안아준 그녀는 내 곁을 떠나려고 하지 않았다. 나는 그녀의 인형 같은 눈과 손길이 기억났지만 그뿐이었다. 하지만 그녀가 의사이고, 믿을 수 있는 사람이며, 두려워할 필요가 없다는 이야기를 들었다. 그녀가 오래전부터 알아왔던 사람처럼 내 이름을 부르는 게 좋아서 나는 그 말을 믿기로 했다.

카메라맨과 여자가 나에게 렌즈를 통해 보이는 광경을 구경시켜주었다. 나는 여자의 품에서 남자의 품으로 옮겨져 렌즈 유리에 눈을 갖다댔다. 그 카메라의 눈을 통해 사랑하는 사람을 볼 수 있을 거라고 기대했던 것 같다. 내가 사랑하는, 여전히 살아 있는 사람. 하지만 거기에는 아무도 없었다.

실망. 카메라가 담고 있는 것은 실망이었다. 나는 그 작고 검은 상자가 이곳의 광경보다 더 나은 것을 담고 있기를 기대했다. 그러나 내가 본 것이라고는 수감자들, 영화 분위기를 위해 소련인들이 커다란 성인용 회색 줄무늬 옷을 입힌 자그마한 수감자들이었다. 그들은 추위에 떨며 슬퍼하고 있었고 얼굴에서는 자유를 느낄 수 없었다.

나는 내 성격을 아직 잘 알 수 없었지만 조용한 편이고 다른 사람들의 감정을 보듬어주는 데 관심이 있는 듯했다. 그래서 카메라를 들여다보며 감탄하는 척하기로 했다. 다 보자 여자는 너무 가볍다고 말하며 나를 안아들고 소련 영화를 찍고 있는 아이들 무리에 합류했다. 우리는 눈 속에서 떨며 철책 주위를 빙빙 돌았다. 무척 어리고 서툰 우리 배우들은 다들 혼란스러웠다. 왜 이런 옷을 입어야 해? 우리는 계속해서 물었다. 이런 옷은 입었던 적이 없어! 우리는 외쳤다. 왜 떠나지 못하고 행진만 하고 있지? 하지만 영화 제작자들은 우리 의견을 신경쓰지 않았다. 그들은 우리가 얼마나 자유로워졌는지 보여주는 증거로 작은 대열을 이루어 행진하는 모습을 찍고 싶어할 뿐이었다.

우리는 눈발에 덮여 흐릿해진 채로 카메라에 찍혔다. 모두 긴 잠을 털고 깨어난 것처럼 움직였다. 카메라는 특히 두 얼굴, 루마니아 출신의 열 살짜리 작은 쌍둥이 소녀를 사랑해서 그들을 선두에

세웠다. 이 쌍둥이 자매는 렌즈 앞에서 걸을 때도 서로에게 매달려 있었는데 자세는 달랐다. 하나는 점잖고 얌전했지만 다른 하나는 고개를 쳐들고 잽싸게 혀를 쏙 내밀었다. 고의였는지, 카메라맨을 향한 건방진 비난이었는지, 아니면 목이 말라서 그랬는지, 무언가의 반사작용이었는지, 소녀다운 단순한 장난이었는지는 확실하지 않다. 확실한 것은 그 쌍둥이들이 언젠가 세상을 향해 천사도, 의사도, 삼촌도, 친구도, 천재도 아니었던 남자에 대한 이야기를 하게 된다는 사실이다. 우리 실험대상들이 기억에서 지워버리려 하는 남자, 하지만 그런 인간들이 존재했다는 사실을, 그들이 영혼 없이 우리 사이를 누비며 오락, 완벽, 만족을 위해 타고난 잔인함으로 해를 입히려 했다는 사실을 경고하기 위해서는 잊어서 안 되는 그 남자에 대한 이야기를. 언젠가, 에바 모제스와 미리암 모제스,* 그들은 우리가 당한 짓을 세상이 잊지 못하게 할 것이었다.

하지만 그때, 카메라가 돌아가고 있을 때 그들은 떨어지는 것이 너무 두려워 서로에게 찰싹 붙어 있었고, 서로라는 피난처가 있음에도 나머지 아이들처럼 갈피를 잡지 못했다. 촬영하는 아이들 대부분은 당혹스럽다는 표정이었다. 우리는 자유로운 신분이라는 듯 양쪽으로 철책이 늘어선 길을 따라갔고—이때 등장한 입구는 지금 세상에 잘 알려진 그 유명한 문이 아니라 글자가 없는 다른 문이었다—그리고 다시 자유로운 신분이 아니라는 듯 되돌아왔다.

---

* 이 소설의 모델이 된 쌍둥이 자매. 특히 에바 모제스가 홀로코스트의 참상을 알리기 위해 활발히 활동했다.

촬영이 잘되었다고 누군가 외쳤을 때 우리는 우리의 미래가 어느 방향으로 나 있는지 확신할 수 없었다. 하지만 소련 사람들은 우리가 모든 신문과 영화관에 나올 거라고 장담했다. 사람들이 너희를 볼 거다. 너희가 살아 있다는 것을 알게 될 거다.

갔다가 돌아오고 컷이 시작되었다가 끝나는 이 끊임없는 행진 중에 나는 무엇인가를 깨달았다. 거의 모든 아이가 쌍이라는 사실이었다. 생김새와 행동과 목소리가 서로 닮아 있었고 한 발 한 발 함께 행진했다. 다른 한쪽 없이는 움직일 수 없다는 듯 걸었다. 그제야 나는 내가 온전하지 못하다는 것을 깨달았다.

*

내가 알고 있던 것은 자그마했지만 빠르게 몸집을 불려갔다. 우리는 죽음이 예정된 장소에 있었지만 살아남았다. 왜 살아남았는지 몰랐지만 나만 모르는 건 아니었다. 진실을 말해줄 수 있는 사람은 없었고, 정보원은 많은데 하나같이 수다스러웠다. 아이들은 잦은 감시와 감금의 경험으로 인해 병원 안에서 거친 행동을 보였다. 소리를 지르고 침대에서 침대로 뛰어다니며 시간을 보냈다.

나는 뛰어다니는 그들이 부러웠다. 언젠가는 나도 그러고 싶었다. 옆으로 위로 뛰고 달리고 춤추고 싶었지만 내 발의 붕대가 얼핏 보일 때마다 전부 불가능하게 느껴졌다.

반면 아이들이 내지르는 소리에는 아무런 관심이 없었다. 자유를 찾은 아이들은 소리지르는 것을 아주 좋아했다. 대견스럽게도 꽤나 잘 짜인 외침이었다. 아이들은 패턴을 엄격하게 지키면서도 많은 의미를 담았다.

"주사기도 없어."

"'하일 히틀러'도 없어."

"측정도 없어."

이런 나열이 한바탕 끝나면 나에게도 짤막한 코러스의 차례가 돌아왔다.

"없어." 나는 말했다. "없어."

아이들은 나를 가엾게 여겨 문장을 완성할 소재를 알려주었다. 점호, 뿌리 수프, 주사, 엑스레이, 엘마, 멩겔레.

마지막 단어에 몸이 떨렸다. 그 이름의 주인이 나를 동물우리에 집어넣었다는 것을 알고 있었다. 그가 언급되자 놀고 싶은 마음이 싹 가셨다. 하지만 억지로 이어갔다.

"동물우리도 없어." 나는 병원에 있는 모두를 향해 말했다.

그것이 내가 말할 수 있는 전부였다. 나는 동물우리밖에 기억하지 못했으니까. 참 신기하게도, 확실히 아는 게 하나 더 있었다. 내 이름이었다. 이름이 벽에 새겨져 있었다. 펄에게. 그렇게 쓰여 있었다. 나는 어둠 속에서 그 글자를 만져보는 것을 좋아했고, 거기에 이름을 쓸 만큼 나를 사랑했던 사람이 누구인지 궁금했다.

*

그날 오후, 소련 영화 촬영 동안 나를 안고 있었던 여자의 관심 때문에 당혹스러웠다. 내게 빚진 친절을 남김없이 베푸는 것처럼 행동해서 우리가 가족인지 물어보고 싶을 정도였다. 그녀는 나를 씻겨주고 먹여주고 돌보느라 병원의 다른 업무를 소홀히 했다. 나는 다른 사람들도 고통받고 있다고 말해주고 싶었지만, 고통에 관해서라면 그녀는 다른 사람들에게 쉽게 영향받을 것 같지 않았다.

그녀가 나를 병원 뒤편의 개인실 침대에 내려놓았을 때, 한 남자가 안으로 들어와 문간에서 머뭇거렸다. 모습은 완전히 그림자에 가려져 있었다.

"파파?" 내가 외쳤다.

"이애는 당신이 누구인지 알아요." 여자가 말했다.

남자는 심각했다. 그냥 가버릴까 고민하는 듯 그림자 형체가 이리저리 왔다갔다하는 모습이 보였다. 그러다 모자를 벗어 가슴 앞에 가져다댔다.

"내가 아빠가 아니라고 말해줘요." 그가 말했다.

"아빠라고 하면 정말 상처가 될까요?" 여자가 속삭였다.

"당신이 생각하는 것 이상으로요." 남자가 속삭였다. 그의 말이 그 자신과 나, 둘 다에 대한 것임을 알 수 있었다. 인간적인 접촉이 필요하다는 생각만으로도 나만큼이나 불편한 것 같았다. 그런 반응이 실망스러웠지만, 나중에는 그를 동정하게 되었다. 이 아버지 같은 인물도 동물우리에 갇혀 지냈고, 감각에 가해진 폭력은 나의 경험과는 꽤 다른 방식이었지만 그 또한 같은 고문 기술자에게 겁박당했다는 사실을 이후의 탈출과정에서 알게 되었으니까.

그가 문간을 뒤로하고 얼굴이 보일 만큼 가까이 다가왔다. 한때 나에게 다른 아이들의 이름을 기억하는 게 중요하다고 알려준 얼굴이었다. 나는 오랫동안 그 이름들을 모조리 잊고 있었다는 사실에 깊은 수치심을 느꼈지만 다행히도 그는 그런 것을 묻지 않았다. 다른 해명이 더 시급했던 것이다.

"펄, 나는 네 아버지가 아니야." 그가 말했다. "알아두렴. 이 사람도 네 어머니가 아니다. 그리고 남은 가족, 너의 쌍둥이―"

여자가 황급히 일어서서 그를 조용히 시켰다. 당황한 표정이 얼굴을 스치더니 그는 고개를 끄덕이고 일어나 떠났다. 그녀의 저지를 떨떠름하게 여겼지만 저항하려 하지도 않았다.

굴복은 그 당시 어디에나 있었다. 나는 그것이 그의 굴복이었다고 생각한다.

그러면 나의 굴복은? 굴복하는 능력을 그 동물우리에 두고 왔으면 싶었지만 확신할 수는 없었다.

그날 밤 여자가 나를 침대에 눕혀주며 자신들의 정체를 분명히 알려주었다. 남자는 쌍둥이아빠였고, 그녀는 미리였다. 나는 그녀를 절대 의사라고 부르지 않을 작정이었다. 이제 파악이 되었다.

*

쌍둥이아빠에게는 명단이 있었다. 모든 아이의 이름, 나이, 고향, 살았던 막사 정보까지 적힌 명단이었다.

우리가 탈출하던 1945년 1월 31일, 미리가 그 명단을 살피고 있을 때 나도 유심히 보았다.

나는 내가 펄이라는 이름을 가진 사람임을 알고 있었다. 새로운 사실은 아니었다. 벽이 나에게 말해주었으니까.

보아하니 나는 열세 살이었다. 그건 이상하지 않았다. 열세 살 언저리의 다른 여자아이들을 보면 키와 수척한 정도가 비슷했다. 그 수치에 나는 수긍했다.

내 고향은 차라리 비어 있는 편이 나을 것 같았다. 불명. 그렇게 쓰여 있었다.

나는 미리가 불명이라는 단어에 선을 긋고 대신 미리라고 써넣는 모습을 보았다. 그녀는 내 시선을 눈치채고는 연필을 톡톡 쳤다.

"이러면 좀더 낫겠니?" 그녀가 물었다.

나는 그렇다고 말했고, 그녀는 최고의 칭찬이라도 받은 듯 기뻐했다.

미리가 명단을 돌려주었을 때 쌍둥이아빠는 그 사소한 수정을 신기한 듯 보았지만 아무 말도 하지 않았다. 누군가의 고향을 사람으로 대체한 것에 신경쓰기에는 너무 바빴던 것 같다. 그는 이 아이 저 아이 사이를 뛰어다니며 가방에 든 내용물—물통, 빵, 정어리, 소련군에게 받은 사탕—을 확인하고 신발의 상태를 묻고 캐나다에서 가져온 전리품인 털코트를 나눠주고 있었다.

털코트를 받은 아이들은 둥그렇고 통통한 모양새가 되었다. 몸통은 보급품과 털로 불룩했고, 후드 아래로 얼굴만 빼꼼 나와 있었다. 마치 자그마하고 갈 곳 없는 새끼곰 군단 같았고 쌍둥이아빠도 그렇게 대했다.

"큰 아이들은 작은 아이들을 돌보고 작은 아이들은 아기들을 돌본다. 알았나? 잘 따라가라. 뒤처지지 말고. 뒤처지면 행운을 비는 수밖에 없다. 이제부터 군인처럼 행동한다."

나는 이 짧은 연설을 듣고 많은 아이들의 콧대가 높아지는 것을 보았다. 나도 감화되고 싶었다. 손수레에 누워 있는 동안 내 반쪽이 옆에서 걸으며 몸을 숙여 농담을 해주었더라면 그럴 수 있었을 텐데.

아이들은 모두 합해서 서른다섯 명이었지만 내 '누군가'는 거기에 없었다.

"내가 쌍둥이였다는 걸 알아요." 나는 미리에게 말했다. "그애가 기억은 안 나지만요. 분명 나와 많은 점이 닮았고, 다른 점도 있을 거라고 혼잣말하곤 해요. 그런데 내가 어떤 사람인지도 모르겠어요."

우리는 걸었고, 실려갔고, 그 멋진 광경을 주목해주는 카메라 없이 터덜터덜 문을 지났다. 의상도 없고 사진사도 없었다. 그때는 몰랐지만 그것이야말로 세상이 보아주었으면 하는 광경이었다. 수십 명의 아이들이 꽁꽁 언 길을 걸어가는 광경. 너무 어린 아이들은 정문에 새겨진 말, 아우슈비츠의 하늘을 향해 호를 그린 그 말에 신경도 쓰지 않고, 아직 어려도 이제 알 만큼 큰 아이들은 그 말을 못 본 척 지나치는 광경. 한쪽 귀가 찢어지고 머리가 덥수룩한 열네 살 소년이 정문의 글자에 던질 돌을 찾아 땅바닥을 두리번거리는 모습이 보였다. 아이는 서리 내린 땅 여기저기를 기웃거리면서 쌍둥이아빠에게 저 철문에 쓰인 말을 맞혀서 요란한 소리가 날만큼 무거운 돌을 찾아야 한다고 말했다. 눈밭을 뒤적이는 모습에서 그를 알아볼 수 있었던 것 같다. 특정한 목적에 맞는 물건을 찾아내는 일이라면 익숙하다는 듯이 돌을 찾는 모습과 입을 다문 얼굴이 낯익었다. 기억 속에서 그애의 이름을 찾아내려고 애썼지만 실패했다. 그가 괜찮은 돌을 발견해서 저 말들을 맞힌다면 이름이 떠오를지도 모른다고, 철제 아치를 맞힌 돌멩이가 퍼뜨리는 메아리 속에 그 이름이 들릴지도 모른다는 생각이 들었다. 하지만 우리의 행렬은 빠르게 전진하고 있었다. 미리가 나를 태운 수레를 밀었고 아이들도 쌍둥이아빠의 옆으로 미끄러지듯 움직이는 와중에 그 소년의 목적을 달성할 위력을 지닌 돌은 결코 나타나지 않을 것 같았다. 우리 군단의 대장이 소년을 재촉했다.

서둘러야 해. 쌍둥이아빠가 말했다. 목숨을 부지하려면. 뒤돌아보는 데 시간을 허비하지 않는 게 좋아.

15장
행군하는 우리의 발걸음은 천둥처럼 울려퍼진다

코워*의 모든 곳이 신호이고 메시지였다. 기차역의 벽을 따라 종 잇조각들이 잎사귀처럼 흔들리고 있었다. 자신이 어디로 가는지, 어디에 있었는지, 누구를 찾고 있는지 적어놓은 종이들이었다. 사 람들은 과거에 어떤 사람이었는지는 적었지만 이후 어떤 사람이 되었는지는 밝히지 않도록 신중을 기했다.

이 마을에 와본 적은 없었지만 전에 살던 사람들에게 들어 알 고 있었다. 코워는 유대인을 모아 우치 게토로 강제 추방하던 환승 장소였다. 이때 잡혀온 몇몇 사람이 파파의 친구가 되었다. 우리 게토 지하에서 몰래 파파를 만나곤 하던 그들은 마을의 역사에 대 해, 유대인 기술자에게 호의적이었던 마을에 대해 한탄조로 이야 기했다. 기차 창문으로 내다본 코워는 그들의 코워와 달랐다. 한때

---

* 폴란드 중부의 도시.

풍차가 있고 강이 흐르고 목가적이었던 마을은 힘러*의 절멸정책을 칭송하는 마을 중 하나가 되어 있었다.

그 모습을 보고 있기가 어려웠다. 대신 신호들과 이름들을 바라보았다.

한번은, 내가 보고 있지 않다고 생각한 펠릭스가 앞좌석에 자기 이름을 새기고 있었다. 그는 그 행위의 무용함과 그래도 하고 싶다는 충동 때문에 부끄러워하고 허둥거렸다. 왜냐하면 그 누구도 우리를 찾고 있지 않았기 때문이다. 누구도 우리의 이름을 어디에도 써주지 않았기 때문이다. 누구도 이런 글을 쓰지 않았다. 네가 이걸 읽는다면 내 가장 큰 기도가 응답받은 거겠지. 네가 죽지 않았다는 뜻일 테니까. 단지 나랑 떨어져 있을 뿐이니까. 같은 말인데도 이렇게 하니 어쩐지 좀더 쉽게 해결될 것만 같아. 나는 줄곧 펄에게 그렇게 쓰고 싶었다. 하지만 수많은 이름과 낙서 사이에 그런 긴 글을 남길 공간은 없었다. 표면에 빈 곳이 없을 만큼 수많은 이름이 급박하게 내달리고 있었다.

거기에서 멩겔레의 글씨로 쓰인 내 이름을 찾아보지 않았다고 한다면 거짓말일 것이다. 나는 여전히 그가 나를 찾고 있을 것이라고 확신했다. 이 메시지의 창고 중 어딘가에서—기차역이나 열차 좌석 등받이 뒤에서—그가 우리를 찾고 있어야만 한다고 중얼거렸다. 나는 그가 사라져서 기뻤다. 그렇다, 그를 찾으러 다녀야만 해서 기뻤다. 그것은 펄에 대한 나의 사랑을 보여주는 커다란 증거

---

* 나치 친위대장으로 유대인 학살을 주도했다.

였으니까. 하지만 왜 그가 나를, 자신의 가장 소중한 실험대상을 그렇게도 선뜻 버렸는지 이해할 수 없었다. 내가 전혀 중요한 존재가 아니었나 하는 생각이 들기 시작했다.

나는 어딘지 모를 망망대해에서 표류하는 깨진 반쪽이었고, 기차는 나를 그 상태로 가둬두려고 작정하고 있었다. 그 무렵에 관해서는 이렇게 이야기할 수 있겠다. 전쟁은 여전히 진행중이었지만 끝이 임박했다. 피난민들이 떠돌고, 탱크는 거대한 거북처럼 등을 뒤집고 전복되어 있었으며, 소련군이든 독일군이든 군인의 행군은 피하는 게 현명했다. 다시는 믿지 말아야 할 기차들, 그것만이 우리가 유일하게 집에 갈 수 있는 수단 같았다. 그래서 사람들은 기꺼이 기차간 안을 빼곡히 채웠고 원하는 목적지에 도착하지 못하면 다른 길을 찾아보았다. 결국에는 무사할 거라는 집단적인 믿음이 경악스러웠다.

기차는 우리를 아우슈비츠로 다시 데려가지는 않았지만 발을 묶고 혼란스럽게 만들기로 작정한 것 같았다. 실질적인 혜택은 눈을 막아주고 공짜라는 점뿐이었다. 펠릭스와 나는 한자리에 둘이 앉았고, 차장이 나타나 곁눈질하면 털옷 소매를 걷어 번호를 보여주었다. 그 푸른색 번호가 어디든 제멋대로 우리를 데리고 다니는 기차의 티켓이었다.

밀짚 신전을 떠난 후 며칠 동안은 멈췄다가 방향을 바꾸기를 반복했다. 우리는 동쪽으로 갔고, 그다음에는 서쪽으로 갔다. 그러는 동안 머리는 목 위에서 힘없이 끄덕거리고 몸은 좌석 위에서 이리저리 밀렸다. 아침이 여명 사이로 미끄러지듯 들어왔을 때 코워로 들어섰고, 또다른 끝을 목격했다. 바로 선로였다. 차장이 우리를 내쫓았다. 여기는 호텔이 아니야. 그가 말했다. 우리는 폴란드어를 못 알아들은 척 서로 붙어 몸을 옹송그렸고, 타협을 해서 정지된 기차간을 잠잘 공간으로 쓰려고 했다. 그러나 공짜로 피난민들을 태워주는 것에는 신경쓰지 않던 차장도 우리의 진정한 안락 앞에서는 전혀 달랐다. 우리는 귀를 잡혀 기차간 밖으로 끌려나와 얼음 바닥에 내동댕이쳐졌는데 철둑 위를 구르고 있을 겨를도 없었다. 이번에는 펠릭스조차 일어서는 게 더디긴 했지만. 브루나의 소중한 가방 속 물건들이 눈밭에 쏟아져서 우리는 여기저기 뛰어다니며 감자 한 알 반과 물병 등의 생존물품들을 주웠다.

좌절감에 빠져 터덜터덜 숲속으로 들어가서 헛간을 발견했다. 위험해 보이지는 않았다. 아무리 돼지라도 이럴 권리가 있나 싶게 뚱뚱한 돼지 한 마리와 젖이 퉁퉁 불어서 고통스럽게 울고 있는 슬픈 눈의 블레넘 젖소 한 마리가 있었다. 펠릭스가 우유 짜는 법을 보여주었고, 나는 그 기술에 깊은 인상을 받았다. 잠잘 공간이 널찍해서 기분이 좋아졌다. 마구간 네 칸 중 젖소와 돼지가 두 칸을 차지하고 있어서 한 칸 건너 가장 외진 칸을 골랐다. 안락한 곳에서 털로 재빨리 몸을 덮고 아침이 오면 더이상 우리가 곰과 자칼이 아니기를 꿈꾸며 잠들었다.

일어나면 우유를 마실 수 있다는 것을 알면 쉽사리 잠이 온다.

하지만 실제로 깨어났을 때 우리를 맞아준 것은 음식이 아니라 공포였다. 말 울음소리가 들려왔고 벽과 바닥 틈으로 진흙 묻은 한 쌍의 부츠가 보였다. 부츠의 주인이 말을 묶었고 펠릭스와 나는 꼼짝하지 않으려고 노력했다. 쥐죽은듯이 바닥에 몸을 붙였으니 필시 그렇게 상황을 모면할 수 있었을 것이다. 펠릭스의 재채기만 아니었다면. 소리 때문에 부츠의 주인이 말을 묶은 칸을 나와 우리가 있는 칸으로 왔다. 깨끗한 옷에 우아한 코트를 입은 나이든 여자였다. 태양처럼 둥근 뺨이 얼굴에서 씰룩였고, 그 위의 눈은 구름 낀 파란색인 것이 앞이 거의 보이지 않는 것 같았다. 나는 그 눈이 마음에 들지 않았지만 그녀가 다가왔을 때는 친절한 눈이라고 스스로를 타일렀다. 왜냐하면 우리는 길을 잃고 굶주리며 거지처럼 지내고 있었으니까. 아주 오랫동안 거지생활을 하다보면 누구든 구원자처럼 보이는 법이다. 그녀는 움직임을 계산하듯 우리를 찬찬히 바라보더니 판단을 내리고 팔을 활짝 펴며 달려들었다.

"얘들아!" 여자가 외쳤다. "계속 찾고 있었어! 다시는 못 보는 줄 알았단다!" 그리고 우리를 안았다. 몸집이 큰 여자였는데 예전에는 더 컸을 것 같았다. 악력으로 알 수 있었다. 날개처럼 늘어진 살이 소매에 덮여 있었다. "다시는 어디 가지 마라!"

나는 그녀의 품에서 몸부림쳐 빠져나와 헛간 벽에 꼭 붙어 웅크렸다.

"우린 아줌마 애들이 아니에요." 내가 차분하게 말했다. "나는 스타샤 자모르스키예요. 펠의 쌍둥이예요."

"그래? 미안하다. 그럼 이애가 펄이니?" 그녀는 펠릭스의 팔을 주먹으로 쳤다.

"그럴 리가요. 남자애잖아요. 하지만 얘도 쌍둥이인 건 맞아요."

"꼭 잃어버린 우리 애들 같아서." 그녀가 한탄했다. "돌아온 줄 알았지. 그래도 어쩌면 너희가 우리 애들 찾는 걸 도와줄 수 있지 않겠니? 그 대신 음식과 쉴 곳을 주마."

펠릭스가 나를 보았다. 내 결정에 따르겠다는 표정이었다. 수상쩍은 여자 앞에서도 안락함에 대한 기대로 무장해제되어 있었다. 기차와 날씨에 시달리지만 않았더라면, 배가 부르고 신발만 제대로 된 걸 신었더라면, 세상이 흰 눈으로 덮여 있지만 않았더라면, 분명 절대 그런 마음을 먹지 않았을 것이다. 펠릭스는 상의하자며 나를 한쪽으로 끌고 갔다.

"여차하면 말이야, 우리가 선수를 칠 수 있을까?" 그가 물었다.

나는 우리 둘에게 결코 어떤 시련도 닥치지 않게 하겠다고 맹세했다. 그는 내 말을 미심쩍어하면서도 여자에게 몸을 돌려 계획을 말했다.

"하룻밤 자고 갈게요." 펠릭스가 여자에게 말했다. "그 정도면 돼요. 보시다시피 여자애가 약해서요. 음식도 주는 거죠? 배가 고파요. 그리고 떠날 때 빵도 조금 얻을 수 있을까요?"

"잠자리든 빵이든 내 집처럼 생각하렴." 여자가 달래듯 말했다.

"그럼 그렇게 할게요." 펠릭스가 말했다. "아주머니, 아이들 찾는 걸 꼭 도와드리고 싶어요." 그리고 놀랍도록 우아하게 몸을 살짝 굽혀 인사했다. 그녀를 따라 헛간을 옆에 끼고 눈 속으로 작은 오솔길을 걸어가니 장난감 팽이를 뒤집어놓은 것 같은 오두막이 서 있었다. 아주 소박하고 새하얘서 그 안에서 어떤 위협이 닥칠 거라고는 도저히 상상할 수 없었다. 하지만 나는 낯선 사람을 믿는 것이 도박이라는 사실을 알았다. 여자의 우윳빛 눈동자는 우리에게 따뜻하지 않았고, 그 무심하고 황폐한 시선과 함께 안으로 들어가면서 여자의 진정한 결함은 시력이 아니라 기질에 있는 것이 아닐까 하는 생각이 들기 시작했다.

내 불사신상태는 이런 상황에서 쓸모있었다. 하지만 펠릭스는? 반드시 어떤 해도 입으면 안 되었다.

여자의 오두막은 단출했다. 헝겊으로 덮인 침대가 있었고, 문간에는 스노슈즈가 있었다. 실을 꼬아 만든 칙칙한 러그, 흔한 추수철 리스 장식. 물이 새는 곳에 받쳐놓은 양동이. 낮은 천장 덕분에 우리 둘이 거인처럼 느껴졌고, 여자는 머리를 찧지 않기 위해 구부리고 걸었다. 이런 각도로 사는 것은 과연 어떤 일일까? 비록 자세는 구부정하지만 오두막에 자국이나 얼룩 하나 없는 것을 보아 좋은 엄마 같았다. 체리 원목 의자에서 광이 났고 찬장은 수수하고 깨끗했다. 반짝이는 손도끼가 벽에 걸린 채 식탁 위에서 우쭐대고 있었다.

"아이들을 잃어버린 지 얼마나 되셨어요?" 내가 물었다.

여자는 바로 대답하지 않았다. 나는 다시 물어보았다. 하지만 그녀는 앞이 거의 안 보일 뿐 아니라 귀도 조금 먹은 것 같았다. 그런 상황을 동정하지 못할 건 아니어서 더는 추궁하지 않고 그녀가 부지런히 빵을 자르는 모습을 그저 보고만 있었다. 그제야 이 집의 삭막함에 관심이 쏠렸다. 이상하게도 잃어버린 아이들의 사진이 없었다. 정말이지 어떤 표시도, 그 아이들이든 다른 사람이 이곳에 살았다는 표시도 없었다. 선반에 책 한 권도 없었다. 피아노도, 바구니에서 잠들어 있는 고양이도 없었다. 게토에서 가족들과 지내던 시절 우리는 물건의 왕국에서 살았고, 펠릭스와 함께 비바람을 피하러 들어간 곳에서 잠들지 못하던 밤이면 그런 물건들의 기억을 곱씹었다. 나는 마마가 쓰던 식기류의 세세한 모양을, 파파가 가진 망원경의 색깔을 외곤 했다. 실종된 아이들이 무척 안쓰러워졌다. 그들이 어디에 있든지 간에 회상할 만한 것이 거의 없었으니까. 깜박이는 촛불조차 하나 없는 집이었다. 그때 벽난로 선반 위에 놓인 위시본* 장식과 그 옆에 자그마한 도자기 천사 인형들이 줄지어 있는 것을 보았다. 그것들이 나를 안심시켰다. 내가 이런 곳에서 자라 실종된 아이였다면 분명 마음속에 저 징표를 품고 다녔겠지.

나는 여자에게 아이들의 이름을, 얼굴 생김새를 물었다. 그녀는 그런 간단한 질문에도 대답하지 않고 굶주린 내 모습에 흥분한 듯 옆구리를 찌르며 먹으라고 강요했다.

펠릭스는 즐겁게 먹었지만 나는 한입도 먹을 수 없었다. 빵을 먹으려면 이제는 내게 없는 재능이 필요했다. 날토끼고기, 그게 자칼인 나에게 더 어울렸다. 하지만 전에는 먹었던 문명사회의 빵조각이라면? 온몸의 조각조각이 언니가 살아 있지 않다면 나도 이 빵을 먹을 자격이 없다는 사실에 대해 한마디씩 하고 싶어했다. 결국 지금 나는, 식탁에 빵을 토한 것은 어쩔 수 없는 일이었다는 말을 하고 있는 것이다.

---

* 조류의 가슴 앞쪽에 있는 Y자 모양 뼈. 두 사람이 양쪽에서 잡아당겨 부러졌을 때 긴 쪽을 가진 사람이 소원을 빈다.

"무슨 짓이야?" 여자가 외쳤다. 자신을 소개할 때와는 딴판으로 신경질적인 목소리였다. 팔이 허공으로 올라갔다. 벽에 걸린 손도끼를 집으려는 것이었는지 아니면 좀더 평범하게 때리는 것으로 만족하려 했는지는 알 수 없었지만, 나는 식탁 밑으로 들어가 펠릭스를 옆으로 끌어내렸다. "이 버러지들." 그녀는 구석에서 빗자루를 가져오며 웅얼거렸다. 무장한 그녀는 방을 가로질러 우리가 숨어 있는 곳을 향해 몸을 숙였다. 그리고 무기의 손잡이를 잡고 계속해서 휘둘러 우리의 어깨며 등을 때렸다. 우리는 등으로 식탁을 뒤집어엎으며 도망갔고 각자 오두막 구석으로 갈라져 달려갔다. 여자는 펠릭스가 있는 구석으로 다가갔다. 빗자루가 무차별적 분노에 휩싸여 날뛰었고, 펠릭스의 몸이라면 어디든 닿치는 대로 고통을 가했다. 펠릭스는 진짜 죽을지도 모른다는 두려움에 압도당해서 벌벌 떨었다. 하지만 그는 소리치지 않았다. 심지어 등뼈에 금이 가는 소리가 들릴 만큼 빗자루로 세게 맞았을 때도. 그 소리를 듣는 순간 확실해졌다. 지금이 보호의 맹세를 지킬 때라는 것이. 나는 숨겨둔 빵칼을 쥐고 여자 뒤로 살금살금 다가갔다. 그녀는 학대에 골몰해 내 기척을 느끼지 못했다.

하지만 경쾌하고 산뜻하게 문을 두드리는 소리가 내 모험을 저지했다.

여자는 사악한 짓을 잠시 멈추고 유백색 눈동자를 굴렸다. 그리고 방을 가로질러 문가로 가서 문구멍에 눈을 갖다댔다. 여자가 왜 바깥 광경에 반가워했는지, 누가 찾아왔는지 보고서 알 수 있었다. 젊은 남자와 여자가 회색 제복을 입고 가슴에 번개 모양*을 달고 있었던 것이다. 그들은 자신들을 헤움노 강제수용소의 실무책임자라고 소개했다. 남자의 이름은 하인리히였고 여자의 이름은 프리치였다.

"축복이 있기를!" 여자의 목소리 끝에 긴장이 묻어났다.

남자는 헤움노가 소련군에게 점령당했다고 말했다. 수용소의 장교들은 수감자들을 말살하려고 용맹하게 애썼다. 도망치는 최후의 순간에도 단 한 명의 유대인도 살려두지 않으려 노력했다. 하지만 안타깝게도 유대인들은 시골 여기저기로 흩어졌다. 그렇지만 하인리히와 프리치, 그리고 처음부터 대의를 같이했던 사람들은 그들이 달아나 숨도록 내버려두지 않을 작정이었다.

"그렇다면 분명 당신들이 좋아할 만한 두 놈을 발견했지요." 여자가 말하며 둘을 안으로 들였다. 그녀는 우리가 서로 끌어안고 한쪽 구석에 꼭 붙어 코트를 입은 채 벌벌 떠는 모습을 역겹다는 듯 바라보았다. 차를 따르면서도 자랑스럽게 우리를 손님들에게 보여주느라 분주했다.

"이 둘은 이곳을 살아서 나가지 못할 거예요. 남편과 나는 수년 동안 함께 유대인들을 죽여왔어요. 신성한 임무였지요. 벽에 걸린 손도끼 보여요? 머리통을 날리기에 괜찮은 무기예요. 나는 아이들을 데려오는 일만 하고 남편이 직접 작업을 했지만, 그이는 이제 이 세상 사람이 아니네요."

헤움노의 사령관들이 애도를 표했다.

---

* SS를 상징하는 문양.

"그래요. 그이는 좋은 사람이었어요. 대의에 아주 충실했지요. 물론 총통의 효율적인 작업 덕에 유대인을 찾기가 날이 갈수록 어려워졌지만요! 한번은 숲속에 놈들이 잔뜩 모여 있는 은신처를 찾은 적도 있고, 어떤 때는 문가에서 음식을 구걸하며 제 발로 우리 손아귀에 들어오기도 했지요. 유대인을 데려오는 건 남편이 없으니 훨씬 힘든 일이 되었어요. 지금은 운좋게 우연히 마주쳐도 일단 나를 믿게 만들어야 해요. 그래서 배를 채워준 다음 자고 있을 때 죽이죠. 내 의도를 이해해줘야 해요. 음식 없이는 둘이나 안심시킬 도리가 없으니까요."

"좋은 계획이네요." 하인리히가 말했다. "하지만 그렇게 끔찍하게 빵을 허비하다니!"

"알아요." 그녀가 한탄했다. "하지만 신뢰를 얻으려면 달리 방법이 없어요. 나는 읽을 줄도 모르고 장난감도 없으니. 노래라도 불러줘야 하나요?" 마지막 말에는 비꼬는 기색이 있었다. 그녀가 그들의 반응에 실망했다는 것을 알 수 있었다. 그녀는 찬탄과 감사를, 잔혹행위에 대한 호들갑스러운 칭찬을 기대했다. 하지만 이상하게도 그런 말은 없었다.

하인리히가 슬쩍 구석으로 다가와 실눈을 뜨고 우리를 보았다. 펠릭스 옆에 꼭 붙어 몸을 말고 있던 내가 얼마나 보였는지는 모르겠다. 우리는 그저 떨고 있는 곰과 자칼의 털뭉치였다. 노파가 다가와 하인리히와 함께 우리를 바라보았다.

"당신이 이 영예를 누리겠어요?" 그녀가 말했다. "아니면 내가 처리하게 이것들을 잡아줄래요?" 초록색 핏줄이 지도를 그린 그녀의 손이 내 코트 깃을 움켜쥐었다. 나는 왜 내가 도망가지 않는지 알 수 없었다. 펠릭스는 도망가려 했지만 겁에 질려 자기 발에 걸려 넘어졌다. 프리치가 펠릭스의 서툰 모습에 킬킬댔지만 어딘지 모르게 완전히 잔인한 웃음은 아니었다. 그러고 나서 헤움노의 책임자들은 이상하게도 주인 여자에게 관심을 돌렸다.

"노래를 한다고요?" 하인리히가 가벼이 물었다.

"그래요." 여자가 말했다. 그 에두른 질문에 이마에 주름을 잡으며 일어나 손으로 앞치마를 가다듬었다. "다른 삶을 살던 어릴 적에 훈련받았지요. 듣고 싶은 노래 있어요?"

"〈말하지 마라〉."* 대답이 바로 나왔다.

"이디시어 노래요?" 노파가 물었다.

"몰라요?" 이렇게 물은 프리치가 총을 뽑아 노파에게 겨누고 덧붙였다. "수용소와 게토에서 유명해진 노래인데."

두 군인은 펠릭스와 나도 잘 아는 노래, 게릴라의 노래, 유대인 저항군의 노래를 함께 불렀다.

말하지 마라 진정 마지막에 도달했다고
납빛 하늘이 쓰디쓴 미래가 전조를 드리워도
우리가 원하는 그 시간은 분명 올 것이다
행군하는 우리의 발걸음은 천둥처럼 울려퍼진다 우리는 살아남는다

---

* 홀로코스트 생존자와 유대인 파르티잔의 주제곡과 같은 노래.

그들이 마지막 소절을 부를 때, 노파는 입을 열어 소리를 내려고 했다. 노래를 불러 동조하려 했던 것인지도 모른다. 진상은 우리도 알 수 없다. 그녀의 노랫소리를 한마디도 듣지 못했으니까. 고운 목소리, 나이에 비해 고와서 히틀러와 맹겔레 모두를 기쁘게 했을 목소리였을지도 모른다. 어쩌면 소질이 있어서 꽤나 다른 삶을 살 수 있었을지도 모른다. 이제는 영영 알 수 없다. 우리는 그녀의 목소리를 들을 기회가 전혀 없었다. 그녀가 입을 열자마자 총알이 마치 벌집으로 돌아가는 꿀벌처럼 입안으로 윙윙거리며 들어가 잿빛 머리칼이 덮인 뒤통수를 뚫고 나왔다. 빠져나온 총알은 작게 지그춤을 추며 벽에 박혔고, 미동 없이 조용하게, 할일이 끝났음을 안다는 듯 그곳에 멈춰버렸다. 복수단은 싸늘한 태도로 여자를 밟고 지나가 자신들이 만들어낸 광경 주위를 성큼성큼 걸어다니며 천사 조각상과 위시본을 눈여겨보았다. 얼굴은 젊음과 생기로 빛이 났다.

"먹던 거 마저 먹어." 프리치가 말했다. 펠릭스는 다시 식탁에 머리를 부딪히며 허둥지둥 일어나 자리에 앉았다. 그리고 열심히 빵을 입에 집어넣었다. 나도 따라 했다.

"진짜 이름이에요?" 펠릭스가 물었다.

대답이 없었다. 그들은 계속해서 조용히 방을 돌아다녔다. 프리치는 마치 매우 좋아하는 공연의 휴식시간을 즐기는 사람 같았다. 하인리히도 똑같이 온화했다. 그는 식탁으로 와서 우리 옆자리에 앉았다.

"먹어도 돼?" 하인리히가 물었다. 그의 손가락이 사람 흉내를 내며 내 접시를 향해 걸어왔다.

나는 접시를 밀어주었다. 그는 내가 빵을 먹다가 뱉어낸 담즙이 접시 가장자리에 묻어 있는 것조차 눈치채지 못했다. 자신의 파트너를 감탄스레 바라보느라 정신이 없었으니까. 머리에 쓰고 있던 모자를 벗자 금발 뿌리 쪽은 새카맸다. 그녀는 싸울 태세를 하듯 주먹 관절에서 우두둑 소리를 낸 다음 노파에게 침을 뱉었다. 구름 낀 눈에도, 앞치마에도. 노파의 어느 곳도 그 공격에서 벗어나지 못했다. 심지어 바닥의 피웅덩이에까지 신경써서 침을 뱉었다. 뱉고 또 뱉고 침이 마를 때까지 뱉은 다음 내 우유를 보더니 의심스럽다는 듯 그 하얀 물질의 냄새를 맡고서는 마지막 한 방울까지 들이켰다. 까만 눈동자가 수평선 위를 항해하는 두 척의 배처럼 컵 가장자리에서 반짝였다.

불사신의 가장 큰 고충은 자신이 어떤 사람이 되었는지 생각해볼 영원의 시간이 주어졌다는 점이다. 한쪽 쌍둥이의 죽음은 이 고충을 배가시킨다. 나는 펄의 반쪽이기를 포기한 적이 결코 없었지만, 그 순간 깨달았다. 그 검은 눈동자의 보복자 같은 사람이 되어도 괜찮을 것 같다고. 감탄의 눈빛이 너무 강렬했는지 그녀는 존경심을 물리치려는 듯 찡그리고는 나에게서 돌아서며 말했다. "네 인생은 네 거야."

나는 그 말에 반박하고 싶었다. 그녀는 펄을 모르고, 내 삶은 온전히 언니에게 기대어 있다는 것도 모르니까. 하지만 보아하니 그 보복자는 논쟁하는 데 관심이 없어 보였다. 그녀는 서랍과 찬장을 뒤져 자신의 가방에 던져넣느라 여념이 없었다. 고기며 치즈며 빵이며 전부. 담배 한 갑을 꺼내 젊은 남자에게 건네고, 시체를 밟은 채 그에게 불을 붙여주었다. 두 사람 사이에 어딘가 달콤하면서도 묘하게 천진한 감정이 오갔고, 심지어 시체를 밟고 있는 것도 잊어버린 것 같았다. 그러다가 여자가 하인리히의 상의 앞주머니에 묻은, 부토니에르*처럼 화사한 핏자국을 보고 신경질을 냈다. 그녀의 손끝이 잠시 거기 머물렀고, 하인리히는 흐뭇한 표정으로 다시 우리 식탁으로 돌아와 윙크했다.

그는 신사처럼 조용히 음식을 씹어가며 조금 더 먹은 다음 펠릭스와 나를 차례로 보았다. 우리는 번호를 보여줄 필요가 없었다. 그는 우리가 누구인지 알고 있었다.

"이제 자유로워졌는데 뭘 할 거니? 아직 어린데 계획은 있고?"

그는 펠릭스에게 담배를 건넸고 한 모금 빨라고 고갯짓했다.

"우리 아버지는 랍비였는데 자주 이런 말을 했어요." 펠릭스는 한 모금 빨아보려다가 발작적인 기침을 시작했다. "살아 있는 사람들이 살아갈 수 있도록 망자들이 죽은 거라고. 지금까지는 이 말이 이해가 안 됐어요. 우리를 고문한 사람한테 딱 들어맞는 말이네요."

하인리히는 그 말을 마음에 들어하며 유리잔을 들어 동의를 표했다. 펠릭스는 영웅을 만난 얼굴이었다. 내가 달랐다고는 말하지 못하겠다. 나는 그 보복자에게 내 비밀을 말하고 싶었다. 구해준 것은 고맙지만 구해달라고 한 적은 없다는 사실을 알아주길 바랐다. 위험에 처해 있던 건 펠릭스뿐이었다. 하지만 방안의 사람들은

---

* 남성 상의 옷깃에 꽂는 꽃 장식.

계획을 짜느라 여념이 없었다.

"지금까지 많은 고문 기술자를 만나왔겠지." 하인리히가 말했다. "그들을 전부 처치하겠다니 꽤나 야심만만한데."

"우리는 한 명만 원해요." 펠릭스가 말했다. "요제프 멩겔레."

"너희는 살인을 하기엔 너무 어려." 여자의 의견이었다.

"내 눈앞에서 그자들이 내 형제의 배를 갈랐다고요." 펠릭스가 맞받아쳤다.

"살인은 너를 망가뜨릴 거야. 우리를 봐. 망가졌어." 여자가 말했다.

나는 아무리 봐도 그들이 망가진 것 같지 않다고 주장하고 싶었다. 망가지기는커녕 전쟁이 시작된 후로 그 누구에게서도 본 적 없는 광채가 있었다. 펠릭스는 우리 계획에 축복을 받아내겠다고 작정한 듯 자기 주장을 밀어붙였다. "내 형제는 나와 쌍둥이였어요. 칼이 그애의 몸을 갈랐을 때, 내 몸도 같이 갈라졌어요."

"넌 아직 약해." 프리치가 혀를 찼다.

"그 칼이 매일 나를 가르고 지나가요." 펠릭스가 말했다. "그런데도 나는 아직 살아 있고요."

하인리히와 프리치가 시선을 주고받았다. 그런 순간순간 둘만의 사랑이 저절로 현을 켰다고 말한다면 이상할까?

"좋아." 하인리히가 말했다. "자유인의 결정을 누가 뭐라 할 수 있겠어?"

그렇게 우리의 훈련이 시작되었다. 하인리히는 한 시간 동안 권총을 정확하게 쓰는 방법을 알려주었다. 첫 사격에서 나는 노파의 벽난로 선반에 있는 다섯 개의 도자기 인형을 겨눴다. 노파를 말리지도 않고 우리 고통을 관망하고 있었으니 천사들조차 내 분노의 대상이었다. 첫번째 천사가 순순히 허공에서 부서졌다. 자신이 한 짓을 알고 있었던 것이다. 다음은 펠릭스의 차례였다. 우리는 천사들을 차례차례 겨냥해 쏘았다. 그 부서지기 쉬운 영혼들을 무無로 돌려놓았다. 우리는 각각 천사 둘씩을 죽인 후 다섯번째이자 마지막 살인을 두고 싸움이 나겠다는 생각을 하며 서로를 바라보았다. 하지만 사격은 이상하게도 우리를 점잖게 만드는 효과가 있었다.

"네가 해." 우리는 똑같이 말했다.

복수단은 우리의 예의바른 태도에 불만스러워했다. "계속해!" 둘이 외쳤다.

그래서 펠릭스가 남아 있는 인형을 겨눴다. 무척 신이 나서 총을 쏘았고 총알이 마지막 천사를 가격하자 복수단은 자신들의 가방을 어깨에 휙 둘러멨다.

그걸 본 우리는 당연히 도자기 인형이 더 많기를, 그래서 새로 만난 동료들이 우리와 함께 남기를, 우리의 사형집행에 호기심이 동해 가지 못하기를 바랐다. 하지만 그들은 우리를 떠나기로 결심을 굳혔다. 그리고 자신들과 같은 임무를 수행하는 동료를 대하듯 너희는 더 좋은 무기가 필요하다고 말하며 서운해하는 우리를 달랬다. 프리치는 총을 가져도 된다고 대수롭지 않게 말했다. 하인리히는 벽에 걸려 있던 손도끼를 내려 나에게 건넸다.

"좀 무겁네." 그가 말했다.

"어떻게든 해볼게요." 펠릭스가 말했다. 그러더니 옆으로 다가와 손끝으로 날을 확인한 다음 어떻게 해볼 틈도 주지 않고 내 손에서 가져갔다. "이 손도끼는 자신이 전에 어떤 짓을 했는지 몰라요. 이제 있을 곳을 내가 알려줄 거예요. 바로 멩겔레의 심장이에요. 심장이 아니라면 배. 배가 아니라면 등이에요."

그들이 웃음을 감추는 게 보였다. 별로 성공적이지는 않았다. 그들은 우리가 우습다고 생각했을지 몰라도 어쨌든 우리의 희극에 완전히 동참해주었다. 프리치가 섬세하고 작은 물건을 손에 쥔 채 나에게 몸을 굽혔으니까. 처음에는 진주라고 생각했다. 하지만 나쁜 시력 탓에 잘못 본 것이었다. 자세히 보니 알약이었다. 이건 말이야. 프리치가 말했다. 먹으면 즉사하는 알약이야. 갈색 고무로 둘러싸인 콩만한 작은 앰풀로 안에는 치명적인 성분, 청산가리 농축액이 들어 있었다. 그것을 내 손 위에 올려놓고 손가락을 접어주며 그녀는 건배하기 전에 멩겔레의 잔에 떨어뜨리라고, 첫번째 건배에 뇌가 멈추고 심장이 마비되는 약효가 퍼질 거라고 말해주었다.

나는 압도당했다. 손안의 알약 속에 죽음이 웅크리고 있다니! 복수가 부지불식간에 멩겔레의 목으로 미끄러져내려가다니! 그 알약은 나에게 없는 매력을 갖고 있었다. 알약은 내 빵칼들보다 우월했고 어쩌면 펠릭스의 새 총이나 손도끼보다도 더 강력할지 몰랐다. 추측건대 그 힘은 멩겔레의 바늘에서 나온 호박색 마술에 맞먹었다. 나는 주삿바늘이 멩겔레를 타락시킨 것처럼 알약을 다루는 일이 나를 타락시키지 않기를 바랄 뿐이었다.

나는 그 작은 독약이 딱정벌레처럼 날개를 펴길 기대하면서 손을 활짝 펴고 손금을 따라 조금씩 굴려보았다. 생물 같았다. 충동적으로 귀에 가져다댔다. 알약의 속삭임을 해독해야만 했다. 나는 항상 강인할 거야. 알약이 속삭였다. 내 안에는 한 세기의 정의가 잠들어 있어.

알약이 펄의 목소리를 낸다는 생각이 들었다. 아니면 내 목소리였나? 펄이 망자의 임무를 떠맡고 내가 남겨진 자의 역할을 맡은 지금 우리는 여전히 같은 목소리를 낼까?

무슨 뜻인지 독약에게 물어보려고 했지만, 그때 모두가 나를 보고 있다는 것을 깨달았다. 눈이 마주치자 펠릭스는 얼굴을 붉혔고 나와 어울려 다닌다는 사실이 부끄럽다는 듯 시선을 돌렸다. 복수단은 내 얼간이 짓에 마음껏 웃었다.

그런데 시체는? 펠릭스가 시체를 어찌해야 하는지 물었다. 그건 너희가 알아서 하라고 그들이 서둘러 말했다. 또다시 죽이러 가는 데에 안달이 난 듯했다. 문간에 서서 우리는 나치 깃발이 깃대에서 측은히 흔들리고 부츠처럼 반짝이는 매끈한 차에 그들이 올라타는 모습을 보았다. 작별인사 대신 그들은 복수를 외쳤다. "젬스타!"* 대기로 뿜어져나오는 차가운 푸른빛 연기가 그 말을 둘러쌌다. 속도를 높여 사라져버린 그들은 더이상 우리와 함께 있지 않고, 기회가 보일 때마다 정의를 추구하는 가짜 나치의 영역으로 돌아갔다.

문간에서 서성이다가 바닥에 있는 시체가 기억났다. 우리는 벽난로와 부서진 천사들을 바라보았다.

"이제 어쩌지?" 펠릭스가 큰 소리로 물으며 도자기 날개를 불

---

* 폴란드어로 복수라는 뜻.

속으로 집어던졌다.

우리는 같은 것을 떠올렸다. 그 생각이 펠릭스의 안에서 번쩍였고, 내 안에서 불꽃을 일으켰다. 우리는 노파의 빗자루 손잡이에 불을 붙여 커튼에 먹이를 주었다. 집 전체가 불에 굶주려 있었다. 불꽃은 혀를 날름거리며 조금씩 번져갔고 어둠 속에서 형광빛을 발하는 새들처럼 번쩍였다. 우리는 불꽃이 러그를, 식탁을, 리스를, 위시본을 집어삼키는 광경을 지켜보았다. 그러다 불꽃이 여자의 몸을 조금씩 물어뜯어가 관자놀이에서 왕관 모양으로 피어나자마자 뒤돌아보지 않고 도망쳤다. 그런 광경을 마음에 담아두면 내가 어떤 사람으로 변할지 두려웠다. 그래서 펠릭스와 새로 생긴 무기와 함께 터벅터벅 걸어갔다. 눈발을 비척비척 헤치고 맨 처음 우리에게 편안함을 약속했던 그 헛간으로 돌아갔다. 말이 우리를 반겼다. 우리에게 자기가 필요하다는 것을 알고 있었다. 우리의 손도끼, 총, 음식이 무겁다는 것을 알고 있었다. 너희는 나 없이 절대 나아갈 수 없다고 눈으로 말하고 있었다. 주인의 사악한 여정을 끝내줬으니 빚을 졌다고 주장했다.

"늙었어." 펠릭스가 말갈기를 쓰다듬으며 슬프게 말했다. "먹어버리는 게 나을지도 몰라."

"도축은 누가 하고?" 내가 물었다. 어쩌면 프리치의 말이 맞는지도 몰랐다. 우리는 살인과 전혀 어울리지 않는지도 몰랐다. 나는 그 의문에 오롯이 정면으로 맞설 수 없었다. 펠을 대신해 복수할 수 없다면 나 자신을 뭐라고 생각해야 하는 것일까?

말을 타고 우리는 여행을 이어갔다. 숲에 쓰러져 있는 것들에

휘청거리며, 우리를 원하는지 확실하지도 않은 미래를 향해 나아
갔다.

펄
16장
이동

첫째 날

크라쿠프를 향해 동쪽으로 이동하는 동안 나는 하루가 어떤 것인지를 다시 익혔다. 여정 내내 해와 달이 교대로 보초를 서며 바뀌는 것을 보았다.

해는 배고픔, 쉼없는 길, 붓고 지친 발을 맡았다. 달은 악몽, 의심스러운 길, 뚝 끊긴 기차선로, 더이상 존재하지 않는 모든 것을 맡았다. 나는 어느 쪽이 더 불리한지 자신할 수 없었다. 그저 둘 다 빛난다는 것밖에 몰랐다.

"앞을 봐라." 쌍둥이아빠가 지침을 주었다. "나머지는 내가 봐줄 테니."

그래서 우리는 앞을, 오직 앞만을 보았다. 하지만 내가 볼 수 있는 것은 위뿐이었다. 안쪽부터 울코트로, 양가죽 러그로, 그러고도 또다른 러그로 나를 단단히 싸맨 보호막이 눈 밑까지 올라와 자궁처럼 감쌌다. 겹겹이 감싸인 내 위쪽으로는 찬 공기 한 겹과 서리 낀 풍광이 있었고 겨울하늘은 입김 때문에 잘 보이지 않았다. 나는 작은 입김이 생겨나 미리를 향해 올라가는 모습을 보았다. 내가 탄 손수레를 미는 미리의 모습이 위로 보이는 하늘의 대부분을 차지하고 있었다.

미리가 있는데 누가 해나 달을 필요로 할까?

굼뜨고 상처입은 행성인 그녀는 나를 아래에 놓고 해와 달이 맡은 책임을 전부 짊어지기로 결심하고 있었다.

*

탈출할 때 대장이 우리를 군인으로 대했으니 우리도 군인처럼 처신해서 그를 뿌듯하게 해주겠다고 결심했다. 어떤 군단은 노래를 부르며 행군하지만 우리는 그러지 않았다. 처음에는 말도 하지 않았고, 심지어 속닥거리지도 않았다. 말소리만으로도 나쁜 사람, 혹은 나쁘지는 않지만 절망적인 시간을 보내는 사람의 관심을 끈다고 생각했다. 우리는 그 생각을 마음에 품고 파괴된 길을 빠르게 나아갔다.

"펄은 어때요?" 한 소년이 미리에게 물었다. 그녀는 내게 고개를 끄덕였다.

"펄, 이 아이는 페테르야. 네 친구지. 페테르는 친구가 많아. 맞지, 페테르?"

페테르는 그렇다고 대답했다. 적어도 우리가 친구인 건 맞는다고. 하지만 다른 얘기는 잘 모르겠다고 했다. 대부분 친구들은—

미리가 페테르의 말을 막았다. "너에 대해 얘기해봐, 페테르." 그녀가 말했다. "하나도 빠뜨리지 말고."

페테르는 부모님이 돌아가셨다고 했다. 열네 살이었다. 아우슈비츠에서는—

"거기 얘기는 하지 마." 미리가 명령했다. "네가 누구인지, 무엇을 했는지 이야기해줘."

페테르가 침을 삼키는 소리가 들렸다. 그는 말했다. 예전에 훔친 것 중에 피아노—

"이 아이는 페테르야." 미리가 단호한 말투로 끼어들었다. "아주 영리한 편이라서 앞으로 어떤 일을 할지 짐작도 안 갈 정도야. 언제나 나를 도와준다." 미리가 덧붙였다. "너도 결점이 있겠지, 페테르? 당장 떠오르는 건 없지만."

나는 페테르가 나를 안쓰럽게 응시하는 것을 눈치챘다. 응시, 그것이 그의 결점 중 하나일지도 모른다고 나는 생각했다.

"펄은 생각보다 건강해." 미리가 그에게 말했다. "기억은 거의 못하지만."

"기억을 해내야만 해요." 그가 목소리를 낮추고 미심쩍다는 듯 말했다.

"네가 동물우리 안에 갇혔다고 생각해봐." 미리는 속삭였지만 다 들렸다. "그리고 그 우리를 어두컴컴한 방에 넣어봐. 간간이 위쪽에서 손이 내려오기도 해. 그 손은 가끔 먹을 걸 주지. 부스러기 정도지만. 어떤 때는 빛을 비추거나 종을 울리거나 물을 퍼붓기도 하고—"

미리는 차마 이야기를 끝까지 생생하게 전하지 못했다. 손잡이를 꼭 쥐는 게 보였다. 그런 실험의 목적이 무엇이었을까요? 페테르가 물었다.

미리가 한 가지 설명을 내놓았다. 멩겔레는 긴밀한 유대를 지닌 일란성쌍둥이가 분리를 경험했을 때 어떤 일이 생기는지 알고 싶었던 거야.

단순하게 말하자면, 맞는 말이었다. 하지만 나는 페테르에게 다르게 설명해줄 수도 있었다. 나는 넘치는 사랑 때문에 우리에 갇혔다. '누군가'와 긴밀한 유대를 맺고 있었고, 그 관계가 그자의 커다란 부러움을 샀다. 차갑고 텅 빈 사람인 그는 가족과도, 아내와도, 아이들과도 애착을 형성할 수 없었다. 그의 혈관을 타고 흐르는 것은 야망뿐이었고, 자신과 비슷한 많은 사람들처럼 그 텅 빈 남자는 역사를 만들기로 결심했다. 어느 날, 그는 새로운 역사를 만들어낼 가장 좋은 방법은 서로를 너무도 사랑하는 두 소녀가 헤어짐에 어떻게 반응하는지 알아내는 것이라고 생각했다. 그래서 우리를 찢어놓았다. 나는 동물우리로 갔고, 그리고 그애는, 어떻게 되었는지 알 수 없었다. 키우고 싶긴 하지만 도망가지 못하게 뒤따라다니기는 싫은 동물에게 그러듯 그가 나를 우리에 집어넣기 전에 내 발목을 묶어버렸다는 것밖에 몰랐다.

그런데 그 생각만으로도 그 남자의 얼굴이 머릿속을 떠나지 않았다. 나는 그 얼굴을 지워버리기 위해 '누군가'의 안부를 물었다. 그애의 얼굴을 볼 수 있다면 남자의 얼굴이 나를 떠날 거라 생각했다.

"우리는 일란성이었나요?" 내가 큰 소리로 물었다.

"그렇단다." 미리가 대답했다.

"그애는 어디 있어요?" 내가 물었다. 나는 죽음의 행군에 대해 들어 알고 있었다. 소련군이 들어왔을 때 소동이 일어났고, 많은 사람이 목숨을 잃었다는 이야기를 들었다. 그리고 입에 담을 수 없는 그 사람, 멩겔레가 거기 있었다. 나의 '누군가'는 특별했다. 그건 그 남자도 알고 있었던 게 분명하다. 그가 데려간 건 아닐까? 일어났을 법한 끔찍한 일이 너무 많아서 좋게 풀렸을 거라고 희망을 품는 건 어리석어 보였지만, 그럼에도 나는 미리가 좋은 소식을 알려줄지 모른다고 생각했다.

미리는 그 어떤 가능성도 말하지 않았다. 하지만 그 눈에 떠오른 슬픔, 비탄에 젖어 반짝이는 떨림이 내가 우리 가족의 유일한 생존자라는 것을 말해주고 있었다. 그러다 그녀는 필사적으로 화제를 바꾸려는 듯 페테르에게 우리가 되돌아갈 세계에 어떤 것들이 있는지 나에게 같이 이야기해주자고 말했다.

미리는 장소를 늘어놓았다. 공원. 그녀가 말했다. 소풍을 가는, 그러니까 밖에서 식사를 즐길 수 있는 탁 트인 장소야. 박물관. 그림과 조각 작품이 있는 장소지. 시너고그는 모여서 공부하고 기도할 수 있는 장소야. 페테르는 물건에 초점을 맞췄다. 망원경으로는 별을 볼 수 있어. 시계는 시간을 알려주지. 보트는 네가 탄 손수레랑 비슷한 그릇 모양인데 물 위에서 움직여. 악기. 그는 그렇게 말하고 나서 의미심장하게 덧붙였다. 피아노.

그 물건을 언급한 건 두번째였다. 나에게는 아무 의미가 없는 물건이었다. 하지만 그 말을 몇 번 반복하든 그건 그의 자유였다. 나는 페테르와 미리가 장황하게 늘어놓는 세계의 설명을 듣는 것이 좋았다.

원했다면 그들의 설명이 장황해지지 않도록 바로잡아줄 수도 있었을 것이다. 하지만 나는 그러지 않았고, 그럴 만한 이유가 있었다.

한 가지 이유는, 두 사람이 그 세계를 설명하면서 즐거워했기 때문이었다. 다른 한 가지는, 그 설명이 나를 온전하게 해주었기 때문이었다.

하지만 꼬마 군단이 더는 걸을 수 없다는 쌍둥이아빠의 판단에 따라 빈 플랫폼으로 몰래 들어가던 때, 나는 둘 다 기차역에 대해서는 설명을 피한다는 것을 알아챘다. 다른 아이들은 누더기를 고치처럼 두르고 다닥다닥 붙어 잠을 잤지만 나는 더러운 요람 속 웃자란 아기처럼 손수레에 남겨졌다. 미리는 내 옆 땅바닥에 누워서 자면서도 손을 뻗어 수레 가장자리를 붙잡고 있었다. 동료 아이들의 코 고는 소리가 커졌다 작아졌다 했고, 페테르의 소리를 골라내려고 노력해보았지만 다른 소리가 더 컸다.

쌍둥이아빠가 악몽에 시달리는 소리가 내 귀에까지 들렸다. 그는 꿈속에서 항변하고 있었다. 백지상태에서 쌍둥이를 만들어내다니 그런 멍청한 소리가 어디 있습니까! 그의 항의를 듣고 있자니 잠드는 것이 과연 안전한 일인지, 잠 속에서 흰 가운을 입은 남자를 피할 방법이 있을지 의문이 들었다. 기분이 나아질까 싶어 그의 호칭을 바꿨다. 나는 그 사람을 '아무도'라고 부르기로 했다.

"잘 가, 아무도." 나는 속삭였다. 하지만 묶였던 발목의 통증이 그가 나와 항상 함께할 거라고 말하고 있었다. 내가 설령 걷게 된 다고 할지라도.

*

둘째 날

아침이 왔지만 기차는 오지 않았다. 해는 다시 한번 우리를 실 망시켰다. 걸어서, 수레를 타고서 계속 행군했다. 그리고 이날은 조금씩 노래를 부르기 시작했지만 어떤 곡을 부르느냐 아웅다웅하 느라 노랫소리가 자꾸 끊겼다.

쌍둥이아빠의 노래 중에는 괜찮은 게 하나도 없었다. 그는 군인 이었으니까. 미리의 노래는 너무 무겁고 로맨틱하고 슬펐다. 모두 가 공감할 수 있는 유일한 노래는 〈건포도와 아몬드〉*였다. 다들 음식 생각은 좋아했으니까. 우리는 자장가를 부르며 행군하면서 추억에 잠겼고, 나는 손수레가 아니라 엄마의 무릎 위에 있는 듯한 기분을 느꼈다. 우리는 노래했다.

---

* 유대인의 전통 자장가.

한밤중 아가의 요람 아래

보드랍고 새하얀 염소 하나

염소는 시장에 갈 거라네

멋진 선물을 가져다주러

건포도와 아몬드를 가져올 거라네

자장자장 우리 아가

이 노래를 세번째로 부르고 있을 때, 열 명 남짓한 여자들을 마주쳤다. 모두 숲 가장자리의 나무에 기대앉아 있었다.

"당신들이 아우슈비츠에서 마지막으로 나오는 사람들인가요?" 한 여자가 물었다. "우리 애들을 기다리고 있어요." 여자는 실망한 표정이었다. "기다려야 할까요? 더 기다려도 될까요?"

"더 있어요." 쌍둥이아빠가 주저하며 말했다.

여자는 이 정보를 조심스럽지만 기쁘게 받아들이고 고개를 끄덕였다.

"그중에 애들도 있고요?"

"수용소에 좀더 남아 있을 겁니다. 붉은군대에서 관리하고 있어요. 여기는 서른다섯 명이고요."

여자는 얼마 안 되는 그 숫자에도 경외심을 보였다. 나는 희망으로 움찔하던 그 얼굴을 결코 잊을 수 없다.

"당신이 데리고 있는 아이 중에 히람이라고 있나요? 소련 남자아이에요."

"있어요!" 쌍둥이아빠가 돌아서서 아이들에게 외쳤다. "히람!

앞으로!"

조그만 아이가 앞으로 밀려나왔다. 그리고 또 한 명의 히람도 뒤따라나왔다. 여자는 두 히람을 찬찬히 살펴본 다음 무릎을 꿇었다.

"내 아들이 아냐." 그녀는 속삭이듯 말했다. "내 아들이 아냐."

모두가 오랫동안 꼼짝하지 않았다. 무리의 모든 아이가 여자의 비탄과 침묵에 무너질 것 같았다. 그녀가 일어나 치마의 먼지를 털어내기 전까지 아무도 움직이지 못했다. 여자는 앉았던 나무둥치로 다시 돌아갔다.

"아시다시피 아이들은 다른 아이들에게 이끌립니다." 쌍둥이아빠가 여자에게 말했다. "비슷한 애들이 지나가면 안전하다고 느끼죠. 우리와 함께 가요. 그러면 아이들이 우리를 보고 당신을 찾아올지도 모릅니다."

"나는 어디를 가든 표시를 남기고 있어요." 여자가 말하며 줄곧 기대고 있던 나무둥치를 가리켰다. 나는 그곳에 새겨놓은 것이 아들 이름이라고 짐작만 했다. 뭐라고 새긴 건지 전혀 알아볼 수 없었으니까. 칼이 무디고 손은 떨렸을 것이다. "하지만 이걸로는 충분치 않아요. 아이들이 읽을 거라고 누가 장담할 수 있을까요?"

나는 그녀에게 포로가 된 아이들은 읽을 수 있는 모든 것을 읽으려 한다고 확신시켜주고 싶었다. 나도 손수레에 실린 채 돌아다니면서 시야에 들어오는 단어를 모조리 읽었다고. 이틀 전 떠나왔던 정문에 적힌 글자를 완전히 덮어버릴 단어를 필사적으로 보려했다고 말해주고 싶었다. 나는 손으로 새긴 이름들이 그 정문만큼 위력이 있기를 바랐다. 그 이름들이 똑바르고 깔끔하게 보였으면 했다. 여자가 새겨놓은 메시지의 유일한 단점은 글자가 힘이 없고 선명하지 않다는 점이었다. 하나하나가 체념을 내뿜고 있었다.

너무 착했던 쌍둥이아빠는 그녀가 남겨놓은 형편없는 흔적을 차마 뭐라고 하지는 못하고 칼을 꺼내 메시지를 덧새겨주었다. 일이 끝나자 그녀의 짐을 들어 행군에 함께하라고 손짓했다.

"내 친구들은 어쩌지요?" 그녀가 말했다. 그는 이미 나무 쪽으로 돌아간 여자들을, 나이도 고통의 정도도 제각각인 여자들을 바라보며 함께 가자고 제안했다. 그는 말했다. 다만 제 명단에 여러분의 정보를 기록하게 해주셔야 합니다. 관계 당국 같은 데서 무슨 대열인지 물어볼 때 수월하게 대화하기 위한 겁니다.

여자들이 나무에서 벌떡 일어섰고, 그 순간 우리는 그들이 기대고 있던 나무둥치마다 새겨진 메시지, 이름, 간청의 글을 보았다. 그들은 할 수만 있었다면 그 말들로 온 숲을 덮어버렸을 것이다. 쌍둥이아빠의 얼굴이 슬픔으로 뒤덮였다. 그가 깨어 있는 동안에는, 악몽의 마수에서 벗어난 동안에는 드물게 보이는 얼굴이었다. 하지만 그는 냉정을 되찾고 명단을 건넸고 얼마 지나지 않아 여자들은 우리 대열 뒤편에 붙었다. 우리는 엄마처럼 보살피려는 그들의 관심을 최선을 다해 정중하게 거절했다.

저희는 이미 엄마가 있어요. 우리는 그렇게 말하고 싶었다.

나는 매 순간 마마에 대해 생각했다. 마마를 생각하고 마마와 제이디에게 내 '누군가'의 얼굴을 보여달라고 간청했다. 하지만 둘 다 대답이 없었다. 죽어서 나를 버릴 수밖에 없는 것일까? 아니면 내 미래가 너무 걱정된 나머지 생존을 기뻐할 수 없는 것일까? 나는 손가락으로 내 얼굴을 더듬었다. 손가락들은 얼굴을 알기 위해 노력했다. 그러면 내 '누군가'의 얼굴도 알 수 있을 테니까. 하지만 손가락들이 찾은 것은 상처 자국과 너무 많은 것을 본 두 눈뿐이었다.

*

우리는 피난민 무리들을 지나쳐 걸었다. 수많은 얼굴, 수많은 몸, 모두 살아서 무엇인가를 찾고 있었지만 그중 누구도 내가 찾는 사람은 아니었다. 이미 죽은 건 아닐까? 해에게 물어봤더니 해는 달에게 물어보라고 했다. 해는 유쾌한 대답이 나오지 않을 질문의 책임은 달에게 있다고 주장했다. 이 문제만 나오면 해가 우물쭈물한다는 생각이 들었다. 해는 내게 등을 돌렸다. 그리고 어둠이 눈으로 내려앉았다. 나를 보호하려는 페테르의 손이었다.

"보지 마!" 페테르가 명령했다. 그는 내가 탄 수레를 밀고 있었다. 나는 그애의 보호막을 떨쳐냈다. 그가 본 것을 나도 보고 싶었다. 끔찍한 소리가 들렸다. 그리고 거기에는—

길 앞쪽 도랑에 시체가 있었다. 온전한 몸이 아니었다.

"보지 말라고 했잖아." 페테르가 말했다.

"그애야." 내가 속삭였다.

"절대 아냐." 페테르가 말했다. 그리고 그 말을 증명하기 위해 머리를 거스르고 수레를 도랑 쪽으로 확 틀어서 내가 그 시체를 볼 수 있게 했다.

남자인지 여자인지도 알 수 없었다. 나이도 알 수 없었다. 얼굴도 머릿가죽도 없었고 누군가가 부츠를 가져갔는지 양다리가 잘려 있었다. 내가 시선을 피하지 않는 걸 보고는 페테르가 말했다. 소련군 부츠가 더 질이 좋아서, 독일군은 그걸 발견할 때마다 가능한 한 가장 모욕적인 방법으로 빼앗는다고.

"그래서 저런 거야." 그가 나를 설득했다. "너의 '누군가'일 리 없어. 그런 부츠를 신어보지도 못했을 거라고."

나는 그 말을 위안으로 삼으려 했다. 하지만 그럴 수 없었다. 그렇다면 '누군가'는 이 겨울에 얇은 신을 신고 바깥을 떠돌고 있다는 말 아닌가?

"앞만 봐라. 앞만!" 쌍둥이아빠가 우리에게 경고했다.

"그애는 어떻게 생겼어?" 시체를 뒤로하면서 나는 페테르에게 물었다.

"너처럼 생겼어."

"내가 어떻게 생겼는지 모르겠어."

"분명 네 어머니랑 닮았을 거야." 페테르가 말했다. "어머니가 어떤 모습이었는지 기억나?"

자세히는 기억나지 않았다. 이것은 달에게 할 두번째 질문으로 남겨두어야겠다고 생각했다. 달이 뜰 시간이 가까워오고 있었다. 나는 바로 물어볼 작정이었다. 우리 중 누구에게든 이렇게 대답해 줄 거라는 의심이 들었지만. 너희는 죽음을 닮았어. 하나같이. 깎여나가고 핼쑥해졌고 눈은 두개골 속으로 움푹 꺼졌고 한때 너희를 정의했던 특징들은 달아나버렸어. 우리가 본래의 자아로 되돌아갈 때까지 살 수 있을까―이 문제가 더 중대한 것 같았고, 다음 피난처를 찾을 때까지 그 질문은 계속 나를 따라다녔다.

그날 밤, 우리는 숲속에서 한 석조건물을 발견했다. 집이라기에는 너무 작고 헛간이라기에는 너무 컸다. 바닥에 치아가 흩어져 있고 대리석으로 만든 좁은 침대 네 개가 있었다. 침대에는 뚜껑도 있었는데 하나만 닫혀 있었다. 나머지 세 개는 입을 벌리고 텅 빈 어둠을 드러내고 있었다.

"무덤이군." 쌍둥이아빠가 두 번 생각하지 않고 말했다.

그 건물은 죽은 사람을 수용하는 공간이었다. 하지만 무덤 세 개는 파헤쳐져 있었다. 우리 같은 피난민의 소행인지 시체에서 값비싼 물건을 훔쳐가려던 약탈자가 그랬는지는 알 수 없었다. 구석에 내팽개쳐진 노란 턱뼈는 이곳의 역사에 대해 아무 말도 해주지 않았다. 치아도 없이 화석이 되어 침묵하는 목격자로서 자리를 지킬 뿐이었다.

우리는 그런 곳에 흔한 방문자는 아니었지만, 망자를 위한 그 집은 우리 같은 사람들에게도 좋은 안식처가 되어주었다. 쌍둥이아빠가 빈 관의 낙엽과 쓰레기를 치웠다. 관은 아이 두 명이 들어가면 딱 맞았다. 페테르는 네번째 관뚜껑 위에서 기지개를 켜고 하품을 했다. 나는 열린 문가의 수레 요람 속에서 달이 아무런 대답 없이 떠오르는 모습을 바라보았다. 바깥에서는 가벼운 눈이 작고 흰 주먹이 떠다니듯 하늘하늘 떨어졌다.

셋째 날

우리를 실은 기차는 크라쿠프 방향으로 고작 5킬로미터 정도를 느릿느릿 나아갔다. 나는 창밖 너머 피난민으로 가득찬 거리를, 집으로 돌아가는 농부들을, 미지의 장소로 조용조용 움직이는 붉은 군대의 군인들을 보았다. 서리 내린 들판에는 탱크가 지나간 흔적이 상처로 남아 있었고, 우리는 각설탕처럼 하얀 육면체의 온전한 농가들이 줄지어 있는, 파괴당하지 않은 지역으로 들어섰다. 그 농가들이 나타나자마자 선로가 끝났다. 우르르 몰려나온 우리의 머릿수를 쌍둥이아빠가 확인하던 그 순간, 흥분해서 얼굴이 땀범벅이 된 튼튼한 기둥 같은 한 소련군을 맞닥뜨렸다.

"돼지들!" 그 군인이 소리쳤다. "돼지!" 그리고 위협적으로 팔을 휘둘렀다. 한 손에는 긴 라이플총을 들고 있었다. 얼굴은 잿빛이었고 눈동자는 검푸른 명, 혹은 코트에서 떨어져나온 단추 같았다. 누더기를 걸친 우리 대원들이 걸어가는 동안 그는 계속 외쳤다.

"돼지!" 그가 말했다. "멈추라고! 돼지 새끼!"

쌍둥이아빠가 행군을 멈춰 세웠다. 드물게도 공포가 그를 압도했다. 금방이라도 몸을 움츠리고 쓰러질 것만 같았다. 이렇게 끝나려고 이 먼 곳까지 왔던가? 그의 얼굴은 그렇게 말하는 것 같았다. 그는 팔을 뻗어 명단을 보여주며 남자에게 다가가기 시작했다. 명단을 쥔 손이 강풍 속에서보다 심하게 떨렸다. 하지만 군인은 그 많은 이름에 눈길조차 주지 않았다. 단지 라이플총을 들어 어깨에 얹고 조준할 뿐이었다. 아이들은 자기보다 작은 아이들 뒤로 숨었다. 미리의 손은 수레 손잡이 위에서 부들부들 떨렸다. 모두 군인의 총부리에 시선을 집중했다. 우리는 가만히 주시했고, 총성이 울렸다. 총알은 방향을 틀어 길 왼편으로 나아갔다.

거대한 돼지 한 쌍이, 술통처럼 둥그런 점박이 야수들이 거품으로 허옇게 된 코를 내밀고 꿀꿀거리며 우리를 향해 돌진하고 있었다. 군인의 총이 돼지들을 쓰러뜨렸다. 먼저 앞다리를, 그다음에는 관자놀이를 맞혔고 우리는 그 거대한 몸뚱이들이 작은 아기 돼지들의 낑낑대는 소리와 함께 신음을 흘리며 눈밭으로 쓰러지는 모습을 보았다.

우리는 피로 물든 눈에 익숙했다. 우리 대원들이 피에 놀라지는 않았을 것이다. 하지만 그 대치상황이 우리 안에 있던 무엇인가를 밀어냈던 것 같다. 왜냐하면 많은 아이가 갇혀 있던 동안 익혔던 대로 소리 죽여 울기 시작했기 때문이었다. 아이들이 몸을 떨며 울던 그때, 여왕처럼 품위 있다고 소문난 작은 네 살배기 소피아가 평소답지 않게 털썩 주저앉아 대표로 엉엉 울어주었다. 군인은 소피아를 보며 어리둥절한 표정을 지었다. 배고픈 아이라면 이런 포상에 기뻐해야 하는 것 아닌가? 그는 총을 내려놓고 포획물을 보며 자축하듯 끄덕거리고는 쌍둥이아빠의 손을 잡고 악수했다. 그리고 우리는 그날 저녁에 포식을 했다. 그랬다. 아이고 어른이고 할 것 없이 꼬르륵거리는 위장보다 우선하는 원칙은 전부 제쳐두고서. 하지만 그들의 살로 굶주림을 달래는 동안에도 나는 그 동물들의 눈에 서린 공포를 잊을 수 없었다.

나는 정말이지 기억을 원하지 않았다. 그 순간에는.

*

셋째 날 밤, 땅거미가 내려앉을 무렵 한 농부가 길가에서 우리를 불렀다. 처음에 눈에 들어온 것은 평화롭게 흔들리는 흰 턱수염이었다. 그는 우리에게 쉴 수 있는 헛간을 내주겠다고 제안했고, 쌍둥이아빠는 상대적으로 파괴되지 않았다는 소문이 돌던 크라쿠프로 우리를 데려가려는 열망만큼이나 이 제안을 거절할 수 없다. 대원들이 지쳐가기 시작했기 때문이었다. 클라인 쌍둥이는 발을 내디딜 때마다 신음소리를 냈고 보로프스키 쌍둥이는 춥다고 투덜댔다. 페테르의 발끝은 신발 밖으로 삐져나와 있었다.

무엇보다도 아파서 허리를 펴지 못하는 다비드 헤르슐라그의 상태가 가장 위급했다. 그 불쌍한 소년의 쪼그라든 위장이 돼지고기 포식을 감당하지 못했던 것이다. 뼈다귀 같은 몸에서 위험하리만치 불룩 나온 배는 독으로 가득찬 것처럼 보였고, 15킬로미터 가까이 쌍둥이아빠에게 안겨서 온 상태였다. 그래서 농부들에게 접근하는 것을 언제나 조심스러워하던 우리의 대장은 그 제안을 기꺼이 받아들였다.

우리는 피난처 헛간으로 들어갔다. 얼룩덜룩한 닭 무리와 닭냄새, 여기저기 놓인 달걀 둥지가 있었다. 따뜻하고 생기가 넘쳤다. 삐쩍 마른 수탉이 살금살금 돌아다니며 가슴이 불룩한 암탉을 쫓아다녔다. 우리를 무서워하는 닭은 없었다. 아직 먹을 돼지고기가 남아 있었으니까. 우리가 두번째 식사—다비드는 함께 할 수 없었던 식사—를 허겁지겁 끝내자, 쌍둥이아빠는 발을 끌며 구석으로 물러나 쪽잠을 청했고 미리는 아이들 사이를 돌아다니며 붕대를 감아주고 발을 주물러주고 물통을 기울여 물을 먹여주었다.

아이들을 모두 둘러본 다음, 그녀는 짚단에 누워 있는 다비드에게 돌아갔다. 병색이 완연했고 이마는 땀으로 흥건했다. 그녀는 불안하게 나를 바라보고는 페테르에게 다비드의 잠자리를 만드는 걸 도와달라고 청했다. 페테르는 튼튼한 둥지를 만들어내 울담요로 덮은 다음 다비드를 소중한 알처럼 그 위에 눕혔다. 다비드는 얼굴을 살짝 찡그려 미소 지었다. 그리고 눈을 들어 우리가 볼 수 없는 서까래 안쪽의 어떤 광경을 응시했고, 미리는 〈건포도와 아몬드〉 후렴구를 불러주었다.

자장자장 우리 아가

그녀는 새처럼 그 둥지에 기대어 자장가를 불러주었고, 소년은 평화 비슷한 상태에 빠져들었다.

*

넷째 날

아침에 일어났더니 쌍둥이아빠가 무릎을 꿇고 있었다. 건초더미 안의 어떤 형체 옆에 몸을 굽히고 있다가 들어올려 흔들었다.

마치 일어나기 싫어하는 사람을 깨우려는 것처럼. 우리는 소년을 안아든 쌍둥이아빠를 보고 다비드가 더이상 다비드가 아님을, 이제 시체임을 알 수 있었다.

"즈비." 미리가 말했다. "아이들이 무서워할 거예요." 하지만 미리도 상실감에서 벗어나지 못하고 있었다. 그리고 쌍둥이아빠는 아이를 놓지 않으려 했다. 소년은 변한 것처럼 보였다. 그를 죽음으로 몰아간 원인을 통해 겨우 누구인지 알아볼 수 있었다. 언덕처럼 솟아오른 배를 통해서 말이다.

미리가 쌍둥이아빠의 어깨에 손을 올렸다. 위로해주려는 뜻이었지만 그는 위로받으려 하지 않았다. 미동 없는 소년의 머리카락에서 닭털을 떼어내며 다른 대원들을 완전히 잊은 듯, 죽은 아이만 들을 수 있다는 듯 말했다.

"나는 최소 열두 쌍의 가짜 쌍둥이를 만들어내야만 했다." 쌍둥이아빠는 확인을 구하듯 미리를 보았다.

"열아홉이에요." 그녀가 조용하게 말했다. "열아홉 쌍을 만들어냈죠."

"열아홉." 쌍둥이아빠가 되풀이했다. "다비드와 아론이 첫번째였지." 미리가 코트를 벗으며 고개를 끄덕였다. 코트로 소년을 덮어주려 했지만 쌍둥이아빠가 놓아주지 않았다.

"처음에는 애들이 고생을 했어. 거짓말 때문에. 너무 어렸으니까. 고작 네 살, 다섯 살이었어. 내가 네덜란드어에 서툴렀고 아이들은 다른 언어를 못해서 내가 원하는 걸 설명하기도 어려웠지. 하지만 매일 아침 점호 전에 아이들에게 단단히 일렀어. 너희는 쌍둥이다! 그리고 내가 만들어낸 생년월일을, 아론이 먼저 태어났고 다비드가 둘째라는 사실을 계속해서 반복하게 했다. 태어난 시간 차를 일 년에서 오 분으로 줄여버렸지!"

그는 멩겔레가 아이들의 특징을 헤아릴 때 그랬던 것처럼, 주근깨가 난 소년의 콧등을 손가락으로 쓸어내렸다.

나는 이쯤에서 쌍둥이아빠의 말을 듣지 않으려고 노력했다. 그때 발각되고 싶었다는 쌍둥이아빠의 이야기를 듣고 있기가 힘들었다. 그는 울면서 말했다. 멩겔레를 실험실 구석으로 몰아넣고 위협적인 목소리로 네 연구는 조작되었다고, 어린애들의 거짓말에 속아 너무도 쉽게 실패할 어리석은 짓이라고 밝혀버리고 싶은 마음이 얼마나 자주 들었는지! 그랬다면 멩겔레에게 즉시 사살되었을 것이라는 사실을 인정했다. 하지만 차라리 그편이 나았을 거라고, 아이들을 구하고도 이렇게 죽는 모습만 지켜보게 될 바에야 그때 죽어버리는 편이 나았을 거라고 말했다.

미리는 얼굴이 해쓱해져 손을 내저으며 애써 우리를 내보내려고 했다. 농부를 도와줄 허드렛일이 있는지 보고 오라고 말하는 목소리가 이상했다. 우리는 아무 말도 하지 않았다. 닭들도 숨을 죽였다. 나는 아직도 뜨여 있는 소년의 눈에서 서까래까지 이어진 시선의 자취를 애써 따라가보았다. 그애는 우리를 떠나면서 무엇을 보았을까? 나는 죽어본 적은 없었지만, 그애가 헛간 천장의 작은 틈을, 멀리 반짝이는 별이 보일 정도는 벌어진 그 틈을 응시하고 있었으리라는 것을 알 만큼 죽음 가까이 가본 적은 있었다.

"거짓말할 필요는 없습니다." 쌍둥이아빠가 갑자기 평정을 가장하며 냉정하게 말했다. 내면의 군인이 돌아와 있었다. 그는 소매로 눈을 닦고 다비드의 찢어진 스웨터 옷깃을 바로잡아주었다. "아이들에게 작별인사를 하게 합시다."

그래서 우리는 오랫동안 자신을 거부해왔던 음식에 당해버린 작은 소년 주위로 모여들었다. 소년의 얼굴은 평화롭지 않았다. 쌍둥이아빠는 다비드의 팔을 모아준 다음 안아올려 서리가 내려앉은 휴경지들을 지나 풀밭으로 갔다. 땅은 겨울을 나며 딱딱해졌지만 소년을 받아줄 공간을 열어주었다. 우리는 각자 돌 하나씩을 들고 약식으로 만든 무덤을 줄지어 지나갔다.

농부의 아내가 자기만의 의식으로 우리 행렬을 방해했다. 그녀는 무덤에 양귀비 씨앗을 뿌렸다. 죽은 사람이 새가 되어 돌아오면 먹으라고 뿌려주는 거라고 했다. 나는 양귀비 씨앗이 공중에서 빙글빙글 돈 다음 얼음 위에 자리잡는 모습을 지켜보았다. 그 씨앗들이 왜 그토록 사랑스럽게 느껴지는지는 알 수 없었지만, 그 짙은 빛깔의 씨앗이 흩뿌려지는 광경을 보고 있으니 마음이 조금 가벼워졌다. 이미 그 작은 생명들은 차갑게 움츠러들어 있었다. 우리가 등을 돌려 떠나려고 하는 바로 그 순간, 다비드의 죽음이 가져온 풍요를 놓칠세라 너무도 탐욕적으로 잽싸게 공중을 가르는 새의 날갯짓소리가 들렸다.

농부의 트럭 짐칸에서 우리 대원들은 널빤지에 몸을 기댔다. 눈이 빨개진 쌍둥이아빠는 인원을 확인하려고 명단을 검토하면서 너덜너덜해진 종이를 손가락으로 짚어내려가고 있었다.

우리는 옆구리에 양귀비 씨앗 자루를 들고 서 있는 농부의 아내에게, 그리고 농장에 남기로 결정한 여섯 어머니들에게 손을 흔들어 작별인사를 했다. 이 어머니들은 자기 아이들이 몇 발짝 뒤에 있을 거라고 확신했고, 나머지는 흩어져 각자의 절박한 모험을 떠났다. 그럼에도 사랑하는 자식이 우리 무리에 없다는 사실을 아직 받아들일 수 없다는 듯 여전히 트럭 뒤편에서 아이의 얼굴을 찾고 있었다.

트럭이 시동을 걸고 경적을 울렸고 크라쿠프를 향해 굴러갔다. 그때 다비드를 부르는 미리의 목소리가 바람결에 들려왔다. 지금 누워 있는 그곳에서, 그 땅속에서 차가워진 다비드가 아무것도 듣지 못해도 자기 목소리는 들릴 거라는 듯 부드럽게 그 이름을 불렀다.

"용서해줘!" 나는 그녀가 속삭이는 소리를 들었다.

나는 미리의 간청을 이해할 수 없었다. 그녀는 다비드의 죽음에 책임이 없었다. 오히려 그 아이를 끝까지 보살펴주었다. 분명하게 이해할 수는 없지만 그렇기에 더더욱 그 말은 내 안의 무엇인가를 건드렸다.

온 세상이 복수심에 사로잡혀 있는지도 몰랐다.

하지만 나는, 내가 용서하고 싶어한다는 것을 알았다. 나를 고문한 사람은 결코 내 용서를 구하지 않을 것이다. 그건 확실했다. 그래도 나는 용서가 유일하게 남은 힘일지도 모른다는 것을, 그의 손아귀에서, 매일 아침 눈뜰 때마다 너무도 가까이 느껴지는 그 손아귀에서 벗어날 수 있는 유일한 수단일지도 모른다는 것을 알았다. 그리고 만약 내가 용서할 수 있게 된다면, 내가 용서를 맡게 된다면 어쩌면 나의 '누군가'가 돌아올지도 몰랐다. 적어도 지나쳐가는 피난민들에게서, 죽은 자와 산 자를 가리지 않고 '누군가'의 얼굴을 보는 일을 그만둘 수 있을지도 몰랐다.

17장
폐허가 우리를 지켜준다

말이 힘을 주었다. 가면 갈수록 우리는 이 앙상한 영웅의 짐이 되었다. 그토록 굶주렸다는 게 믿기지 않을 정도로 끈기 있게 달리는 모습을 보고 있으면, 누구라도 말 또한 요제프 멩겔레를 살해하는 신성한 임무를 바라고 있다고 믿을 수밖에 없었을 것이다. 하지만 바르샤바로 가기는 쉽지 않았다.

출발한 지 나흘이 지났을 때 탱크가 빽빽이 들어찬 길을 마주쳤고, 선택의 여지 없이 방향을 돌려 포즈난*으로 갔다. 그곳은 제이디의 도시였다. 제이디는 대학에서 강의를 했다. 그리고 이렇게 말하길 좋아했다. 포즈난은 학문적 헌신이 살아 있는 보석 같은 곳이고, 위대한 정신과 예술의 신봉자들을 낳았지. 하지만 이제 그곳에서 배울 수 있는 교훈은 폭력밖에 없는 것 같았다. 독일군이 도시

---

* 폴란드 중서부 항구도시.

여기저기를 활보하고 있었고, 위협적인 총성과 소련군의 진격에 결의를 다지며 부르는 난폭한 가사의 군가만이 조용한 거리에 메아리쳤다.

군인들이 노래가 지겨워지면 말과 두 피난민을 괴롭히는 일로 즐거움을 찾을까 두려워 우리는 최대한 숨죽이고 조용히 걸었다. 펠릭스가 가방을 짊어졌고 나는 말고삐를 잡고 끌었다. 가로등 기둥이 뿌리 뽑힌 잡초처럼 흩어진 거리를 따라 고개를 숙이고 나아가던 우리가 걸음을 멈춘 것은 회색 군복을 입은 위협적인 인물 때문이 아니라 우리를 보고 절로 펼쳐지는 거지의 손바닥 때문이었다.

누군가가 음식이나 동전을 구걸하기 위해 다가올 만큼 우리가 여유 있어 보인다는 것이 놀라웠다. 하지만 거래를 하기로 했다. 날짜를 알려주면 대신 빵을 주겠다고 펠릭스가 제안했다.

"2월이야." 거지가 말했다. 그리고 3일일 것 같다고, 어쩌면 4일일지도 모르겠다고 말했다. 나는 남은 빵조각을 돌려달라고 하고 싶었다. "하지만 진짜 알아야 하는 것은 소련군이 오고 있다는 거다. 당장 떠나. 이게 내 조언이다. 그리고 봐라." 그는 빵을 물어뜯으며 말했다. "난 이런 지혜를 전해주고도 뭘 더 요구하지 않는다!" 정보를 넘겨준 그는 뒤쪽으로 어렴풋이 보이는 광경에 어리둥절해하는 우리를 남겨두고 밤의 어둠 속으로 비척대며 사라졌다.

그곳에는 오래된 박물관이 있었다. 벽이 무너져 벽돌이 덜걱거리고 기둥이 휘청이고 있었다. 남은 창문들은 구멍나고 갈라진 것이 유리로 된 베일 같았다. 커다란 문이 굴복하듯 쓰러져 있었고 정면의 삐죽삐죽한 입구를 통해 파괴된 박물관 내부가 보였다. 폐허 말고는 볼 것이 없는 듯했다. 하지만 좀더 들여다보니 기억을 통해 복원된 박물관이, 내가 뒤처져 있는 동안 제이디와 펄이 홀을 가로지르는 모습이 보였다. 일곱 살의 언니가 그림 앞에 까치발을 하고 서서 제이디에게 원근법에 대한 설명을 듣는 모습이 보였다.

기억, 그것이 나를 박물관 안으로 끌어들였다.

나는 나 자신과 펠릭스에게 거짓말을 했다. 그 건물 안에서 물자를 찾을 수 있을 거라고. 사실 그건 아무래도 좋았다. 중요한 것은 안으로 들어가면 제이디가 내 옆에 있을 거라는 생각뿐이었다. 제이디의 휘파람소리를 듣게 될지도 몰랐다. 제이디의 코트 좀약 냄새를 맡게 될지도 몰랐다.

그래서 우리는 말 등에 올라앉아 머리를 높이 든 채 그 버려진 장소로 들어섰다. 말은 으스러진 계단 위를 조심스럽게 내디뎠고, 하얀 갈기가 저녁 어스름에 은빛으로 빛났다. 깨진 대리석 문턱에서 앞발굽이 미끄러졌다. 쓰러질 뻔한 말의 히잉 하는 울음소리가 메아리치며 황폐한 입구를 뒤덮었지만, 말은 언제나 그랬듯이 다시 앞으로 나아갔다.

우리가 볼 그림들이 있어야 했다. 현실과 비현실을 그린 그림, 풍경화, 인물화. 하지만 그 박물관에서 발견한 것은 폐허의 초상뿐이었다. 허리케인 같은 흑비둘기떼가 처마에 난 구멍으로 내리 덮치는 모습이 보였다. 쩍 갈라진 바닥이 집어삼킬 듯 위협했다. 갈라지지 않은 곳에는 시커먼 물웅덩이가 있었다. 빛은 으스러진 벽을 따라 주춤거렸고, 들쥐들이 쥐구멍에서 설교를 하고 있었다.

"들쥐에게 복이 있나니, 적어도 피를 믿고 있으니." 펠릭스가 읊었다. "랍비인 아버지라면 이런 말을 했을 거야."

이 축복에 분노한 듯 들쥐들의 연설소리가 점점 커졌다.

"돌아가자." 펠릭스는 떨고 있었다. "내 형제라면 이렇게 말했을 거야. 돌아가!"

하지만 나는 돌아갈 수 없었다. 왜냐하면 비틀비틀거리는 와중에도 보물을 갖게 되었으니까. 나는 제이디가 사랑했던 것들에 둘러싸여 있었다. 파괴되긴 했어도 박물관은 여전히 제이디의 열정적인 논리, 의지, 과학, 그가 사랑했던 모든 것을 말해주고 있었다. 제이디가 사랑했던 것, 그것들은 부서지거나 불에 타거나 약탈당할 수 없었다. 그가 사랑했던 것들이 진정한 나의 유산이었다.

이 흉포한 혼란 사이를 지나가는 동안 우리는 경계를 늦추지 않았다. 어둠 속에서 말의 눈이 번득였다. 우리는 놋쇠, 약탈자들이 남겨놓은 동전, 토막난 철사의 흔적이 이끄는 대로 나아갔다. 작은 유물들이 바닥에 흩어진 자갈 사이에 송사리처럼 자리잡고 있었고, 이윽고 샹들리에가 흔들거리는 방에 들어섰다. 말이 찻잔을 밟는 소리에 깜짝 놀라며 이곳이 거대한 다실임을 알았다. 우리의 창백한 친구가 타우베에게 목이 꺾여버리기 전에 진정한 숙녀가 되어 방문해보고 싶다고 말했던 바로 그런 곳이었다.

그곳은 다른 폐허와는 달리 상기시키는 것이 있었다. 친구가 살아 있지 않은 세상에 우리는 여전히 살아 있다는 사실. 그애의 죽음을 존중하며 말에서 내려 조의를 표했다.

"사랑스러운 브루나를 위해서 하루를 사고 싶어요." 펠릭스가 하늘에 대고 속삭였다.

바람은 아무런 대답도 하지 않았다.

"대답은 필요 없어요." 그는 속삭이던 목소리를 휙 바꾸어 말했다. "브루나는 폴란드에서 가장 용감한 인물이었다고, 세상이 그렇게 기록하게 해줘요."

그는 조각상이 사라진 받침대로 뛰어올라가 위에서 자세를 잡고 몸을 푼 다음 그가 믿는 신을 향해 주먹을 흔들었다. 펠릭스가 분노를 기려 만들어낸 동상을 보고 있자니 우리가 여전히 어린아이라는 것을, 하지만 동시에 용병이기도 하며, 반죽음상태의 골칫덩이라는 것을 알 수 있었다. 그런 아이는 어떤 모습을 하고 있는지 궁금해졌다. 나는 모습을 비춰볼 만한 것을 찾아 어둑한 다실을 기웃거리고 다녔다. 하지만 어둠은 수그러들 줄 몰랐고, 유릿조각은 겉모습에 대해 아무것도 알려주지 않았다. 펠릭스에게 그 밤의 어둠에 대해 말했지만 아무런 대답이 없었다. 그가 받침대에서 사라진 것을 알고 당황해서 주위를 둘러보았다. 아주 잠깐이라도 펠릭스가 시야를 벗어나면 다른 감정은 모두 사라지고 상실감만 남곤 했다. 나는 갈팡질팡하며 곰털코트의 털 한 오라기라도 찾는 심정으로 어둠 속을 돌아다녔다.

그때 누군가가 내 등을 두드렸다. 음악적인 접촉이었다. 챙그랑 소리가 났으니까.

고개를 돌리니 갑옷을 입은 사람과 높이 치켜든 은빛 주먹이 보였다. 주먹은 내 머리 위에 있었고 얽힌 손가락이 하늘을 찌르고 있었다. 어둠의 혼란 속에서 나는 그 사람이 나와 멩겔레 사이의 거래를 알고 있는 전사라고 확신했다. 태도로 보아 정의를 매우 사랑하는 사람이고 나의 우발적인 범죄를 알고 있었다.

너무 놀란 나머지 펠릭스를 부를 생각조차 하지 못했다. 스스로를 변호할 생각 같은 건 더욱이 하지 못했다. 나의 위대한 계략을, 멩겔레를 저지하려는 계획을, 펄 또한 그 주사의 수혜를 입을 거라고 생각했던 것을 말할 수 있었을 텐데도.

그러는 대신 나는 돌무더기에 무릎을 꿇고 몸을 숙였다. 목을 내놓고 심판을 기다렸다. 바싹 엎드린 채 전사에게 나를 벌해달라고, 가능하다면 가장 거대한 심판의 장으로 데려가달라고 빌었다. 나는 말했다. 언니 곁에 있을 수 있다면 죽는 게 더 행복할 거예요. 가능하다면 스스로 목숨을 끊기라도 할게요! 그렇게 맹세까지 했다.

"널 어떻게 죽여!" 전사가 외쳤다. 무시무시한 광경에 어울리게 한껏 높인 목소리였다. 의심의 여지 없이 펠릭스였다. 삶에서 벗어나는 데 필사적이었던 나머지, 슬쩍한 갑옷을 입은 다정한 친구를 신성한 복수의 손길이라고 오해하다니. 어떻게 그럴 수 있었을까?

"왜 그런 농담을 해?" 펠릭스가 물었다. "이렇게 견뎌왔는데! 농담이 필요한 건 알겠어. 그래도 그게 뭐야?" 그가 은빛 머리를 슬프게 내저었다.

"하나도 안 웃기네." 나도 동의했다.

다행히도 그는 자신이 획득한 물건에 도취되어 그 문제를 더 생각하려 하지 않았다. 날개 달린 옛 폴란드 기병으로 변신한 자기 모습을 내가 감상할 수 있도록 몸을 돌려주었지만, 갑옷은 삐걱거리고 잘 맞지 않았다. 가슴 부분이 덜렁거리고 벌어져 곰털코트가 보였고, 한 발짝 내디뎠을 뿐인데 다리를 조이고 있던 은빛 조각이 풀려 애처롭게 찰캉 소리를 내며 떨어졌다. 하지만 내 친구는 여전히 자신의 사나운 모습을 찬탄해주길 바라고 있었다.

물론 나는 그에게 웅장해 보인다고 했다. 그리고 덧붙였다. 내가 나치라면 보자마자 도망갈 거야. 그는 무척 기뻐했다. 나도 그의 즐거움을 함께하고 싶었지만, 단지 고통만 느껴질 뿐이었다. 내 기분을 눈치챈 펠릭스는 나를 기쁘게 해주려고 최선을 다해 돌무더기 깊숙한 곳에서 새로운 것을 찾아냈다. 나는 그가 공중에 들어 올린 작고 납작한 병을 탐욕스럽게 낚아채 한 모금 마셨다. 목을 타고 내려가는 불길 같은 감각이 깨우쳐주었다. 물이 아니었다.

"보드카야." 펠릭스가 병을 뺏으며 말했다. "물물교환에 유용하겠지만 지금 좀 써도 될 거야." 펠릭스가 한 모금 마시자 내가 다시 빼앗았다. 그런데 내 손이 병을 꽉 쥐자마자 제이디의 목소리가 들려왔다.

펄을 위해! 제이디가 건배했다. 시간과 기억의 수호자를 위해!

나는 그 건배를 존중해야만 했다. 그래서 펠릭스가 나 대신 술을 털어넣도록 내버려두었는데, 그는 그렇게 들이켜는 데 익숙하지 않았다. 그가 아는 건 탐닉뿐이었고 술은 신속하게 그의 텅 빈 위장을 습격했다. 펠릭스는 멍청이 깡통처럼 비틀거리더니 은빛 무더기가 되어 쓰러졌다. 한순간 펠릭스를 일으켜세워줘야 할 것 같았다. 하지만 곧 그가 구역질하며 갑옷을 벗어던지더니 말 등에 폴쩍 올라탔다. 말이 자기 위의 술 취한 짐덩어리를 미심쩍다는 듯 바라보았다.

"말을 탈 수 있는 상태가 아니잖아." 내가 반대했지만 그는 전혀 받아들이려 하지 않았다.

게다가 말에 올라타는 것 외에 우리가 뭘 할 수 있었겠는가? 바깥 거리에서 순찰을 도는 군인들은 열세 살 소년의 상태에 아무런 신경도 쓰지 않았다.

"그래." 나는 수긍했다. "가자."

폐허를 뒤로하고 나아가자 멀리 마을들이 보였다. 눈밭에 시커멓게 난 웅덩이들을 가로질러 조심스레 나아가는 사이 말은 발을 잘못 디뎌 진창에 빠지곤 했다. 갇혀 있던 우리를 목격했던 하늘이 우리 위에서 천진하게 윙크를 했다. 그 순진한 하늘은 자신 역시 우리의 죽음에 관여했다는 사실을 잊어버린 것 같았다. 구름을 알리바이 삼아 자신이 목격한 모든 것을 부인하려는 걸까? 그러지 않길 바랐다. 하지만 의심이 덮쳐오기 시작했다. 우리는 배가 고팠고 지쳤고 길을 잃었다. 여행을 이어오는 내내 오직 사별의 슬픔만이 우리를 앞으로 나아가게 했다. 포즈난으로 진격중인 소련군 탱크에 이곳저곳이 막혀서 뚫린 길이기만 하면 아무데로나 가야 했다. 우리는 바르샤바를 향해 방향을 바꾸고 또 바꿔가며 행군했고, 마음속에 거친 증오를 심어준 그 남자를 끝내버릴 힘을 달라고 각자가 믿는 권위에—펠릭스는 신에게, 나는 운명에—빌었다.

펄
—
18장
헤어짐

크라쿠프에 도착해 정처 없이 도시를 돌아다녔다. 우리는 이 집 저 집을 전전했다. 여기저기서 커튼이 휙휙 닫히는 모습이 보였다. 커튼 레이스 끝자락마다 손가락이 보였고, 어른들이 모두 아이로 돌아가 숨바꼭질 놀이를 하는 것 같았다. 다들 우리를 전혀 보려 하지 않았다. 내가 본 소녀도 마찬가지였다. 그애는 꽃무늬 벽지 앞에 앉아 책을 읽고 있었다. 나도 언젠가 책을 읽고 싶었다. 동물 우리에 갇히기 전에 내가 어떤 사람이었는지 알려줄 책을 읽고 싶었다.

그리고 그런 날, 책을 읽는 나의 곁에 미리가 있었으면 했다. 하지만 미리는 크라쿠프로 오는 내내 소리 죽여 용서를 구했기에, 그녀의 슬픔 때문에 내가 상상한 미래가 무산되는 것은 아닌가 의구심이 들기 시작했다.

"생각보다 심하지 않군." 크라쿠프에 대한 쌍둥이아빠의 평가였다. 그는 동의를 기대하며 미리를 바라보았다. 아무런 대꾸가 없었다. 줄지은 집들의 문이 하나같이 닫혀 있는 모습을 보며 걷는 동안 미리의 입술은 조용한 실망으로 굳게 닫혀 있었다. 길을 걸어가며 여자들이 소련군에게 쫓기는 모습을, 골목으로 끌려가는 모습을, 벽에 바싹 눌리는 모습을 보았다. 밖으로 빠져나오는 모습은 보이지 않았다. 거지들이 음식을 구걸하며 다가왔다가 아무것도 없다는 말에 저주를 퍼붓는 모습도 보았다. 가장 눈에 띄었던 것은 시계점 바깥 벤치에서 우리를 쳐다보는 한 남자였다. 그는 끄적거릴 작은 수첩과 일간지를 가지고 앉아 커피를 마시며 어느 여자의 말을 듣고 있었다. 여자의 흥분한 몸동작을 보니 도움을 간청하는 듯했다. 한 사람이 아니었다. 과부들과 난민들에 동네 사람들까지 여남은 명이 줄지어 서서 그 남자에게 말하려고 기다리고 있었다. 하지만 그는 남루한 우리 무리를 보고 의자에서 벌떡 일어나더니 급히 쌍둥이아빠에게 다가와 어디에서 왔는지 물었다.

남자는 젊었지만 마치 평생을 사냥과 은거를 하며 야외에서 생활한 것처럼 바람에 거칠어지고 닳은 얼굴이 늙어 보였다. 군인의 풍모가 있었으나 쌍둥이아빠와는 아주 다른 종류였다. 눈빛에는 보호본능이 어려 있었는데, 이 도시에 들어온 것만으로도 우리가 자기 가족이 된 듯한 태도였다. 나중에 그가 '브리하'라는 지하운동에 깊숙이 가담해 유대인들이 안전한 곳으로 망명하도록 돕고 있다는 사실을 알게 되었다. 하지만 당시에는 야쿠프라는 이름의 그 남자가 자기 집 근처 폐가에 우리 은신처를 만들어주겠다고 자청했다는 정도만 알았다. 판자를 댄 창문에 잿빛으로 황량한 집은 썩은 이를 연상시켰다.

"집주인은 돌아오지 않을 거예요." 그가 말했다. 쌍둥이아빠는 메주자*가 있어야 할 자리에 페인트가 선명한 것을 보고 문가에서 주저했지만, 야쿠프가 바보같이 굴지 말라며 문을 홱 열어젖히는 바람에 들어서지 않을 수 없었다.

이렇게 우리는 사면의 벽과 물은 샐지언정 지붕이 있는 폐가에서 잘 수 있었다. 어디를 둘러봐도 전에 살던 사람들이 도망친 흔적이 눈에 들어왔다. 책장은 쓰러져 있었고, 여성용 나이트가운이 싱크대의 창백하고 푸른 물웅덩이에 잠겨 있었다. 벽에서 튀어나온 벽돌 세 개가 비밀 칸막이를 드러내고 있었다. 식탁 위에 펜과 함께 종이 한 장이 놓여 있었지만 쓰여 있는 것은 인사말뿐이었다.

감사한 마음으로 내부를 둘러보고 나니 저녁을 먹으라는 소리가 들렸다. 쌍둥이아빠가 식품 저장고에 외따로 놓인 거대한 단지에서 비트를 꺼내 조금씩 나눠주었다. 우리는 비트를 돌려가며 한 입씩 먹었다. 손이 핑크빛으로 물들고 입 주위도 절임 물로 붉어졌다. 미리만 음식을 거부했다. 바깥에는 다시 눈이 내렸지만 이번에는 우리를 축하해주는 것 같았다. 그렇게 식사를 끝내고 물 한 잔을 돌려 마시며 아이들은 없어진 것을 더 많이 늘어놓았다.

"황소도 없어!" 그리고 건배했다. "들쥐도, 막사도, 문도, 주사기도 없어!"

내 순서였다. 동물우리에 갇히고 입을 다문 후로는 말하는 것이

---

* 유대교의 율법 구절이 적힌 종이나 그것을 담은 함. 문설주에 붙여놓는다.

진짜 편안했던 적이 한 번도 없었지만, 그 순간만은 말이 나를 찾아왔다. 어떻게 왔는지 모를 제이디의 말이, 하늘에 내리는 눈처럼 머릿속에 밝고 순순하게 떨어져내렸다.

'누군가'의 귀환에 건배! 내가 제의했다.

미리가 나를 향해 유리잔을 들었지만 함께 따라온 웃음은 파리했고 확신이 없었다. 버림받을 것을 두려워하는 걸까 하는 생각이 들었다. 내가 '누군가'를 찾으면 더이상 자신이 필요 없어질까봐 걱정하는 것일까?

나는 자꾸만 깼고, 미리의 슬픔에 대한 의구심으로 잠을 설쳤다. 그리고 얼핏 잠에서 깰 때마다 한숨도 눈을 붙이지 않는 미리의 모습이 보였다. 그녀는 두 손을 맞잡고 미동 없이 의자에 앉아 있었다. 그 광경을 본 순간 나는 버림받을 것을 두려워하는 사람은 미리가 아니라 나 자신임을 깨달았다.

*

아침은 우리가 빌린 집의 모습을 바꾸어놓았다. 나는 방구석의 새장에 관심이 갔다. 철사로 된 작은 문이 한쪽 경첩에 무심하게 매달린 채 열려 있었다. 비어 있는 새장을 보고 새가 날아가는 모습을 떠올려보니, 그 새가 설령 탈출했다가 추락해버렸다고 해도 나 또한 움직이고 싶다는 꿈이 마음속에 싹텄다. 목발이 필요했다. 실려다니는 대신 내가 가능하다고 믿는 미래로 스스로 나아가기 위해서.

이 꿈을 이야기하자 미리는 서둘러 코트를 입으며 시내에 갈 채비를 했다. 목발을 구하기 쉽지는 않겠지만 병원에 가서 물어보겠다고 했다. 그녀는 이미 크라쿠프에서 새로운 일을 맡았고, 쌍둥이 아빠도 그랬다. 그는 식탁에서 야쿠프와 소리 죽여 회의를 했는데, 다른 아이들이 계단을 달려 오르내리고 위층 방에서 뛰어놀 때 나는 그 회의를 엿듣기 위해 안간힘을 썼다.

때로는 불구인 게 다행이었다. 다른 아이들과 노는 대신 우리의 운명을 알게 되었으니까. 나는 새장에 관심을 두는 척하며 쌍둥이 아빠가 자신의 슬픔에 대해 이야기하는 것을 엿들었다.

쌍둥이아빠는 한 여자를 걱정했다. 전에 상상도 할 수 없는 일들을 목격했고 힘닿는 데까지 사람들을 구했는데, 이제 변함없이 생생히 살아 있는 이 상황에서 빠져나오지 못하고 있다고. 그 자신도 마찬가지라 잘 알고 있다고 했다.

야쿠프는 본인도 이 문제를 잘 안다는 듯, 대답하기 전에 사려 깊게 잠시 말을 멈췄다. 그 부담이 당신들을 살린 거예요. 그가 마침내 입을 열었다. 그리고 이제야 제대로 고민해보고 온전한 무게를 느끼게 된 겁니다.

쌍둥이아빠는 동의하는 것 같았다. 하지만 목소리가 너무 작아 들리지 않았다.

야쿠프는 헌신하는 것도 중요하지만 가장 우선해야 하는 중요한 문제는 아이들에게 필요한 것을 채워주는 것이라고 말했다. 그리고 제안했다. 그 대화의 목적을 극명하게 드러내는 제안이었다. 그는 조심스레 말했다. 쌍둥이들은 적십자의 보호를 받아야 합니다. 그래야만 잘 지내고 어른들도 회복할 수 있어요.

미리는 애들을 떠나지 않을 거예요. 쌍둥이아빠가 대답했다. 목소리가 두려움으로 공허해졌다. 나는 그것이 쌍둥이아빠 자신에 대한 말임을 알았다. 야쿠프는 다시 생각해보라고 했다. 서른네 명의 아이 모두 제각기 고통의 위기에 몰려 있습니다. 야쿠프는 크라쿠프에 있는 동안 우리를 들여다보며 두 보호자에게 소식을 전해주겠다고 했다. 아이들이 잊히는 일은 없을 겁니다. 그가 맹세했다.

하지만 미리는. 나는 생각했다. 잊히는 건 미리다. 미리는 우리 없이 살아가려 하지 않을 것이다. 우리가 서른다섯에서 서른넷으로 줄었을 때 그녀가 어땠는지 보지 않았던가?

나는 생각했다. 이렇게 헤어지게 된다면, 나는 미리를 기억할 것이다. 먼저 목발로 나 자신을 구할 것이다. 그리고 미리를 슬픔에서 구해낼 것이다.

*

내가 들은 이야기를 다른 아이들에게는 전하지 않았다. 아이들의 걱정거리는 충분했다. 이미 자유를 경험할 의무가 있었다. 그것은 사람들이 생각하는 것처럼 단순하지 않았다. 여정을 막 끝낸 우리는 여전히 주저하는 마음과 손잡고 있었고 공포를 안고 있었다. 창밖으로 새어나가는 즐거운 웃음소리에도 화들짝 놀라곤 했다. 하지만 크라쿠프에서의 첫날을 의미 있게 보내기로 결정하고, 차장에게 번호를 보여주고 공짜 전차를 타며 오후를 보냈다. 마을 사람들은 우리에게 매료당했다. 똑같이 생긴 아이들을 그렇게 많이 본 적이 없었으니까. 페테르와 소피아와 나만 외톨이들이었다.

페테르는 손수레를 밀며 전차에 오르내렸고, 함께 거리 구석구석을 돌며 가게에 들어가 목발이 있는지 물어봐주었다. 꼭 구하겠다고 다짐하는 페테르와 목발을 찾아다니는 동안 나는 말하고 싶었다. 진정으로 도움이 필요한 사람은 미리라고, 왜냐하면 우리가 곧 그녀를 떠나기 때문이라고. 어떻게 말해야 할지 몰랐지만, 머잖아 그럴 필요가 없다는 것을 깨달았다.

제2의 우리집에 도착했을 때, 침울한 눈빛의 미리가 손으로 빈 컵을 감싸쥐고 의자에 앉아 있는 모습을 보았기 때문이다. 쌍둥이 아빠가 난롯가로 우리를 불러모았다. 우리의 수를 세고 항상 지니고 다니는 명단을 검토하고 나서 앞날을 이야기할 시간이라고 말하자 온갖 종류의 계획이 앞다투어 쏟아져나왔다. 가족, 학교 친구들, 집을 다시 보고 싶다고 했다.

"돌아가도 좋다." 쌍둥이아빠가 말했다. "하지만 너희 집은 더이상 너희 집이 아닐지도 모른다. 너희 나라도 너희 나라가 아닐지도 모르고. 너희 물건들도 다른 사람이 가지고 있을지도 모른다."

그러면서 그는 반박해주기를 기대하듯 미리를 바라보았다. 하지만 그녀는 그저 컵만 바라보고 있었다. 컵 바닥에서 이 곤경에 대한 다른 해결책을 찾을 수 있을지도 모른다는 듯.

"적십자는 시설이 괜찮으니 너희를 잘 돌보아줄 수 있을 거다." 그리고 계획에 대해 말하려고 했지만 그의 목소리는 어린아이들의 항의에 묻혀버렸다. 슬픔에 찬 아이들은 서로에게 걸려 넘어지면서도 의자에 앉아 있는 미리에게 기어올라가 그녀를 둘러싸고 간청했다. 그녀는 아이들을 막으려는 듯 코트 소매에 얼굴을 묻었다.

좀더 나이가 있는 아이들도 항의했지만 이내 다시 생각해본 다음, 외침 대신 질문 하나를 던졌다. 언제인데요?

나흘 후, 라는 대답이 돌아왔다.

쌍둥이아빠는 아이들 모두와 돌아가며 상담을 했다. 소피아에게는 새 코트도 주지 않고 보내지는 않을 거라고 말했다. 블라우스 쌍둥이에게는 절대 찢어지는 일이 없을 거라고 안심시켰다. 장담하는 말은 다 비슷비슷했다. 그러다 전에 없이 부드럽게 페테르에게 크르노프*로 가는 계획이 확정되었다고 말하는 소리가 들렸다. 페테르는 내가 당황하는 것을 눈치챘다.

"이모의 친구가 있어." 페테르가 무덤덤하게 말했다. "내 어머니가 되어주시겠대. 그분이 크르노프에 살아. 쌍둥이아빠가 브르노로 가는 길에 나를 데려다줄 거야."

소식에 놀란 것은 나뿐만이 아니었다.

"어떻게 한 거야?" 다른 아이들이 물었다. "속임수를 쓴 거야? 어떻게 그 여자를 구워삶은 거야?"

나는 그애들에게 설명해줄 수 있었다. 페테르를 좋아하기란 아주 쉬워. 이애는 펴주고 싸워주고 찾아주니까. 함께 지내는 걸 원하지 않을 사람이 어디 있겠어? 그렇게 말하고 싶었지만 아이들은 이제 페테르를 의뭉스럽다고 생각하는 것 같았고, 가벼운 흘김부

---

* 체코 북동부에 있는 도시.

터 노골적인 경멸의 표정까지 반응을 보니 그를 원망의 대상으로 삼은 듯했다. 아이들이 왜 그리 화를 내는 건지 물어보자 페테르는 나도 화를 내야 한다고 말했다. 요즘 가족이라는 게 흔한 게 아니잖아, 라면서.

페테르가 나에게 많은 것을 주었음을 알고 있었다. 우리가 헤어질 것이라는 사실을 알게 되자 나도 무엇인가 주고 싶었다. 하지만 내가 가진 것은 말뿐이었다. 그래서 말했다. 나에게는 열 개의 기억이 있다고. 그중 내가 진짜로 갖고 싶은 기억은 여섯 개였다. 그래서 실제로 내가 가진 기억은 여섯 개였다. 첫번째는 미리 의사의 얼굴이었다. 두번째는 나의 수레를 밀어주는 페테르였다. 세번째는 문이었다. 우리가 떠나면서 뒤로하고 온 그 문. 네번째는 그 문에 돌을 던지는 페테르였다. 다섯번째는 목발을 찾아 크라쿠프를 샅샅이 뒤지는 페테르였다. 여섯번째는 기억이라기보다 기억하고 싶은 것에 가까웠는데, 바로 내 '누군가'였다.

"너는 이중 세 개의 기억 속에 있어." 내가 말했다.

그는 목발을 찾는 데 박차를 가하는 것으로 답했다. 남은 날들 동안 우리는 목발을 찾아 거리 여기저기를 돌아다니며 문을 두드리고 행인들에게 물어보고 병원에 가서 알아보았다. 물론 야쿠프에게도 물어보았다.

"목발 있나요?" 탐색을 시작한 첫날 내가 물었다.

"목발은 없구나. 양파는 있어." 그는 그렇게 말하며 페테르에게 노란 공 모양의 양파 두 알을 주었다. 뭐든 우리의 부탁을 거절하는 것이 그에게는 큰 고통임을 알 수 있었다.

그날 밤, 나는 우리의 폐가에서 수프 냄비에 양파를 넣고 그 노란 얼굴이 가없는 낙관으로 끄덕이며 빙글빙글 도는 모습을 바라보았다. 나는 양파의 밝은 모습을 하나의 신호로 여겼다. 그리고 생각했다. 새벽이면 야쿠프가 나에게 목발을 가져다줄 거야.

그리고, 다음날 아침—

"음식을 구하러 왔니?" 그가 명랑하게 물었다.

아니요. 우리는 대답했다. 수프 감사했어요. 목발은 없나요?

"없단다." 그는 아쉬워하며 말했다. "대신 이걸 가져갈래?" 그가 담요를 접어 수레에 넣어주었다. 나는 그 따뜻함을 신호로 여겼다. 그리고 생각했다. 새벽이면 목발을 가질 수 있을 거야.

하지만 셋째 날, 야쿠프는 우리가 다가오는 모습을 보자 풀이 죽었다. 그가 또 없다고 말하는 것을 견딜 수 없어하기에 나도 묻지 않았다. 우리가 물어보지 않은 것에 고마워하며 야쿠프는 내 손에 주머니칼을 쥐여주었다.

"내가 줄 수 있는 건 이게 전부구나." 그는 슬퍼하며 말했다. 우리는 그에게 고맙다고 말하고 수레를 밀며 자리를 떴다. 나는 주머니칼을 바라보았다. 페테르는 내 실망한 모습을 보았다.

"다른 거랑 바꾸기 좋을 거야." 그가 위로했다.

나는 폐가 현관 뒤 성에 낀 유리창에 손가락으로 그림을 그렸다. 목발 한쪽을 그리고, 이어서 다른 쪽을 그렸다. 두번째 목발을 다 그리자마자 눈보라가 휘날려 내가 상상했던 것들을 지워버렸다.

나는 더이상 무엇도 신호로 여기지 않기로 했다.

미리를 돌볼 수 있을 만큼 충분히 강하다고 스스로 믿는 것은 운명의 책임이 아니라 나의 책임이었다. 평생을 수레 속에서 보내야 할지라도.

*

나는 페테르와 있지 않을 때면 미리와 있었고, 미리는 아침마다 크라쿠프의 거리를 돌며 회진을 했다. 미리의 말에 따르면 나는 그녀의 담당 간호사였다. 실제로도 미리는 나를 혼자 두는 걸 못 견뎌했다. 우리는 함께 적십자에 들렀다가 여러 오두막집을 돌아다녔다. 미리는 내가 계속 목발을 찾는다는 것을 알았지만 나를 쓸모 있는 사람으로 만들어주려고 결심했다. 나는 그녀의 감독하에 앉아서 붕대를 감았다. 회진은 내게도 도움이 되었지만 오히려 나의 보호자가 더 많은 수혜를 받았다. 다른 사람의 고통에 둘러싸여 있는 동안 자신의 고통을 잊었기 때문이다. 그들을 돌보면서 그녀는 새로워졌다. 우리가 돌보는 이들은 여성들이었는데, 크라쿠프의 복지를 위임받은 군인 모두가 그들을 보살필 능력이 되는 건 아니기 때문이었다. 여자, 젊은 여자, 전쟁으로 너무도 빨리 어른이 되어버린 소녀. 그들을 보자 궁금해졌다. 저들은 내가 갇혀 있던 동물우리 속의 보호에도 감지덕지할까?

그리고 매일 오후 다른 의사가 교대하러 오면 미리는 나를 기차역으로 데리고 갔다. 거기에서 이름을 찾았다. 미리의 여동생의 이름을. 아니면 미리의 이름을—이비가 찾을지도 모르니까. 기차역 벽은 이름으로 빽빽했지만 이비의 이름은 없었다. 이비는 미리를 찾고 있지 않았다. 겹겹의 이름과 겹겹의 글자와 겹겹의 간청이 있었지만, 우리를 향한 것은 하나도 없었다. 그날 오후가 오기 전까지는. 크나큰 이별을 하루 앞둔 날이었다. 미리가 팔락거리는 종이 한 장을 꼭 쥐고 이것을 쓴 사람을 찾아가야겠다고 말했다. 손이 떨렸고 두 눈은 눈물이 그렁그렁해서 그걸 읽을 수 있는 게 기적처럼 보였다. 내가 엿볼 수 있었던 것은 언뜻 드러난 주소가 전부였다. 종이에 적힌 내용 전부를 물어보고 싶었지만 미리의 태도만으로도 충분히 알 수 있었다. 그것은 즐거운 발견이 아니라 의무였고, 그녀는 두려움을 안고 나를 데리고 그 주소를 찾아갔다.

노크하자 스카프를 쓴 머리가 문틈으로 빼꼼 나왔다. 여자의 입은 잼처럼 붉은빛이었고 곱슬머리가 잘 어울렸다. 확실히 색채감 있는 사람이었다. 그 뒤로 한때 아주 훌륭했을 응접실이, 오랫동안 방치되어 광택을 잃은 가구와 금박 벽지가 언뜻 보였다.

호기심에 차 실눈을 뜨고 우리를 바라보던 여자가 말을 걸려는 순간 술 취한 남자가 내일도 놀러오겠다고 기약하며 고꾸라지듯 계단을 내려갔다. 그렇게 우리는 그곳이 평범한 집이 아니라는 것을 알게 되었다. 미리는 몸을 돌렸지만 여자가 계단을 내려와 어깨를 꼭 잡았다. 그리고 따스하게 내 보호자를 찬찬히 살펴보았다.

"아주 예쁘네요." 여자는 흡족하다는 듯 말했다. "먹여야 할 딸도 있고." 그녀는 연민의 눈빛으로 나를 보았다. "하지만 여자애들은 이미 많아서―"

"미안합니다." 미리가 여자에게 말했다. "우리가 한참 잘못 온 것 같네요."

미리가 종이를 내려다보자 여자도 그것을 보았다. 적힌 내용을 알아본 그녀의 눈이 커졌다. "이 이름이 당신에게 의미가 있다면……" 그렇게 말하며 미리의 손에서 쪽지를 진지하게 빼냈다. "그렇다면 중요한 손님이네요. 우리 얘기 좀 해요." 그녀는 자신을 가브리엘라라고 소개하며 들어오라고 손짓했다. "걱정 마세요." 미심쩍어하는 미리의 얼굴을 보고 그녀가 말했다. "딸이 보면 안 될 만한 건 없으니까. 부인 한 명과 그 딸들뿐이니 차 한잔 들고 가요."

우리는 여자를 따라 계단을 올라서, 응접실을 지나 주방으로 들어갔다. 사지가 멍으로 얼룩덜룩한 음침한 십대 소녀가 숙적이라도 되는 양 쏘아보더니 조롱을 담아 인사하며 내 보호자에게 의자를 빼주었다.

"나가 있어, 에우게니아!" 우리를 초대한 여자가 그 광경에 당황해 소리쳤고 소녀는 계단에 널브러져 있는 삼인조에게 달아나면서도 끝까지 경멸하는 눈빛으로 미리를 노려보았다.

달콤한 내음이 나는 부엌에서 가브리엘라의 태도가 한층 부드러워졌다. 매일 하는 일인 것처럼 나를 수레에서 들어올려 의자에 앉혀주고는 식탁에 쪽지를 올려놓고 사랑스럽다는 듯 반듯하게 폈다. 마치 그렇게 하면 그 이름의 주인에게 가까이 갈 수 있다는 듯.

"조카들을 찾으려고 이 쪽지를 써놓고 왔어요." 그녀가 말했다. "애들 엄마가 살아 있으리라고는 기대 안 해요. 당신 딸처럼 불구였거든요. 불구자들이 오래 살지 못했다는 건 아니까."

미리는 여자에게 아우슈비츠에 있었는지 물었다.

"나는 이곳에 숨어 있었어요." 가브리엘라가 말했다. "여기 있는 게 내 선택은 아니었지요. 나는 양재사였어요. 하지만 전시에 누가 예쁜 드레스를 원하겠어요? 아우슈비츠에 대해 아는 건 우리 애들한테 들어서예요. 저애들 중 두 명이 거기…… 푸프에서 왔어요. 그렇게 불렀던 것 같아요."

미리는 계단에 있는 소녀들을 보았다. 파스텔색 프릴이 달린 속옷 때문에 털이 반쯤 남은 앵무새 같았다. 나는 그녀가 이비를 찾고 있다는 것을 알았다. 하지만 헛수고였다.

"아우슈비츠에서는 쌍둥이가 귀한 취급을 받았다고 하더군요. 에우게니아가." 여자는 아직도 뾰로통해 있는 멍투성이 십대 소녀를 가리켰다. "쌍둥이라면 희망이 있을 수도 있다더라고요. 쪽지를 적어놓고 오긴 했지만 나는 조카들이 죽었을 거라고 생각했어요. 하지만 당신이 그 이름을 손에 들고 왔네요. 나쁜 뉴스를 가지고 온 건 아니겠죠?"

나는 미리의 침묵이 이상하다고 생각했다. 자신이 아우슈비츠에서 쌍둥이들의 보호자 역할을 했다고, 아이들을 온전하게 지키는 데 집중하느라 정작 자기 자매는 잃어버렸다고 말하면 간단할 텐데. 하지만 그녀는 아무 말도 하지 않았다. 나는 미리를 대신해서 행동할 기회라고 여겼다. 그래서 내 보호자의 어른스러운 목소리를 빌려 가브리엘라의 조카들 이름을 물었다.

"예스피르와 니나란다." 그녀가 애석해하는 목소리로 말하고 다시 한번 쪽지를 쓰다듬었다.

예스피르와 니나, 그 이름을 듣자 동물원에서의 첫날밤이 떠올랐다. 우리 침대에서 죽은 소녀를 끌어내고 옷을 훔치던 그애들이.

"기지 있는 아이들이었어요." 미리가 조심스럽게 말했다. "전 그애들 의사였어요."

가브리엘라는 다시금 찾은 희망으로 아름다워졌다. 눈이 빛나고 뺨이 발그레해졌다.

"지금 어디 있죠? 애들을 볼 수 있어요?" 그녀의 눈이 집안 이곳저곳을 빠르게 훑으며 이 집을 두 피난민에게 어울리는 환경으로 바꿀 계획을 세우기 시작했다.

미리가 뭐라고 하기도 전에 에우게니아가 입을 열었다.

"아우슈비츠의 의사는 의사도 아냐." 그녀는 분노에 차 말했다. "누구의 요구에 따랐는지 저 여자한테 물어봐. 무슨 짓을 했는지 물어보라고."

격한 말에 당황한 가브리엘라가 미리를 바라보았고, 그럴 필요가 없는데도 미리의 눈은 수치로 가득찼다. 가브리엘라는 미리와 접촉하면 좀더 좋은 소식이 나올지도 모른다는 듯이 팔을 뻗어 손을 쥐려고 했다. 미리가 화들짝 놀랐다. 눈물이 소리 없이, 두 눈에서 입술로 아무런 표정의 변화도 없이 흘러내렸다. 하지만 나는 그만큼 많은 눈물을 본 적이 없었다. 쉬지 않고 흘러내리는 눈물은 측량할 수 없을 정도로 불어났다. 나는 어떻게 미리를 변호해야 할지 몰랐다.

그리고 그때, 말이 스스로 모습을 드러냈다. 그 순간 말들이 알 수 없는 달콤한 곳에서, 내 안에 있는 줄도 몰랐던 어떤 곳에서 샘솟는 것 같았다. 나는 가브리엘라에게 나도 그애들을 알고 있다고 말했다. 착하고 친절한 아이들이었고, 마지막 행동은 어떤 이모라도 자랑스러워할 만큼 용감했어요. 그 여자아이들은 동물원에 오자마자 죽음의 의사를 좌절시킬 방법을 궁리하기 시작했어요. 매 순간 계획에 따라 행동했고요. 항상 민첩하게 움직였고 작은 여우처럼 의사 곁에 옆걸음질로 다가간 다음 칭찬받길 좋아하는 자아에 겹겹의 아첨을 발라놓았어요. 그자와 같은 것을 좋아하는 척했고, 그자와 같은 생각을 하는 척했어요. 그리고 공격에 알맞은 순간에 차 안에 혼자 있도록 고립시킨 다음 주머니에 숨기고 있던 빵칼 자루를 쥐었어요. 비록 계획은 성공하지 못했지만 그애들은 그 순간 누구보다도 생생하게 살아 있었고, 의사를 죽이려 한 계획은 아무리 순진하고 아무리 어리석었더라도 전설로 남을 만해요. 또 이렇게 말했다. 나는 매일 그애들을 생각해요. 너무 많이 생각한 나머지 두 사람이 한 사람으로 섞여버렸고, 그애들이 마치 내 심장 같아요.

가브리엘라는 내 정수리에 키스하고 꼭 안아주었다. 품에 안겨 있으니 그녀가 나를 잃어버린 조카딸이라고 상상하고 있다는 것을 알 수 있었다. 손길에서 아픈 마음이 느껴졌지만 목소리만은 결의에 차 있었다.

"너는 내 삶을 살 만한 것으로 만들어주었어." 그녀가 속삭였다. 그 포옹이 결코 끝나지 않을 것 같았다. 하지만 그녀는 갑자기 나를 놓아주고는 자신이 계속 살아갈 수 있다는 것을 증명하듯이 방안을 이리저리 돌아다녔고, 순간 어떤 생각이 떠올랐는지 입구 옆 옷장으로 쏜살같이 달려갔다. 안에서 온갖 것이 쏟아져나왔다. 스카프, 우산, 모자, 심지어 부분 가발까지. 그녀는 그 잡동사니를 살살이 뒤지더니 옷장으로 돌아갔고, 마침내 크라쿠프의 그 누구도 주지 못한 것을 의기양양하게 내놓았다.

"어느 군인이 놓고 갔어." 그녀가 말했다. "새우 같은 소년이었는데 많이 아팠지. 그애는 돌아오지 않고 있어. 다른 술 취한 놈팡이보다 네가 갖는 게 더 좋을 거야!"

낡긴 했지만 그 목발은 나에게 새로운 삶을 주었다. 목발 덕분에 걸을 수 있는 나로 거듭났다. 어쨌든 휘청거리기보다는 나은 것을 할 수 있게 해주었다. 나는 목발을 짚고 가만가만 걷고 앞을 향해 발을 뻗을 수 있었으며, 몇 발짝 걸어보는 것만으로도 내게 어떤 일들이 가능한지 알 수 있었다. 계속 망가진 상태겠지만 재빠른 망가진 상태일 수도 있고, 적응한 망가진 상태일 수도 있으며, 능력 있는 망가진 상태일 수도 있었다.

이 목발이 곁에 있으면 미리를 좀더 잘 돌볼 수 있다.

그 집을 떠나며 미리는 나에게 그런 이야기를, 계획과 복수와 멩겔레의 죽음이라는 허무맹랑한 꿈 이야기를 어떻게 생각해냈는지 물었다. 나는 내 안에 각인되어 있는 것이라 어떻게 떠올렸는지는 모르겠지만 그 이야기가 진짜처럼, 아니, 반쯤 진짜처럼 느껴졌다고 말했다. 어쨌든 내 안을 가득 채운 그 이야기의 따스함이 너무도 강렬해서 가족으로 여길 수도 있을 것 같은 그림자가 생겼다고, 그 어떤 것보다도 생생했다고.

"그걸 기억하렴." 미리가 조언했다. 그렇게 해서 그것은 정식 기억이 되었다. 나의 자매, 한때 내 곁에 있었던 쌍둥이에 대한 진짜 첫번째 기억.

＊

　우리가 함께 보내는 마지막날 아침, 판자를 댄 창틈으로 파고드는 햇빛에 잠을 깨니 아침 해가 바닥의 담요와 넝마 속에서 고치처럼 줄지어 자고 있는 아이들에게 리본 같은 햇살을 던지고 있었다. 왼쪽에 누워 있는 소피아는 힘차게 코를 골며 양팔을 내 가슴 위에 올려놓고 있었다. 오른편에는 목발이 놓여 있었고 그것을 보자 기억이 났다. 나는 혼자서 어디든 갈 수 있고, 미리를 데려갈 수도 있었다.

　하지만 그날, 사람들은 나를 적십자에 넘길 예정이었다.

　눈을 뜨자마자 작별을 준비하는 모습이 보였다. 미리와 쌍둥이 아빠는 사이에 우리 신발을 산더미처럼 쌓아놓고 주방 바닥에 웅크리고 앉아 있었다. 미리는 종이로 신발에 난 구멍을 막았고 쌍둥이아빠는 떨어진 부분을 끈으로 싸맸다. 아무 말 없이 떨리는 손으로 신발을 하나하나 수선하는 그들은 이별의 순간이 가까워짐에 초조해하고 있었다. 나는 미리가 문 옆에 놓인 가방을 흘끗거리는 모습을 보았다. 하나는 페테르의 것이고 다른 하나는 쌍둥이아빠의 것이었다. 그녀는 말할 용기를 그러모으기 위해 안간힘을 쓰듯 가방을 가만히 바라보더니 고개를 푹 숙이고 눈을 내리깐 채 쌍둥이아빠에게 말을 걸었다.

　"즈비, 당신은 나의 행동에 질문한 적이 없어요. 왜죠? 다른 사람들은―나에 대한 이야기, 내가 한 일에 대한 이야기를 하곤 해요. 그 이야기들이 나를 따라다니고요, 지금 이 순간에도."

그녀는 망가진 신발을 꿰매고 마지막 땀에 매듭을 지었다.

"당신은 그저 항상 좋은 사람이었어요." 그가 짧게 말했다. 그러면서 그녀가 그 진실을 반길지도 모른다는 희망을 품은 표정으로 마주보았지만, 반응이 기대와 다르자 몸을 굽혀 수선된 신발을 가지런히 했다. 마치 그 동작이 문제를 바로잡을 수 있다는 듯. 하지만 그가 등을 돌리자마자 미리는 기회를 놓칠세라 슬쩍 그를 지나쳐 문간으로 갔다. 내가 일어난 것을 알아채고 옆으로 오라고 손짓했지만, 쌍둥이아빠는 작별의식을 포기할 생각이 없었다. 줄지어 있는 신발에서 시선을 거두고 위를 올려다보며 한때 의사였던 그녀가 유일하게 받아들일 수 있을 말을 했다.

"아이들이 당신을 그리워할 거예요." 그가 말했다.

그 말은 믿는다고 미리의 눈이 말했다.

내가 절뚝거리며 목발을 짚고 나가는데 탁탁거리는 벽난로 근처 잠자리에서 빼꼼 올라오는 페테르의 머리가, 헝클어진 뒤통수가 보였다. 그는 잠결에 멍하니 나를 바라보았다. 나는 이 이별을 준비하려고 노력해왔다. "우리가 다시 만날 때는……" 말을 시작했지만 원하는 대로 끝낼 수 없었다. 차마 이렇게 말할 수 없었으니까. 상황이 훨씬 좋아져 있을 거야. 나는 걷고 있을 거고 너도 건강할 거고 모두가 원하는 것을 찾고, 갇혀 있거나 나라 없는 처지도 아닐 거고, 쫓기거나 굶주리지도 않을 거고, 고통을 목격하는 일도 없을 거야.

차마 그 말을 끝맺을 수가 없었다. 그때는 그럴 수 없었다.

이십 년 후, 나는 그 말을 끝맺을 기회를 얻었지만 그럴 필요가 없었다. 우리는 다 자란 성인이었고, 프랑크푸르트의 한 중정에서 차례를 기다리고 있었다. 페테르는 나에게 아내의 사진을 보여주었다. 그녀는 그가 왜 밤중에 울리는 전화벨소리에 도망가는지 이해해주는 사람이었다. 그가 왜 누구보다도 약삭빠른 한 범죄자에 대한, 처음 아우슈비츠를 빠져나와 그로스로젠 수용소를 거친 다음 로젠하임으로 비행기를 타고 가서 농장 검수장에서 우량 감자와 불량 감자를 분류하고 정리해서 쌓아놓는 일을 하다가 브라질에 있는 마지막 은신처에 정착해 회고록을 쓰고 음악을 듣고 바다에서 수영을 하며 안락하게 살아간 어떤 범죄자의 행방에 관한 고찰로 가득한 상자를 침대 밑에 보관하는지도.

하지만 이것은 그 범죄자에 대한 이야기가 아니다. 물론 그 사람은 자신의 이야기이기를 바랐겠지만.

이것은 페테르에 대한 이야기다. 미리가 짐작했던 것처럼 그는 다재다능했고, 잘하는 것이 너무 많아 전쟁이 끝나자 조금 방황했다. 일단 후견인의 보호에서 벗어나 여행을 했다. 심부름꾼, 전달자의 역할을 절대 버리지 않겠다는 듯 이 나라 저 나라 돌아다녔지만 한 여인이 그를 사랑하게 되어 결혼하면서 페테르의 여행은 끝이 났다. 그녀의 가족들이 그가 회복이 불가능할 정도로 망가진 사람이라고, 그러니 태어난 아이가 사산되거나 더 나쁜 경우 의사에 손에 들리자마자 돌연변이로 밝혀지더라도 놀라지 말라고 경고했음에도 불구하고 결혼했다. 그들은 아이를 가졌다. 아들 둘이었다. 아이들은 건강하고 아름다웠다. 아이들의 얼굴에서 아버지의 모습이 보였다. 나는 그 사진을 하루종일 보고 있을 수도 있었지만, 그때 우리에게는 더 큰 목적이 있었다.

그녀의 재판이 끝났다. 우리는 허가를 받고 감금된 엘마를 보았다. 그녀가 실제로 저지른 일들을 짊어지고 대면했다. 독일은 종신형에 십삼 년을 더 얹어 선고했다. 이 나라가 기소한 아우슈비츠-비르케나우 전범자 중 가장 무거운 형량에 들었고, 엘마의 죽음이 감방 속 차가운 바닥에서 이루어지리라는 선고였다.

페테르가 먼저 들어갔다. 그가 무슨 말을 했는지 나는 모른다. 그저 나오면서 나를 향해 아무 말 않고 고개를 끄덕였다. 어쨌든 그는 나에게 필요한 게 무엇인지 몰랐던 적이 없었다.

엘마의 우리는 내가 지냈던 곳보다 훨씬 넓었다. 그리고 아무도 등뼈에 주삿바늘을 꽂지 않았고 아무도 발목을 묶지 않았으며 아무도 그녀의 몸을 갈라 아직 어린데도 아이를 가질 능력이 있는지 살펴보며 속을 들쑤시고 난 다음 엉성한 바느질로 봉해놓지 않았다. 머리칼은 바싹 깎여 있었지만 완전한 삭발은 아니었다. 좋은 옷을 입고 있지는 않았지만 벌거벗지도 않았다. 구속되어 있었지만 그녀가 내게 그랬던 것처럼 아무도 그녀의 어린 시절을 빼앗지 않았고, 심지어 철창 안에서조차 나에게서 더 많은 것을 빼앗아가려고 애썼다. 내 지팡이를 보고 살짝 비웃으며 자신의 멸시를 알아주기를 바랐다. 하지만 나는 그녀가 자신의 머릿속 소리 말고는 아무런 소리도 듣지 못하는 채로 여생을 보내리라는 것을 알고 있었다. 그녀에게는 위로해줄 제이디도 마마도 없었다. 심지어 창가에서 기도문을 읊어줄 비둘기조차 없었다. 이것은 정당한 비극 같았다. 나는 엘마에게 아무런 연민도 느끼지 않았지만 그녀를 보자 불편한 마음이 들었다. 그 우리 안에서 자신을 지킬 한두 가지 놀이를 알려줄 수도 있었겠지만 그녀가 그런 것들의 가치를 알까 싶었다. 대신 나에게 가치 있는 것을 그녀에게 주었다. 바로 용서였다. 그녀는 역겨워하며 침을 뱉었다. 나는 그것도 용서했다.

그녀를 용서한다고 가족이 살아 돌아오는 것은 아니었다. 고통을 없애지도 악몽을 잠재우지도 못했다. 새로 시작할 수도 없었다. 티끌만큼도 끝이 아니었다. 나의 용서는 한없는 반복이었고, 내가 여전히 살아 있다는 사실을 인지하는 일이었다. 나는 그들의 실험이, 그들이 부여한 번호가, 그들이 채취한 샘플이 헛된 것임을 증명하며, 한 소녀가 얼마만큼 견딜 수 있는지에 대해 그들이 과소평가했음을 보여주는 하나의 증거였다. 나의 용서로, 나를 없애려 한 그들의 실패는 확실해졌다.

용서의 말을 마치자 그럴 기회도 얻지 못한 사람들을 엘마에게 상기시켰다. 나는 그들의 이름을 읊었다.

페테르는 쌍둥이아빠의 명단에 있던 이름 중 유일하게 다시 만난 사람이었다.

수많은 무구한 아이들. 폐가를 떠나며 나는 아이들의 미래를 궁금해하지 않았다. 그들의 목적지도, 업적도, 고민도 알 수 없었다. 새로운 도시에 녹아들어 새로운 직업을 찾고 자신을 잊은 사람들은 과거를 덮어버릴 만큼 원대한 왕국을 세우기도 했고, 머리 밖으로 흘러나오는 피의 소리를 듣지 못해 제대로 성장하지 못하기도 했다. 다른 생존자와 결혼한 사람도 있었고, 잠자리에서 밤의 악몽 말고는 줄 게 없다는 이유로 결혼하지 않은 사람도 있었다. 키부츠*의 흙속에서 평온과 자유를 찾은 사람도 있었고, 자신의 뇌에서 그 유명한 기억들을 불태우기 위해, 그가 우리 모두에게 각인해놓은 비극을 마지막 한순간만이라도 없애기 위해 다른 의사들의 손길에 자신을 맡기고 수술대를 전전한 사람도 있었다.

그들 모두가 한때 어린아이였다.

*

진짜 적십자 트럭이 도착했을 때, 나는 숨었다.

간병인들이 아이들을 소집하는 소리가 들렸다. 어떤 아이들은 몸을 웅크리고 발길질하고 문설주에 매달렸다. 도합 서른두 명의 아이가 빵칼을 내려놓았고, 칼이 바닥에 쌓여갈 때마다 찰캉거리는 소리가 났다. 그것들을 주워 숨기고 싶었지만 발각을 감수할 수는 없었다. 나는 바람에 날려 쌓인 뜰 안 눈더미 뒤편 수레 밑에 숨었다. 울타리 근처에서 아이들이 발을 끌며 트럭으로 들어가는 모습을 바라보았다. 소피아가 간병인이 준 인형을 팔에 끼고 즐겁게 올라타는 모습을 보았다. 에리크 팔링거와 엘리 팔링거가 땅에 발을 딱 붙이고 간병인들을 의심스럽게 바라보는 모습을 보았다. 알덴베르크 세쌍둥이가 미리의 뒤로 숨자 무표정하던 미리가 슬픈 얼굴로 아이들을 달래 간병인들의 품에 넘겨주었다. 그리고 아이들의 수를 세고 이름들을 부르고 나서 내가 없어진 것을 알아채는 게 보였다. 그녀가 내 이름을 외치는 소리가 들렸다. 간병인들이

---

* 이스라엘의 유대인 집단농장.

진정시키려고 했지만 미리는 크라쿠프는 안전하지 않다고, 폭행이 매일 일어나고 있고, 아무도 괜찮을 거라고 장담할 수 없다고, 그 애가 지금껏 겪었던 일을 생각해보면 더더욱 그렇다고, 게다가 불구라 가장 손쉬운 먹잇감이 될 거라고 항변했다.

나는 내 보호자가 더는 목소리가 나오지 않을 때까지 나를 부르는 소리를 들었다.

미리를 기다리게 하는 것은 잔인한 일이었고 그녀의 마음이 매우 위태로울 때는 더더욱 그랬지만, 나는 적십자가 돌아올 위험이 없어진 뒤에 움직여야 했다. 오직 그들의 간섭이 없을 때에만 미리에게 우리가 함께 있어야 한다고 설득할 수 있었다. 주의깊게 충분히 시간을 보낸 다음 목발을 짚고 폐가 안으로 들어갔다. 어두웠다. 나는 촛불을 밝혔다. 하지만 촛불을 들 팔이 없었다. 그래서 방 한가운데에 서서 그 희미한 불빛이 비추는 것들을 둘러보았다. 우리는 이제부터 다시 시작할 수 있다고 미리에게 말하고 싶었다. 하지만 미리는 미리가 아니었다. 심지어 용서를 구하던 때의 미리도 아니었다. 지금 미리는 새장 근처 구석에 웅크리고 있었다. 깨어 있었지만 그곳에 존재하지 않았다. 나는 나를 살린 놀이가 그녀도 살릴 수 있다고, 죽고 싶어하는 그녀를 회복시킬 수 있다고 생각했다.

나는 물고기를 떠올렸다. 먼저 종을 생각하고, 그다음에 속, 그다음은 세번째 분류이자 내가 진정 원하는 것에 다다랐다.

과 family. 가장 먼저 든 생각이었다.

하지만 다음 순간 가족조차도 끝이 있다는 생각이 들었다. 내가 바라는 생각이 아니었다. 미리가 살아가기를 내가 바란다는 이유로 정말 그럴 거라고 확신하고 있었다. 하지만 떠나보낸 서른두 명의 상처입은 아이에게서 그녀가 시선을 거두려 하지 않자, 나는 내가 움직이지 않으면 그녀가 이 세상을 등질 거라는 사실을 깨달았다. 그 가능성에 목발도 제쳐두고 도움을 구하러 앞으로 휘청휘청 나아갔다. 절망만이 나를 움직이게 하는 가운데 두 걸음, 세 걸음 나아간 다음 넘어졌고 도시를 향해 울부짖었다. 크라쿠프의 모든 이가 들을 수 있도록.

스타샤

19장
신성한 휘장

여기저기에 물건들이 제자리를 잃고 뒤집혀 있었다. 얼음 웅덩이 위 새 둥지, 울타리 기둥에 매달린 로켓*과 그 줄에 걸린 깨진 안경. 나는 로켓을 열어보았다. 한쪽에는 머리카락 한 타래가 들었고 다른 한쪽은 녹이 슬어 있었다. 나는 그 반쪽짜리 느낌을 알았다. 나무기둥을 볼 때마다 그 많은 이름, 누군가가 찾고 있는 사랑받는 이름들 가운데 내 것은 없음을 확인하고 느끼는 감정이었다.

이곳의 거지들이 1945년 2월 11일이 확실하다고 알려주었다. 그들은 아무런 보상도 원하지 않았다.

더이상 믿을 수 없는 표지판에 따르면 이곳은 크라쿠프 바로 남쪽에 있는 도시 비엘리치카였다. 다른 많은 곳처럼 우리가 가려던 곳이 전혀 아니었다. 포즈난을 떠날 때, 탱크 때문에 바르샤바로

---

* 사진 등을 넣을 수 있는 목걸이.

가는 길이 막힌 것을 알았다. 그들이 소련군인지 독일군인지는 판단할 수 없었다. 어두워지면 너무 위험했다. 조금만 있으면 길이 뚫릴 거라고 스스로를 달랬지만 말을 타고 돌아다니며 기다리는 사이 얼마 지나지 않아 기다림은 방랑이 되어버렸다.

말은 짜증을 냈다. 에둘러 가는 우리의 여행을 마음에 들어하지 않았다. 펠릭스는 꾸물거린다고 나를 비난했다. 보통 나는 비난을 기꺼이 받아들였지만 이번에는 내 탓이라고만은 할 수 없었다. 우리 셋 사이에 망설임이 생겨났다는 것을 알았으니까. 이 허약한 부대는 도저히 그런 임무를 수행할 수 없을 것 같았다. 멩겔레 타도라니! 심지어 새 권총도 나를 조롱하기 시작했고, 불쾌하게 총알들도 동조하며 합창을 했다.

내 조준은 결코 진실하지 않을걸. 권총이 말했다. 내 조준은 결코 달콤하거나 정확하거나 선하지 않을걸.

하지만 너에게는 총알이 있잖아. 내가 지적했다. 너는 혼자가 아니잖아. 그리고 내가 옆에 있잖아. 우리는, 우리 모두는 가족이잖아. 펠릭스와 내가 남매처럼 얼마나 많은 것을 이뤘는지 이미 봤잖아?

무슨 상관인데? 총알들이 서로 웅성거렸다. 스타샤의 형편없는 눈은 목표물도 형편없게 만들어버렸어. 분명 놓칠 거야. 나는 총알들에게 그런 식으로 생각하면 안 된다고, 나에게 의문을 품는 대신 적의 심장이나 머릿속으로 파고드는 꿈을 꿔야 한다고 말했다.

그러자 총알들이 콧방귀를 뀌었다. 권총은 화제를 바꾸어 연기가 난다고 말했다.

도시를 덮은 연기에서는 연기다운 냄새—소나무의 맵싸한 냄새와 발삼나무의 향—가 났다. 연기 가닥들이 환영한다는 글자를 써주지는 않았지만 아우슈비츠의 붉은 분노를 보이지도 않았다. 하지만 그곳에는 독일군이 통치하던 시절 우리 동족이 위험에 처했었다는 증거가 있었다. 우리는 잠잘 곳을 찾으며 이 증거에 대해 더듬더듬 의견을 나누었다.

왜 아무도 방어하지 않았지? 아니면 방어하던 사람들이 정복당한 건가? 나무로 된 시너고그에서 나는 그저 그 건물이 목격한 불길을 상상할 뿐이었다. 그을린 파로켓—토라*가 담긴 궤를 덮는 푸른 벨벳 휘장으로 사자 문양은 검댕에 공격당했지만 토라의 왕관은 여전히 빛나고 있었다—이 없었다면 우리가 쉬는 곳이 시너고그라는 것을 알 수나 있었을는지 모르겠다. 그것은 마치 스스로의 힘으로 약탈을 모면한 듯 얼마간 떨어진 눈밭에 놓여 있었다. 펠릭스는 그 파로켓을 보고 아무 말도, 랍비인 아버지라면 이런 말을 했으리라는 말조차 하지 않았지만 몸을 낮춰 키스하고 땅에 닿지 않도록 잔해 한가운데 불탄 기둥에 걸어놓았다. 하지만 다시 떨어지는 바람에 그 신성한 물건을 챙겨가는 수밖에 없었다.

칠흑 같은 서까래들은 짚으로 엮인 채 바닥에 떨어져 유릿조각과 함께 빛나고 있었다. 건물 한구석이 부서지지 않고 멀쩡히 남아 있어 은신처 삼아 들어갔고, 근처 까맣게 탄 자작나무에 말을 묶어놓았다. 말은 자신의 아름다움만으로도 과거의 영광을 회당에 되돌려줄 수 있을 것처럼 보였다. 튀어나온 갈비뼈가 존재감을 과시

---

* 유대교 경전.

했지만 새까만 두 눈의 광채 또한 만만치 않았다. 용맹한 시선을 우리에게 고정하고 바람결에 작은 소리라도 들릴라치면 걱정으로 귀를 쫑긋거렸다. 말의 따뜻한 보호와 경계가 위로를 주었다.

푸른 벨벳 아래에 몸을 옹송그리고 스스로를 보호했다. 멀리서 누군가가 보았다면 불에 탄 나무가 얽혀 있는 모습과 한 발 한 발 움직이며 광채를 내뿜는 말 한 마리, 손바닥만한 하늘색 들판, 즉 우리의 파로켓만 눈에 들어왔을 것이다. 어떤 해악도 우리에게 닿을 수 없을 것만 같았다. 나는 파로켓을 담요로 쓰는 꼴을 펠릭스의 아버지가 본다면 뭐라고 할지, 우리의 인내를 칭찬해줄지, 불경하다고 비난할지 물어보려고 했지만 펠릭스는 이미 곯아떨어져 있었다.

그래서 말과 내가 보초를 서게 되었다. 펠릭스가 코를 고는 동안 깨어 있기 위해서 별을 셌다. 그날 밤엔 별이 거의 없어서 생각이 앞질러갔고, 그래서 늘 하던 일에서 나아가 별들에게 이름을 지어주고 미래를 주었다. 내가 한 번도 본 적 없는 온갖 곳에 있을 수 있는 미래를 주고, 완성되자 다시 빼앗아버렸다. 펠에게도 없는 미래를 왜 별이 가져야 하는데, 하는 생각이 들었으니까.

마침내 경계를 서던 말의 눈빛이 이제 잠들어도 안전하다고 확신을 주었다.

단순한 믿음, 내가 원하는 유의 믿음이었다.

잠에서 깨자 말이 사라진 것 말고는 모든 것이 그대로였지만, 그날 아침은 그 이상의 무언가를 느꼈다고 말하고 싶다. 우리의 창백한 영웅이 고개를 꾸벅거리고 비몽사몽 서 있어야 할 자리에서 붉은 선이 시작되고 있었다. 핏자국은 폐허 위를 꼬불꼬불 지나 풀려나온 뱀처럼 들판을 빠져나갔고, 멈추었다가 다시 시작되는 그 자국을 1킬로미터쯤 따라가니 핏자국이 정신없이 피날레를 장식하는 아치형 돌터널 입구에 다다랐다. 우리는 안쪽의 어둠 속을 유심히 바라보았다.

"계속되고 있어." 펠릭스가 말했다. 고통을 말하는 것인지 붉은 경로를 말하는 것인지는 분명하지 않았다. 팔을 붙잡아 나를 막으려 했지만 진심은 아니었다. 나만큼이나 펠릭스도 답을 원했다. 우리는 깊숙한 소금광산에서 벌어질 일 따위는, 소금기 가득한 지하세계로, 악에 가장 호의적일 것 같은 땅속으로 이어지는 좁지도 곧지도 않은 붉은 길을 따라가야 한다는 것 따위는 신경쓰지 않았다.

우리 둘 다 눈앞에 펼쳐진 그 붉은 선 말고는 보이는 게 없었다. 아니, 우리가 겪었던 많은 상실에 그 길이 어떤 의미가 있을지도 모른다는 생각에 눈이 멀어 있었던 것 같다. 그 붉은 선이 나를 공포로 몰아가고 있었음에도 그것을 메시지로 받아들였다. 살아 있는 언니를 만나지 못하리라는 것을 알았고 말이 당했을 폭력도 알았지만 그럼에도 어쩌면 이해와 회복을 향해가고 있는지도 모른다고 생각했다. 그 같은 아름다움에 둘러싸여서 어떻게 달리 생각할 수 있었겠는가?

그 소금광산의 입구 탓이었다. 백합꽃 안쪽의 경사면으로 발을 내디디는 광경을, 비할 데 없이 새하얗게 빛을 발하는 코일 안으로 미끄러지듯 들어가는 광경을 상상해보길. 광산의 나무계단을 따라 안으로 들어가서 반짝거리는 통로를 지나 막다른 곳에 다다랐다. 반짝이 장식이 흩뿌려진 듯한 자그마한 방들이 있었다. 우리는 박쥐들이 퍼드덕거리는 우윳빛 나트륨 소굴로 더듬더듬 들어갔다. 그리고 이 세상의 한복판에 펼쳐진 경외를 목격하며 지하 복도를 나아갔다.

하지만 경외조차 바닥을 드러냈다. 나무계단이 끝나는 곳에 이르자 우리를 안으로 불러들였던 백합이 개미 군단을 끌어들이는 꿀을 품고 있다는 것을 알게 되었다. 군인들은 군복과 비참함 속에서 서로 무척 닮아 보였다. 누군가는 어떤 노여운 신의 손이 천장에서 내려와 온갖 범죄를 저지른 그들을 잿빛 도미노처럼 쓰러뜨릴 거라고 생각했을 것이다. 하지만 손은 내려오지 않았다. 그렇게 되더라도 말을 구하기에는 이미 늦었다.

나는 뼈에 관한 전문지식은 전혀 없었지만 흩어진 뼛조각과 벽돌을 격자 모양으로 쌓아 만든 원시적인 화덕과 그 위에서 끓는 솥까지 이어진 붉은 줄기를 보니 우리가 말에 올라타고서 바르샤바에 입성하지 못하리라는 것을 알 수 있었다. 말이, 우리를 위해 봉사해준 그 다정한 동물이 우리에게 너무도 익숙한 이해할 수 없는 잔인함에 맞닥뜨렸다는 것을.

깊은 소금광산은 나의 공포심을 지구의 중심까지 퍼뜨리며 떠들어댔다.

헐떡거림, 비명, 울음소리를 너무 많이 들은 사람은 소금광산이 아무리 소리를 키우고 멀리까지 퍼뜨려도 전혀 듣지 못하기도 한다. 독일군 병사들도 그런 것 같았다. 그들 중 여섯은 여기저기에 쪼그리고 앉아 접시를 깨작거리며 술을 마시고 있었다. 곰과 자칼에게는 아무런 두려움도 관심도 없었다. 한 사람, 스튜 솥을 담당하고 있던 사람만 몸을 돌려 우리를 바라보았다. 불안정하고 정신이 없어 보였고 얼굴에는 금속으로 만들어진 듯한 눈이 마치 악랄한 행위에 대한 상으로 받은 메달처럼 자리하고 있었다.

"그 말은 당신들 게 아냐." 내가 속삭였다. 분명 말은 자신을 붙잡아온 사람들에게 그 사실을 일깨워줬을 것이다. 어쨌거나, 단말마의 고통 속에서 모든 동물이 말을 한다는 것은 널리 알려진 사실이다. 그 말도 소리를 지르며 자신은 우리와 함께라고, 우리 셋의 영혼을 되찾고 한 사람의 영혼을 빼앗고 펄의 복수를 하는 성스러운 임무를 수행하고 있다고 말했을 것이 틀림없었다.

나는 분노에 찬 나머지 비척비척 앞으로 나아갔다. 펠릭스가 나를 말리려고 했다.

솥을 살피던 군인이 말고기를 멍하니 보다가 위스키를 마셨다. 휘청이며 앞으로 걸어나와 권총을 빼든 다음 한 걸음 더 내디뎠다. 그리고 우리를 보며 머리를 갸웃했다. 우리가 왜 도망가지 않는지 이해하지 못했다. 우리의 행동이 신선하다고 생각한 것 같았고, 자신의 지루함과 파멸을 막기 위해 보내진 신기한 존재처럼 대했다. 나는 내가 왜 도망가지 않는지 알고 있었다. 두려울 게 없어서다.

하지만 펠릭스는—왜 바닥에 발을 딱 붙이고 서 있는 거지? 그는 내 옆에 서 있는 것 말고는 선택의 여지가 없다는 듯 버티고 있었다. 둘 다 가방을 떨어뜨렸다. 그 가방들을 집어들어 품에 안고 뛰었어야 했다. 저 계단 위로 줄행랑을 쳤어야 했다. 군인이 내용물을 확인하기 위해 앞으로 다가왔다.

가방에는 손도끼 한 자루, 칼 세 자루, 권총 두 자루, 멩겔레에게 쓸 독약 한 알이 있었다. 빵 한 조각, 소시지 조금, 우리의 상처를 싸맬 누더기 다발도. 돌멩이로 가득찬 주머니 안에는 펄의 피아노 건반이 있었다. 그들의 흥미를 끌 만한 것은 하나도 없어 보였다. 그는 재미있어하며 우리의 무기를 바라보았다. 나는 내가 아니라 펠릭스가 걱정되었다. 도망쳐! 나는 입 모양으로 말했다. 그는 따르지 않았다.

"둘 다 잘 무장했군." 그 남자가 관찰했다. "나를 죽이러 온 거냐?"

"다른 사람요." 내가 말했다. "진짜 나치. 지금은 다들 서로를 공격하고 있잖아요, 그렇죠? 우리가 그 사람 어디 있는지 정보를 줄 수 있어요. 그러면 아저씨는 소련군이랑도, 미군이랑도 거래할 수 있잖아요, 그렇죠? 그 대신 우리를 풀어주고 우리 무기를 돌려주면 어때요? 그 사람은 아저씨한테 아주 좋은 포로일 거예요. 힘러보다 낫고 괴벨스보다 커요. 히틀러보다 대단하고—"

"요제프 멩겔레요." 펠릭스가 숨도 쉬지 않고 끼어들었다. "얘는 지금 요제프 멩겔레 얘기를 하는 거예요."

펠릭스의 목소리는 울림이 전혀 없었다. 그날은 메아리조차 우리 편이 아닌 것 같았다. 반면 그 군인에게는 자신을 기꺼이 빌려

쳐서 그가 우리 무기를 검사하고 뒤집어보며 나는 챙그랑 소리가 소금투성이 복도에 반복적으로 울렸다.

"그 사람이 어디 있는지 알려줄 수 있어요. 그러니까 우리를 풀어줘요." 나는 애원했다. "그 사람을 잡으면 누구든 영웅이 될 거예요. 그는 포상감이에요. 한 짓이 있으니 온 세상이 그를 원할 거라고요."

하지만 군인은 이 짧은 연설에 반응하지 않았다. 오히려 우리의 권총 한 자루로 우리를 겨냥하는 것에 더 흥미를 보였다. 총구가 흔들리며 조준되는 모습이 보였다. 그는 총구를 앞뒤로 움직였다. 처음엔 펠릭스에게. 그다음은 나에게. 마치 권총 스스로 결정할 수 있는 문제라는 양. 그다음에 총은 펠릭스를 선택했다. 그가 내 친구를 향해 총구를 겨눴다.

나의 친구, 연약함과 용기를 모두 지닌 나의 친구, 이제는 내 많은 꿈들의 뿌리가 된 아이, 겨울을 길들이고 수백 킬로미터의 거리를 줄이고 슬픔을 자기 손바닥 안에서 부릴 수 있는 아이. 내 형제. 내 쌍둥이. 나는 평생 펠릭스가 필요하리라는 것을 알고 있었다. 그는 어른이 되어가고 있었지만, 나는 그가 성장하는 것도 보고 싶었고 어른이 되어도 영원히 소년으로 남아 있는 모습도 보고 싶었다. 내 머리가 세어가는 동안에도 그의 얼굴에 머리칼이 드리운 모습을 보고 싶었다. 언젠가는 씹을 수 있도록 새로운 이를 해주고 싶었고, 그래도 씹을 수 없다면 그를 위해 음식을 씹어줄 수 있다고 생각했다. 그러면서 펠릭스를 바라보는 나의 시력은 멀쩡하기만 했다.

나는 총알을 흡수하리라는 희망을 품고 펠릭스 앞으로 걸어나갔다. 총알은 나에게 해를 입힐 수 없었다. 하지만 펠릭스는 그 사실을 몰랐다. 그가 나를 옆으로 밀어냈다. 군인은 우리를 향해 총열을 위아래로 움직였다.

"너희 둘, 벗어."

그렇게 우리는 밤과 겨울로부터, 힘의 본모습에 대한 의구심으로부터 우리를 지켜주었던 곰과 자칼의 가죽을, 외피를 벗었다. 포식자들에게 얻은 허세는 이제 사라져버렸다. 우리가 빌렸던 가죽의 아늑한 온기가 적의 수중에 떨어지는 모습을 보고 있자니 얼마나 쓰리던지! 이어서 나는 원피스를 벗었고, 스웨터 두 장도 벗었다. 또다시 자신을 맥없이 가리고 서 있자니 내 몸이 나 대신 모든 기억을 떠올리고 펄이 담당했던 과거를 떠맡으며 팔로 들어오던 주삿바늘의 따끔한 느낌을 상기시켰다. 나는 소금광산의 천장을 올려다보았다. 차마 나 자신이나 펠릭스를 볼 수는 없었으니까. 펠릭스가 닭살로 뒤덮여 있을 거라는 걸 알았다. 어쩌면 두려움에 오줌을 지렸을지도 몰랐다. 훌쩍이는 소리가 들렸다. 펠릭스가 바지를 벗자 군인은 그의 꼬리를 비웃고 총의 개머리로 꼬리 끝을 찔러댔다.

나는 이 군인이 타우베를 알고 있는지, 그 경비병의 자비로운 행동에 대해 들어본 적이 있는지 궁금해졌고 이 상황을 바로잡기로 결심했다. 왜냐하면 우리를 살려줄 기미가 전혀 없었기 때문이었다. 타우베는 광기와 혼란의 순간에 그런 기미를 보였다. 부츠를 펠릭스의 목에서 거두었으니까. 하지만 이 군인은 우리를 데리고 뭘 할지 혼란스러워하지 않았다.

"누가 신발은 신고 있어도 된다고 했지?" 그가 나에게 윽박질렀다. "양말도." 그가 덧붙였다.

내 왼쪽 양말 속에는 독약이 있었다. 그 복수단이라면 어떻게 했을까 생각하다 몸을 숙여 울양말을 돌돌 말아 내리면서 앰풀을 꺼내 입속에 넣었다. 그리고 턱과 뺨 사이의 공간에 요령껏 넣어두었다.

그렇게 벌거벗은 채로 서 있는데 저멀리 찢어진 담요같이 조각난 말가죽이 보였다. 어떻게 나는 오랫동안 몸을 맡기고도 말이 피아노처럼, 펄의 영화에 나온 피아노처럼 하얗다는 것을 몰랐을까? 성한 눈이 그 사실을 알려주었고, 신기하게도 멩겔레의 안약이 들어간 후 처음으로 나쁜 눈이 동의했다. 계속 드리웠던 검은 장막이 걷혔다. 두 눈 모두 똑같은 하얀색을 볼 수 있었다. 거기에는 어떤 변형도, 잿빛 그림자도, 불확실함을 암시하는 것도 없었다. 모든 것이 너무도 선명했다.

그렇게 나는 다음과 같은 광경을 보았다. 군인이 언니가 남긴 모든 것을 만지고 있었다. 펄의 건반 말이다. 가방에서 그것을 집어올리더니 감흥 없이 바라본 다음 손가락에서 떨어뜨렸다.

나는 그 피아노 건반이 떨어지도록 내버려둘 수 없었다. 흙에 닿도록 둘 수 없었다. 펄은 죽었고, 그것은 내 잘못이었다. 하지만 이번에 건반마저 잡지 못한다면 그동안 겪은 그 모든 일을 당해도 싸다고 생각했다. 그래서 나는 건반을 잡기 위해 벌거벗은 채로 달려나가 군인의 발치에 몸을 던졌고, 손으로 건반을 받아낸 것이 너무도 자랑스러워 그가 내 갈비뼈를 걷어차는 것도 아랑곳하지 않고 감격에 겨워 울었다. 또 한번의 발길질. 그리고 다시 한번. 독이 든 작은 알약이 이 사이에서 흔들렸고, 앰풀의 벽이 송곳니 끝에 뚫릴 것 같았다. 손안에는 언니의 삶이, 입안에는 멩겔레의 죽음이 있었다.

그 와중에도 나는 무엇이 더 중요한지 알고 있었다.

총알이 발사되는 소리가 들렸고, 다친 게 나라고 생각했다. 하지만 내가 아니었다. 진짜 위험에 처한 게 나일 리가 없었다. 나는 펠릭스가 뒤로 넘어가는 모습을, 고통스러운 나머지 알몸을 가리는 것조차 잊은 모습을 보았다. 상처가 벌어지는 어깨를 꽉 부여잡는 모습을 보았다.

나는 펠릭스를 보았고 군인을 보았다. 이제 나의 광기를 고백해야겠다. 순간적으로 나는 내가 본 사람이 탈영병이 아니라 의사라고 생각했다. 죽음의 천사가, 자신이 행한 실험들의 사악함이 너무도 거대해 더이상 지표면에 살 수 없게 된 그가 거기 서 있는 것이라고 생각했다.

온갖 종류의 유령, 망령, 환영을 보여준다는 소금광산의 깊이 탓으로 돌릴 수 있으면 좋겠다. 하지만 문제는 나에게 있었다. 그런 착각을 한 사람이 나 하나뿐이면 좋겠지만 일 년이 지나고 또 지나고, 십 년이 지나고 또 지나도 아주 많은 사람이 이 얼굴에 쫓기게 된다. 그들은 더이상 어린아이도 수감자도 아니었지만 항상 그의 시선을 느꼈고 실험을 예감했다. 그자는 아주 다양한 방법으로 스스로를 숨기고 살고 있지 않겠어? 우리는 묻곤 했다. 그리고 세상은 우리를 미친 사람인 양 바라보곤 했다.

그곳 소금광산에서 나는 그를 보았다고 확신했다.

펠릭스의 둥그런 상처를 보자 그제야 환상이 깨졌다. 멩겔레는 그런 식으로 우리를 해치지 않는다. 그에게는 우리를 망가뜨릴 더 효율적이고 적합한 방법이 있었다. 그의 잔인함은 매우 탐구적이고 우아해서 펠릭스의 어깨에서 그렇게 피가 흐르도록, 자신의 학문적 발전에 아무런 기여도 못하는 그런 조악하고 쓸모 없는 상처가 나도록 놔두지 않았을 것이다.

그 군인이 다시 한번 조준했지만 이미 우리는 도망가고 있었다. 허둥지둥 계단을 올랐고, 거의 눈에 보이는 게 없는 듯한 군인이 악에 받쳐 우리를 뒤쫓으며 더욱 속도를 높이다가 계단에서 발을 헛디뎠다. 부츠가 미끄러지고 그의 얼굴이 나무널빤지에 부딪히는 것이 보였고, 나는 꽤 오랫동안 멈춰 서서 그가 의식을 잃고 인형처럼 쿵쿵 소리를 내며 굴러떨어지는 광경을 지켜보았다. 적이 추락하는 모습을 바라보면 모든 것이 원래대로 되돌아갈 수 있다고 믿기라도 하듯, 기차가 선로에서 방향을 바꾸고 수감번호가 저절로 지워지고 주삿바늘 끝이 나의 핏줄을 전혀 알지 못했던 때로 돌아갈 것이라고 믿기라도 하듯.

내 친구는 부상을 입고서도 나보다 빨랐다. 쏜살같이 계단을 올라가면서도 둔해지는 몸을 내게 충분히 기대야 한다는 것을 알았고, 말의 죽음을 떨쳐내도록 나를 더 격려할 필요가 있다는 것도 알았다. 하지만 또다시 그들은 우리가 사랑하는 대상을 죽였고, 우리 것을 빼앗아갔고, 우리를 속수무책으로 만들었다. 나는 그 손아귀에서 빠져나왔지만 어떠한 승리감도 느끼지 못했다. 계속해나가야 하는 이유를 딱히 찾을 수 없었다. 만약 독이 든 알약이 나를 끝장내줄 수 있었다면, 기꺼이 삼켰을 것이다.

"봐." 펠릭스가 헐떡거리며 말하더니 떨리는 손가락을 들어 하늘을 가리켰다. 여남은 명의 사람들이 하늘에서 떨어져내리고 있었다. 아군인지 적군인지 몰라도 기세가 누그러져가는 겨울의 구름을 등에 얹고 있었다. 내 친구는 어깨에 총알 구멍이 나고도 그 광경을 보았다. 나는 고통스러워하는 펠릭스의 얼굴이 그 비행—공중을 부유하는 자유로움—에 놀라며 같은 것을 갈망하는 모습을 지켜보았다.

하지만 우리가 가진 것은 오직 이 고약하고 저주받은 땅 위에 있었다. 나는 여전히 약속을 품은 채 온전한 독 알약을 치아와 턱 사이에 간직하고 있었다. 탐험하며 모았던 나머지 것들은 모두 사라져버렸다.

안녕, 말아. 사랑했던 말아. 너는 우리가 태어났던 날의 펄보다 순수했어. 너는 우리의 가장 훌륭한 면보다도 더 훌륭했어. 나는 이 세상이 널 닮았으면 하고 바랐어.

안녕, 손도끼와 총알과 소중했던 칼 세 자루야. 너희는 내가 가진 무엇보다 광포하고 치명적이고 날카로웠어.

안녕, 털코트야. 안녕, 곰아. 안녕, 자칼아. 너희는 우리를 무시무시하고 가능성 있는 존재로 만들어주었고, 생물의 분류에서 끌어올려 나 혼자라면 할 수 없을 일들을 하게 해주었어. 생존자는 가끔 포식동물이 되어야 하는데, 너희 안에서는 그렇게 될 수 있었어.

나에게 기댄 채 늘어져 걷는 친구와 함께 벌거벗은 몸으로 눈길 위에서 걸음을 재촉했고, 멀리 늘어선 은혜로운 오두막들을 향해 그를 잡아끌었다. 우리가 안락함을 바라며, 알몸에 옷을 입혀주고 상처를 치료해줄 누군가가 있기를 바라며 비척비척 걸어나가는 동안에도 낙하산을 탄 사람들은 아주 가볍고 자유롭게 하늘 위에 떠 있었다. 나는 질투가 나서 그들에게 주먹을 흔들어댔다. 누가 듣든 말든 내 몸을 다시 빼앗든 말든 신경쓰지 않고 무모하게 고함을 질러댔다. 펠과 나는 이미 너무 여러 번 빼앗겼고, 더이상은 신경쓸 수도 없었다.

"스타샤." 펠릭스가 애걸했다. "계속 이러면 너는 곧 죽을 거야."

예언이자 경고이자 사랑이었다.

아, 죽는다는 말에 조심해야 하는 소녀가 될 수만 있다면!

펄

20장
탈출

병원 창밖으로 민들레 홀씨처럼 하늘을 부유하는 사람들을 보았다. 낙하산을 탄 사람들. 세어보니 열두 명이 저녁 내내 크라쿠프 외곽에 떠 있었다.

"저 사람들이 누구인지 알아요?" 나는 미리에게 물었다. 창문에서 돌아서서 목발을 움직여 그녀의 얼굴을 마주보았다. 그리고 낙하산을 탄 사람들이 누구를 찾아오는 것인지, 왜 저런 방법을 쓰는 것인지 물었다. 미리는 어떤 사람에게 선의가 있는지 없는지는 가까이서도 알기 어렵다고, 하지만 많은 유대인 지하조직원이 물자와 비밀과 무기를 전달할 때 저런 방식을 이용한다고 들은 적이 있다고 말했다.

낙하산을 탄 사람들이 착륙하는 모습은 볼 수 없었다. 그들은 내 시야가 닿지 않는 장소에 내렸다. 하지만 사흘 후, 그들 위로 피어올랐던 하얀 실크가 재봉사의 손을 거쳐 새로운 모습으로 나타난 것을 보았다. 이번에는 신부가 거리를 행진하고 있었다. 자갈길을 지나 후파*를 향하는 신부는 전쟁통에도 주름이 풍성한 화려한 옷을 입고 있었다. 낙하산의 실크는 얇디얇은 보디스**가 되어 몸을 감쌌고, 드레스 자락이 안개처럼 그녀의 뒤로 펼쳐졌다. 두 어머니가 합류하여 레이스를 내려뜨린 신부를 이끌었다. 창밖으로 머리를 내밀면 파티하는 소리가 들렸다. 신랑 주변을 도는 신부. 일곱 가지 축복. 유리잔 깨지는 소리가 울려퍼졌다.

"아직도 결혼식이 있어요?" 나는 경이로움을 느끼며 물었다.

미리가 침대에서 일어나 열린 창문으로 오더니 나와 함께 구경하고 귀를 기울였다. 그리고 나를 팔로 감싸안았다.

"아직도 결혼식이 있네." 그녀는 목이 멘 소리로 말했다. "왜 이렇게 놀라운지 모르겠구나."

그 결혼식이 끝나자 또다른 결혼식이 시작되었다.

*

그 폐가 안에서 미리가 세상을 떠나고 있다는 생각이 들었을 때, 나는 또다른 동물우리 속에 있는 기분이었다. 손이 말을 듣지 않았고 시야가 흐려졌다. 모든 것이 멀어지고 불가능해졌다. 도움을 구하러 길거리로 절뚝거리며 나갔을 때는 목발도 안중에 없었

---

* 유대인 결혼식에서 신랑 신부가 서는 곳에 매다는 캐노피.
** 드레스 상체 부분.

다. 목소리가 나보다 훨씬 멀리 나아갔고, 비명이 집안에 있던 이웃들을 밖으로 끌어냈다. 우리에게 양파를 준 사람, 크라쿠프의 은인 야쿠프도 그중 한 명이었다. 그는 내가 알고 믿을 수 있는 유일한 얼굴이었다. 내가 열린 문을 가리키자 안으로 재빨리 들어가주었다.

그가 미리를 안고 나오리라는 것을 알고 있었다. 하지만 미리의 상태를 보고 싶지 않았다. 그래서 보지 않았다. 심지어 야쿠프가 미리를 응급차에 태우고 나를 옆에 앉혔을 때조차. 나는 병원에 도착할 때까지 눈을 감고 있었다. 눈을 떠보니 미리는 간호사와 환자들을 제대로 바라보지 못하고 있었다. 그런 고통을 많이 봐온 사람들인데도 여전히 수치스러워했고, 간호를 받고 바이털사인이 측정되고 침대가 배정되는 동안에도 수치심을 떨치지 못했다. 그녀는 침대에 눕는 것을 거부했다. 그저 침대 가장자리에 걸터앉아 방을 가르는 커튼만 바라보았다. 간호사가 야쿠프를 안으로 들여보낼 때까지 그러고 있었다.

그는 평소와는 다르게 격식을 차렸다. 문가에서 살짝 몸을 구부려 인사했던 것이다. 깍듯하게 예의를 갖추면 걱정하는 마음이 가려질지 모른다고 생각한 것 같았지만 내가 보기에는 오히려 의사를 향한 애정을 드러낼 뿐이었다. 그는 병원 내부를 한 번도 본 적없는 사람처럼 병실을 둘러보더니 나에게 잠시 자리를 비켜줄 수 있느냐고 물었다. 나는 그의 부탁을 들어주었다. 어느 정도만. 나는 방을 가르는 커튼 뒤에 숨었고, 그곳, 장막 뒤에서는 여전히 모든 이야기가 들렸다.

야쿠프는 침대 옆으로 의자를 끌어와 웅크리고 있는 미리 옆에 앉았다. 그는 한숨을 쉬지도, 말을 하지도 않았다. 속삭임조차 없었다. 그의 침묵 속에는 상실이, 너무나도 환하고 경계 없는 상실이 있었다. 그리고 그 상실을 통해 이해하고 있었다. 생존자의 시간은 어느 누구의 시간과도 같지 않다는 것, 결코 달라질 수도 되돌릴 수도 없으며 견딜 만해질 리도 없을 과거에 매 순간 대응해야 한다는 것을. 야쿠프의 상실을 깨닫자 미리는 자신의 상실에 대해 이야기했다.

"남편은……" 그녀가 중얼거렸다. "게토에서 사흘도 살지 못했어요. 길거리에서 총을 맞았거든요."

나는 커튼 사이로 엿보았다. 병실 안이 어둑해서 미리의 얼굴은 램프 불빛에 반쯤 잠겨 있었다.

"두 자매도 잃었어요. 오를리는 도착하고 몇 달 안 되어 죽었어요. 이비는 푸푸로 보내졌고요. 그전에 그자는 내게 그애들의 자궁을 적출하게 했어요."

그녀는 대답을 기다리듯 야쿠프를 바라보았다. 아무런 대꾸가 없었다. 야쿠프는 고개를 숙였다.

"물론 제 자궁도 피해갈 수는 없었어요. 하지만 슬퍼할 겨를도 없었죠. 제 아이들의 죽음을 슬퍼하느라 정신이 없었으니까. 나의 노에미, 나의 다니엘. 터울이 많이 지지 않아서 멩겔레한테 쌍둥이라고 말할 수 있기를 얼마나 바랐었는지. 꿈에서는 아이들의 터울을 줄여서 쌍둥이라고 넘길 수 있게 만들어놓아요. 하지만 깨어나보면 불가능하다는 걸 깨닫고 이런 말로 나 자신을 위로해요. 적어도 내 아이들은 엄마가 아우슈비츠에서 무슨 짓을 했는지 결코 알지 못할 거라고." 여기서부터 생각과 연결이 끊긴 듯 목소리가 자취를 감추었다.

야쿠프는 선의가 허용되지 않는 장소에서도 미리가 그것을 베풀어왔다고 말해주기 위해 노력했다. 잔인해지길 요구하는 곳에서 그녀가 가져다준 것은 친절함, 죽어가는 자를 위한 편안함, 용감한 희망뿐―

하지만 미리는 들으려 하지 않았다. 그녀가 말했다. 엄마들, 아이가 있는 여자들을 살리려고 노력했어요. 그렇게 행동했어요.

당신이 없었으면 더 많은 사람이 죽었을 거예요. 야쿠프가 말했지만 내 보호자는 그 말에서 씁쓸함만을 취하고, 차마 입에 담기 어려운 이야기로 자신을 몰아갔다.

"임신한 유대인들이었어요." 그녀는 말했다. "그런 여자들쯤 그에게는 별거 아니었죠. 나는 임신부들에게 말했어요. '당신이 아이와 발견된다면 총살당하지는 않을 거예요. 아니, 가스실로 가지도 않을 거예요. 아주 다행스러운 결말이라고 생각하겠죠. 임신 사실이 알려지면 당신은 연구와 오락의 대상이 되고, 멩겔레는 당신을 수술대로 데리고 가서 기구로 해부하고 조금씩 죽음으로 밀어넣을 거예요. 당신을 죽일 때는 당신 아이가 그자의 실험대상이 되는 걸 억지로 보게 할 거고요. 멩겔레한테는 그런 야만적인 짓이 소중한 기회예요. 임신 사실을 알면 바로 경비병들이랑 아이의 성별에 대해 내기를 하고, 거기에 맞춰 살해계획을 세워요. 이렇게 말하겠죠. 딸이라면 개한테 던져버리자. 아들이라면 자동차 바퀴로 머리를 으깨버리자. 그나마 제가 입에 담을 수 있는 게 이 정도예요. 수도 많고 종류도 다양한데다 괴기하기로는 도저히 말로 표현할 수 없어요. 제가 확신하는 것은, 비참함을 낳는 것만이 그가 아는 진짜 출산의 의미라는 거예요. 그는 모든 임신부와 아이에 대해 새로운 살인법을 고안해내요. 아우슈비츠에서는 고통받을 바에야 굳이 태어날 필요가 없어요.'"

그녀는 기억을 덮어버리려는 듯 눈을 감았다. 하지만 기억은 덮이지 않았다. 그녀는 눈을 뜨고, 고백을 피할 수 없는 사람 특유의 분위기로 야쿠프를 똑바로 마주보았다.

"나는 아주 여러 번 임신부의 목숨을 살리기 위해 더러운 막사 바닥에서 잘 들지 않는 녹슨 기구로, 진통제 하나 없이 신속하게 처치해야만 했어요. 혼자서 임신부한테서 생명을 꺼냈어요. 맨손은 피로 물들었고, 임신부의 비명을 들으며 눈물을 꾹 참고 나 자신에게 말했어요. 너는 이 영혼, 이 아기가 당할 최악의 고문을 면하게 해주는 거야. 그리고 끝나면—아, 결코 끝은 없었지만!—산모에게 말했죠. '당신의 아이는 죽었습니다. 하지만 보세요. 당신은 건강하고 아직 살아 있어요. 그리고 언젠가, 세상이 우리를 환영하며 그 경이로움으로 다시 불러들일 때, 다시 아이를 가질 기회가 올 거예요.' 나는 매번 그렇게 말했고, 그건 그들을 위한 말일 뿐 아니라 나를 위한 말이기도 했어요. 그 슬픔은 내 것이 아니었지만 내가 아는 것이라고는 슬픔뿐이었으니까요! 다른 미래가 가능하도록 조그만 미래 여럿을, 그 아이들을 그자가 고문하고 끝내버리기 전에 내 손으로 끝내버렸어요. 나는 여전히 스스로를 용서할 수 없어요."

미리는 떨리는 손을 얼굴로 가져갔다. 자신의 표정을 보지 못하도록. 그럼에도 우리는 미리가 자신의 미래를 전혀 원하지 않는다는 것을 알았다.

야쿠프는 그녀가 묘사한 사건을 직접 목격한 것 같은 얼굴이었다. 병에 걸린 듯 칙칙해진 안색으로 애써 침착하려 했다. 생명을 살린다는 것이 어떤 의미인지 안다고 말하려 노력했다. 그 대가는 영원히 남아요. 저도 누구를 살릴지 선택하는 과정에서 누구를 살리지 않을지 선택했던 적이 있으니까요. 그 생명들을 포기하면서, 죽음의 색깔, 냄새, 폭력을 선택했던 겁니다. 그는 중얼거렸다. 가장 살리고 싶었던 사람을, 가장 용감하고 가장 소중한 사람을 구하는 데 실패했더라도 매일 내 목숨을 구해야만 해요.

그러고서 그는 아무 말도 할 수 없었던 것 같다. 커튼을 젖히고 나의 보호자 곁으로 나를 이끌었기 때문이다. 미리는 나를 보려고는 하지 않았지만 가까이 끌어당겨 꼭 안았고, 그녀가 우는 동안 나는 이 세상에서 이보다 더 힘찬 포옹을 할 수 있는 사람이 있을지 궁금해졌다.

병실 바깥 복도에서 간호사가 야쿠프를 향해 오는 소리가 들려왔다. 그 대가 말입니다. 그가 다시 입을 열었다. 저도 잘 압니다. 당신이 하는 일을 보면 다른 사람들에 대해서도 잘 알 거라고 생각해요. 분명 알 겁니다. 우리가 그 문제를 떨쳐내기 위해 필사적이라는 걸, 결국 자살시도를 하기 전까지는 살기 위해 노력한다는 걸. 그리고 아무리 노력해도 끝내 성공하지 못하면 우리가 구하지 못했던 사람들을 기억하기 위해 노력하면서 죽음으로 스스로를 몰아간다는 걸요. 그들을 생생하게 기억하는 것도 끔찍한 일이지만, 그들을 거의 기억하지 못하는 것은 더 끔찍한 일—

이때 간호사가 방안으로 불쑥 들어왔고, 격정적인 발소리로 병실의 대화에서 나를 떨어뜨리려는 의도를 알렸다.

간호사는 내게 필요한 것이 무엇인지 알았다. 내 신발을 벗긴 다음 새하얗고 깨끗한 시트가 깔린 미리의 침대에 눕혀주었고, 나는 뺨을 내 보호자의 뺨에 꾹 갖다댔다. 그 침대는 우리에게 딱 알맞았다. 나는 그렇게 미리의 머리를 쓰다듬고 간호사의 이야기를 듣거나 나의 이야기를 들려주며 영원히 누워 있을 수도 있었다. 하지만 간호사는 내가 언젠가는 떠나야 한다고 말했다. 고통에 둘러싸여 있는 것이 좋지 않다고, 내가 갈 만한 고통 없는 장소를 찾아야 한다고 말했다.

"그런 장소가 진짜 있나요?" 내가 물었다.

그 질문은 나를 위한 것이 아니었다. 미리를 위한 것이었다.

*

그렇다, 동물우리, 고립의 소리—들쥐가 갉아대는 소리, 똑똑 물 떨어지는 소리, 내 손가락이 철창을 두드리는 소리—에 대한 열망은 특수한 광기다. 하지만 그 안에서는 적어도 고통을 예상할 수 있었다. 내가 어떻게 고통을 느낄지, 어떻게 찢길지, 어떻게 죽을지, 그러니까 순식간에 죽을지 아니면 조금씩조금씩, 변화의 폭이 아주 작아 어디에서 삶이 끝나고 죽음이 시작되는지 구분할 수 없을 정도로 천천히 죽을지 이성적으로 짐작할 수 있었다. 나는 그 공간에서 희망을 단단히 붙들어 맸다. 하지만 새하얀 시트와 청소된 바닥, 적절한 양의 음식이 있는 병원에 있으니 영원한 기다림 속에 매달려 있는 기분이었다. 좋고 깨끗하고 충분한 것들을 볼 때마다 내가 아주 신속하게, 경고 한마디 없이 사라질 수 있다는 사실이 다시금 떠올랐다. 나는 삽시간에 짓밟혀 무력해질 수 있었고, 그런 생각을 하면 살아 있으려는 온갖 노력이 완전히 무의미하게 느껴졌다. 나는 생각했다. 죽어버리면 진짜 사람이 되는 게 무슨 소용이란 말인지!

병원을 나간 후 진짜 사람이 되는 것은 어떤 느낌일지 궁금했다. 우리 중 하나는 곧 떠날 거라 짐작했다. 간호사가 여행가방을 주었기 때문이다. 떠날 사람이 나일 거라는 짐작도 했다. 나는 하나도 준비가 안 되었다고, 그 선물을 받은 다음 간호사에게 털어놓았다. 간호사는 그 어느 때보다 참을성 있게 설명했다. 미리는 병들었고 너를 돌봐줄 수 없어. 나는 예의를 갖춰 항변했다. 이제 제가 미리를 돌봐줄 거예요.

간호사는 납득하지 않았다. 그저 양말 두 켤레를 접어 가방 안에 단정히 넣었다. 그리고 그 끔찍한 물건을 남겨두고 갔다.

진짜 여행가방을 갖게 된 기분이 얼마나 이상하던지. 우리는 해진 스웨터나 빈 감자포대로 자루를 만드는 사람들이 되어 있었던 것이다. 자루는 쉽게 짊어질 수 있고 유용함이 검증되었다. 하지만 제대로 된 여행가방이라니! 손잡이를 잡자마자 사람과 벽에 둘러싸이는 느낌을 받았다. 마치 가방에 갇혀 커버가 씌워지는 기분이었다. 땀이 발목까지 차오르고 고함소리가 귀를 울리고 극심한 공포가 가슴속에서 활활 타오르는 것 같았다. 나는 뜨거운 석탄 조각을 만진 것처럼 발치에 여행가방을 떨어뜨렸다.

내가 본 것을 본 미리는 나를 가까이로 끌어당겼다.

"넌 안전해. 믿으렴." 그녀가 속삭였다. 미리는 저녁 내내 핀으로 가방의 이니셜을, 은빛으로 새겨진 JM이라는 글자를 긁어 없앴다. 그녀의 노력은 분명 무척이나 거칠었던 것 같다. 가죽에 거의 구멍이 날 뻔했으니까.

기억보다 구멍이 낫지. 그녀가 말했다. 나는 이 말에 반박하지 않았다. 미리는 누구보다도 잊어야 할 게 많은 사람이었고, 기억을 쳐내서 마음에 커다란 빈 공간을 만드는 편이 나을 게 분명했다. 하지만 그녀가 망각을 추구하더라도 나에 대한 작은 기억만은 남겨주기를 바랐다. 아주 자그마한 기억이라도, 그래서 우리가 진짜로 헤어지더라도 언젠가는 나를 찾아낼 수 있도록.

*

내가 창밖을 바라보는 동안 야쿠프와 미리는 의논을 하고 있었다. 비록 낙하산을 탄 사람들은 없었지만 하늘빛이 다른 색조를 띠기 시작했고, 얼마 안 가 서리도 내리지 않을 것 같았다. 나는 간호사한테서 받은 종이를 들여다보았다. 네모칸들, 각각 하루를 의미하는 창살 우리가 있었다. 2월도 중반이었다. 내 '누군가'도 이 사실을 알고 있을까 궁금했다.

미리와 야쿠프는 소리 낮춰 대화했다. 그들은 계획을 숨기려 했다. 야쿠프는 마음을 놓기에는 이르지만 상황이 조금씩 변하고 있다고 말했다. 이제 문제가 달라졌으니 해결책도 다릅니다. 제가 직접 아이들을 특출나게 뛰어난 사람에게 인도해줄 수 있어요. 적십자 상부도 바람직한 시나리오라고 확인했고, 이미 이 계획에 참여시킬 아이들 열한 명을 선발해놓은 상태입니다. 그리고 물론, 그중에는 필도 있어요. 안전을 위한 탈출에 당연히 필도 함께해야죠. 당신은 훌륭한 의사이니 이 모험에 찬성하겠죠?

미리는 야쿠프의 흥분에 동요하지 않았다. 너무 작게 말해서 내 이름 말고는 전혀 알아들을 수 없었다. 갈망하는 목소리였다. 아니면 내가 그렇게 믿은 건지도 모른다. 어쩌면 상상인지도 모른다. 하지만 창문에서 몸을 돌린 순간 나는 그녀의 시선이 어디에 머무는지 보았다. 나에게 고정되어 있었다. 내 다친 다리에 붙박여 있는 것 같았다.

팔레스타인입니다. 야쿠프는 고집스럽게 계속했다. 처음에는 이탈리아로 갈 겁니다. 위험할 수 있어요. 잠복이 필수입니다. 그다음에는 배를 탑니다. 모든 사람을 태울 수는 없겠지만 분명 쌍둥이들 정도는 수용할 수 있을 겁니다. 이 말을 듣자 미리의 목소리는 훨씬 더 작아졌다. 질문하느라 끝이 부드럽게 올라간 목소리가 더 작아질 수 없을 만큼 작았다.

"이 탈출이 유일한 희망인가요?" 그녀가 물었다. "여전히?"

나는 미리의 그 말투를 알고 있었다. 온 길거리에서 사람들이 몸을 돌려 서로에게 다시 살아가도 안전한지를 물어볼 때마다 들려오던 말투였다.

"모험을 해보겠어요?" 야쿠프가 속삭였다. "한순간이라도 뒤돌아보지 않은 적이 있습니까? 그래요, 이제 끝났습니다. 우리는 자유입니다. 그자들이 우리가 더이상 자유롭지 않다고, 전쟁이 끝나지 않았다고, 모든 것이 결정되지 않은 상태라고 하기 전까지는—"

이것이 탈출을 조직하는 브리하 찬동자들의 주장이었다. 그때는 몰랐지만 평화까지 아직 석 달이 남아 있었다. 하지만 당시 누가 7월이나 내년이 아닌 5월 8일*이 그날이라고 장담할 수 있었겠는가? 우리는 눈이 녹으며 봄을 향해 꾸물꾸물 기어가던 2월을 살고 있었고, 많은 사람이 다른 지역, 조금 더 호의적인 지역으로 탈출하는 모험을 불가피하게 여겼다.

"저 아이는 그곳에서 더 안전할 겁니다." 야쿠프가 장담했다. "제가 그렇게 만들 겁니다."

모든 것이 결정된 순간이 있었다면, 지금 생각해보니 그때였던 것 같다.

나의 보호자도 더는 저항하지 않았고, 나도 전혀 이의를 제기하지 않았으며, 그렇게 셋에 의해 내 행보가 결정되었으니까. 나는 배를 타고 이탈리아로 갈 것이고 그곳에서 자신만의 바다를, 바다만큼이나 많은 나 같은 사람들을—어린아이와 노인, 생존자와 난민, 새로운 시작을 찾아나선 마지막 한 사람까지—태우는 보트에

---

* 나치 독일이 패망한 1945년 5월 8일.

올라탈 것이었다.

*

야쿠프는 약속했다. 그것은 내가 알던 상자와는 꽤나 다른 상자이고, 나는 덜컹거리는 그 안에서 소피아 옆에 앉아 있을 것이며, 각종 보급품—붕대, 물약병, 고기 통조림, 티백—으로 둘러싸여 있을 예정이었다. 출발하는 날, 나무상자 하나가 병원에 도착했다. 상자치고는 조금 화려했다. 체리색으로 래커칠을 한 뚜껑은 괜한 의심을 피하기 위해 이교도 스타일로 채색되어 있었고 몸집이 큰 성인 한 명이 들어갈 만한 크기였다. 담요처럼 동그랗게 몸을 말면 한쪽 구석에서 살 수도 있을 정도였다. 내가 숨을 상자를 보고 미리는 울었다. 구슬처럼 커다란 눈물방울이 얼굴을 따라 굴러떨어졌다. 그녀는 머리카락으로 눈물을 가리려고 했다. 미리의 습관이었다.

"관이잖아요." 미리가 말했다.

"트렁크입니다." 야쿠프가 정정했다.

"관인 거 알아요." 미리가 말했다.

그는 내가 국경을 넘을 때만 숨어 있으면 된다고 말하며 미리를 안심시켰다. 바닥에는 숨을 쉴 수 있도록 구멍이 나 있었다. 크라쿠프까지 동행해서 잘 아는 아이들도 함께 숨을 것이었다. 조용히 있어야 하지만 혼자가 아니라는 사실이 위안이 될 거라고 야쿠프는 주장했다.

서른두 명의 아이 중 열한 명이 트럭 짐칸에 실렸다. 마지막으로 본 지 고작 한 주가 지났지만 내가 알던 아이들과는 많이 달랐다. 얼굴은 더 동그래지고 더이상 눈이 퀭하지 않았다. 소피아는 새 머리끈이 생겼다. 블라우스 쌍둥이는 머리를 잘랐다. 로젠 쌍둥이 중 한 명은 안경을 쓰고 있었다. 다들 여전히 해진 옷을 입었지만 누군가의 손길이 돌보아주었다는 것을 알 수 있었다. 나는 아이들의 세세한 변화를 살피는 미리의 얼굴을 보고 그 손길의 주인이 자신이었기를 바란다는 것을 알 수 있었지만, 그녀는 그저 한 명 한 명에게 미소를 지어 보이고 최근의 여행이 즐거웠는지 물어본 다음 내가 트럭 짐칸 구석에 자리잡는 것을 도와주었다. 나는 편안하게 관상자에 기대앉았다.

미리가 나에게 선물을 주었다. 연신 떨리는 손으로 내미는 그것을 보자 마지막이라는 실감이 몰려오며 깨달았다. 미리는 나와 함께 가지 않는다는 사실을─그 순간에는, 그리고 어쩌면 영원히.

그 탭슈즈는 우리처럼 짝이 맞지 않았다. 한쪽이 다른 한쪽보다 크고 새것이었다.

한 가지 확실한 건 한쪽이 핑크색이고 다른 한쪽이 흰색이라는 사실이었다. 어떻게 미리가 그 차이를 알아보지 못했는지 잘 모르겠다. 어쩌면 멩겔레의 명령을 따르고 난 후로 대칭이 주는 희열을 증오하게 되었는지도 모르겠다. 나는 알 수 없었다. 신발 두 짝은 앞코와 뒤축에 붙은 금속 부분끼리 맞닿아 있었다. 그녀는 신발을 닦아준 다음 자랑스럽게 신발끈을 쓰다듬고 내 손에 놓아주었다. 그리고 다시 만나게 될 거라고 말했다.

"이탈리아에서?"

"이탈리아 갈 때까지 내가 나으면."

"그럼 그때도 낫지 않으면요?"

"언젠가는 건강해질게." 그녀가 약속했다.

같이 저녁을 먹을 때면 너는 새 신발을 신고 있을 수도 있겠다. 그녀가 말했다. 이것은 댄스화이고 나는 춤은 고사하고 걸을 수도 없다고 말하고 싶었지만 재회를 기대하는 미리가 너무도 기뻐 보여 아무 말도 하지 않았다. 나는 상자에 신발을 넣고, 이것이 우리의 끝이 아니라는 것을 계속해서 약속하는 미리에게서 눈을 돌렸다.

트럭이 출발하자 처음에는 거리가 멀어지며 미리의 형체가 작아졌고 그다음에는 안개가 얼굴을 지워버렸다. 우리 사이가 점점 더 벌어지는 동안 나는 미리를 기억하려 애썼다. 눈, 코, 입, 턱. 모습이 하나도 보이지 않을 때까지 아무 말 없이 각각의 부위에 작별인사를 하며 그렇게 인사할 수 있어서, 작별인사를 하고 사랑한다고 말할 수 있는 기회가 있어서 행복하다고 되뇌었다. 내 애정은 그녀 안에서 고향을 찾았다. 엄마도, 아빠도, 동생도, '누군가'도 아니었지만 그녀는 내가 되고 싶은 사람이었다. 친절함을 타고났지만 고난의 역풍을 맞은 연약함은 용기와 떼어놓을 수 없는 것이었다. 미리는 고통이 무엇인지 알았고 그럼에도 회복에 대해 알고 싶어했다.

우리의 재회가 이루어질 거라고 그녀가 진심으로 믿었는지는 모르겠다. 심지어 내가 떠난 뒤 자신이 한 시간이라도 살 수 있다고 생각했는지도. 하지만 살아서 회복한 상태로 나를 다시 만나기 위해서는 건강해져야 한다는 것을 알고 있었으리라 믿는다. 미리는 나를 곁에 두고 싶어했지만 그래서는 도저히 건강해질 수 없었다. 그 헤어짐은 유기가 아니었다. 몇 년 후 나는 스스로에게 말했다. 그것은 사랑이었고, 나의 미래에 대해 품은 꿈이었다.

미리가 자신의 미래에 대해서 얼마나 생각했을지 잘 모르겠다. 분명 무언가를 성취하는 꿈을 꾸지는 못했을 것이다. 미국에 보금자리를 꾸리고, 병원에서 다시 일하도록 허가를 받고, 부드러운 발걸음으로 수천 개의 병실을 드나들며 출산을 앞둔 환자를 살피게 되리라고는.

신이시여. 그녀는 손을 씻고 장갑을 낀 다음 대기중인 임신부를 향해 몸을 돌리며 기도하게 된다. 당신은 제게 주셨습니다. 진정한 생명을, 생존자로 알려지지 않아도 될 아이들을 태어나게 하는 기회를 말입니다. 그리고 수천 명의 아이가 그녀의 손에서 첫 호흡을 얻는다.

아니, 당시의 미리는 상상조차 할 수 없었을 것이다. 악의 횡포를 겪고 나면 우리는 스스로에 대해, 어떤 사람이 될지, 무슨 일을 하게 될지 결코 알 수 없게 된다.

십 년 후, 나는 전문의 진료 예약이 잡혀 있던 맨해튼의 한 병원 대기실에서 그녀와 조우하게 된다. 그녀의 등을 보는 순간, 어깨에 헝클어진 검은 곱슬머리와 변함없는 자세—언제라도 새로운 재앙에 대처할 준비가 되어 있는 듯 살짝 뒤꿈치를 들어올린 모습—를 보자마자 그녀를 알아보았다. 그리고 그녀는 우리의 만남에 충분한 준비를 해왔음에도 나를 본 순간 스타샤라고 불렀고, 나는 그 실수를 사과하지 말아달라고 애걸하느라 몇 분을 보냈다. 그 실수는 살면서 별로 겪어보지 못했던 사랑스러움으로 내 마음속에 남았다.

스타샤. 그녀는 추모하듯 속삭였던 것이다.

그리고 나는 엄마 같은 자매처럼 함께 있어주는 미리와 검사실로 들어가 옷을 벗고 몸 이곳저곳을 검사받았다. 그녀는 간호사들 일에 조금 끼어들고 의사에게는 최대한 부드럽게 하라고 지시했다. 나는 소녀 시절의 두 자아를, 고통을 담당한 자아와 상처 없이 온전한 자아를 달래며 한 시간의 장기 검사를 마친 다음 개인 대기실의 소파에 몸을 눕혔다. 결과는 대기실에서 안내받을 예정이었고 의사가 결과를 전하기 위해 자리에 앉았을 때 나는 미리의 손을 잡았다.

그자가 나에게 한 짓에 대한 자세한 설명을 듣고, 미처 모르는 사이 내 건강을 위협하기 시작한 문제에 대해 듣는 동안 미리는 내 옆에 앉아 있었다. 우리는 함께, 내 장기들이 완전히 발달하지 못했다는 사실을 알게 되었다. 신장은 기아에 시달리는 아이, 어른으로 넘어가는 경계에 있는 아이 정도 크기에 머물렀다. 성장이 저지당한 이유는 한때 영혼이 없는 남자가 살았고, 그자가 어린아이들과 자신이 특이하다고 생각하는 사람들을 수집해 사랑하는 척, 감탄하는 척하다가 파괴했기 때문이었다. 그가 헤집어놓은 내 장기들은 성인의 삶이 요구하는 바를 충족시키지 못했다.

그때 미리는 나를 위해 울어주었다. 내 눈에서 흐르지 못한 눈물을 맡아주었다. 우리 사이에 무언의 서약이 있는 듯 그렇게 해주었다. 그녀는 아주 고요하게 나를 바라보더니 내 기분이 어떤지 소리내어 물었고, 내가 대답하지 않자 내 이름을 부르고 스타샤의 이름도 불렀다. 우는 모습을 누가 보든 말든 신경쓰지 않았고 그자가 나에게 무슨 짓을 했는지 모두에게 알리고 싶어했다. 그때의 미리는 아우슈비츠를 탈출하던 여정 내내 애써 자신을 억누르던 모습과는 많이 달랐다.

나는 헤어질 때 미리가 남겨준 것이 탭슈즈가 전부인 줄 알았다. 하지만 국경을 넘으며 관으로 들어가야 했을 때 탭슈즈 한 짝 앞코에서 쪽지 하나를 발견했다. 그것을 펼치며 나는 작별인사를 예상했다. 미리가 미안하다고 썼을지도 모른다고, 자신이 짊어진 짐 때문에 나와 함께 탈출하지 못한 자세한 사정을 적어놓았을지도 모른다고 생각했다.

하지만 미리의 눈물에 글씨가 번진, 오래전 편지의 내용은……

그녀의 삶에 대해서도, 그녀의 상실에 대해서도, 그녀의 슬픔에 대해서도 아니었다. 그것은 나에 대한 이야기였다.

그리고 나는 이렇게 말하고 싶다. 누군가가 어린 우리를 불러세웠을 때, 탱크로 꽉 막힌 길이 잘못된 도시로, 잘못된 마을로 인도했을 때 나를 살린 것은 물통도 아니고, 빵도 아니고, 내 옆에 있던 소피아나 트럭 뒤칸 상자에서 덜컹거리고 있던 아이들도 아니었다. 심지어 국경을 지나거나 숨어야 할 때마다 우리를 지켜주었던, 상자 안쪽을 두드리는 의사소통 체계—노크 한 번은 나 여기 있어, 노크 두 번은 나 여기 있어, 그런데 공기가 부족해, 노크 세 번은 나 여기 있어, 하지만 여기 있고 싶은지 모르겠어—도 아니었다.

그것은 오로지 미리가 적어준 나를 사랑했던 '누군가'에 대한 이야기였다. 그 사람에 대해 써준 모든 세세한 이야기―그녀가 하던 모든 놀이, 칼을 좋아했던 것, 나를 춤추게 했던 방법―가 있어서였다. 그 이야기들이 삼 일간의 여행에서 나를 숨쉬게 해주었지만 끝내 우리 트럭은 한 쌍의 독일 패잔병에게 저지당했다. 그곳을 지나가야 한다는 생각에 혈안이 되어 야쿠프를 강제로 끌어내리고도 남을 자들이었다. 그들이 다가오는 것을 본 야쿠프는 우리에게 상자 안에 숨어 있으라고 경고했다. 야쿠프가 삶의 마지막을 직감했었는지는 모르겠다. 권총소리가 난 다음에 트럭 옆쪽 땅바닥으로 몸이 털썩 쓰러지는 소리가 났다는 것밖에는. 소피아가 내 옆에 누워 훌쩍이는 소리가 들렸고, 차가 속도를 높여 출발하자 나는 소피아에게 말했다. 군인들이 잠시 쉴 때까지 기다렸다가 차가 멈추자마자 몰래 빠져나가자고, 다 함께 가장 가까운 마을로 가서 다시 구조를 청해보자고. 소피아는 내가 목발을 짚고 있다는 사실을 지적했다. 나는 우리 둘 다 반쪽을 잃긴 했지만 쌍둥이라는 사실을 지적했다. 그리고 자유란 다 함께 힘을 합쳐 얻을 수 있는 것이라고 소피아를 안심시켰다. 내 '누군가'가 언제나 하던 말이었다.

그 순간에는 책임을 나눌 사람이 없었기 때문에 내가 모든 것을 떠맡았다. 희망과 위험을, 무모한 결심을, 그리고 굳은 믿음을, 그러니까 다시 한번 살아남을 거라는 믿음을 짊어졌다.

마지막으로 들어가게 된 상자 속에서, 나는 탭슈즈를 신고 뚜껑을 걷어차고 뛰쳐나갈 순간을 기다렸다.

21장
끝이 아닌

나는 폐허가 된 바르샤바에 어떤 식의 환대를 기대했던 걸까? 멩겔레의 삶을 끝장내버리고 우리에게 새로운 시작을 선사할 그 도시에는 농군들이 폐에서 먼지를 비워내며 길바닥에 침을 뱉는 소리만 울려퍼질 뿐이었다. 그리고 우리는 무기도 잃고 털도 벗겨진 반벌거숭이 무방비상태였다. 길가 농부에게 구걸해 얻은 포대를 걸치고 훤히 드러난 팔다리는 버려진 울 누더기로 감싼 채 너무 큰 신발을 신고 비틀비틀 걷고 있었다. 내 친구는 한 걸음 내디딜 때마다 고통으로 움찔거렸고 상처를 걱정하느라 자꾸 어깨에 손을 얹었다. 내 손으로 총알을 빼준 어깨였다. 두 손가락으로 살을 꾹 눌러 총알을 빼내는 동안 그는 비명을 질렀고, 내 고통은 이렇게 피 흘리며 신속하게 제거할 수 없다는 사실이 저주스러웠다. 이것이 마지막 의사 놀이가 될 거라고 나는 되뇌었다. 당시에는 파괴만이 나의 유일한 관심사였고 펠릭스도 마찬가지였다. 우리는 함께 새롭고도 서툰 고문법을 즉흥적으로 만들어냈다. 고문자의 머리에 던질 한 포대의 돌을 모으고 막대기를 겨드랑이에 끼고 움켜잡았다. 임시변통으로 만든 창인데 그의 가슴을 관통할 만큼 뾰족하게 깎은 것이었다. 이 변변치 않은 도구들의 유순한 힘은 바르샤바 동물원에 있는 동물우리 은신처에서 멩겔레를 발견하고 구석으로 몰아가는 순간 마침내 분노의 힘으로 변할 거라고 우리는 믿었다.

바르샤바는 복구에 너무 열중한 나머지 우리를 몰라보았고 우리의 파괴적인 목표도 알아차리지 못했다. 하지만 나는 도시가 우리의 입성을 주목하지는 않았더라도 임무가 실행되는 장이 되어주리라 믿었다. 우리가 파괴당한 것처럼 도시도 파괴되어 있었다. 처참하고 파리했다. 공터가 정리된 도시는 그저 지하실, 무덤, 통화로 작별인사만을 전하는 대기실에 지나지 않았지만 어디를 둘러봐도 사람들이 모여들어 도시를 되살리기 위해 노력하고, 무너진 시너고그의 토대를 만드는 데 자신들의 모든 숨결을 불어넣고 있었다. 그들에게는 토박이 특유의 힘이 있었다. 잎사귀에게는 나무에 붙어 있으라 했고 꽃을 달래 피어나게 했으며 해골을 얼러 어떤 개도 파헤칠 수 없는 땅속에 묻혀 있도록 했다. 하지만 우리에게는 외지에서 온 복수단의 재능이 있었다. 그들이 도시에 삶을 맡겼다면 우리는 죽음을 보장받기 위해 그곳에 왔다. 멩겔레가 죽어야만 잎사귀도 떨어지지 않고 꽃도 피고 해골도 잠들 것이었다.

보랏빛 밤이 다가왔고 우리는 허공에서 시계가 째깍거리며 시간이 많이 남지 않았다고 말하는 소리를 들었다. 두 걸음 더 걷자 그냥 심장이 두근거리는 소리라는 걸 깨달았지만 메시지는 그대로 남았다. 모퉁이를 돌자 빗자루를 옆에 두고 벽에 기댄 채 손톱줄로 사과를 깎는 붉은군대의 군인 한 명이 보였고, 째깍거리는 소리가 더 빨라졌다. 빗자루는 너무 새것이라 재와 돌무더기밖에 쓸어본 적이 없지 않을까 싶었다. 그 군인이 너무 멍하고 태연해 보여서 나는 이미 모든 것이 끝났다고 생각했다.

"그자를 벌써 잡았나요?" 내가 물었다.

군인이 손톱줄 너머로 나를 보았다.

"히틀러 말이니?" 그가 물었다.

"그 사람 말고요." 내가 말했다. "다른 사람요. 죽음의 천사. 찾았나요?"

"무슨 말인지 모르겠다." 그가 말했다. "넌 러시아어를 너무 못해."

나는 그가 충분히 알아듣고 있다고 생각했다. 그럼에도 그가 대답하지 않을 변명거리를 댈 수 없도록 팬터마임을 했다. 생물의 분류 놀이를 하는 것처럼 몸짓으로 표현했다.

나는 손으로 독일 기업가 집안에서 태어나 베포라는 애칭으로 알려진 사람을 묘사하려고 노력했다. 전달하기 쉬웠다. 우선 발끝으로 서서 나를 크게 보이도록 만들었다. 그리고 멩겔레의 추잡한 습관을 흉내내려고 턱수염을 빙글빙글 돌리다 한 올을 뽑아 입속에 쏙 집어넣었다. 그가 의사라는 사실도 전달하기 쉬웠다. 나는 보이지 않는 가운의 하얀 날개를 펄럭였다. 주사를 찔러넣고, 장기를 제거하고, 아이들을 합쳐서 꿰매버리고, 릴리퍼트를 동물우리에 가뒀다. 하지만 사악함의 정도를 묘사하기는 무척이나 어려웠다. 그 비열함을, 살아 있는 생명과 다양성에 대한 짐승 같은 무례함을 완전하게 전달하기는 불가능했다.

그랬다. 나는 기차에서 아메바를 묘사하는 데 실패했던 것처럼 이번에도 완전히 실패했다.

그래서 그 군인이 혼란스러워하며 머리를 저었을 때 놀라지 않았다. 나는 설명이 복잡했다고 양해를 구했다. 다시 시도했다. 하나도 빠뜨리지 않았다. 실험, 고통의 공유, 동물원, 낮과 밤, 냄새. 변소로 쓰는 흙둑 너머의 진창, 그곳으로 던져지는 모든 시체. 나는 최선을 다했지만 우리가 본 것을 보지 않은 사람은 결코 진정으로 이해할 수 없다는 것을 깨달았다.

그 군인은 이해하지 못했다. 그래서 다른 방법을 택했다. 멩겔레는 오로지 희생자를 통해서만 온전하게 알려질 수 있는 자라는 걸 깨닫고 땅바닥에 모두의 이름을 적기 시작했다. 내가 아는 모든 이름을 적었다. 펄의 이름을 적었다. 내 이름도 적었다가 지웠다. 군인은 몸을 굽혀 이름들을 보고 어깨를 으쓱한 다음 먹다 남은 사과 반쪽을 펠릭스에게 주고는 폐허가 된 푸줏간 터에서 빨래를 널기 시작한 예쁜 소녀를 좇아 자갈길을 성큼성큼 걸어갔다.

"넌 도우려는 노력조차 안 했어."

"아니야." 펠릭스가 사과를 한입 문 채로 말했다. "내내 옆에 서 있었잖아."

너는 다른 사람들의 도움을 전혀 원하지 않는 것 같다고 나는 말했다.

"네 말이 맞아." 그가 고백했다. "너랑 나랑 했으면 좋겠어. 다른 사람 없이. 그자를 죽일 자격을 가진 건 우리뿐이야."

이번에도 나는 반박할 수 없었다. 우리는 그 폐허를 조심스레 헤치고 임무를 위해 계속 걸었다. 구멍에서 기어나오는 사람들 머리 위로 흙먼지와 검댕이 후광처럼 뭉게뭉게 피어올랐다. 얼굴은 검댕과 재와 흙먼지로 뒤덮여 있었지만 그 밑으로 결의가 엿보였다. 그들은 수레를 여기저기로 몰며 도시를 향해 노래하고 있었다. 아이들은 양동이를 들고 무너진 현관에 앉아 있었다. 고양이들은 미심쩍은 시선으로 인간들의 노력을 관찰하고, 스튜 냄비를 피하려고 획획 움직였다. 쑥은 파괴되지 않은 집들에 남아서 오래된 악령을 물리쳐주고 있었다.

펠릭스에게는 그 장소에 묘하게 익숙한 느낌이, 무너진 도시에 대한 친숙함이 있었다. 예전에 이모가 살던 곳이라 잘 안다고 말하면서 남아 있는 거리들로 나를 이끌었다. 우리는 포대를 대신할 너덜너덜한 옷, 해진 양말, 짝짝이 신발을 발견했다. 그리고 잠시 멈춰 서서 대답해줄 만한 사람을 보면 동물원에 관해 물었다. 질문받은 사람들은 언제나 고개를 세차게 저었다. 그들은 말했다. 우리는 가마우지가 깍깍거리는 소리를 좋아했지. 얼룩말이 달리는 모습에 감탄했지. 하지만 지금은 그게 동물원이었다는 걸 파괴된 모습으로만 알아볼 수 있을 거다.

*

표지판과 마주쳤다. 이제 도망가거나 사라지거나 숲으로 숨어들었지만 원래는 어느 동물들이 있어야 하는지 말해주는 것들이었다. 이쪽에는 깃털이 없는 커다란 새장이 있었다. 저쪽에는 텅 빈 수영장이 딸린 코끼리우리가 있었다. 저멀리 풀밭 한가운데에는 호랑이 가족이 기품을 뽐내고 있어야 했다. 공작새가 반짝거리고 오리들이 꽥꽥거리며 원숭이를 다른 유인원이 놀리고 있어야 했다. 스라소니가 먹이를 쫓고 있어야 했다.

하지만 동물왕국의 장관이 펼쳐져야 할 그곳은 산산조각나 있었다─파헤쳐진 해자, 벌려진 창살에 붙은 털뭉치. 꿩우리 안에는 책에서 찢겨나온 책장들이 펄럭거렸고 관광지도는 진흙탕에 처박혀 있었다. 북극곰의 수영장은 더껑이와 이끼가 담요처럼 뒤덮고 있었다. 사자우리의 자랑거리는 어지러이 흩어진 조개껍데기뿐이었다. 원숭이 서식지에서 그 어떤 영장류의 손에도 잡히지 않은 채 자유로이 흔들리는 밧줄은 그저 올가미를 연상시킬 뿐이었다.

나는 바닥에 엎드려 진흙탕에 난 말발굽 자국을 따라 손가락을 움직여보았다. 정말로 누군가가 탈출한 것일까? 말발굽 자국은 그렇게 생각하지 않는 것 같았다.

나는 멩겔레를 만나러 온 것이었다. 정말이었다. 하지만 나는 삶 또한 원했다. 그 사실을 깨달은 건 그곳에서 아무것도 발견하지 못하고 나서였다.

말발굽 자국 왼편에 쌓인 지 얼마 안 된 흙더미가 불룩하게 솟아 있는 것이 보였다. 나는 흙을 파헤치고 손을 쑥 집어넣었다. 그 땅굴의 끝에서 무엇을 발견할 거라고 기대했던 것일까? 내 손은 다른 손을 발견하기를 꿈꾸었다. 내 손은 바르샤바 땅속에서 환자를 밤새 간호하며 앉아 있는 언니를 찾아내기를 원했다. 하지만 그 대신 손가락은 통 같은 것에 닿았고, 나는 이름으로 가득찬 유리병 하나를 몰래 꺼냈다.

나는 그 내용물을, 색 바랜 작은 종잇조각들을 씨앗처럼 땅 위에 쏟아냈다. 알렉산더와 노라가 있었다. 모이셰와 사무엘과 베릴이 있었다. 아가테, 얀, 리나, 자이델, 바살러뮤, 엘리샤, 하야, 이스라엘. 그중에 펠은 없었다. 펠릭스는 그 이름들을 보고 애도를 표했다. 그가 그래줘서 기뻤다. 내 안에는 더이상 애도가 남아 있지 않았으니까. 당시는 그것이 유대인 지하조직이 몰래 빼돌린 아이들의 이름이라는 사실을 알 수 없었다. 그들은 새로운 정체성과 고향과 얼굴을 부여받고, 언젠가는 다시 삶에 합류할 수 있기를 바라며 물건들—옷감더미, 알약이나 병 무더기—사이에 숨거나 어머니의 치마 속, 마룻장 아래, 침대 밑, 가짜 벽 뒤에 숨어서 기다린 아이들이었다. 그 사실을 얼핏 본능적으로 느꼈던 펠릭스는 그들의 동면을 깨웠다고 연신 나를 책망하며 그 이름들을 병 속에 쓸어담아 다시 묻었다.

우리는 동물들의 서식지를 통과해 천천히 나아갔다. 그리고 멩겔레가 어디 있을지 자문해보았다.

나처럼 그의 내면에서 선의를 발견할 수 있을지도 모른다고 생각한 동물원의 순진한 동물 몇 마리의 조언으로 그가 위장술을 익힌 것은 아닌가 하는 생각이 들었다. 카멜레온은 낙관적인 생각을 했을지도 몰랐다. 하지만 멩겔레는 너무 오만해서 돌, 먼지, 흙과 섞이지는 못했을 것이다. 여전히 한 발짝 걸을 때마다 그가 우리 발치에서 튀어오르거나 지하 은신처에서 뛰쳐나올 것만 같았다. 무척이나 조심하지 않을 수 없었다. 나는 한 손으로 돌이 든 자루를 휘휘 저으면서 다른 손으로는 펠릭스에게 준비하고 있으라는 손짓을 했다.

"나무 좀 확인해봐." 내가 속삭였다.

하지만 펠릭스는 내 지시에 관심이 없었다. 그는 임시방편으로 만든 창을 자작나무 고목에 던지고는 어깨를 으쓱했다. 그리고 자기 자루 속 돌멩이를 유심히 들여다보더니 새알을 다루듯 조심스럽게 하나씩 꺼내 내려놓았다. 그러고는 땅에 누워 바람이 얼굴 위에서 노닐게 둔 채 구름이 어스름히 흘러가는 저녁하늘을 바라보았고, 묘하게 체념한 분위기를 풍기며 우리가 오래전에 축구장에서 했던 놀이를 시작했다.

"너희한테는 나치의 모습이 하나도 안 보이네." 그가 적운 덩어리를 향해 말했다.

나는 그런 놀이를 할 시간이 없다고 말했다. 그리고 멩겔레만 찾으면 쉬기도 하고 구름 모양도 읽자고 약속했다. 당장 죽일 필요는 없을 것 같았다. 호랑이우리에 가둬두고 우리의 잔혹함을 최대치로 높인 후에 처리해도 될 터였다.

"피곤해." 펠릭스는 그렇게 말하고 움직이지 않았다.

여행중 처음으로 들어본 지쳤다는 말이었다. 나는 걷고, 머리를 치켜들고, 눈을 뜨고, 쥐꼬리만한 음식을 삼키기 위해 분투하는 펠릭스의 모습을 보아왔다. 하지만 피로를 입 밖으로 내는 것은 한 번도 보지 못했다. 걱정스러웠다. 이마에 손을 얹었지만 그는 내 손길을 피했다.

"좀 자고 아침에 찾아보자." 나는 밝게 말했다. "컨디션이 최고가 아닐 때 맞닥뜨리는 건 멍청한 일이겠지. 랍비인 너희 아버지라면 이렇게 말씀—"

"우리 아버지는 랍비가 아니었어." 그가 멍하니 말했다. "거짓말한 거야."

나를 향한 고백이었지만, 그는 구름에 대고 말했다.

"용서할게." 나는 말했다. "나도 거짓말했어. 펄이 사라지고 나서부터 계속. 사실 이것도 거짓말이야. 펄이 없어지기 전부터 했어. 항상 그랬어."

이 폭로가 그에게 위안을 줄 거라 생각했지만 아니었다. 펠릭스의 눈에서 눈물 한줄기가 미끄러져 얼굴 옆으로 주르륵 흘러내렸다. 그는 애써 닦아내려 하지도 않았다.

"나는 천하의 거짓말쟁이야." 그가 말했다. "아버지는 술꾼이고 범죄자에 가난뱅이였어. 묘지나 뒷골목, 눈길 닿는 곳이라면 어디서든지 아버지와 함께 살았어. 아버지는 침략 때 살아남지도 못했고. 어머니는 오래전에 돌아가셨어. 어떻게 된 건지는 몰라. 내 쌍둥이 형제랑 나는 아버지가 죽고 나서 어떤 여자, 친절한 여자하고 같이 살게 되었고 그 사람이 우리를 여기—"

나는 펠릭스에게 그만해도 된다고 말했다. 이건 누가 최고의 거짓말쟁이인지 가리는 대회가 아니야. 이건 누가 요제프 멩겔레, 그 죽음의 천사를 죽이는 최고의 킬러인지 가리는 대회일—

그는 반발심에 입가를 비틀며 몸을 벌떡 일으켜 앉았다.

"끝까지 들어! 우리는 여기 바르샤바에 살았어. 그것도 이 동물원 뒤쪽에. 가까이에 있는 저 집 보여? 저기가 예전에 우리가 살던 집이야."

나는 그 집의 잔해를 바라보았다. 내부가 벌집처럼 드러나 있었다. 뼈대만 남아 모든 것이 노출되어 있었다. 그가 도시에 보였던 묘한 친근함, 지나가는 사람들이 그를 보고 고갯짓하던 것, 그가 모든 거리의 이름을 알고 있던 것이 생각났다. 나는 펠릭스에게 용서한다고, 그런 거짓말은 아무 문제가 되지 않는다고 말했다. 한 가지 이해되지 않는 점은 왜 그가 이곳에 한 번도 와보지 않은 척, 낯선 곳인 척했는가였다.

그는 내 시선을 피한 채로 설명했다.

"네가 동물원을 좋아할 거라고 생각했어. 동물들을 보면 다시 살고 싶어질 거라고, 어쩌면 나랑 같이 살고 싶어할지도 모른다고. 그런 기회나 희망을 갖게 된다면 불사신 흉내를 잊어버릴지도 모른다고 생각했어. 그자가 애들에게 했던 그 멍청한 이야기 말이야! 그자는 우리 모두에게 그 거짓말을 했어. 너도 알잖아. 나보다 훨씬 더한 거짓말쟁이라고!"

그때 내 얼굴이 어땠는지 모르겠지만 분명 바보 같아 보였을 것이다. 나는 아주 오랫동안 다른 사람들이 내가 살아남은 것을 용서해주길 바랐다. 바로 직전까지도 아이들과 어머니들의 세월이, 바이올리니스트와 농부와 교수의 시간이, 전쟁으로 소용돌이치는 지역에서 결코 돌아오지 못한 모든 난민의 시간이 내 안에 있다고 믿었다. 그리고 이제는 이런 결론에 이르렀다. 과학도, 신도, 예술도, 이성도 없다. 나에게 호랑이를 보여주고 싶어한, 배신자이자 친구이자 형제인 한 소년이 있을 뿐이었다.

"사실이 아니라는 거 알고 있지? 어떻게 그걸 믿은 거야? 멩겔레는 우리 모두한테, 한 사람도 빠짐없이 그렇게 말했다고. 너도알겠지만. 그가 그 악랄한 약을 주입한 건 너뿐만이 아니었어."

그 말을 듣고 나는 창을 놓았다. 돌이 든 자루도 놓았다. 자루는쿵 소리를 내며 땅에 단호하게 내려앉았다. 이 문제에서 돌들은 내편을 들었다. 소리치며 내 말에 동의했다. 그렇다, 나는 바보였지만 멩겔레는 나를 특별하게 생각했고, 나를 점찍었고, 자신의 입으로 내가 특별한 아이이며 유일하게 가치 있는 아이라고 했다.

내 친구의 입이 동정으로 일그러졌다.

"스타샤, 네가 정말 그 말을 믿는다고 한 번이라도 생각한 적이있다면—"

괴로워하는 나를 본 펠릭스는 서둘러 옆으로 와서, 내게 필요한것은 하룻밤 푹 잔 다음에 새로운 가족, 나를 입양해줄 가족을 만난 다음 완벽한 미래가 있는 새로운 나라로 가는 것이라고 화제를돌렸다. 달래는 목소리가 귀찮기만 했다. 나는 그가 이야기하는 선한 소망의 힘에 저항하며 귀를 막았고, 자루에 팔을 뻗어 돌을 꺼낼 때만 귀에서 손을 뗐다. 돌은 펠릭스의 귓가를 아슬아슬하게 스치고 아수라장이 된 그의 집을 향해 날아갔다.

펠릭스의 얼굴은? 우리가 가족이라는 것을 말해주는 슬픔이 서려 있었다.

다시 손을 뻗어 계속해서 돌을 던졌다. 맞히기 위해서가 아니라 더이상 그런 짐을 들고 다닐 필요가 없기 때문이었다. 그의 집에 남은 유리창 조각을 향해 돌을 던졌다. 돌들은 창문을 산산조각 내며 즐거워했다. 특히 마지막에는 거의 음악에 가까운 독특한 소리가 났다. 나는 표적이 당황해서 소리를 지르기 전까지 그 이유를 깨닫지 못했다.

"네 건반!" 펠릭스가 소리쳤다.

나는 자루 속을 들여다보았다. 정말이었다. 화가 난 채 아무렇게나 깊숙이 손을 넣다가 실수로 펄의 피아노 건반을 던진 것이었다. 펠릭스는 이미 몸을 돌려 건반을 찾으러 집안으로 뛰어가고 있었고, 나는 그 뒤를 따랐다.

펠릭스가 안으로 들어가며 옛집의 모습을 알아보았는지 말하지는 않았지만 나는 그가 문간에서 내부를 조심스럽게 살피는 모습을 보았고, 문턱 바로 너머에 있던 사진 액자를 일부러 밟는 모습도 지켜보았다. 내가 사진을 바라보자 어린 펠릭스도 나를 바라보았다. 펠릭스의 쌍둥이도 나를 바라보았다. 사진이 찍히고 얼마나 지난 후에 소년들이 멩겔레의 동물원으로 실려왔는지는 알 수 없었다. 하지만 편안했던 어린 시절이 없었음에도 한때는 그들도 티없이 깨끗했던 것 같았다. 그들, 쌍둥이들은 똑같은 모습으로 웃고 있었고, 가르마 방향이 같았으며, 큰 눈은 희망에 차 있었다.

그 과거를 그대로 두는 것은 어려운 일이었지만 우리는 앞으로 나아가야만 했다.

안락의자와 소파가 무질서하게 놓인 응접실로 들어서니, 바닥에 온통 콘크리트와 도자기 가루가 널려 있었다. 도둑들이 바닥 널을 들추고 찬장에서 그릇을 꺼낸 모양이었다. 온 집안이 뒤집히고 깨져 있었지만 폐허처럼 애처로울 정도는 아니었다. 이 집은 자신을 헤집으러 온 사람들에게 저항했던 것 같았다.

흙투성이 발자국이 찍힌 계단을 재빠르게 올라 2층으로 가보니 모기장이 펄럭이는 방들이 나왔다. 매해 여름 걸렸을 모기장은 도둑들 손에 갈기갈기 찢겨 바닥에 끌리고 있었다. 튈 레이스로 만든 모기장은 바닥과 가구 위에 주름진 채로 늘어져 눈보라의 망령처럼 부유했다. 우리는 흰 건반을 찾아 그 망사 거품을 샅샅이 뒤졌다. 여기저기에 부딪혀가며 건반을 찾던 중 펠릭스가 갑자기 동작을 멈췄다.

"저 소리 들려?"

아무 소리도 들리지 않았다.

"여자야. 울고 있어. 들어봐." 그가 말했다.

그러자 그 소리가 초대장처럼 날아들었고, 우리는 계단에서 머뭇거리다가 어둑한 위층으로 뛰어올라갔다.

"응접실에서 나는 소리야." 펠릭스가 말했다. "누가 다친 것 같은데."

울음소리가 점점 커졌다. 그 소리를 듣고 있으니 나 자신이 몸에서 분리되는 기분이었다. 맹세컨대 익숙한 소리였다. 내가 평생 들어온 것 같은 울음소리, 예전엔 듣기 두려웠지만 이제는 반가운 소리 같았다.

"펄이야." 나는 펠릭스에게 말했다.

그리고 그때, 확증하듯이 쿵 소리와 놀라는 소리, 피아노 건반들을 가로질러 무엇인가가 떨어지는 소리가 들렸다. 나는 펠릭스를 밀치고 촛불도 없이 깨진 유리를 밟고 팔을 내뻗은 가구들을 지나쳐 나아갔다.

응접실에 피아노가 있었다. 망가지지 않은 피아노였다. 펠릭스가 앞으로 뛰쳐나와 내 시야를 가렸다.

"내 집에 누구야?" 그가 물었다.

울음소리만 더 크게 들려올 뿐이었다. 그때 나는 그 소리의 주인이 여자임을 알아챘다. 아주 낯선 경험에서 흘러나오는 소리였다. 피아노 가까이로 다가가자 소리가 나오는 곳이 보였다. 담요를 말고 웅크린 형체. 펠릭스는 걸음을 늦춰 그 형체에 다가갔다.

"스타샤, 이걸 좀 봐." 그가 속삭였다.

집시 여자였다. 피아노에 기대 웅크리고 있다가 우리를 향해 고개를 들었다. 그녀를 본 순간 펄의 피아노 건반은 잊고 말았다. 찾을 생각조차 하지 못했다. 눈앞의 여자는 지쳐 있었다. 마치 줄기에 붙어 있으려고 안간힘을 쓰는 꽃잎 같았다.

"죽어가고 있는 거지, 그치?" 펠릭스가 물었다. "그래서 호흡이 이상한 거 아냐?"

그녀의 숨소리가 죽어가는 사람의 소리인지는 확실치 않았다. 죽음만큼이나 삶을 변화시키는 소리이긴 했으나 다른 종류의 고통에서 비롯된 것이었다. 나는 확실히 이런 소리를 낸 적이 없었다. 펄도 그런 적이 없었다. 그 신음소리는 한줄기 희망을 품고 있었다. 울면서도 마음속에 행복한 미래를 그리는 듯이, 고통에 차 있었지만 희망도 있었다. 하지만 나는 펠릭스에게 한마디도 하지 않았다. 그 불쌍한 여자를 증오에 가득차 쏘아보느라 여념이 없었으니까. 쫓기고 부랑자로 남겨진 한 여자가 언니 대신 거기 있었으니까. 나와 마찬가지로 사별하고 이제 숨이 얼마 남지 않은 사람. 나는 그녀의 삶에 약속되었던 것이 무엇이었는지—집, 남편, 아이—내게 약속되었던 것과 얼마나 다를지 궁금해졌지만 깊이 생각하지는 못했다. 애초에 삶이 내게 빚진 것이 무엇인지 기억나지 않았으니까.

펠릭스가 상처를 찾으려고 담요를 걷어내자, 여자는 놀라울 정도로 세차게 숨을 내쉬었다. 잠시 멈춰달라고 부탁하듯 손사래를 치고 몸 뒤로 손을 뻗더니 호를 그리는 거대한 검을 꺼내들었다. 그 검은 경이롭다고 할 만했다. 우리는 홀린 듯 그것을 바라보고 그녀의 예측 불가능한 힘에 깊은 인상을 받았다. 그런 무기를 가진 사람이라면 분명 요제프 멩겔레를 진정으로 쓰러뜨릴 수 있을 것이었다. 그녀는 병으로 몸도 가누지 못하고 이마에는 땀이 송골송골 맺혀 있었지만 가공할 만한 잠재력으로 우리 둘을 부끄럽게 했다.

우리는 그녀에게 무척이나 깊은 인상을 받았다고 전했다. 그리고 말했다. 만약에, 정말 만약에 우리가 그 야만적인 동물원에서 이런 칼을 마음껏 쓸 수만 있었다면 좋았을 거예요!

그녀는 혼란스러워했다. 인상을 찌푸리자 땀 한 방울이 눈썹에서 떨어졌다.

"이 동물원이 아니고요." 펠릭스가 말했다. "다른 동물원이에요. 그러니까—"

여자가 날카롭게 숨을 내쉬었다. 처음에는 좌절감을 느끼나 싶었다. 하지만 날숨이 자꾸만 이어지는 사이 고통 때문임을 알 수 있었다. 그 와중에 그녀는 펠릭스에게 가까이 와서 몸을 기울여보라고 손짓했다. 그리고 펠릭스의 더러운 손바닥에 의식을 치르듯 과장된 몸짓으로 그 긴 검을 올려놓았다.

"감사합니다." 그가 마침내 간신히 말했다. "맹세컨대 당신의 이름으로 언젠가 나치를 죽이겠어요."

그 여자는 펠릭스를 보며 갸웃거리더니 다시 한번 힘겹게 숨을 내쉰 뒤 기적처럼 멈추고 소녀같이 웃음을 터뜨렸다. 두 단어를 알아들은 것 같았다. 나치와 죽이겠다. 둘 다 그녀의 소망과는 관련이 없지만 단어의 쓰임을 올바로 이해한 것 같았다. 우리가 지금 막 자신을 위해 큰일을 해낸 듯 손뼉을 쳤고, 그런 다음 미안한 듯이 손가락을 구부려 자신의 배를 가리켰다.

"우리는 먹을 게 하나도—" 내가 입을 뗐지만 그 말은 아무 소용이 없었다. 그녀가 너덜너덜한 스웨터 끝자락을 들어올려 보여준 배는 우리가 익숙하게 보아왔던 굶주린 배가 아니라 낯설게 부푼 모습이었으니까. 찔러대는 듯한 움직임이 배꼽 주위를 선회하고 있었다. 바로 생명의 물결이었다.

나는 그녀 옆에 자리잡고 앉아 손을 쥐었다. 친밀감의 표현이라기보다 기절하지 말라는 뜻이었다. 그러자 그녀가 내 손을 잡아끌어 자기 배 밑으로 단정한 선을 그렸다. 그녀의 태도는 무언가를 지시하고 있었고 움직임은 정확했다. 명백한 간청이었다. 펠릭스는 팔을 잡아 나를 말리려고 했다.

"이 사람을 죽이고 말 거야." 그가 속삭였다.

나는 부탁받은 대로 칼을 쓸 수는 없다고 여자에게 말했다. 그녀는 내게 미소 짓더니 그 동작을 반복했다. 그녀는 내게 선생님이 되고 싶어했고, 살아갈 이유가 되고 싶어했다. 나에게 탄생을 보여주고 싶어했다.

나는 못한다고 말했다. 그럼에도 이미 내가 할 수 있을지를 스스로 묻고 있었다. 여자는 죽어가고 있었다. 몸속에 생명을 안고 세상을 떠나려 하고 있었다. 그 생명은 우리가 겪었던 고통을 전혀 모른 채 살아갈 수도 있었다. 진짜 유년기를 가질 수 있는 생명. 내가 삶에 빚진 것은 그런 게 아니었던가?

"너는 스스로를 용서하지 못할 거라고." 펠릭스가 경고했다.

멩겔레의 차트를 떠올려보았다. 예전에 실험실에서 그가 한 여자의 몸을 여는 장면을 본 적이 있었다. 흔치 않은 과정이야, 친구를 위한 호의랄까. 그는 그렇게 말했다. 대체 어떤 호의이기에 갓 태어난 아이를 산모의 등뒤에 있는 양동이에 던져버리는지 알 수 없었지만, 그는 계속해서 그것이 자애로운 행위인 것처럼 말했다. 바로 내 눈앞에서 제왕절개가 곧바로 생체해부로 바뀌어버렸음에도. 눈을 돌리기 전에 그 경험으로 배운 게 있었다. 아이를 잃은 산모의 얼굴은 잊는 쪽을 택했지만 그 분만의 상처, 위치와 길이와 호의 모양은 기억했다. 그런 절개가 아이를 세상에 내놓는 것만큼이나 쉽게 죽일 수도 있다는 사실을 알고 있었다.

그리고 나는 그 여자가 원하는 대로, 내 기억이 말해주는 대로, 멩겔레라면 결코 하지 않았을 방식으로 칼을 찔러넣었다. 조심조심 남은 애정을 바닥까지 끌어모아 그렇게 했고, 여자의 울음소리가 멈추자 새로운 울음소리가 시작되었다.

복수를 향한 그 모든 야망에도 불구하고 손에 피를 묻힌 것은 이번이 처음이었다. 우리는 여자의 눈이 흐릿해지고 몸이 늘어지는 모습을 보았다.

나는 그녀가 떠나기 전 그 꼬물거리는 생명을 보았을 거라고 생각한다. 아기의 얼굴은 너무도 우스웠고 새우 같은 분홍빛이었으며 쭈글쭈글했다. 그렇지 않고서야 그녀가 미소를 띠고 죽었을 이유가 없지 않은가?

나는 칼을 펠릭스에게 넘겨주고 탯줄을 자르라고 말했다. 그리고 생각했다. 저애에게 마지막 절단의 책임을 지게 하자.

"이제 어떻게 하지?" 그가 물었다.

나는 아기의 피부에서 양막을 닦아냈다.

그 아기는 수용소의 아기들과는 아주 달랐다. 문제는 아기를 죽이려는 누군가가 있다는 게 아니라, 어떻게 살려야 하는지 아는 사람이 이 집에 없다는 거였다.

*

아침, 길을 걷는 내 품안에서 아기가 울었다. 나는 적당한 장소로 아기를 데려다놓으려는 임무를 띠고 이 길 저 길을 건너 고아원으로 가는 중이었다. 아기에게는 제대로 돌봐주고 언젠가는 고아 이상의 어엿한 아이로 자라날 수 있도록 지켜봐줄 손길이 필요했다. 이 계획이 반대를 살 것을 알고 있었기 때문에 펠릭스가 일어나기 전에 몰래 빠져나왔다. 곤란에 처한 사람들에게 애정이 있는 그는 이 사랑스럽지만 불행한 아이를 지켜주고 싶어했다. 그리고 나는 설득당하고 싶지 않았다. 전날 저녁 아이를 어르고 펠릭스가 집시 어머니를 위한 무덤을 파는 것을 지켜보면서 앞으로의 새로운 계획이 내 안에서 만들어졌으니까.

그는 이름들이 담긴 유리병 근처에 그녀를 묻었다.

새로 태어난 아기는 그 무덤을 전혀 신경쓰지 않았지만 내가 무덤 앞에 서서 비석이 있어야 할 자리에 큰 공작새 깃털을 올려놓았을 때 내 안의 감정을 함께 느꼈음을 알 수 있었다. 바람이 불어 깃털이 날아가자 아기는 울음을 터뜨렸다. 슬퍼서 우는 것이기도 했고 협상전략이기도 했다. 아기는 내게 진짜 사람으로 인정받기를 원했고, 내가 무엇보다도 슬픔을 존중한다는 것을 알았다. 갓난아이치고는 많이 조숙하고 기민한 계획이었지만, 무정한 소녀인 나는 더 많은 것을 요구했다.

나는 아기의 얼굴을 내려다보고 셔츠 소매로 까만 눈에서 눈곱을 떼어주며 이런 위생에 대한 관심이 사랑의 대체로 받아들여지길 바랐지만, 아기는 그것을 진정한 애정의 몸짓으로 착각하고는 얼굴이 발그레져 나를 보았다. 이미 나를 가족으로 원하고 있었다. 자갈길을 걸어 팔 길이만한 품안의 아기를 버리러 가면서도 나를 사랑하기로 한 아기에게 미안함을 느꼈다.

그렇게 걸으면서 내가 남겨두고 가는 것이 무엇인지를 생각했다. 한때 나는 멩겔레의 실험대상이었다. 그리고 이제는 전쟁에 갈가리 찢겨 해체되고 쫓겨난 나라들의 실험대상이 될 것 같았다. 어떻게 모든 것을 원래 고향으로 되돌려놓는단 말인가? 모두가 묻고 있었다. 물론 이런 식의 실험대상이 되는 것은 나뿐만이 아니었다. 나와 같은 처지의 사람은 아주 많았고 그중 얼마나 많은 사람이 나와 같은 선택을 할지 궁금했다.

알다시피, 복수단이 나에게 주고 간 알약, 깊은 소금광산을 빠져나오며 입속에 물고 있었던 멩겔레를 죽이기 위한 독약이 양말 속에 보관되어 있었다. 여차하면 내 심장에 맞닿은 신경과 혈관으로 전달될 수 있는 그것은 모든 걸음을 함께하며 내내 발목에 대고 속삭였다. 그 독약은 예상과 달리 나를 괴롭히는 대신 내 고통을 알고 묘한 편안함을 주는 현대의 발명품이었다. 그것은 나보다 현명했다. 그 화학물질은 아주 오랫동안 지구를 떠돌아다녔고, 알약이 되어 긴 여행을 하며 인간을 추방하는 데 숙련되어 있었다. 때때로 내 누더기 양말을 벗어나려고 했지만 나는 다시 눌러넣고 계속 걸었다. 어느 때보다도 고아에 가까웠지만, 그 산책에 감사하고 싶었다. 비록 잿빛 돌무더기가 널린 곳일지라도 내가 마지막으로 보게 될 도시였으니까. 그래서 가능한 한 많은 것을 눈에 담았다—사진의 먼지를 털어내는 노파, 탄피를 무더기로 모으는 아이들, 유리에 비친 내 모습과 멈춘 시계들로 가득찬 가게의 쇼윈도.

나는 시계가 펄과 나를 위해 멈춰 있는 것이라고 상상했다. 삶에서는 펄을 지키는 데 실패했지만, 죽어서 만날 기회가 분명 있을 거라 믿었다. 펄도 그러기를 원할 거라고 되뇌었다. 그저 펄이 나를 보고 싶어해서만은 아니었다. 나를 잘 알기 때문에, 멩겔레를 잡으려는 절박한 마음과 정의를 향한 온갖 소망에도 불구하고 그 자가 복수를 피해 도망치면 내 정신이 감당할 수 없으리란 것을 알기 때문에 내가 죽기를 원할 것이다. 설사 펄과 다시 만나지 못한다 해도 그 실패를 안고 살 수는 없었다.

그리고 이 죽음 너머에 우리를 위한 삶이 있다면, 우리는 새롭게 역할을 나눌 수 있을 것이다.

펄은 세상이 우리에게 한 짓이 절대 잊히지 않으리라는 희망을 맡을 것이다.

나는 이런 일이 다시는 일어나지 않으리라는 믿음을 맡을 것이다.

아무도 우리를 미슐링으로 생각하지 않을 것이다. 그 삶에서는 그런 말이 필요 없을 것이다.

나는 목적지에 도착했다. 빨간 엄지장갑 한 짝이 꿰뚫린 심장처럼 철제 정문에 꽂혀 있었다. 벽의 잔해 앞쪽으로 포석이 뒤집혀 있었고, 드러난 흙 위로 지렁이가 기어나오고 장미 덤불은 뿌리를 내놓고 있었다. 그 가시들은 빨간 문 위, 용맹스럽지만 색이 바랜 사자 모양의 철제 노커로 향하는 길을 가리켰다. 나는 도어매트에 맺힌 이슬을 닦아내고 그 위에 아기를 내려놓았다. 야만적인 행동은 아니었다. 산모가 쓰던 담요로 조심스럽게 아기를 감싸주었으니까. 아기는 만족스러운 듯 보였다. 옹알거리는 소리를 내고 즐거운지 주먹 쥔 손을 허우적거렸다. 엄지손가락을 아이의 입에 넣어주었다. 얼마 안 있어 울기 시작하겠지만 최소한 그 정도는 해줄 수 있었다. 나는 자리를 떴다. 정문을 지나 거리로 내려가 조용한 모퉁이에서 독약을 삼켜 빠르게 해치워버릴 작정이었지만, 앞을 보지 않고 걷다가 한 남자와 부딪쳤다. 그는 코트가 없었다. 옷은 누더기에 신발도 너덜너덜했다. 그리고 얼굴이 없었다. 내게 얼굴이 보이지 않았다는 말인데, 1면 글자가 쭈글쭈글해진 소련 신문을 펼쳐들고 있었기 때문이었다. 나는 사과했다. 그 남자도 사과했다. 아니, 거의 그러려고 했다. 어째서인지 남자는 사과를 하려다가 갑자기 멈췄다. 그러더니 숫자가 새겨진 내 팔을 꽉 잡았고, 신문이 내 발치로 떨어졌다.

거기에, 그 1면에, 내가 누구보다도 잘 아는 얼굴이 있었다. 내가 아주 잘 아는 수용소의 철조망 뒤쪽, 얼굴들의 홍수 속에 그 얼굴이 있었다.

위에서 물방울 하나가 그 페이지로 떨어져 그 얼굴을 지워버리겠다고 위협했다. 비가 오는 줄 알고 땅바닥에서 신문을 낚아챈 순간 울음소리가 들려왔다.

함께 지낸 세월 동안 그가 우는 소리를 한 번도 들어본 적이 없었는데 울음의 주인을 알 수 있었다는 것이 신기하게 여겨질지도 모르겠다. 그가 과거에 선택했던 소리는 웃음이었고, 사라지기 직전에는 절망에 찬 외침이 대부분이었다. 그 시절의 그는 게토의 다른 사람들과 협상하려 노력하는 중이었고, 모두 선한 일을 하는 데 아주 관심이 많았으며, 모두 그것을 어떻게 해내느냐에서 의견이 갈렸다. 하지만 그곳에서, 그 고아원의 계단에서 우리의 오랜 헤어짐에 결말을 지어준 것은 그의 울음소리였다.

"살아 계셨네요." 나는 그 말밖에 할 수 없었다.

파파는 나를 꼭 끌어안았다. 그리고 흐느꼈다. 흐느끼는 소리를 들으니 훨씬 낯설어야 했지만, 그 대신 한 남자에 대한 기억이 떠올랐다. 찾아다니고, 계속해서 밀고 나아가며, 자신을 나약하게 만들려는 모든 의혹을 떨쳐버리는 일에 어떤 의미가 있는지 아는 남자. 그런 모습에 놀라서는 안 되었다. 나와 펄이 아는 한 파파는 의심에 능했던 적이 한 번도 없었으니까. 그리고 그 순간 파파의 눈에는 내가 여태껏 알아왔던 모든 선의와, 앞으로 다가올 선의가 있었다. 서로를 바라볼 날들과 들어야 할 이야기들과 버릴 무기들이 있었다. 문 앞에 누워 있는 아기가 우리의 재회를 보더니 아주 조용해졌다. 사람들은 갓 태어난 아기는 아무것도 보지 못한다고 한다. 하지만 그렇지 않다. 나는 나만의 방법으로 그 사실을 증명할 수 있다. 파파의 품에 꼭 안긴 순간 나 또한 새로 태어났기 때문이다.

내가 파파를 바라보자, 세계가 나를 위해 굴러가기 시작했다. 많이 변한 파파의 얼굴을 보고 있으니 내가 발견된 것은 행운이고 기적이라는 느낌이 들었다. 모든 것이 경외로 변했고, 우리의 눈물에 함께하기 위해 비가 떨어졌다. 나는 생각했다. 그 많은 일을 견뎌냈는데도 비는 여전히 비라니 얼마나 신기한지! 어떤 것들은 변하지 않았다. 비가 그 증거였다. 변하지 않은 게 또 있었다. 파파가 살아 있었고, 그 가슴에 꼭 안기자 여전히 파파의 심장소리가 들렸다! 심장은 무슨 말을 해야 할지 잘 몰라했다.

파파도 마찬가지로 말이 없었다. 붕대 감은 손으로, 그토록 고난을 겪은 뒤에도 여전히 나와 펄의 얼굴을 알고 있는 그 손으로 내 얼굴을 쓰다듬었다. 파파가 코끝을 잡아당겼을 때는 나도 함께 울지 않을 수 없었다.

나는 울먹이며 제이디가 죽었다고 말하려고 했지만, 할 수 있었던 말은 이것뿐이었다. 파파, 얼굴 좀 보게 숙여봐요. 수염에 잎사귀가 붙어 있어요.

나는 마마가 죽었다고 말하려고 했지만 이 말밖에 하지 못했다. 마마, 마마.

나는 파파에게 말하려고 했다. 펄이, 우리 펄이, 나의 펄이—파파는 내 말을 막고 나를 더 꼭 끌어안았다. 나는 그가 입술을 내 정수리에 대고 말하는 것을 느낄 수 있었다.

"너를 찾다니 정말 기쁘구나." 그가 말했다. "신문기사에서 아이들이 각지로 흩어졌다고 하더구나. 대부분은 임시 수용소로 갔고, 일부는 고아원으로 갔다고. 그로스로젠, 마우트하우젠. 몇 주 동안 찾아다녔어. 가다가 멈춰버리는 기차들을 갈아타면서. 우치에 가면 소식을 아는 사람을 찾을 수 있을지도 모른다 싶었는데 바르샤바에 오게 되었지 뭐냐. 이곳에서 너를 찾을 줄 어떻게 알았을까?"

파파가 웃었고, 아기도 갓 태어난 아이답게 웃었던 것 같다. 나는 함께 웃을 수 없었다. 그가 한 손으로 꼭 쥐고 있는 신문 속 사진을 들여다보느라 정신이 없었다.

"이건 내가 아니에요." 내가 말했다.

파파에게, 그리고 언니의 얼굴을 향해 한 말이었다. 사진 바깥쪽을 응시하는 언니는 몇 안 되는 우리 보호자 중 한 명에게 안겨 자신을 학대한 장소를 떠나면서도 억류되어 있는 듯한 표정이었다.

"너라고 생각했어. 표정이, 네 표정이라서." 파파는 떨림을 멈추지 못했고 어쩔 줄 몰라했다. 우리는 고아원 문 앞에서, 아주 많은 사람들이 누리지 못했을 기쁨을 경험하며 그렇게 서 있었다.

"파파, 안 들려요." 나는 속삭였다. "귀가 반쯤 먹어서요."

반쯤은 거짓말이었다. 그 말을 다시 듣고 싶었을 뿐이었다. 하지만 파파에게서 그 말을 끌어낼 필요도 없었다. 파파는 나를 꼭 안고 너무도 열렬히 자신의 기쁨을 되풀이했으니까.

"너라고 생각했어." 파파가 말하며 나를 팔로 감싸고 점점 조여와서, 현실을 부정하는 목소리와 달리 파파의 가슴이 우리가 누구를 잃어버렸는지 알아차리는 소리를 들을 수 있었다. "표정을 봐." 파파가 속삭였다. 그리고 나를 으스러지도록 안았다. 너무 꽉 끌어안아서 숨을 쉴 수 없었다. 갈비뼈가 조여드는 느낌이었지만 신기하게도 아무런 고통이 없었고, 파파의 포옹에 질식할지도 모른다는 걱정은 조금도 들지 않았다. 파파는 훌륭한 의사였고, 아마도 펄이 나를 살아 숨쉬게 해주는 것만큼은 아니겠지만, 한 번만 꼬집어도 나를 숨쉬게 할 수 있었다. 하지만 이런 생각이 들기 시작했다. 내가 펄을 만난다면 ―

그런 생각을 할 수 있다는 것조차 믿을 수 없었다.

동생에게 말해줘 내가. 언니는 그렇게 말했었다.

펄은 살아 있었다. 적어도 미르코가 말한 그 동물우리를 탈출했다. 우리가 함께 들어갔던 문을 다른 사람에게 안겨서 나갔다. 그이후에 무슨 일이 일어났는지 알 수 없지만 확실한 것은 펄의 다리가 나에게 오기 위해 노력하며 누구보다도 빨리 움직이고 있으리라는 점이었다.

소리를 지르고 춤을 추었어야 했지만 이 발견이 너무도 신성해서 우리가 할 수 있는 그 어떤 인간적인 행동으로도 기념이 되지 않았다. 나는 아기를 안아올렸고 파파와 함께 동물원을 향해 걸어갔다. 함께 조약돌을 차올렸고 돌들이 냉랭하게 비에 맞서는 장면을 바라보았다. 아기를 번갈아 안으며 미래에 관심이 많은 친구들처럼 이야기를 나누었다. 파파는 아주 오래전 비밀경찰에게 끌려간 다하우의 수용소 이야기를 했다. 마마가 절대 해주지 않았던 이야기가 더 있었다. 그날 밤 파파가 우리를 떠나 돌보러 갔던 아픈 아이는 진짜 존재했지만 유대인 레지스탕스 또한 실제로 있었고, 파파는 그 비밀조직의 일원이었다. 파파는 마마의 축복을 받으며 위험을 감수하고 도시 경계에서 게토로 무기를 밀반입했는데 그날 밤에도 위험을 무릅쓰다가 잡혔고, 구타당했고, 그다음에는―파파는 말하기를 꺼렸지만, 나는 파파가 트럭이나 기차 뒤에 실린 채 우리와 점점 멀어져서 다른 많은 사람들처럼 노동이 그대를 자유케 하리라라고 쓰인 장소에 도착하는 모습을 상상할 수 있었다.

나는 게슈타포가 파파 스스로 네르강에 몸을 던졌다고 전해줬다고 말했다.

"내가 그런 짓을 할 리가 없지!" 그가 말했다. 하지만 고개를 숙이더니 소련 신문에서 저 아름다운 사진을 보기 전까지는 매일 아침 일어날 때마다 자살을 생각했다고, 단 강물에 뛰어드는 게 아니라 밧줄로 하는 것을 생각했다고 고백했다. 강이 아닌 밧줄이라는 구체적인 설명을 듣자 나는 깨달았다. 돌아온 이 사람은 예전의 파파가 아니라 새로운 사람, 망가진 사람이라는 것을. 공포가 이미 자신의 이마를 가로질러 생긴 새 상처만큼이나 평범한 것이 되어버렸고, 그래서 제멋대로 커져가는 세상의 공포를 폭로해야 한다고 더이상 딸에게 주장하지 않는 사람이라는 것을.

파파는 나에게, 우리에게, 펄에게 무슨 일이 있었는지 물었다. 나는 그런 말은 할 수 없었다. 그저 아이에게 가정을 만들어줘야 한다고 파파가 생각하는 만큼이나 나는 이 아기를 돌보는 일에 적합하지 않다는 말만 했다. 나는 시력이 손상되었고 귀가 잘 들리지 않았다. 다른 사람의 생존을 돕는 데 쓸모가 없었다.

파파는 비난하듯이 우리의 소중한 신문을 펼쳐들고는 내가 꼼짝없이 언니의 얼굴을 보도록 했다. 설사 사진 속에 있더라도, 언니는 우리 가족이었다.

"우리는 살아 있는 펄을 찾을 거야." 파파가 맹세했다. "너를 두고 이 세상을 떠나진 않았을 거다."

많은 변화가 있었지만 이미 우리 관계는 예전 모습을 되찾고 있었다. 우리의 걸음, 그것은 새로웠다. 내 기억으로는 처음으로 파파 옆에 똑바로 서서 걸었다. 내가 허락했다면 파파가 나를 어깨에 올려줄 거라는 걸 알고 있었다. 야누시 자모르스키가 여전히 한 남자일 뿐 아니라 가족을 완전히 잃지 않은 아버지라는 걸, 쌍둥이 딸이 있고 그 아이들의 모든 차이점을 사랑하는 남자임을 도시 전체가 알 수 있도록 나를 높이 들어올려주리라는 걸 알고 있었다.

하지만 그는 그 나이든 어깨에 예전처럼 목말 태우려 하지 않았다. 내가 그렇게 변덕을 부려 올라타면, 아기의 안전은 누가 돌본단 말인가?

파파는 재빨리 아기를 진찰했다. 훌륭한 의사들이 그러듯 갓 태어난 남자아이의 넓은 가슴을, 안정적인 호흡을 칭찬했다. 그리고 아이를 간지럼을 태우며 놀랍다는 듯 말했다. 너는 잘 모르겠지만 전쟁중에 태어나는 아이의 얼굴은 이렇단다.

나는 파파가 뭐라 말하지 않는 이상 아기가 다시 고아원 문 앞에 놓일 일은 없으리라는 것을 알 수 있었다. 나는 아기를 원하지 않았다. 펄이 돌아왔을 때에야 내 삶을 진정으로 시작할 수 있었으니, 적어도 펄이 내 곁으로 오기 전까지는 원하지 않았다. 그 아기는 아기들만의 방식으로 내 생각을 읽은 것이 분명했다. 왜냐하면 갑자기 더 예쁘게 행동했으니까. 아기는 입술을 벌리고 매우 신중하게 먹을 걸 달라고 표현했다. 나는 이 아기가 매력적이라는 것을 인정할 수밖에 없었지만, 그 예쁜 행동에도 회의적인 마음을 거둘 수 없어 조심스레 걸음을 옮기며 이 문제를 가늠해보았다.

"배고픈가봐." 파파가 허기로 벌어진 아기의 입을 가리키며 말했다. "아이가 먹을 만한 걸 찾아야겠구나."

우리는, 파파와 나는 언제나 거래와 내기를 했다. 내가 말했다. 만약에 그렇게 한다면, 이 아기를 돌본다면 파파도 내 부탁 하나를 들어주세요. 뭔데? 파파가 물었다. 파파는 장난스러운 말을 기대했다. 내가 농담을 하길 기대했다. 하지만 나에게는 농담거리가 없었다.

이 알약을 가져가주세요. 나는 애원했다. 제발 내가 찾을 수 없는 곳에 묻어줘요.

＊

우리는 목록을 만들고 하나씩 지워나갔다. 고아원, 임시 수용소, 수녀원, 수도원, 당시 찾아봐야 할 곳은 모두 넣었다. 한 농부가 우리를 태우고 바르샤바 근처 도시를 돌아다녔다. 종프키, 지엘론카, 마르키를.

"여자아이 하나 본 적 없습니까?" 파파는 나를 앞으로 내밀며 말하곤 했다. "이렇게 생긴 애입니다."

"우린 여자애들을 수두룩하게 봅니다." 수녀나 장교나 수도승이나 경비병은 말했다.

"번호가 있어요." 나는 작게 말하고 내 것을 보여주었다.

"그건 별 소용이 없단다." 그들은 말하며 푸른 숫자를 응시했다. 종종 숫자를 바라보다 정신을 놓는 것 같기도 했다.

"다른 특징도 있어요." 나는 말했다. "머리카락이 있다면 파란 머리핀을 꽂고 있을 거예요. 다리가 있다면 무릎이 울퉁불퉁할 거예요. 꼭 알아볼 수 있을 거예요. 만일 그애를 본다면요."

그러면 그들은 미소를 짓고 이런저런 곳에 가보라는 말을 했다. 반드시 나타날 겁니다. 그들은 말했다. 살아 있다면 말이죠.

"물론 살아 있어요." 우리는 사진을 가리키며 말했다. "이 얼굴 잘 보세요!"

그런 방문들 끝에 우리가 할 수 있는 것이라고는 신문을 보는 일뿐이었다. 그 속에는 미리 의사의 품에 안긴 펄이 있었다. 양옆으로 철책이 보여서 철망 울타리가 쳐진 정원에 갇힌 것 같았다.

그 사진을 오랫동안 들여다보면 꼭 잡은 의사의 손을 느낄 수 있었고, 찌를 듯한 추위도 느껴졌다. 펠릭스의 집으로 돌아올 때마다 파파는 그 신문을 총과 함께 파파의 옷장 서랍 속에 보관했다. 내가 그것을 너무 많이 보기 때문에 그러는 거라고 했다. 규칙이 있어야 해. 너의 건강을 위한 규칙이란다. 파파가 말했다. 그가 옳았다. 나는 아침에 그 사진을 보면 아무것도 먹을 수가 없었다. 저녁에 보면 잠들 수가 없었다. 그래서 사진 속 펄을 보는 것은 오후로 한정되었다. 눈물로 흐릿해진 두 눈으로 펄을 보자면 펄도 나를 보고 있다고 상상하기 편했다.

눈물은 분명 그런 이유로 발명된 것이라고 나는 생각했다.

*

3월의 첫날, 나는 아빠에게 멩겔레와 불사신 이야기에 대한 명청함을 고백했다. 날씨 탓이었다. 아름다운 날씨가 달래주어서였다. 크로커스 꽃이 동물우리에서 머리를 내밀기 시작했다. 새들이 돌아왔다. 건물이 높이 올라가기 시작했다. 아기는 유모의 품에서 동그래지고 단단해졌다. 이 광경에 겸허해진 나는 고개를 숙이고 내 비밀을 말했다. 분명 파파가 창피해할 거라고 생각했다. 하지만 파파는 내가 살아남기 위해서 그랬던 거라고 안심시켜주었다. 그런 다음 펠릭스를 불러 이야기해주었다.

"내가 살아남은 것은 저주, 수많은 저주 덕분이었다." 아빠가 말했다. "처음에 우치에서 끌려갈 때 다른 포로들과 함께 길가를 따라서, 들판을 지나서 행군했지. 종종 위장한 유대인 동료들을 마주치곤 했다. 그들이 할 수만 있다면 우리를 구해줄 거다, 나는 그렇게 혼잣말을 했지. 그들이 내 믿음을 뒷받침해주는 일을 하지 않았다는 것은 문제가 되지 않았다. 나는 그들을 쳐다보지 않으려고 조심했어. 만약에 그랬다가 마음이 약해져서 끌려오기라도 하면 어쩌나 두려웠지. 까딱하면 굶어죽겠다 싶던 어느 날, 우리는 한 성직자의 들판을 가로질러 끌려가고 있었다. 농부들이 수확한 감자를 마차에 싣고 있었어. 감자더미 꼭대기에 나이 많은 한 유대인 남자가 앉아 있었지. 위장한 다른 사람들과는 다르게 귀밑머리*를 자르려고도 하지 않았더구나. 그는 우리 같은 사람들이 접근하는 것이 두려운 듯 갑자기 가슴에 성호를 그었어. 동작이 자연스럽지는 않았지. 그렇게 오랫동안 잡히지 않고 지내온 것이 놀라웠다. 하지만 그의 다음 행동에 깨달았어. 그의 기지에 의문을 품은 내가 틀렸다고. 왜냐하면 그는 손을 아래로 넣더니 마차 짐칸을 뒤적거려 감자 하나를 꺼내 저주를 하며 나에게 던졌거든! 그리고 또 한 번, 계속해서 그랬단다. 저주를 할 때마다 그는 감자를 던졌어. 들판을 다 지나가고 도로로 올라올 때까지 저주는 계속되었지만 우리는 그 의미를 알고 있었지. 우리를 살려주는 저주였던 거다."

나는 파파에게 어떻게 확신하는지 물어보고 싶었지만 내 불신을 인정하고 싶지 않았다. 그래서 펠릭스를 꼬집었다. 펠릭스가 나를 대신해 물어봐주었다. 아빠는 우리 사이에 목소리를 낮춰 오가

---

* 귀 앞쪽의 머리를 구불거리게 늘어뜨리는 유대인의 머리 스타일.

는 대화가 불편한 것 같았지만 그래도 대답해주었다.

"그 사람 얼굴에서 느꼈지. 그 저주는 위장된 축복일 뿐이었어. 그는 우리가 그 감자를 먹고 살아남기를 원했던 거야."

파파는 사색에 잠길 때마다 늘 그러듯이 코끝을 잡아당겼다. 그러더니 양손에 머리를 묻었고, 나는 파파의 얼굴과 머리를 휘감고 있는 낯선 봉합 자국을 골똘히 바라볼 수 있었다.

"멩겔레의 저주에는 선의가 털끝만큼도 없었다는 걸 안다. 하지만 내가 말하고 싶은 건 그 멍청이의 저주를, 그자의 모든 거짓말과 조작을 받아들이고 비틀어서 살아남은 건 잘못이 아니라는 거야. 이해하겠니?"

나는 이해했다. 그리고 그 저주받은 야채 이야기를 위안으로 삼겠다고 아빠에게 거짓으로 말했다. 그 자신은 위안을 받았다는 것을 나는 안다. 훗날 돌아가시던 날, 펠릭스와 나는 병마로 눈을 뜨지 못하고 침대에 누워 있는 파파가 어떤 물체를 잡으려고 애쓰듯 허공으로 손을 뻗는 모습을 보았기 때문이다. 손가락은 임종의 순간에 어울리지 않게 묘하게 다급해하며 올라갔고, 앞이 보이지 않는 눈동자가 이리저리 움직이는 것이 보였다. 허공을 날아오는 감자의 신성한 궤적을 따라서.

*

파파는 우리를 회복시키기 위해 최선을 다했지만 곧 파파도 망가져 있음을 알게 되었다. 파파는 우치에서 발견할 것들이 두려워 혼자 그곳에 갔다. 돌아와서는 며칠 동안 머리를 저었다. 우리는 바르샤바에 있는, 재결합에 목마른 난민 동료를 빠짐없이 찾아다 녔다.

"펄을 본 적 없습니까?" 파파는 나를 내밀며 묻곤 했다.

아무도 본 적이 없었다.

파파는 바르샤바의 재건에 감탄했고 펠릭스와 함께 집을 다시 지어 그곳에서 지낼 거라고 했다. 파파는 재능 있는 사람이긴 했지 만 그의 손은 방을 고치고 벽을 세우는 일에 적합하지 않았다. 그 손은 진료에, 상처를 돌보는 일에, 약을 발라주는 일에 익숙했다. 펠릭스도 손도끼, 칼, 총으로 의기양양해하고, 돌을 베개 삼아 잠 들 수도 있고, 나만큼이나 거짓말을 잘 지어내 그 속에서 살 수 있 는 아이였지만 집을 고치는 재능은 가지고 있지 않았다. 하지만 둘 은 도시를 전례 삼아 다시 집을 지을 결의에 차 있었다.

나는 둘이서 즐겁게 고함을 지르며 집 주위를 어기적거리고 나 무망치를 휘두르고 벽의 잔해를 부수는 모습을 바라보았다. 그들 이 포석을 더듬거리고 문손잡이를 만지작거리는 동안 나는 아기와 함께 앉아서, 종종 그들이 이 재건축을 잠시나마 펄의 행방불명에 대해 생각하지 않기 위한 수단으로 삼고 있는 것은 아닌가 의심에 빠지곤 했다. 망치질과 못질을 시작한 두 사람은 계속되는 소리에 자신들이 놀란다는 사실을 금방 알아차렸다. 재건축의 소리는 전 쟁, 수감상태의 소리와 아주 유사했다—온갖 쿵쾅거리는 소리, 벽 돌이 떨어지는 소리, 돌이 와르르 무너지는 소리.

나로 말할 것 같으면 쌍둥이아빠에게서 얻은 교훈, 제이디에게서 얻은 교훈, 해부학책에서 얻은 교훈을 아기에게 가르쳐주는 데 몰두했다. 아기에게 어떤 장점을, 남다른 영리함을 키워주는 것이 내가 할 수 있는 최소한의 일이었고 그럼으로써 아기가 혹시라도 실험대상이 된다 해도 다른 사람들보다 더 잘 헤쳐나가리라고 생각했다. 우리는 말을 빼앗기기 전에 빨리 퍼뜨려야만 했다. 말을 확립하고 온전하게 만들어야만 했다. 나는 찾아낼 수 있는 모든 단어를 온종일 암기하며 시간을 보냈고, 그래서 만약에 다시 잡히는 일이 생기더라도 가지고 놀 단어가 생기도록, 우리를 견디게 해줄 단어를 가질 수 있도록 했다. 바다도 대지도 하늘도 생기기 전. 나는 미르코를 기리며 말했다. 자연은 형체도 없이 어디나 비슷한 모습이었다. 그리고 아기에게는, 아기의 첫 단어로 자리잡았으면 하는 마음에 이 말을 속삭이곤 했다. 펄, 펄, 펄. 가장 순수한 속삭임만이 펄을 되돌아오게 할 수 있을 거라고 믿는 듯 말이다. 아기가 펄의 이름을 외치면 펄이 그곳에 있을 거라고, 춤을 추고 있을 거라고 믿는 듯. 머리에는 히스꽃으로 만든 화관을 얹고. 발에는 좋은 신발을 신고.

확실히 바르샤바는 활기를 되찾고 있었다. 아기는 보리수에 물을 줄 수 있을 정도로 울었고, 나도 내 몫을 울었다. 조심스레 벌집 근처에서만 울긴 했지만 말이다. 그래야 누군가 내 고통을 우연히 보더라도 벌이 공격한 탓이라고 둘러댈 수 있었으니까. 그럼에도 사람들은 내 고통을 자주 보았다. 주로 동물원에 온 사람들이었다. 동물원 건물 안에는 많은 은신처와 동굴이 만들어졌고 그곳에서 유대인 지하조직이 움직였다. 이제는 다른 곳으로 이동할 안전한 때를 기다리며 오소리굴에 몸을 말고 있던 아들딸을 찾아나선 피난민들이 왔다. 그들 중 상당수가 어머니였고 지나가면서 그저 아이를 안아보려고 멈춰 섰다가 갈색 눈을 들여다보고는 나에게 꼭 조언을 해주고 갔다. 아기를 포대기에 꽉 묶으라고 했고, 덜 야생동물처럼 보이도록 목욕시키는 법을 보여주었다.

양동이에서 씻길 때마다 그 남자아이의 생명이 너무도 생생하게 느껴졌다. 아기는 목덜미가 가느다랗고 작고 검은 오리새끼처럼 아주 연약했다. 아기를 씻기면서 나는 언젠가 아기의 어머니에 대해, 어떤 식으로 나로 하여금 자신을 죽이게 했는지, 칼을 든 내 손을 어떻게 이끌었는지에 대해 이야기할 방법을 궁리했다. 나는 그녀의 죽음을 좀더 아름답고 극적으로 만들려고 노력했다. 그 장면에 눈송이를 넣었다. 칼날 부분은 뺐다. 하지만 바르샤바에서 상상력은 나를 떠나고 없었다. 어디로 갔는지 알 수 없었지만 나를 장악했던 것처럼 다른 사람을 장악하지 않기를 바랐다. 나는 그 어떤 것보다도 상상력의 죽음을 원했다. 전쟁 이후의 이 세계에는 상상력을 위한 자리가 없었다. 한때 나는 타인을 위해 살 수 있어서 행복하다고, 펄을 위해 계속 살아갈 수 있어서 행복하다고 되뇌었다. 하지만 펄 없는 나는 단지 미치광이의 실험대상이었고, 실패한 복수자였으며, 죽어야 했는데 죽지 못한 여자아이일 뿐이었다.

파파는 내 슬픔을 보았다. 아직 희망이 있다고 말했다. 우리 나라는 쩍 갈라졌으니 펄이 쉽게 몰래 들어와 보이지 않는 구석에 꼭꼭 숨어 있을 수 있다고 했다. 날마다 펄이 실려오지 않았는지 확인하러 고아원에 가는 길에 그런 말을 했다. 하지만 나를 닮은 얼굴이 창가에서 기다리는 일은 없었고, 나와 같은 목소리가 정문에서 노래하는 일도 없었다.

"우리가 펄을 못 찾으면……" 한번은 집에 오는 길에 내가 입을 열었다. 하지만 미처 문장을 끝내지는 못했다. 떠돌이 개 한 마리가 내 옆쪽으로 나타나더니 파파의 발치에서 풀썩 쓰러졌고, 그 순간 이상하게도 생각이 바뀌었기 때문이었다. 그 개는 진흙투성이의 버림받은 개, 못생긴 잡종개였다. 발의 상태를 보니 누군가를 찾아서 먼길을 온 것이 분명했다. 우리에게서 자신과 같은 분투의 냄새를 맡았을 것이다.

파파는 그 개가 내 기분을 북돋워줄 거라고 생각했다. 파파의 예상은 틀리지 않았다. 나는 그 개의 보호본능을, 나에게 목소리를 높이는 모든 사람에게 권총처럼 짖고 으르렁거리는 모습을 사랑했다. 나는 펠릭스에게 이 개라면 멩겔레의 상대가 되겠다고 말했다. 펠릭스도 부인하지 않았다.

"하지만 개가 이 동물원만 알면 좋겠어." 펠릭스는 말했다. "다른 동물원 말고."

우리는 함께 개가 동물우리 사이에 굴을 파는 모습을 지켜보았다. 그건 개가 엄청나게 즐거워하는 일이었는데, 계속 그러다가 파파가 뜰에 묻어놓은 독약은 절대 파내지 않기만을 바랐다. 나는 내가 적절한 때에 알약을 본다면 그 하얀 것이 약속하는 최후에 저항할 수 없으리라는 것을 알고 있었다.

펠릭스는 내 안의 그 유혹을 알고 있었다. 그 역시 펄이 돌아올 것이라고 나를 안심시켰다. 어쩌면 펄은 동물들이 동물원에 돌아올 때까지 기다리고 있는 것인지도 모른다고 말했다. 관리인의 아내가 부지를 방문했고, 이미 재건 이야기가 나오고 있다고도 했다. 머지않아 동물들이 둘씩 짝지어 제집으로 들어올 것이라고. 나는 기다리면서 동물우리 주위를 어슬렁거렸고, 내가 아는 동물우리는 생각하지 않으려 했다.

하지만 지금부터 이야기하고 싶은 그날, 바르샤바에는 동물이 아니라 관 하나가 도착했다. 나는 그 자리에 없어서 거리에 부려진 그것을 보지 못했다. 고아원 원장 아주머니가 뚜껑을 열고 내지른 비명소리도 듣지 못했다.

나는 아기와 개와 함께 들판에 있었다. 개가 좀더 강해지도록 훈련시키는 중이었다. 개는 앞발을 들고 애걸하기를 좋아했고, 나는 그걸 못하게 막을 수가 없었다. 애걸은 이렇게 힘없는 시기에 효과적이지 않은 방법이었다. 그래서 대신 쓸 수 있는 새로운 기술을 가르쳐주었다. 춤추는 법이었다. 개가 춤을 출 때마다 나는 제이디의 웃음소리를 들었다. 다시는 그 웃음소리를 듣지 못할 거라고 생각했던 적도 있었지만, 제이디는 줄곧 껄껄 웃고 무릎을 치며 그곳에 있었다. 어느 한구석도 유령 같거나 기억 속 모습 같지 않고 샘물처럼 선명했다. 그것이 훈련을 계속할 좋은 동기가 되었다. 그 초라한 개의 왈츠를 보고 있으면 다시 꿈을 꿀 수 있었다.

그날도 우리는 들판에서 연습을 하고 있었고 아기는 무심한 관객이 되어 풀밭에 누워 있었다. 음악이라 할 만한 것도 있었다. 멀리서 포석이 하나씩 놓이는 소리가 들려왔으니까. 돌들이 노래하고 맞부딪치는 소리는 도시를 지나 야생 사과나무들 사이로 흘러들었다. 여기저기에서 찌르레기가 자신의 존재를 알렸고, 때까치의 울음소리는 무척이나 기운차서 그 성마른 몸통이 흔들렸다. 돌과 새와 제이디의 웃음소리에 맞춰 개는 자신의 안무를 연습했다.

나는 개에게 연습해야만 한다고 말했다. 언젠가 누군가가 재능을 알아보고 영화에 출연시켜줄지도 몰라. 그게 우리의 미래일지 몰랐다. 개가 동의했던가? 나의 개는 동의하지 않았다. 개는 펄쩍 뛸 만큼이나 연습을 싫어했다. 개는 예술적인 가치를 발전시키는 데 아무런 관심이 없었다. 그럼에도 나를 위해 춤을 추었고, 개가 한 바퀴를 완전히 돌았을 때 나는 박수를 쳐주었다.

그런데 내가 박수를 멈추었는데도 여전히 박수소리가 들렸다. 누군가가 우리 등뒤에서 박수를 치고 있었다. 나는 얼굴을 붉혔다. 개가 추는 춤은 자랑할 만한 것이 못 되었으니까. 그것은 혼자만의 스포츠, 일종의 슬픈 턴이었다.

하지만 뒤쪽으로 흘끗 고개를 돌렸을 때, 나는 나를 보았다. 아니, 한 소녀, 강인한 소녀를, 더는 외롭지 않은 소녀를 보았다. 그 소녀는 내가 다시 행복해질 수 있을 거라고 상상한 것보다도 더 행복해하고 있었다. 소녀는 손뼉을 치며 미소 짓고 있었고 개는 소녀의 발치로 총총 달려가 쇼라는 생각을 떨치고 몸을 흔들며 춤을 추었다. 소녀는 계속해서 박수를 쳤다. 겨드랑이에 두 개의 목발이 받쳐져 있는데도 그랬다.

자신의 가장 훌륭한 부분이 지척에 있는 모습을 본 적이 있는가? 너무도 많은 헤어짐 후에, 영영 불가능하리라 생각했던 거리에 말이다. 그런 경험이 있다면 그 순간의 환희도 잘 알 것이다. 내 심장은 재회의 기쁨으로 전율했고 혀는 행복으로 마비되었다. 비장이 양쪽 폐한테 너희가 내기에서 졌다고 말했다. 내가 뭐랬어! 비장이 말했다. 그리고 생각들은, 나의 장밋빛 생각들은 내가 오랫동안 잃어버렸다고 믿고 살았던 미래를 향해 뻗어가고 있었다.

소녀가 목발을 내려놓았고 우리는 예전에 하던 놀이대로 등에 등을, 등뼈에 등뼈를 맞대고 앉았다.

인정하겠다. 나는 언니의 그림을 훔쳐보았다.

베끼려고 훔쳐본 것이 아니었다. 그저, 아, 그녀가 내 언니이기 때문이었다. 나는 언니를 봐야만 했다. 분명 여러분도 이해하리라 생각한다.

펄
—

22장
결코 끝이 아닌

그리고 우리는 양귀비꽃을 그렸다. 절대 피지 않을 듯 꼭 닫힌 봉오리로 그렸다. 마마와 제이디를 위해 그 꽃들을 그리고 파파를 위해 강도 그렸다. 기차를, 피아노를, 말을 그렸다. 스타샤가 낳을 아이들을, 내가 결코 낳지 못할 아이들을 그렸다. 폴란드에서 먼 곳으로 우리를 데려갈 배를, 다시 데려올 비행기를 그렸다. 주삿바늘은 그리지 않았다. 목발도 그리지 않았다. 우리를 파헤쳐놓은 그 남자는 말할 필요조차 없었다. 그 대신 살아가는 내내 우리를 지켜줄 하늘을 그렸고, 결코 온전해지지 못할 수도 있는 두 소녀를 보호해줄 나무를 그렸다. 다 그리고 나서야 동생이 입을 열었다.

"다시 해보자." 스타샤가 말했다.

나는 그 문장을 끝맺을 필요가 없었다. 무슨 뜻인지 알고 있었으니까. 우리는 다시 한번 세상을 사랑하는 방법을 배워야 했다.

처음 『세상 끝 동물원』을 쓰겠다는 영감을 받은 것은 루세테 마탈론 야나도와 실라 콘 데켈의 탁월한 저서 『불길의 아이들』에서였다. 사라 놈베르크-프시티크의 『아우슈비츠: 기괴한 땅에서 온 진짜 이야기』, 타데우시 보로프스키의 『신사숙녀 여러분, 부디 가스실로』, 에바 모제스 코르와 메리 라이트의 『아우슈비츠로부터의 메아리: 멩겔레 박사의 쌍둥이들』, 아르노슈트 루스티크의 『홀로코스트의 아이들』, 엘리 위젤의 『나이트』, 다이앤 애커먼의 『주키퍼스 와이프』, 조지 아이젠의 『홀로코스트의 아이들과 놀이: 그림자 속 게임들』, 아이작 코왈스키의 『유대인 무장 저항세력 선집 1939~1945』, 리치 코언의 『복수단』, 메리 로언솔 펠스티너의 『그녀의 삶 색칠하기: 나치 시대의 샤를로테 살로몬』, 지셀라 페를 박사의 『나는 아우슈비츠의 의사였다』, 앤 마이클스의 『도주하는 조각들』, 로버트 제이 리프턴의 『나치 의사들: 의학적 살해와 집단학

살의 심리』, 프리모 레비의 『휴전』 『이것이 인간인가』 『주기율표』 『가라앉은 자와 구조된 자』, 그리고 파울 첼란과 댄 패기스의 작품 들에도 커다란 빚을 졌다.

옮긴이 **유현경**
연세대 영어영문학과와 이화여대 통번역대학원을 졸업하고 전문번역가로 활동을 시작
했다. 『세상 끝 동물원』은 우리말로 옮긴 첫 책이다.

문학동네 세계문학
세상 끝 동물원

1판 1쇄 2020년 1월 15일 | 1판 2쇄 2020년 2월 26일

지은이 어피니티 코나 | 옮긴이 유현경 | 펴낸이 염현숙

책임편집 박아름 | 편집 양수현 김경미
디자인 엄자영 이원경 | 저작권 한문숙 김지영
마케팅 정민호 정진아 함유지 김혜연 박지영 김수현
홍보 김희숙 김상만 오혜림 지문희 우상희 김현지
제작 강신은 김동욱 임현식 | 제작처 영신사

펴낸곳 (주)문학동네
출판등록 1993년 10월 22일 제406-2003-000045호
주소 10881 경기도 파주시 회동길 210
전자우편 editor@munhak.com | 대표전화 031) 955-8888 | 팩스 031) 955-8855
문의전화 031) 955-8896(마케팅) 031) 955-2654(편집)
문학동네카페 http://cafe.naver.com/mhdn | 트위터 @munhakdongne
북클럽문학동네 http://bookclubmunhak.com

ISBN 978-89-546-7020-3 03840

잘못된 책은 구입하신 서점에서 교환해드립니다.
기타 교환 문의: 031) 955-2661, 3580

www.munhak.com